Joseph O'Connor

FAREWELL
TO
OLD IRELAND

STAR OF THE SEA

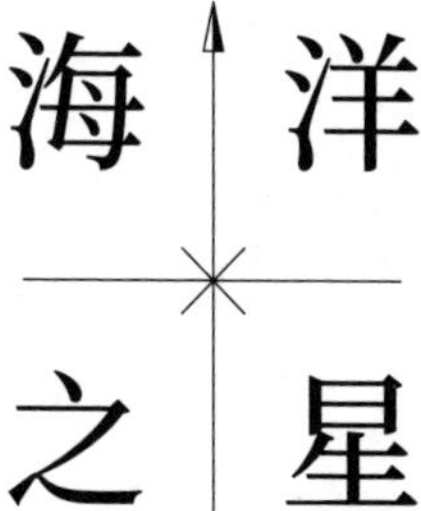

[爱尔兰] 约瑟夫·奥康纳 —— 著
陈超 —— 译

北京联合出版公司
Beijing United Publishing Co.,Ltd.

雅众文化 出品

献给安妮－玛丽

再次致谢，感恩恒在

这场饥荒是上帝对一个无所事事、不知感恩、大逆不道的国家与一个懒惰成性、无法自立的民族的惩罚。爱尔兰人的苦难来自上帝授意的折磨。

——查尔斯·特里维廉，女王陛下财政部助理秘书，1847 年（1848 年因主持赈灾有功而获册封授勋）

英格兰其实是一个罪恶滔天的公敌。英格兰！整个英格兰……她必须遭到惩罚，而我相信，那个惩罚将会通过爱尔兰加诸她的身上，因此，爱尔兰必将复仇……大西洋纵有多深，也不及将会吞噬压迫我同胞之人的地狱。

——约翰·米切尔，爱尔兰民族主义者，1856 年

缺失的环节：在伦敦与利物浦某些最低贱的地区，有冒险精神的探索者会遇到样貌介于大猩猩与黑人之间的生物。它来自爱尔兰，从那里迁徙至此。事实上，它来自爱尔兰的野蛮部落：爱尔兰耶胡中最低贱的种族。当与之交谈时，他只会胡言乱语一通。此外，它是善于攀爬的动物，有时候你会见到它顺着悬挂砖斗的梯子一溜烟上去。

——《笨拙周刊》，伦敦，1862 年

马铃薯枯萎病是奉上苍旨意而降，但饥荒却是由英格兰一手造成……我们厌倦了那帮人的伪善言谈，他们告诉我们绝不能将不列颠统治者对爱尔兰做出的罪行责怪到不列颠人民的头上。我们就要谴责他们。

——詹姆斯·康纳利，反抗不列颠统治的复活节起义领导人之一，1916 年

目 录

序 曲

选自

《一个美国人在海外：1847 年伦敦与爱尔兰笔记》

作者：G. 格兰特利 · 迪克森

《纽约时报》资深专栏作家

第一百版

限量出版，附带评注

修订版，无删节

收入大量新内容

恶 魔

一则引子，大致介绍了关于“海洋之星”号的些许往事，
乘客们的情况，以及那头潜行于他们当中的恶魔。

他整晚都会在船上走动，从船首走到船尾，从黄昏走到拂晓，那个来自康尼马拉的骨瘦如柴的瘸子，耷拉着肩膀，穿着一身灰衣。

聚在操舵室旁边的水手、巡夜人、潜水员们会中断谈话或停下自己手里的活儿，朝周围打量一眼，看见他在朦胧的黑暗中穿行；谨慎，悄然，总是独自一人，拖着左脚，似乎承受着船锚的重量。一顶圆顶硬礼帽皱巴巴地扣在他的头上，一条破烂的围巾缠绕着他的下巴和喉咙；他那件褴褛的军大衣实在是脏得要命，根本无法想象它曾经干净的样子。

他的动作从容不迫，几乎可以称得上合乎礼仪，隐隐然竟有一分庄严气度：就像故事里微服私巡混迹于臣民之中的君王。他的胳膊很长，眼睛像针尖般明亮。他总是带着迷茫或有不祥预感的表情，似乎他的生命已经来到了无法解释的节点，或现在正与这个节点越来越近。

他那张哀伤的脸上密布着纵横交错的伤疤，令他容颜尽毁，还结瘢起泡，因为他时不时会猛抓猛挠，令伤情变得更加严重。虽然体格瘦小，轻得像根羽毛，但他似乎背负着难以形容的重担。令人在意的不只是他的身体残疾——那只套在方正木屐里扭曲变形的

脚，木屐上印着或烙着大写的字母“M”——还有他那痛苦而期盼的神情，就像一个被虐待的孩子，总是惊恐警惕。

他是那种努力想不引起注意却又受人瞩目的人。在见到他之前，水手们往往就能感受到他的出现，虽然他们无法解释为什么会这样。打赌押注某一时刻他会在哪儿出现成了他们消遣的乐子。“钟响十下”意味着在右舷的猪圈；十一点一刻他走到了引水器那里，白天时统舱里的赤贫妇女们就在那儿做点饭菜——但到了驶出利物浦的第三个晚上，就连这种打赌也失去了消磨时间的乐趣。他在船上走动时似乎遵循着一套仪式。上、下、横穿、回来、船首、左舷、船尾、右舷。他与星辰同在，日出之时便偷偷溜到下面，他成了船上的夜猫子们口中所说的“幽灵”。

他从来不和水手们说话。晚上落单的人他也根本不加理会。甚至午夜过后他也不开口和任何人搭讪，而那个时候，还在甲板上的人见谁都想聊。“海洋之星”号阴暗潮湿的甲板会见证白天时很少出现的友爱气氛。一到晚上，船上门户大开，规矩稍有松懈，甚至遭到无视。当然，这一子夜时分的民主气氛只是幻觉，黑暗似乎消除了身份或信念之别，或至少将它们降低到不值得承认的程度。或许，这么做本身就是在承认“人在海上根本无能为力”这一不言自明的公理。

一到晚上，你会察觉到这艘船的情况糟得离谱，嘎吱作响，漏水渗水，椽木、沥青、船钉、信心，哪儿哪儿都不对劲，在只要稍一招惹就会爆发的漆黑凶险的汪洋大海上颠簸起伏。天黑之后，甲板上的人会悄悄说话，唯恐吵醒这片海洋，令它狂性大发。你或许会把“海洋之星”号想象成一头背负着重担的庞然巨兽，绷紧了龙骨的肋木，似乎它们会绽裂开来；这头巨兽被主子殴打虐待，已经奄奄一息，而我们这帮乘客是它身上的寄生虫。但这个比喻并不恰当，因为我们并不都是寄生虫。而我们当中那些寄生虫也不愿承认。

在我们下方是只能靠想象去描绘的深渊，那片未经勘测的大陆的沟壑与峡谷；在我们上方是那片死寂漆黑的天穹。狂风在呼啸，劈头盖脸地从就连最愤世嫉俗的水手也会小心翼翼地称之为“天国”之处往下猛吹猛刮。大浪在晃动着拍打着我们的栖身之所；风就像被赋予了躯体，是有血有肉的活物，在嘲讽那些竟敢闯入它们的领域的傲慢自大之人。但是，宗教为夜里行走在甲板上的那些人带来安宁。海洋愈是愤怒，雨水愈是冰冷，共同忍受着这一切的人们就愈发团结。一位海军上将会和一个惊慌的舱房小厮聊天，统舱里一个挨饿的人会和一位睡不着的伯爵谈心。一天晚上，有一个罪犯，一个疯狂残暴的戈尔韦郡人，愁眉苦脸地从囚室里被带出来放风。就连他也被纳入这场梦游般的心灵交流，与一位来自英国莱姆里吉斯的循道宗牧师平静地闲聊和同喝一杯朗姆酒，那位牧师此前从未品尝过朗姆酒，却总在布道时斥责它的种种罪恶。（人们看见他俩跪在上层的后甲板上，低声吟唱着《与我同在》。）

这个深夜共和国里有可能发生新鲜事儿。但那个幽灵对任何可能性或新奇事都不感兴趣。他不为它们所动，宛如一座被浩瀚海洋包围的孤崖。他是裹着破布的普罗米修斯，等候着饥饿的兀鹫来啄食他。他站在主桅旁边，凝视着大西洋，似乎在等候它被冻结，或变成泡沫翻腾的血海。

从头一次报时钟声到钟响两遍，时间悄悄流逝。许多人在独处，但有些人一起度过，因为在仁慈的夜色笼罩下，宽容在开花绽放，自然与孤独在漆黑中结伴同眠。从凌晨三点直至曙光初现，甲板上没有什么事情发生。船起伏不定。它在爬升，它在俯冲。就连那些动物们——猪、羊、鸡、鹅——也在笼中安睡。有时候，当当当的报时声会穿透那片海洋永不停歇的、令人迷糊的窃窃私语声。一个水手可能会高唱号子给自己提神鼓劲，他和一位同伴互相讲述故事。他们断断续续地听见从下面的囚室传来那个疯子的动静，他就像一头受伤的狗在呜呜呜地吠叫，或威胁说要用绞盘棒砸烂另一个囚犯的脑袋。（当时囚室里并没有另一个囚犯。）有人瞥见一对夫妻躲在船尾操舵室的墙壁与烟囱的基座所构成的巷道影子里。那个来自康尼马拉的男人仍然伫立凝视着那片恐怖的黑暗，就像一具乘风破浪的船首像，直到帆缆的绳网在朦胧中显现，在黎明逐渐变红的天空中显得如此漆黑。

在第三天早上日出之前，一个水手走到他跟前，请他喝一瓢咖啡。他的脸庞、大衣的背面和帽檐上结出了一粒粒冰珠。他没有接受这番好意，甚至没有致谢。看着他默默地拖着步子走开，大副说了一句："十足就是个邋遢鬼。"

水手们有时候会猜想这个幽灵的夜间程序到底是一种宗教仪式还是奇特的自我惩罚，据说爱尔兰的天主教徒喜欢这么做。或许是一种苦修仪式，为了某桩难以启齿的罪过或给在炼狱里忍受煎熬的灵魂赎罪。这帮爱尔兰乡巴佬相信奇怪的事情，一个因为工作缘故和他们在一起的水手或许会见到古怪的行为。他们以纯粹就事论事不为所动的口吻谈论奇迹：圣人显灵，雕像流血，地狱就像利物浦这座城市一般真切，天堂就像曼哈顿岛那样可以靠勘察绘出地图。他们的祈祷就像咒语或巫毒诅咒。或许这个幽灵是一个圣徒：他们的古鲁[1]中的一员。

1　古鲁（guru），印度教中对宗教导师或有智慧者的尊称。（本书中的阿拉伯数字脚注为译者注，其余为原书注。）

他在自己的群体里也引发了疑惑。难民们会听见他打开舱门，一瘸一拐地走下楼梯，走进昏暗的烛光中。披头散发，全身的衣服都湿透了，他那双呆滞的眼睛就像奄奄一息的鲭鱼眼睛。当他们看见他走过时，就知道天已经亮了，但他似乎把夜里刺骨的寒冷也带到了下面来。黑暗笼罩着他，就像一件有许多重褶子的斗篷。即使在清晨，统舱里也不安静——男人们蜷缩在一起说着悄悄话，一个女人在疯疯癫癫地吟唱着《玫瑰经》的奥迹祷词——他的到来会令这一切平息下来。他们看着他在船舱那头瑟瑟发抖地拖着步子从包裹与篮筐之间穿过，因为疲惫而萎靡不振，一边滴水一边咳嗽，就像一具被剪断了牵线的支离破碎的傀儡。他会把那件湿透的大衣从颤抖的身躯上脱下来，把它折叠好，卷成长枕头的形状，然后蜷缩在毯子里睡觉。

无论发生什么事情，一整天他都在睡觉。婴儿的吵闹或晕船的呻吟，构成甲板下生活主题曲的吵架、哭喊、斗殴与赌博，还有吼叫、诅咒、哀求和怒喝，这一切对他根本没有影响，他躺在船板上，睡得死死的。老鼠在他身上爬来爬去，蟑螂在他的内衣领口下钻进钻出，可他连动都不动一下。在他身边，孩子们在奔走或呕吐，男人们在闲聊或大吵大闹，女人们为了一点剩饭剩菜而争执不休（因为食物是这座水上王国里唯一的货币，它的分配是众人热切关心之事）。在这一派喧哗中还夹杂着病人的惨叫，像从他们窄小的床铺升起的祈祷；病人与健康的人睡在一起，受尽折磨的呜咽与充满恐惧的祷告混杂着数不清的蚊虫的嗡嗡声，一直响个不停。

那个幽灵悄悄地将通往统舱里仅有的两个抽水马桶的那狭窄肮脏的一小方甲板当作他的床铺。一个马桶裂开了，另一个马桶堵住了，屎尿横流；成群吱吱叫的老鼠在小隔间里出没。早上七点的时候，那股含氨的恶臭就像统舱里的寒冷和哭喊声一样经久不散，已经野蛮地侵占了那座漂浮的地牢，像一只喷射毒气的精灵，将其填满。那股味道几乎就像具有实体的事物，它如同一团团黏糊糊的东西，你可以伸手将其抓住。发烂的肠子里腐烂的食物、腐烂的肉、腐烂的水果，你闻到的那股味道出现在你的衣服、你的头发、你的双手、你喝水的杯子和你吃的面包上。香烟、呕吐物、积久的汗水、发霉的衣物、肮脏的毯子和劣等威士忌的味道。

为统舱通风透气的舷窗会被打开以尝试驱走那股骇人的腐臭。但如果说这起到了什么效果的话，那就是：海风似乎令情况更加糟糕，将味道吹进中空与凹陷之处。每周两次，人们会用咸咸的海水冲洗甲板，但就连淡水也带着一股子稀屎的味道，得兑上醋才能面对。那股恶臭渗入了整个统舱，一股令人作呕的有毒气体蒸腾着，令眼睛与鼻孔像烧灼般刺痛。但那令人窒息的死亡与废弃物的臭气还不够恶心，不足以令那个幽灵醒来。

自从起航之后，他一直平静自若。就在我们离开利物浦那天早上，还没到中午，主甲板上有一帮人在大嚷大叫。他们看见一艘前桅横帆三桅船从南边驶近，顺着海岸朝都柏林驶去。它有一个尊贵的名字："肯特公爵夫人"号。那年 8 月，爱尔兰天主教穷人的"解救者"、下议员丹尼尔·奥康纳死于热那亚，"肯特公爵夫人"号正载着他的遗体，准备运回故国入土为安。* 在乘客们泪汪汪的祈祷中，看到那艘船就像看见那个男人。但那个幽灵并没有加入为这位陨落的斗士进行的九日祈祷，甚至没有到甲板上看热闹。比起英雄人物或他们的神圣船只，他更感兴趣的是睡觉。

---

* 在我的记忆中，那艘船上的风帆是黑色的，但当我查阅笔记时，我发现我弄错了。——G. G. 迪克森

早上八点的时候伙夫们分发当天的伙食：每个成年人半磅[1]硬邦邦的干面包和一夸脱[2]淡水，孩子的份额相应减半。九点一刻点名。昨晚死掉的人会被从统舱里搬出来等候处理。有时候那个沉睡的幽灵会被错认为是一个死人，得由他那帮破落的同伴保护。那些胶合板床铺会被水管匆匆冲洗一遍。拖把在甲板上拖过一遍。毯子会被收走，在尿液里煮沸一遍以杀死引发疥疮的虱子。

吃完饭后，统舱里的人穿上衣服，来到甲板上。他们会在洁净寒冽的空气里散步，在甲板上坐下，向水手们乞讨；会透过上了两重锁的铸铁大门看着我们头等舱的乘客们在丝绸凉篷的遮蔽下，吃着糕点呷着咖啡。供有钱人享用的奶油到底如何保鲜总是穷人们热烈讨论的话题。据有些人说，往里面滴上一滴血珠是一个验方。

头几天慢得令人心焦。在利物浦，乘客们惊诧地获悉这艘船在前往大西洋之前会先把他们载回爱尔兰。这则消息令男人们沮丧地喝起酒来，然后是沮丧地打架斗殴。统舱里的大部分人倾家荡产才凑齐了到利物浦登船的船票钱。许多人曾在那座残暴悲惨的城市里遭到洗劫，被骗走身上仅有的财物，换成几小堆盖着粗糙印章的白镴垫圈，被告知那些就是美元。现在他们正被载回都柏林，几个星期前他们刚从那里逃出来，接受了——或者说，至少在努力让自己接受——永远不会再见到故国的命运。

但就连这一小小的祝福也会被剥夺。我们乘风破浪，驶过肮脏暴虐的爱尔兰海，停靠在国王镇获取补给；然后顺着犬牙交错的东南海岸缓缓向南行驶，来到科克郡的女王镇。（或用盖尔语说，是

1　磅（pound），英美制重量单位，1 磅约合 0.45 公斤。

2　夸脱（quart），英美制容量单位，1 夸脱合 0.946 升。

"科夫"郡。）见到威克洛、韦克斯福德或沃特福德一一掠过，对于许多人来说，那就像一个苦涩的玩笑，又像把狗皮膏药硬生生地从溃烂的伤口上撕下来。行驶到伶仃角附近时，一个来自班克洛迪镇的得了肺痨的铁匠翻越顶层甲板的舷栏跳进海里，人们最后见到他虚弱无力地朝岸边游去，以最后残存的意志让自己回到注定会死去的地方。

在女王镇又有一百多个乘客上船，他们的情况如此糟糕，令船上的其他人显得如同王室成员。我见到一个老媪，瘦得就像一团破布包裹的骨头，刚走完舷梯就死在前甲板上。她的孩子们央求船长无论如何都要把她带去美国。他们没钱为她举行葬礼，但他们无法承受将她的尸首丢弃在码头上的耻辱。她那年迈跛足的丈夫躺在码头区，受尽饥馑热[1]的折磨，没办法登船航行，再过几个小时就会一命呜呼。总不能让他目睹那一幕，作为在人世间弥留之际的最终回忆。

船长拒绝了这个请求。他是贵格会信徒，很有同情心，但他绝不敢坏了规矩。在几乎持续了一个小时的央求与哭泣后，他们想出了一个折中方案，并谨慎地规划。那个老媪的遗体被裹在从船长自己的床铺上取来的一条毯子里，然后将遗体停放在囚室里，直到我们离开了港口，再悄悄地把遗体扔下船。她的亲人只能自己动手。水手们不能触碰遗体以防感染。三管轮[2]深受感动，不顾所有人的劝告，主动帮助他们，后来根据他的讲述，他们用刀片将老妇的脸划得容颜尽毁，因为他们害怕她会顺着洋流漂回克罗斯黑文，被以前的邻居认出来。对那些不配感到耻辱的穷苦人家来说，屈辱甚至比

1　饥馑热（famine fever），由严重饥饿导致的伴随伤寒与发烧反复发作的病症。

2　海员职务中的一种，负责船舶机舱设备的日常管理。

生命更长久。耻辱是他们继承的唯一遗产，根本没有讨价还价的余地。

最近几次横渡海洋的颠簸对“海洋之星”号这艘已到服役尾声的船只造成了严重影响。在过去八十年的岁月里，它运载过许多货物：为遭受饥荒的欧洲从卡罗来纳运去的小麦、阿富汗的鸦片、“黑火药”爆炸品、挪威的木材、密西西比的白糖、送去甘蔗种植园的非洲奴隶。“海洋之星”号曾无分彼此为人类最高尚和最丑恶的本能服务。走在它的甲板上，触摸着它的木板，你会感受到与那两个本能在进行强烈的交流。它的船长不知道——或许没人知道——但在这趟航行结束后，它将驶往多佛码头，在那里被改造成一艘运载囚犯的船只，作为其航行生涯的尾声。大副给统舱里几个人安排了工作：箍桶、填缝、各种细木活儿、用帆布缝合裹尸布。他们的同志对此艳羡不已。这帮同志没有手艺，或者说，他们只会在爱尔兰放羊，到了船上便无用武之地，到了布鲁克林区的贫民窟和棚户区也肯定派不上用场。在船上干活意味着食物可以分多一些。对某些人来说，这意味着可以活下去了。

“海洋之星”号上没有天主教神父陪伴我们，但有时候那位循道宗牧师下午会在上层后甲板上念诵几句不会引起争议的话，或高声朗读《圣经》的经文。他喜欢《利未记》《马加比书》《以赛亚书》。“**他施的船只都要哀号，因为你们的保障变为荒场**。”[1]有的孩子觉得他那副慷慨激昂的模样好吓人，央求父母把他们带走。但许多人留下聆听教诲，同时也是为了排遣无聊。他长着一个小脑袋，矮小精干，颇有同情心，踮起脚尖挥舞着牙刷指挥众人高唱他所属教派的恳切

1　此句出自《旧约·以赛亚书》（和合本，下同）。文中加粗部分原文为斜体或大写以示强调。

坚定的赞美诗，歌词就像大理石墓碑般宏伟庄严。

> 上帝是千古保障，
> 是人将来希望，
> 是人居所抵御风雨，
> 是人永久家乡。[1]

众人唱歌时，那个幽灵却在下面的统舱里蒙头大睡。

然后黑夜再度降临。他会从那堆臭气熏天跳蚤密布的床褥间起身，仿佛鬼魂附体般囫囵吃掉自己的伙食。他那顿饭就摆在床铺旁边的一个水桶里，虽然“海洋之星”号上盗窃伙食的情况屡见不鲜，但没人敢偷幽灵的饭。

他会喝点水。他每隔一天就会刮胡子。然后他会穿上他那件老旧的大衣，就像一个战士披上他的铠甲，气派地起身踏入夜色里。

统舱位于主甲板的正下方，它那烂了一半的天花板到处都像为统舱里的乘客吊命的饼干般松脆。因此，有时候在统舱里，当暮色降临时，他们会听见头顶传来他那双木屐的声响。砰的一声，然后是细密的声响，吓得小孩子们吃稀粥时被呛到或虚惊一场。有的母亲趁机利用他们的恐慌：“要是你不立即乖乖听话，该干吗干吗，我就把你丢到上面，让丑八怪把你吃掉。”

那个幽灵其实并不丑，但他的相貌与众不同。他的脸就像牛奶般惨白，略微有点长，五官似乎是从几个不同的男人那儿偷来的。他长着一个有点太长的鹰钩鼻。他的耳朵像丑角一样是招风耳。他

1　出自英国瓦兹牧师（Isaac Watts）的圣诗《千古保障歌》。

的头发就像一丛长得过于茂盛的丑陋的黑色蒲公英，或许曾经属于一个哑剧里的黑毛怪。他那双憔悴的蓝色眼眸有一种神秘的清澈，令苍白的脸庞似乎变得灰暗。一股湿灰渣的味道萦绕在他身边，夹杂着这个长年奔波的旅人身上的体味。但是，他的习惯比许多人更加谨慎，人们总是看见他用一半的淡水配额清洗他那头滑稽地纠结在一起的乱发，就像一位初次参加舞会的大家闺秀那般一丝不苟。

单调是主宰统舱的神明，不安与恐惧是对它唯唯诺诺的奴仆。那个幽灵的古怪外表很快就开始引发猜测。人类结成的团体：任何家庭、任何党派、任何部落、任何国家，它们的结合归根结底不是基于共同享有的事物，而是基于它所畏惧的事物，后者的影响总是大得多。或许它是为了吓唬外人以保护自己的伪装，害怕某些东西会对自己做出什么，这是令他们不至于崩溃的约束。作为统舱里的异数，作为把那帮正常人吓得魂飞魄散的怪胎，那个幽灵还是有点用的。他的存在促进了团结一心的假象。他是如此古怪，实际上更增加了他的价值。

谣言就像船体上的藤壶，紧紧地缠着他不放。据有些人说，他在爱尔兰的时候是一个放高利贷者，用他们的俗话说，是“放利子钱的”，遭人痛恨的角色。还有人声称他曾经主持过济贫院，或是地主的收租人，或是一个逃兵。一个来自都柏林的蜡烛匠人坚持说那个幽灵是一个演员，发誓说他见过那个幽灵在布伦瑞克街的女王剧院上演的《哈姆雷特》里本色出演[1]。两个从来不苟言笑的弗马纳郡姑娘肯定他曾经在一间拘留所里待过，他的表情如此冷漠，他那两只小小的手长满了老茧。他显然很害怕日光，钟情于黑暗，使得

1　在《哈姆雷特》中有王子哈姆雷特的父亲死后化为幽灵这一情节。

一些富有想象力的人说他是“一个妖子”——爱尔兰传说里的灵异生物，妖精与凡人结合的孩子，拥有诅咒与巫法的能力。但是，没有人知道他确切的身份，因为他在谈话时丝毫没有泄露口风。就连一个老生常谈的琐碎问题也只是咕哝几声权当回答，要么语焉不详，要么小声得根本听不见。但他说话文绉绉的，肯定识字，而统舱里的许多人目不识丁。当一个比较勇敢的小孩接近他时，他有时候会古怪而温柔地低声朗读他藏在大衣口袋深处的一本小故事集里的内容。他从来不许别人触摸或翻阅这本书。

当他喝醉时——这是罕有的情况——他会像他的同胞一样说着似乎不像反话的反话，将问题抛回给质问者。但大部分时间里他沉默不语。他竭力避免任何一对一的谈话，和别人在一起时——这种情况无法避免，统舱的现实就是这么残忍——他会低头看着木板，似乎醉心于祈祷或绝望的回忆。

据几个他愿意搭理的孩子说，他知道许多种鱼的名字。他似乎也对音乐感兴趣。其中一个来自曼彻斯特的水手回忆，他曾见过他在研读一本爱尔兰民谣的歌谱——还对其内容哈哈大笑，但没有透露原因，“就像万圣节的丑老太婆在嘎嘎嘎地怪笑”。当被别人直截了当地盘问时，他会胡扯一通，但内容总是非常简短，而且几乎总是带着赞同的口吻，就像对着那些只会满口赞同的人一样，其他人很快就厌倦问他了。

他有点像那个年纪较轻的牧师，有女人在场时不是很自在。但显然他绝对不是牧师。他不读祈祷书，不会祝福别人，从来不参加合唱《荣耀颂》的活动。当驶出女王镇港口两天后，第一批乘客被伤寒夺去性命时，他没有跟着别人去参加葬礼：一个遗世独立之人，令统舱里的人在嘀咕抱怨。不过，这时候有人想到那个幽灵或许是“犹太佬”，或者，甚至可能属于新教的某个派别。那或许可以解释他的不安。

他行事并不乖张无常——事实上，他是船上最能被预测的人。正是他这份墨守成规的做派令他显得更加古怪。

就好像，他很肯定有人正在盯他的梢。

即使在青葱岁月里，我也曾遇到过夺人性命的男人：士兵、统领、匪徒、刽子手。自从那场可怕的航行后，我见到过更多类似的人。有些人杀人是为了钱，有些人是为了祖国。现在我认为那是因为他们觉得杀人带来快感，以金钱或祖国作为掩饰。但这个无足轻重的小人物，这个在夜间出没于甲板上的怪物，和其他所有人都不一样。即使已经过去将近七十年了，他在那艘苦难之船上踽踽而行的一幕仍然萦绕在我的回忆里。他的行为确实很古怪，但并不比许多被贫穷掐住脖子的人古怪到哪儿去。说老实话，并不比大部分人更古怪。

他看上去就像一个普普通通的人。谁都猜不到，他竟会谋害性命。

永别了，古老的爱尔兰，我童年的土地，
现在我将不得不永远与之别离。
永别了，海岸，三叶草在那里生长。
那里有明媚的美景，是勇敢者的家乡。
我满怀热爱与憧憬，思念她的幽谷。
虽然我再也不会见到她那青翠的山丘。
我不得不远渡汹涌的汪洋大海。
追寻名声、财富与甜美的自由。

第一章　起航

我们为期二十六天的海上航行中的第一天：
在这一天，我们的守护者记录了一些重要细节，
以及我们出发时的情形。

1847 年 11 月 8 日，星期一
海上航行还剩二十五天

以下内容只由船长约西亚·图克·洛克伍德登记，由他亲手撰写和签字；我以名誉庄严保证，我真实完整地记录了此次航海的情况，没有任何相关内容被遗漏。

经度：西经 10° 16.7′ 。

纬度：北纬 51° 35.5′ 。

实际格林尼治标准时间：晚上 8 点 17 分。

风向与风速：西南偏南风，风力 4 级。

海面状况：波涛汹涌。

航行朝向：西北偏西，282.7° 。

降水与描述：全天有薄雾，但晚上寒冷清朗。帆缆的上半部分结了一层冰。右舷对着德西岛。在北纬 52° 4.5′ 和西经 10° 39.7′ 处，提尔拉岛出现在视野之内，可以望见爱尔兰西端的大部分，因此也

能望见联合王国的西端。（科克伯爵的土地。）

船只名字："海洋之星"号（旧名："黄金贵妇"号）。

造船商：约翰·伍德，格拉斯哥港（推进引擎由布鲁内尔先生设计制造）。

所有者：银星船运公司。

先前航行：都柏林港（南码头）—利物浦—都柏林国王镇。

出发港口：女王镇（或科弗湾），北纬 51° 51′，西经 8° 18′。

目的港口：纽约，北纬 40° 42′，西经 74° 2′。

航行距离：直线距离 2768 海里，将乘西风分段完成。

大副：托马斯·利森。

皇家邮政专员：乔治·卫斯理阁下（由仆人布里格斯陪伴）。

船只重量：毛重 1154 吨。

船只长度：207 英尺，桅杆 34 英尺。

大体情况：飞剪型船艏，单烟囱，三桅横帆（已挂帆缆用于航行），橡木船体（钢钉加固），三层甲板，有艉楼与艏楼，侧桨轮推进动力，全速可达 9 节[1]。可以进行所有情况的海面航行，但须做全面维修；内部设备等也有损坏情况，统舱的天花板与舱壁漏水严重。船体将在纽约的旱坞接受检查，如有需要，将会填漏补缝。

货物：5000 磅水银供应阿拉巴马矿业公司。皇家邮政邮件（40 包）。桑德兰煤炭作为燃料。（这批煤炭质量低劣，肮脏而且多渣。）乘客们的行李。仓库中有备用泥浆。一架三角钢琴，运给纽约的约翰·J. 阿斯特阁下。

补给：充裕的饮用水、麦啤、白兰地、红葡萄酒、朗姆酒、猪肉、

1　节（knot），航速单位，1 节的定义为 1 海里 / 时，等于 1.852 千米 / 时。

鸡肉、羊肉、饼干、无菌牛奶等。还有燕麦片、大麦片、糖蜜、马铃薯、腌牛肉或风干牛肉、猪肉、熏肉、火腿、盐渍小牛肉、腌制禽肉、咖啡、茶叶、苹果汁、辣椒、胡椒、姜、面粉、鸡蛋、上等波特酒、波特啤酒、腌甘蓝、煮汤用的干裂豌豆，最后还有醋、黄油、罐头鲱鱼。船上待宰的活畜（关在笼中）：猪羊若干头，鸡鹅若干只。

有一个姓梅铎斯的乘客，因为酗酒斗殴被关押起来。（一个无可救药的过激分子：一定得安排人看守他。）有疑似伤寒热的病例，已经被转移隔离。

在此记录：今天统舱里有三个乘客死去，全都是长期挨饿致使身体虚弱的结果。玛格丽特·法雷尔，五十二岁，一位来自威克斯福特郡恩尼斯科西的拉斯菲兰的已婚女士。约瑟夫·英格利斯，十七岁（据说曾经是一位轮匠的学徒），居无定所，但出生地是卡文郡附近的库特希尔。以及詹姆斯·迈克尔·诺兰，来自科克郡的斯基伯林，一月零两天（私生子）。

他们的遗体被葬于大海。愿全能的上帝保佑他们的灵魂："我们在这里本没有常存的城，乃是寻求那将来的城。"[1]

我们有三十七位船员，普通统舱乘客有四百零二个半（通常一个孩童被当作半个成年人），头等舱或高级客舱里有十五个乘客。后面这群人里有：金斯考特的戴维·梅瑞狄斯伯爵与伯爵夫人、他们的孩子和一个爱尔兰女仆。《纽约论坛报》的 G. G. 迪克森先生，一位知名专栏写手和作家。威廉·曼甘医生，医学博士，来自都柏林彼得街解剖学院，由他孀居的妹妹德灵顿太太陪伴。土邦主拉吉

1　出自《新约·希伯来书》。

特辛吉殿下，一位印度的王公贵族。尊敬的亨利·迪兹阁下，神学博士，来自英格兰莱姆里吉斯的一位循道宗牧师（升舱客人）；以及另外几位。

今天在航行时，传来一个沉重的消息："埃克斯茅斯"号于上月 4 日在利物浦外海遭遇船难，船上二百三十九个半移民全部遇难，只有三个船员幸免。愿全能的上帝保佑他们的灵魂，愿他更仁慈地眷顾我们这趟航行，或至少仁慈地不加干涉。

……在故乡嚣张霸道的人来到这里（美国）时会觉得很奇怪那些下等阶层的人竟然和他们得到同样的尊重（但）当他们来到这里时大谈俺在家乡有这个那个身份如何如何根本没有用（因为）对这里的陌乡人来说他们只能靠行动而不是靠耍嘴皮子才能得到尊重……俺知道（来自爱尔兰的）他们如果在（那里）马路上遇见俺的话根本不会搭理俺（但）在这里俺见到他们时会当着他们的面哈哈大笑……

出自一个来到费城的爱尔兰移民帕特里克·顿尼的信

第二章　受害者

航行的第二天晚上：

当夜有一位重要的乘客被介绍给读者认识。

西经 12° 49′，北纬 51° 11′

晚上 8 点 15 分

尊贵的金斯考特勋爵，朗德斯通子爵，卡舍尔、基尔克林与卡纳第九任伯爵托马斯·戴维·纳尔逊·梅瑞狄斯阁下步入餐厅，正好迎上一声玻璃砸烂的巨响。

船身突然摇晃了一下，一个黑人乘务员在门道旁边绊了一跤，失手摔掉了沉重的银质托盘，上面装着倒满香槟的高脚酒杯。有人在讥讽地缓缓鼓掌，拿这个摔倒的乘务员开涮。从最远端的角落传来一声醉醺醺的嘲弄式喝彩："好哇！棒极了！干得漂亮，那家伙！"另一个声音说："他们得涨船票的价钱了！"

现在那个乘务员跪了下来，试图将碎片清理干净。鲜血从他那只瘦弱的左腕涓涓流下，沾染了他那件锦缎制服的袖口。他刚才慌张地捡起玻璃碎片时，从鱼际到大拇指的指尖被划了一道口子。

"小心你的手，"金斯考特勋爵说道，"拿着。"他递给那位乘务员一条干净的亚麻手帕。那个男人惊慌地抬头看着他。他张开嘴，却发不出声音。乘务员领班赶忙冲过来，正朝他的下属一通咆哮，用的是梅瑞狄斯听不懂的语言。或许是德语吧？还是葡萄牙语呢？他唾沫星子横飞地斥骂那个黑人乘务员，后者正畏缩地跪在地毯上，像一个被殴打的小孩，他的制服上沾满了鲜血和香槟，好似对海军准将的白色制服的怪诞模仿。

“戴维？”梅瑞狄斯的妻子喊道。他转身看去。她从船长的餐桌那儿自己的席位上微微欠身，正热烈地朝他挥舞着一根切面包的小刀，她那两条浓密的眉毛和两片苍白的嘴唇不耐烦地扭曲着。她身边的人在疯癫地哈哈大笑，所有人都在笑，除了土邦主，他从来没有笑过。梅瑞狄斯又回头去看那个乘务员时，他正被气急败坏的上司从餐厅里赶走，后者还在憋着嗓子咒骂着，犯事者以手抚胸，就像一只受伤的小鸟。

金斯考特勋爵的上颚尝到了苦涩的咸味。他的头在作痛，眼前一片模糊。几个星期来，他一直为泌尿道感染所苦，自从在国王镇上船之后，情况严重恶化。今天早上他疼得无法排尿，灼热的疼痛令他惨叫呻吟。他心想要是航行开始之前去看医生就好了。现在什么也干不了，只能等到了纽约再说。他不好意思对那个贪杯的傻帽曼甘明说。或许得等上四个星期。盼望吧，祈祷吧。

曼甘医生，一个垂头丧气的糟老头子，已经喝得满脸通红，头发泛着油光，就像一根抛光过的皮带。他的妹妹，活脱脱就像一个大主教的漫画形象，正在慢条斯理地撕下一朵凋零的黄玫瑰的花瓣。金斯考特勋爵在心里纳闷了一会儿，猜想她会不会把花瓣吃下去；但她只是将花瓣一片片地丢进水杯里。那个路易斯安那州的专栏作家格兰特利·迪克森坐在那儿，正以愤世嫉俗的书生气质盯着他们，他穿着晚宴的礼服，显然是从一个块头更大的男人那儿借来的，让他的肩膀显得像一口箱子。梅瑞狄斯不喜欢他，自从那次在劳拉举行的讨厌至极的伦敦文学之夜上不得不忍受他那些关于社会主义的唠叨之后，就一直不喜欢他。小说家与诗人们尚可忍，但上进的小说家与诗人们则真是令人受不了。格兰特利 · 迪克森只不过是一个小丑，一只狂热的鹦鹉，满嘴激进的口号，又有着二道贩子的态度：就像所有咖啡馆里的激进分子，内心其实是一个咆哮的势利小人。至于他对自己正在撰写的那本小说所发表的嚣张言论，梅瑞狄斯一眼就能分辨出谁是半吊子，现在眼前就有一个。当他听说格兰特利 · 迪克森会搭乘同一艘船时，他几乎想要推迟行程。但劳拉说他未免太荒唐了。他知道劳拉一定会这么奚落他。

吃顿晚饭居然得忍受这帮人。梅瑞狄斯的脑海里响起父亲最喜欢说的一句话：“**白人要忍受的事情实在太多了。**”

“你没事吧，亲爱的?”劳拉问道。她喜欢扮演关怀的妻子这个角色，尤其是在有观众欣赏她的关怀之时。他不介意。这么做令劳拉开心。有时甚至也令他开心。

“你看上去似乎在强忍疼痛哦，或是哪里不舒服。”

“我没事。”他说道，小心翼翼地在座位上坐下。“只是饿了。”

“但愿如此。”曼甘医生说道。

“抱歉我来迟了，”金斯考特勋爵说道，“有两个小家伙缠着我不放，想听睡前故事。”

那位邮政专员身为人父，露出不怀好意的异样的微笑。梅瑞狄斯的太太眼珠子滴溜溜地转动着，就像一个洋娃娃。

“我们的女仆玛丽又病了。”她说道。

玛丽·杜安是他们的保姆,来自戈尔韦郡卡纳的当地人。戴维·梅瑞狄斯从小就认识她。

“我不知道那个姑娘出什么事了，”金斯考特夫人继续说道，“自从我们上船之后，她就几乎没有离开过舱房。平时她活泼得像一头康尼马拉的马驹。而且总是动歪心思。”她举起叉子，久久地凝视着它，出于某个原因，用叉齿的尖端轻轻地扎着指尖。

“或许她想家了。”金斯考特勋爵说道。

他的妻子轻轻一笑：“我可不这么认为。”

“我留意到有几个年轻水手朝她使眼色。”医生和蔼地说道，“如果她不老穿一身黑的话，也算得上是个小美人。”

“不久前她还在为丈夫守丧，”梅瑞狄斯说道，“所以呢，我想或许她不应该去留意那帮年轻水手。”

“噢，亲爱的，亲爱的，在她这个年纪，那可是很困难的事情。”

“确实如此。”

酒倒好了。面包摆上来了。一位乘务员端来一个盖碗，开始上奶油浓汤。

金斯考特勋爵觉得很难集中精神。疼痛就像一条小虫，在他的腹股沟里缓缓地钻行：一只完全看不见东西的剧毒的蛆虫。他能感觉到他的衬衣紧紧地贴在肩膀和肚子上。餐厅里有一股苍白凝滞的氛围，似乎被抽干了空气，然后注上铅粉。在肉食和开得过于茂盛的百合的发腻的气味中，有另一股更为浓烈的恶臭在努力想占得上风。老天爷啊，那股污秽的味道到底是怎么回事？

显然，梅瑞狄斯进来时，医生正在讲述他的某一则冗长故事。现在他继续讲下去，笑得很开心，笑得像只嘎嘎叫的自娱自乐的鸭子，笑得全身乏力，张嘴环视那些出于义务而刻意笑着的客人。一头会说话的猪的故事。或会跳舞的猪？用后腿站立高唱汤姆·穆尔[1]的歌曲。总之是一则爱尔兰的乡间故事。医生的所有故事都是这些。先森们，饱歉。[2]愿耶稣拯救你的信仰。他拨开额前那绺看不见的头发，鼓起腮帮子，为自己的模仿才华感到由衷骄傲。这么说实在令是梅瑞狄斯觉得反胃，发迹的爱尔兰人总是会奚落他们的乡下同胞。他们总是声称这标志着他们在民族问题上的成熟，但其实那只是另一种奴颜婢膝的谄媚姿态。

“你现在可以告诉我吗？”医生得意地笑着，他那双明亮的眼睛洋溢着欢乐，“那种事情还能在哪儿发生呢？除了亲爱的古老的爱—尔—兰。”

他一字一顿地说出最后那三个字。

“了不起的人，”满身大汗的邮政专员表示赞同，“他们有自己的一套精彩逻辑。”

那位土邦主好久没说话了，穿着他那身浆硬的长袍，愁眉苦脸地发呆。然后他阴沉沉地嘟囔了几个字，朝他的贴身男仆打了个响指，那个男仆就像一位守护天使，站在他身后几英尺处。男仆递上一个小银匣，土邦主小心翼翼地打开，从里面拿出一副眼镜，端详了一会儿，似乎为找到这副眼镜而感到惊诧。他用一张餐巾擦干净眼镜，然后戴上。

“您会在纽约待一阵子是吧，金斯考特勋爵？”

梅瑞狄斯隔了一会儿才意识到船长在对他说话。

1　即托马斯·穆尔（Thomas Moore，1779—1852），爱尔兰诗人，代表作有《吟诗的少年》《夏日最后一朵玫瑰》等。

2　此处的英文分别是“Gintilmin”（正确的拼写形式是“Gentlemen”，意为“先生们”）和“Sorr”（正确的拼写形式是“Sorry”，意为“抱歉”）。

“事实上，”他说道，“我想投身商界，洛克伍德。”

不出意料，迪克森看了他一眼。“从什么时候起贵族阶层也得纡尊降贵工作谋生呢？”

“爱尔兰正在闹饥荒，迪克森。我想你去那里探访时已有所了解，是吧？”

船长忧愁地笑了笑：“我肯定我们的美国朋友没有恶意，金斯考特勋爵。他只是觉得——”

“我很清楚他在想什么。一位伯爵怎么会沦落到当生意人的地步呢？在某种程度上，我亲爱的妻子总是心有同感。”他看着餐桌对面的妻子。“是吧，劳拉？”

金斯考特夫人一言不发。她的丈夫继续喝汤。他想趁汤还没凝固把它喝掉。

“是的。因此，你明白我的处境，迪克森。四年来，我的产业上没有一户佃农支付田租。父亲去世后，留给我的是康尼马拉南边的一半沼泽，尽是石头和烂地，还有一大堆逾期未付的款项和拖欠的工资。更别提拖欠政府的一大笔税款。”他掰开一块面包，喝了一口红酒。“半死不活很费钱，”他阴沉沉地朝船长一笑，“不像这些红酒，便宜货色。”

洛克伍德不安地环顾餐桌。他不习惯与贵族打交道。

一个年轻女人开始弹奏摆放在餐厅中间甜点桌附近的华丽竖琴，旁边是滴着水珠的胜利海神冰雕。旋律听起来很尖细，略微有点跑调，梅瑞狄斯觉得竖琴音乐听起来都是这个调调。但她弹得很认真，令他很感动。他希望餐厅里就只有他自己和那个年轻女人。他本想坐下来喝一会儿酒，一边喝一边听那跑调的音乐。一直喝到他不省人事为止。

康纳斯？穆利根？莱尼翰？莫兰？

当天早些时候，透过将统舱与他们这边的头等客舱隔开的铸铁栏杆，他注意到一个经常在克利夫登街头见到的男人。那个家伙戴着锁链，要么是喝酒了，要么是个半疯子，但梅瑞狄斯仍然认出了他，他没有认错。他是巴利纳欣奇的汤米·马丁的佃户。显然，他因为酗酒闹事被关押起来——那位来自莱姆里吉斯的循道宗牧师是这么说的。梅瑞狄斯听到这番话，十分吃惊。他记忆中的那个人根本不是这样。

科里根？乔伊斯？玛霍尼？布雷克？

每逢星期一早上，他和父亲会来克利夫登卖芜菁和甘蓝，他们是一户小农：一个典型的争强好胜的戈尔韦小伙子，精力旺盛活力十足。他到底姓什么呢？菲尔兹？希尔兹？总之是一个鳏夫。1836年的时候妻子死掉了。他和七个孩子住在班科拉杜夫的石英页岩山坡上，生活仅能勉强糊口。奇怪的是，梅瑞狄斯总是很羡慕他们。

他自己知道那个想法是多么滑稽可笑。但那个父亲显然为自己的儿子感到骄傲。他们之间有一份脉脉的温情，一份尴尬的亲情，即使他们一直在互相斗气。那个农民会斥责儿子游手好闲；儿子会顶嘴骂父亲是一个酒鬼。那个男人会朝儿子的脑袋扇一巴掌；儿子会朝他扔个烂了一半的芜菁。克利夫登的妇女们会围着他们那个破破烂烂的摊位，一边听他们对骂，一边买他们那丁点儿糟糕的货色。互相谩骂已经成为一出闹剧。但梅瑞狄斯知道那是怎么回事。

梅铎斯？

12月的一天清晨，他驾着四轮轻便马车去马姆克罗斯接搭乘邮政马车过来的姐姐。他见到他们在市场中间的空地上踢一个破烂的球。那天早上很安静，起了薄雾。他们的摊位摆在教堂门口附近，那些芜菁被清洗过，就像闪闪发亮的圆球。除了这对父子，整座城镇还在沉睡。叶子在空荡荡的街道上飘动着，远处的农田结着露珠泛着银光。他坐在餐厅里，心思随着漆黑汹涌的海洋在起伏，现在全都记起来了。康尼马拉的早晨。一切都带着异样的美。他们的身影就像天体在迷雾间穿梭，其中一人踢中皮球的砰然声响、闷声闷气的叫嚷、俏皮的污言秽语、如音乐般动听的无拘无束的笑声，在教堂漆黑的高墙间回荡。

在自己的整个童年中，戴维·梅瑞狄斯勋爵从未与父亲玩过橄榄球。他不知道父亲知不知道什么是橄榄球。他记得那天早上在比安科尼接到姐姐，她带着大包小包的圣诞节礼物和好几盒糖果，还有许多从伦敦听来的新闻和小道消息。他将那番话说给艾米莉听，她哈哈大笑，与他心有灵犀。艾米莉说要是爸爸见到一个橄榄球，他或许会把它塞进大炮里，试着朝一个法国佬发射。

他不知道父亲现在身处何方。他的遗体被埋在克利夫登的教堂墓地里，但他去哪儿了呢？信徒们所笃信的死后有来生的谬论终究蕴含着些许真理吗？这个说法会是某个更加符合科学的真相的隐喻吗？未来会有智者能够解释其中的寓意吗？要是那就是真理的话，它是如何运作呢？天堂在哪里呢？地狱在哪里呢？

我等同于我的先辈们吗？他们就是我的全部吗？

在登上“海洋之星”号的三个星期前，梅瑞狄斯将他、父亲与祖父出生的宅子锁起来，关上破破烂烂的窗户，最后一次关上它，锁上它。他把钥匙交给来自戈尔韦的估价员，绕着空荡荡的马厩散了一会儿步。没有一个从前的佃户来为他送别。他一直等到黄昏，但没有人来。

他由保镖护送——那个男人坚持要这么做——从金斯考特骑马出发到克利夫登去祭拜父亲的坟墓，却发现它又遭到亵渎。那尊花岗岩的海之天使雕像被砸成两半，墓碑上用白石灰写了“腐烂的[1]杂种”几个字，还有那帮肇事者的图徽。他的祖父的坟墓以及祖先们的坟墓，都被泼上宣泄他们心中愤恨的图徽。梅瑞狄斯自己的名字出现在几块墓碑上，它们也被划花了。只有他的母亲的坟墓没有被碰过，可它的幸免只是令周围的肆虐显得更加残忍无情。但看着这一幕，他心里什么感觉也没有。真正令他关注的只有那个写错的词语。他们是说他的父亲已经腐烂了还是正在腐烂呢？

现在他对那一幕感到纳闷：他竟然没有什么反应。这帮捣毁了他父亲的坟墓的男人，他们到底想说什么呢？他们的标志是围在心形图案里的“H”，但到底是什么样的人，竟能狠心去冒犯死者呢？“爱尔兰[2]守护者”，他的保镖解释，这帮本地的暴徒给自己起了这个名字。他们还起了一个名字，叫“负债人”，主要是因为他们处理债务的问题，而且他们干起这事来，可靠得令人毛骨悚然。当时梅瑞狄斯平静地假装不知道这些词语的渊源，假装和往常一样，感兴趣的是当地人的风俗习惯，似乎警官在向他讲解的是吉格舞的舞步或童话故事。他们真的那么痛恨他的父亲吗？他干了什么才被他们如此忌恨呢？是的，无可否认，他曾经是一个不讲情面的地主，在他晚年更是如此。但爱尔兰绝大多数地主都是这样，在英国也一样，到处都一样，有的地主还要糟糕得多，许多地主更加残忍。难道他们这帮在夜里出没的破坏者不知道他的父亲曾尝试为他们付出多少吗？难道他们不明白他是他那个时代的代表，本能上和政治立场上都是一个保守派吗？政治与本能往往是同一个事物，在戈尔韦

1　原文是“ROTTIN”，正确的英文拼写应该是“rotting”（正在腐烂）或“rotten”（已经腐烂）。

2　原文为“Hibernia”，是爱尔兰的拉丁文名称。

碎石遍布的田野，在西敏寺雕像林立的厅堂。或许在其他每个地方也是。“政治”是陈腐偏见的委婉表达,是敌意和宗派愤恨的遮羞布。

不知道为什么，梅瑞狄斯想起了自己的孩子：记起他的小儿子在襁褓里的情形，晚上因为长牙的疼痛而嘤嘤哭泣。伦敦房子里那间堆满了木偶的育儿室。他轻抚着孩子的脑袋。握着他的手。一只黑鸟在被雨打湿的窗台跳来跳去。儿子小小的手指绕在父亲的手指上，似乎在无声地祈求：“留下来陪我。”就像客西马尼园子里的基督。陪我一个小时。最终我们想要的，只是令人感动的琐碎小事。梅瑞狄斯的脑海中浮现了一个奇怪的想法，他的父亲也曾经是个婴孩。在他临终前的弥留片刻，他似乎又变成了婴孩，那个体格魁梧、脾气暴虐、铁石心肠的男人，他的画像悬挂在帝国各地的走廊里。他伸出苍白虚弱的手去拉戴维·梅瑞狄斯，抓住他的大拇指，似乎想要扭断它。他的眼睛里流露着恐惧，闪烁着惊慌。戴维·梅瑞狄斯本想说：“没事的。我会陪着你。不用害怕。”但他说不出口。

仿佛从太久的沉睡中醒来，他意识到身边的人正在谈论那场饥荒。

邮政专员正高声与迪克森争论。“并非所有的地主都是坏人，你知道的,亲爱的伙计。他们当中有许多人资助佃户移民到外国去。”

那个美国人嘲讽道：“将他们庄园里最孱弱的人赶走，只留下最能干的。”

“我想他们必须将土地按生意之道去经营，”船长插话了，“每个人都不容易，但这是没办法的事情。”

如他所料，听到船长这么说，对方露出怒容。“您在这艘船上接了那么多统舱乘客，这就是生意之道吗?”

“我的手下会尽量照顾好乘客。我必须按照主人定下的规矩办事。”

"您的'主人',船长？他们是什么人呢？"

"我指的是这艘船的主人。银星公司。"

迪克森阴沉沉地点了点头，似乎已经预料到会是这个答案。梅瑞狄斯猜想或许他是一个激进分子，暗自庆幸不公的存在。只要扬言你为这些事情感到愤慨，你就能轻易地登上道德的制高点。

"他说的有道理，洛克伍德。"医生说道，"说到底，统舱下面那帮人并不是非洲黑奴。"

"黑奴倒还干净些。"邮政专员嘎嘎嘎地笑了。

医生的妹妹发出微醉的咯咯咯的轻笑声。她的哥哥责备地瞪了她一眼。她连忙敛容装出一副悲切的模样。

"把人当野人对待，他就会做出野人的举动。"梅瑞狄斯说道。他的声音在发颤，连他自己也吓了一跳。"任何熟悉爱尔兰的人都应该知道这一点。加尔各答、非洲或其他任何地方都一样。"

一听到加尔各答，有几个人偷偷地瞄了土邦主一眼。但他正忙着朝满满一勺汤吹气。或许这是出人意表的举动，因为汤已经冷透了。

格兰特利・迪克森现在盯着金斯考特勋爵。"说得真动听，梅瑞狄斯，出自您的口中。我不知道像您这种身份的人晚上怎么睡得着。"

"我睡得很香，我可以向你保证，老伙计。但在我睡觉前，我一定会拜读你最新的文章。"

"我知道阁下断文识字。您曾给我的编辑致信，抱怨我所写的内容。"

梅瑞狄斯垂下眼皮轻蔑地笑着说："有时候我甚至还打呼噜呢，害得我妻子睡不着。"

“戴维，天啊，”金斯考特夫人面红耳赤，“居然在饭桌上说这些事情。”

“真是令人叹为观止，小迪克森火山的周期性爆发。当你那本期待已久的小说最终出版时，无疑，我会发现它和你的其他作品一样有助于睡眠。我敢说届时我会像恩底弥翁[1]一样睡得很香。”

迪克森并没有加入别人不自在地哈哈大笑的行列。“您让您的人民生活在卑贱的贫困中，或近乎于此的境地。他们累得驼背折腰，让您得以享受地位，而您却随随便便就将他们逐出土地，不做任何补偿。”

“我的佃户个个都是拿到补偿才被遣散的。”

“因为根本没剩几个人被遣散，因为您的父亲已经驱逐了他一半的佃户，由得他们沦落到济贫院[2]或倒毙在路上。”

“够了，迪克森。”船长平静地说道。

“今晚他们中有多少人在克利夫登济贫院里呢，金斯考特勋爵？夫妻分居是进去的条件之一。比您的孩子还小的儿童与父母骨肉分离，被贩卖为奴。”他伸手进燕尾服的口袋里，抽出一本笔记本。“您知道他们有名字吗？您希望我把他们的名字一一念出来吗？您去探望过他们，为他们朗读过睡前故事吗？”

梅瑞狄斯觉得自己的脸似乎被太阳灼晒过。“不许在我面前质疑我的父亲，阁下。不许有下次。你听明白了吗？”

“戴维，冷静下来。”他的妻子平静地说道。

1　恩底弥翁（Endymion），古希腊神话中的人物，他与月亮女神塞勒涅相爱，宙斯施法让他长眠在拉特摩斯山上，每晚在睡梦中与塞勒涅相会。

2　济贫院是为穷人提供工作和为弱者提供生计的机构。英国19世纪颁布的新济贫法规定，所有想得到救济的人必须生活在济贫院里。初衷是改善穷人的生计，然而恶劣的环境与严酷的监管，令济贫院成为疾病与死亡的温床。

“我的父亲深深地爱着爱尔兰，为了她的自由与穷凶极恶的波拿巴主义做斗争。迪克森先生，我曾利用你所说的‘我的地位’为改革济贫院积极进言。要不是我的父亲及其同人的努力，根本不会有济贫院的存在去帮助穷人。”

迪克森发出一声几乎听不见的冷笑。梅瑞狄斯的语气变得愈发强硬。

“我在上议院与其他场合经常提起这件事。但我想你的读者对那些事情并不感兴趣。他们感兴趣的是八卦闲聊、粑粪新闻和简而化之的漫画。”

“我代表了美国的自由出版，金斯考特勋爵。我所写的是我发现的事实。我向来秉笔直书。”

“别再自欺欺人了，先生。你什么都代表不了。”

“先生们，先生们，”船长叹了口气，“我恳求您两位。我们前面还有漫长的航行，让我们抛开分歧，友好共处吧。”

沉默笼罩着这群困窘的人，它就像一位不请自来的客人，在餐桌旁坐下，但大家都太尴尬了，不愿说出这个事实。那位竖琴乐手弹完了一首感伤的凯尔特曲子，餐厅里响起稀稀落落的、不够热烈的掌声。迪克森随手把他的盘子推开，三口就把一杯水喝光了。

“或许我们应该把政治谈论推迟到晚上，等到女士们离开之后。”船长勉强笑着说道，“现在，各位，再喝点红酒吧？”

“我已经尽了自己的最大努力去改善济贫院的处境。”梅瑞狄斯说道，试图让自己的语调保持平静。“譬如说，我曾经游说应该降低接纳条件。但这是一个非常棘手的问题。”他强撑着直面迪克森现在令人捉摸不定的目光。“或许你我可以在别的场合谈论这件事情，”他补充了一句，“这是一个棘手的问题。”

“确实是，”梅瑞狄斯的妻子突然开口了，“如果不设立严格的条件，那他们就会利用被给予的帮助。戴维。要我说，条件应该更加苛刻。”

“亲爱的，情况并非如此，我之前不是跟你说过了吗？”

“我想就是这样。”她平静地应了一句。

“不，不是的。”梅瑞狄斯说道，“之前我已经在这个问题上纠正过你了。”

“否则我们只会鼓励游手好闲和依赖成性的风气，他们就是因为这样才招致不幸。”

梅瑞狄斯发现自己又怒火攻心。“劳拉，要是由你这个好榜样向我解释什么是游手好闲，那可真是该死。是的，真是该死。**你听见了没有？**”

船长放下刀叉，黯然地盯着自己的盘子。旁边的桌子坐着循道宗的牧师，他转过身，像一只猫头鹰般目光炯炯发亮。迪克森和邮政专员静静地坐着。医生和他妹妹低着头。土邦主继续静静地喝汤，朝汤吹气时，牙缝间响起柔和的口哨声。

“恕我抱歉，”金斯考特夫人嘶声说道，“我今晚有点不舒服。我想我得出去透透气。”

劳拉·梅瑞狄斯身姿僵硬地从桌旁站起身，用一块餐巾擦干净嘴唇和双手。她离开时，男士们欠身鞠躬，只有她的丈夫和土邦主拉吉特辛吉没动。土邦主从来不向人鞠躬。

他摘下眼镜，仔细地朝镜片上呵气，然后开始一丝不苟地用他那条金色围巾的褶边擦拭镜片。

船长朝其中一个乘务员招手。“护送伯爵夫人，”他立刻下达命令，“确保她不走出头等舱的大门。”

那个乘务员点头表示明白，离开了餐厅。

邮政专员诡秘地笑着说："那帮土著可不会安分守己，是吧？"

约西亚·洛克伍德没有应话。

"告诉我，船长。"土邦主皱着眉头困惑地说道。现在餐桌上每个人都张口结舌地看着他，似乎他们忘记了原来他会说话。

"那位年轻貌美的女士正在演奏竖琴的是谁？"[1]

船长的神情略显尴尬。

"您得启示我，我知道，要是我说错话了。"

"大人？"

"但难道她不就是……大管轮吗？"

每个人都转身或探着身子张望。那个竖琴演奏者的双手正扫过织布机般的琴弦，编织出热烈的琶音。

"愿神圣之力庇佑。"邮政专员不安地说道。

医生的妹妹笑了一声。但没有人附和，她马上闭嘴了。

"让一个大男人上去演奏似乎不大妥当，"船长喃喃说道，"我们希望在"海洋之星"号上尽量维持体面。"

1　在原文中，土邦主的英语在语序上不符合语法，而且用词不当，因此译者在译文中做了相对应的调整。

第三章　肇因

在本章里，作者直白地记录正在爱尔兰发生的引发争论的灾难性事件，在遭到一位贵族的斥责时捍卫自己。

《纽约论坛报》

1847 年 11 月 10 日

星期三

今天的讨论重点：

为什么爱尔兰发生饥荒？

撰稿人：伦敦分部助理

G. G. 迪克森先生

这位在职记者要求对不久前刊登在本报的一封信件做出回应，该封信件的署名人是“戈尔韦的戴维·梅瑞狄斯”，但他的另一个身份是卡舍尔与卡纳的金斯考特勋爵，主题是关于爱尔兰的饥荒。

现在肆虐爱尔兰全境的这场灾祸是由天启四骑士——自然灾害、赤贫、穷人对单一脆弱作物的完全依赖、他们的地主与主子的铁石心肠——的可怕共谋而引发的。各个地方的赤贫人口陷于饥荒都是拜这四股可怕的力量所赐。这并非“意外”，而是不可避免的结局。如此罪孽深重的土地，除了邪恶，还能结出什么果子呢？

靠着剥削家族的佃户，金斯考特勋爵支付全额学费接受了牛津大学的教育，任何受过类似教育的人想必都知道这个事实。和每一场夺去人命的饥荒一样，之前已经有许多场饥荒发生过。（过去三十年爱尔兰发生了十四场饥荒，在18世纪中期还曾爆发一场灾难性的枯萎病疫情。）点燃这个引火盒的火花，是出现于两年前的真菌感染，它摧毁了爱尔兰穷人的主食马铃薯，这种疾病的具体名称尚未可知。

事实上，令这场灾祸发生的经济体制的名字已是众所周知。它叫“自由市场”，并广受推崇。和戈尔韦的戴维·梅瑞狄斯一样，它也有另一个化名。许多罪犯都有化名，绝大多数贵族也一样。它的化名叫作“自由放任”，它宣称对利润的渴求能够调节一切：包括谁能活下来，谁应该死去。

正是这种自由容许爱尔兰的食品商人在饥荒地区将价格抬高到四倍；由得一车车未被摧毁的收成由爱尔兰的农场主在武装保护下运到都柏林和伦敦，而他们的同胞饿死在发出腐臭的田野里。（在都柏林富人的饭厅或尊贵的大主教的宫殿里可没有饥荒。）

没有其他人性的品质可以被允许干预自由市场的宏伟运作。就连赐予我们辉煌的文艺复兴的人类想象力也不可以。为我们缔造了美国的对自由的向往也不可以。对受苦的同胞兄弟的自发同情也不可以。自始至终，只有利润这台引擎在刺耳地运转。

这并不是夸张的表述。不事生产的贵族有责任不让那些被他们吸髓吮血的农民活活饿死的言论，被英国和爱尔兰的贵族视为奇谈。斥责穷人活该挨穷和认为财富是天赋权利才是合理的言论。最辛勤劳动的人所拥有的财富却最少，无所事事饱食终日的人反而拥有最多。

事实不容抵赖，由得爱尔兰的穷人惨遭灭顶之灾的权力阶层大部分是英国人。但也有许多是爱尔兰人。关于那些英国人已经有许多文章，但为那些爱尔兰人而写的东西还远远不够。有些人觉得谴责“英国”是这场灾祸的罪魁祸首很方便，但造成这场毁灭的并不是“英国”，而承受苦难的并不是“爱尔兰”。真实的情况更加复杂，但同样残忍。

英国的统治阶级放弃了责任，

被他们统治的数百万爱尔兰人在漫长而残酷的历史中遭受了最为残忍的毁灭。在此期间，许多情况相对较好的爱尔兰人，虽然他们与那些受苦之人拥有相同的国籍（仅此而已），却漠然置之。正如金斯考特勋爵所说，引用他那番令人难忘的话："饥饿杀死穷人。它从来不问他们的国旗是什么。"无疑，如果饥荒在约克郡肆虐，政府的应对想必不至于那么无能和令人沮丧。可是，如果有人真的相信尊贵的约翰·罗素勋爵[1]（英国首相，第一任罗素伯爵、安伯利的安伯利子爵、阿德萨拉子爵、第六任贝德福德公爵大人的第三子）会提高对他那帮贵族"同伴"的赋税以救助遭遇饥荒的利兹，那他会被当头浇上一大盆冷水。

事实上，正如金斯考特勋爵不久前在信里自豪声称的那样，罗素政府已经送去粮食。但援助总是无济于事：糟糕的规划、糟糕的组织、糟糕的分配，数量严重不足，几乎起不到任何作用，在错误的时间分配到了错误的地点，可谓杯水车薪，为时晚矣。他的许多爱尔兰崇拜者——数目确实很多——必须分担罗素勋爵及其政府的责任。

许多爱尔兰富农根本没有出手帮助饥民；事实上，他们将穷人放弃的土地占为己有，大大增加了自己的财富。一伙儿声称对爱尔兰人民怀着热忱的地主实际上做的事情是将千千万万的爱尔兰人从他们世代继承的土地上赶走。金斯考特勋爵自己的家族就是这伙儿人中的一员。他说他是"生于戈尔韦长于戈尔韦的爱尔兰人"。你会猜想他是不是在长年居住的切尔西宅邸里说出这番话。

据说"英国人"要为这场饥荒负上责任，因为他们支持不愿施以援手的政府。这显然是不对的。基本上，那个王国的无产阶级没有一个人投票支持加剧爱尔兰饥荒的腐朽政权。证据很简单。

1　约翰·罗素（John Russell，1792—1878），英国政治家，曾两度出任英国首相，首任时间是1846年至1852年。

那些人并没有投票权。[1]

在那个暗无天日的民主的母邦，投票权（戴维·梅瑞狄斯在未经选举而产生的“上议院”里侃侃而谈指点江山）只分配给富人，而不是全体公民。事实上，没有哪个英国人是真正的公民，他们只是女王陛下[2]的臣民。每二十个英国人中，有十九个没有投票权。“人民”的意见在那个曾对我们实施高压统治的残暴专政王权之岛根本无足轻重。我们延续了他们的古老传统，剥夺了我们那一半长不出胡须的人口的选举权，是何等乐事。

不久前，金斯考特勋爵在本报里告诫我们：“关于这场爱尔兰饥荒的一切远比它所呈现的情况更为复杂。”确实如此。和那大批大批的饥民不一样，勋爵大人很享受能活着去争辩情况复杂性的奢侈。

诚然，将奉行农业的爱尔兰划分为富人与赤贫者两个阵营并不完全准确。此外还有小农场主与其他人，他们所拥有的微薄资源令他们与名为济贫院，实则为美化过的监牢之间隔着薄薄一张纸的距离。许多人居然还买得起棺材，但大部分人无力承担，要是金斯考特勋爵肯从书桌旁站起身去眺望窗外，他就会有所了解。在穷苦的佃户里存在大量非正式的土地再分割情况（无须支付田租或租金非常低廉），导致对本已耗尽肥力的土壤进行大规模的过度种植，从而令贫困与饥饿的情况变得更严重。此外还有一无所有的赤贫人口。他们连移民的八美元都没有（这只是金斯考特勋爵在伦敦俱乐部吃一顿晚饭的价钱），也没有任何财产可以卖掉筹钱，他们以成千上万的规模死去，而我们却在津津有味地探讨复杂的问题。光是今年就有二十五万人死去。这个数字比佛

1　1832 年至 1867 年间，在英国获得投票权的财产要求是：乡村男性居民的地契或长期租约（60 年以上）的估值在 10 英镑以上，中期租约（20 至 60 年）或临时租约（20 年以下）的估值在 50 英镑以上；城镇男性居民的产业价值须在 10 英镑以上。直到 1918 年，英国女性才获得投票权。

2　当时是维多利亚女王执政，她从 1837 年到 1901 年在位。

罗里达、艾奥瓦与特拉华三州的人口总数还多。

关于这场饥荒的一切的确很复杂，除了这场灾难的受害者——老人、青年、弱者与穷人——的深切痛苦。他们的劳动令爱尔兰的乡绅们过着优裕轻松的生活，后者和他们的英国同人一样，半日光阴消磨于床笫之间。我们明白勋爵老爷们和夫人小姐们是多么倦怠。浏览一下过去几年的《伦敦画报》就会知道狩猎、舞会与其他累人的优雅乡间生活消遣是如何在灾难深重的爱尔兰继续欢乐地进行，而饥肠辘辘的人却不知趣地倒毙在路边。

这些人被残忍地榨干和抛弃，他们现在能到何处寻求帮助呢？或许向备受尊敬的英国第四阶层[1]同人求助。下面是一篇来自近期伦敦《泰晤士报》的社论（金斯考特勋爵持有这份刊物不少股份）："我们认为这场马铃薯枯萎病是一次祝福。当凯尔特人不再只吃马铃薯，他们一定会转而吃肉。美味的肉食会令他们提振食欲。随之而来的，将会是稳定、规律与坚强。"

最新一期的《笨拙周刊》（一份反美小报，它的编辑经常到金斯考特勋爵的府邸做客）提倡强制性的大规模移民："我们充满信心，如果这个计划得以顺利实施的话，那将是自圣帕特里克除害[2]之后，振兴爱尔兰的最伟大壮举。"

事实上，大规模的迁徙正在进行。在接下来的三十年里，生活在美国，生活在我们身边的爱尔兰人要比那个残酷不公的国度更多，他们在自己的故乡被视为祸害。

这不是有预谋的种族谋杀，该说法是站不住脚的歪曲谬论。这是另一回事，在这件事情上，金斯考特勋爵的意见非常正确。（对一个眼睁睁看着孩子饿死的母亲来说，知道他们的死并非故意为之，那真是莫大的安慰。）而且这场饥

1 在英国，媒体被誉为继贵族、教会与平民之后的第四阶层。

2 圣帕特里克（Saint Patrick，约385—461），爱尔兰守护圣人，传说他曾施行神迹，将蛇逐出爱尔兰岛。

荒也不是受害者的懒散和愚昧导致的（总之不是他们自身的原因），但现在伦敦的报纸正充满仇恨地对此大肆宣扬。“笨拙先生”并不是唯一将爱尔兰人与野兽和恶棍等同而论的狞笑傀儡。这些愚蠢的内容到处得到反复强调。许多爱尔兰神父已经在这样教导他们的信众：英国人是不信奉上帝的堕落者，是既没有教养又残忍嗜血的异教徒。其他人也在为战斗做准备，行为更加隐秘，但同样危险。一位戈尔韦乡村地区的革命团体成员（被金斯考特勋爵本人赶走的一个佃户）不久前向记者坦言：

“我痛恨英国人，一如我痛恨撒旦。他们肮脏下流，他们是蛮夷和偶像崇拜者，而我们的民族是圣洁的。这个国家将会发生一场圣战，将他们统统赶走。我根本不在乎他们在这里多少个世纪了，这不是他们的国家。他们依靠武力将其占有。那帮狗杂碎与他们的母狗将被灰溜溜地赶回原先的粪坑里。我宰掉的每一条狗，都将会是令我的名字得到赐福的功绩。”

我们当中有许多人的朋友在大不列颠与爱尔兰，我们所有人的祖先或多或少都有那两个国家的血脉。因此，在这个可怕的时刻，美国必须不遗余力地向伦敦政府施压。否则，这场饥荒将在接下来的一个世纪里毒害那两个岛国上温和体面的人之间的关系。

这场饥荒肯定会令一百万人丧生。如果不采取紧急措施去帮助穷人，将会有成千上万的人死于骇人听闻的余波：死于利刃、炸弹、刺刀与子弹之下。他们当中甚至可能会有若干贵族，那当然会是非常不幸的事态。他们的彻底灭绝将会令许多美国报纸的版面内容变得贫乏。

＊＊＊＊＊广告＊＊＊＊＊

搭乘银星船运

享受最奢侈的客房

优雅服务，海上精美饮食

纽约至利物浦：每日通航

香槟等级，120 元往返

敬请预约

＊＊＊＊＊＊＊＊＊＊＊＊＊

我很抱歉牧师那么严厉地惩罚你。你一定得来这个爱与平等的国度。我在这里生活得可开心了。你想不到我会有情郎吧，但的确有许多人在追求我。现在有六七个了。我已经成为正宗的扬基姑娘，如果我回到家乡，小伙子们都会围在我身旁。我想没别的什么要说了。

出自玛丽·布朗寄给韦克斯福德的表妹的信件

第四章　饥饿

航行的第四个晚上：

在本章将讲述杀人凶手的密谋，他的残忍意图与狡诈无情

西经 17° 22′，北纬 51° 05′

下午 5 点 15 分

杀手庇乌斯·穆尔维走在湿漉漉的前甲板上，拖着他那只跛足，就像拖着一麻袋螺丝钉。海洋是铁灰色的，点缀着黑色的漩涡。驶出科夫郡的第四天已经悄然接近黄昏。一轮新月就像一片断裂的指甲，在翻卷的灰炭般的云朵间若隐若现。在不远处，几朵乌云正在倾泻明亮的雨夹雪。

穆尔维在忍受着痛苦。他的双脚已经在发疼。他的手指关节和指尖冻得麻木。湿漉漉的衣服贴在湿漉漉的皮肤上，那种蚀骨严寒就像女巫的毒液。

他们已经离开科夫郡几天了，银鸥和海鸽在“海洋之星”号后面发出刺耳的尖叫，它们盘旋俯冲，扎入翻腾的浪花里，尖叫着齐刷刷地停落在甲板栏杆上。统舱里有几个男人试图设诱饵捕捉它们，比起被吓坏的猎物那带着鱼腥味而且韧得像绳索的鸟肉，人鸟之间的较量更有滋味一些。即使爱尔兰早已从视野中消失，鸬鹚和海雀仍在白色的浪花上飞掠。它们生活在西南海岸之外岩石嶙峋久已荒

弃的岛屿上，那个岛屿就像一个粗心的制图员溅洒的墨迹。现在没有海鸟了。现在什么都没有了。

只有这艘船在不停地呻吟，发出令人心跳停止的嘎吱声响。没绑紧的船帆发出令人不安的沙沙声，刮起北风时水手们叫嚷着。孩子们的哭喊声、男人们的吼叫声、他们在晚上演奏的刺耳的乐声、讲述伤感的爱情与报复的歌声、闷声闷气的爱尔兰风笛的演奏声、甲板上关在笼子里的动物的尖叫声、饶舌的妇女们无休止的唠叨声，尤其是那些年轻女人。

纽约是什么样子呢？在纽约的人穿什么衣服呢？纽约的动物园里有什么动物呢？他们吃什么东西呢？听什么音乐呢？华人的皮肤真的是黄色的吗？印第安人的皮肤真的是红色的吗？黑人那处不可言说的部位真的比基督徒的大吗？美国女人真的会在公共场合袒胸露乳吗？穆尔维总是觉得海上航行会很平静，尤其是在他年轻的时候。那种生活能令一个男人摆脱过去。事实上，在船上和在地狱里没什么两样，他应有此报。他的过去就像一根系泊的绳索，将他紧紧绑住。船走得越远，他就觉得绳索拉得越紧。

他无法与女人相处，尤其是那些年轻女人。一部分原因是看见她们消瘦的脸庞、黯淡无光的眼睛和瘦巴巴的胳膊令他感到心痛。她们的希望就像被烙上了关于失去一切的记忆，令他感到恐惧。他整晚在船上走动就是为了避开女人，而一整天睡大觉则是为了避开男人。

那些男人大部分是来自科诺特和西科克的被驱逐的佃农，来自卡洛和沃特福德的沦为乞丐的无赖，还有一个箍桶匠、几个蹄铁匠、一个来自凯里的宰马人以及几个来自戈尔韦的渔民，他们连渔网都卖掉了。最穷苦的人被遗弃在码头边上等死，他们既没钱买到船票，也没有力气向买得起船票的人乞讨。

男人的晕船情况比女人更严重。穆尔维不知道为什么，但情况似乎确实如此。两位来自利瑙恩附近的渔民晕船情况最为严重。他们之前住在德尔斐山的高崖上，在基尔拉利的深水处设网捕捞螃蟹与龙虾。两人这辈子从未出过海。这帅气荒唐的两兄弟戏称自己是内陆人。他们说起自己时，用的是嘲讽的“他们”二字，似乎觉得自己的无能和恐惧很可笑。**从未出海的渔民**。

看着他们与姑娘们打情骂俏，或是二人摔跤玩，穿着袜子在甲板上赛跑，令这个杀人犯心里难受。就连他们的善意也令他难受。他们不吝于将伙食分给统舱里的孩子，当他们的同伴情绪低落时，会高唱爱国歌谣。弟弟就快死了，这一点很清楚。他的欢乐里透着绝望。他活不久了。

穆尔维知道挨饿的滋味，知道它的欺诈和策略：它会戏耍你，让你以为自己不饿，接着就像一个眼神骇人的呼啸山林的剪径强盗突然出现在你面前。他在康尼马拉和流落英国街头时就知道了。饥饿就像一个鬼鬼祟祟的探子，这辈子一直如影随形地跟着他。但现在，它正一瘸一拐地走在他身边的甲板上。他似乎可以听见它那宛如塞壬女妖的笑声，闻到它发臭的气息。

前天晚上他朝主帆顶部望去，见到他已经死去的父亲从鸦巢里盯着下方。然后在前部水手舱上，一只性情凶猛的小鸟，一只长着鹰喙和亮蓝色翅膀的不速之客，在海上这么远，怎么会有一只陆上的小鸟呢？昨天傍晚，接近黄昏之际，透过将头等舱乘客隔开的那几扇铸铁大门，穆尔维看见了另一个幽灵。一个他曾经辜负的深色眼眸的姑娘，正牵着一个哭哭啼啼的孩子的手在散步。

看着那一幕，穆尔维想到了一件怪事。在那一刻，哪怕一桌用黄金盘碟上菜的盛宴摆在他面前，他也一口都吃不下。相反，他会恶心作呕。

现在他必须小心行事。这就是饥饿如何施展其魔力。最危险的时候不是你觉得饥饿的时候。而是你不再感到饥饿的时候。那个时候，你就死掉了。

水金地火木土天。[1]

那是在驶出科夫郡的第二天早上开始的。黎明前，穆尔维站在上层甲板的楼梯旁边，仰头望着渐暗的星星。他正在想一个童年时认识的苏格兰人，他名叫尼莫，是为政府部门服务的工程师。1822 年的时候，尼莫被派到康尼马拉，当时西海岸遭遇庄稼歉收。穆尔维和哥哥加入了当地那帮身体还能承担救灾工作的少年们的行列，为修筑从克利夫登到戈尔韦的新路搬运碎石。那个苏格兰人是个慷慨的工头，与男孩子们一起分担搬运和砸石的工作，有时候会讲解关于科学或工程方面的知识。他向他们解释根据牛顿第二力学定律，为什么河流永远不会往山上流，让他们听得津津有味。他们其实不需要关于这个事实的解释，但听他解释要比干活舒服一些。“汝不得以零作为分母。伙计们，这是第十一诫。”他教会了庇乌斯·穆尔维一句无厘头的话去记住各个行星相对于太阳的位置：水金地火木土天。

凝视着东边逐渐明亮的天空时，穆尔维的脑海里一直念叨着这句话。这几个字带给他慰藉。他喜欢它们的韵律。这时候，他突然想起自己曾经见过一头鲸鱼。在右舷船头那边，或许相距一英里[2]

1　此处的原文是“Mary’s Violet Eyes Make John Sit Up.”。每个单词的首字母与七大行星的单词首字母相同。海王星在 1846 年 9 月 23 日才被发现，在当时仍未被大众知晓。

2　英美制长度单位，1 英里约合 1.6 千米。

半——一头庞大的蓝灰色的长须雄鲸，就像他在一间伦敦书店橱窗里的动物寓言中见到的一样。先是尾巴出现，拍打出浪花。短短一瞬间，穆尔维被震撼了。然后是它那惊人的庞大身躯，从头到鳍滑出水面：长得不可思议，黑得不可思议，它的两颚之间喷出夹杂着泡沫的海水——如此平滑，如此巨大，似乎不是自然界的生物，而是来自梦魇深处的恐怖可怕的事物。

它沉下去的时候，就像一座山峰轰然倾入大海。

他动弹不得，站定在那儿观望着，惊诧于眼前这具庞然大物。事实上，他不能肯定自己确实见过那头鲸鱼。因为其他人什么也没见到。没有一个乘客见到。没有一个船员见到。如果他们见到了，他们怎么只字不提呢？他们肯定见到了。他们怎么能保持沉默呢？那头巨兽足足有船身一半的长度。

他观望了一个小时——或许更久——在心里纳闷自己是不是终于神志不清了。以前他见过这种事情发生在挨饿的人身上。他见过这种事情发生在他那可怜发疯的哥哥身上。当他看着滔天巨浪时，他记起自己在康尼马拉度过的最后一夜。他没办法无视它的存在。它在冲击着他的思绪，就像一个老人在为年轻时犯下的罪孽感到愧疚。

他曾苦苦哀求，但他们不为所动。“我们在纽约码头上有人。我们在船上有人。要是那个英国人渣活着走下舷梯，那你就死定了。别以为我们在撒谎。你会得到叛徒应有的下场，你这个魔鬼的野种，那就是死。你会看着自己的心脏被挖出来然后烧掉。”

他们的拳头有砂锅般大，是心狠手辣的兄弟会成员。他哀求着，不肯接受这个爱国任务。那个告发了他的人，无论他是谁，一定是弄错了。他不是杀人犯。他从未杀过人。他们的带头大哥说那是他一厢情愿的想法。

“我离开了自己的土地。难道那还不够惨吗？”

你还有土地可以抛弃，混得不错嘛。

“那个男人有孩子。”穆尔维说道。

那我们呢？难道我们没有孩子吗？

“其他什么事情都行。但这件事情我不干。”

这时候，殴打又开始了。

他记得他们的眼神，如此惊慌，却又十分坚定。他们蒙着涂黑的麻布面罩，上面剪开了豁口，露出他们的嘴巴。他们在挥舞着谋生的工具，却当作武器使用：镰刀、锄头、铁锹、钩镰。现在他们讨不了生计。在令人震惊的片刻里，几个世纪的财富就被偷走了。他们父辈的劳作、他们子孙的继承遗产。钢笔信手一挥，一切化为乌有。

黑色的土地。绿色的田野。铺在桌上的绿色旗帜，溅上了丝丝缕缕的穆尔维的鲜血。他们逼他收下的那把武器在闪烁着寒光，是一把渔夫的刀子，搁在他颤抖的胸膛上，他们在对他大谈自由、土地和盗窃行径。刀刃上刻着“谢菲尔德制钢”几个字。现在他能察觉到那把刀子，就在他的大衣口袋里，搁在他被割伤的大腿上。他记得他们警告他要是再一直哼哼唧唧抱怨杀人对他来说是个沉重负担的话，他们会用什么法子折磨他。他们把他按住，开始用刀子割他。穆尔维哀号着说他宁肯被杀掉算了。

一个他素未谋面的人，更别提说过话。一个英国地主，因此，他是人民的公敌。一个没有土地的地主，一个生于爱尔兰的英国人——但解释并没有意义。因为他的阶级、他的族谱、他父辈的罪行、他的出身血统、他加入的教会和他念诵的祈祷。此外还有他的姓氏——一个他无法选择的姓氏。

梅瑞狄斯。

那四个字已经宣判了这个名字的主人将被处死，已经将他打入罪人的行列。家谱图就是他的绞刑台。他或许并没有干过什么坏事，但这根本没有用；那只会带来无谓的复杂。殴打穆尔维的那帮人也没有干过什么坏事，但当报应的日子来到时，他们未能幸免。他们失去了土地。他们失去了生存的目的。饥饿，潦倒，最后被征服。

他们曾经是双脚踩泥的农民，现在轮到他们成了脚底泥。当他们把他揍到不省人事时，他仍闻得到他们身上的泥土气息。他们的帆布手套，他们的农靴，上面仍然粘着死气沉沉的黑色泥团。曾经在开垦、耕种和伺候土地的手指正在掐他、扭他、撕扯着他的脸庞。他们由他逃脱，然后又把他逮住——似乎在表明他根本无处可逃。其中一个人有一只杂种狗，另一个人有一只猎犬。狗的吠叫和长嚎是记忆里最可怕的事情：两只饿着肚子的狗喷出滚烫潮湿的气息，它们的爪子乱抓乱挠，还有那帮男人在催促。他们从沟渠里挖出一团土块，硬塞进他哽咽的嘴巴里，直到他被噎住。石头像雨点般落在他身上，殴打仍然没有停止。他体会到了他们的感受，每一下拳打，每一记脚踢，每一道刀割，每一口痰液。即使鲜血流进了他的眼睛里，他们看上去显得那么委顿与惊慌。他们被折磨得那么卑微，他们知道自己就是这副德行。这帮殴打他的人曾遭受一场蹂躏。“这事儿你必须干，穆尔维，要不然你甭想见到明天的太阳。上了那艘船会有人盯着你，确保你会动手。”透过被打碎的牙齿，他同意了。他会动手的。

穆尔维知道事态之所以会变成这样的原因极其复杂，但在大英帝国的这个角落里，它们演变成数学公式无可避免的结果。一个名叫 X 的男人一定得死。一个名叫 Y 的男人一定得杀了他。你可以称之为自由谋杀市场的结论：供给与需求的两相勾兑。这道公式或许会轻易地掉转过来，穆尔维深知或许有一天会是这样。

但这一次，它并没有掉转过去。

这一次，它不会掉转过去。

基督洒下他的宝血，偿还了罪人欠下的债，所有原罪的继承者都将得到救赎。但瘸腿的庇乌斯·穆尔维并不是基督。没有无辜的烈士在等候被钉在十字架上。

让 X 等于梅瑞狄斯，Y 等于穆尔维。要与数学法则的力量对抗是不可能的。一条河流是永远没办法往山上流的。

他摸着那把刀子。在他的口袋里，冰凉坚硬。

整晚他都在等候机会。没有阳光，在天黑之后星光照耀下清冷的甲板上，知觉更加清晰。人们的习惯与行动。他们散步的地方。阴暗的角落。锁是如何运作的。哪扇门会被拴上锁链。哪扇窗户会一直打开。你不应该听见的窃窃私语：就像前几天晚上梅瑞狄斯夫人与那个美国小白脸之间的对话。

这场孩子气的骗局我们还得维持多久？

看在上帝的分上——他是我的丈夫。

一个把你当仆人使唤的男人？

请不要再说了，格兰特利。

你在我床上时我可不记得你说过这番话。

那件事情是一个错误，绝对不可以再发生了！

你知道它还会发生的。

我知道它不能发生。

穆尔维拖着步子继续走着，拉起他潮湿的衣领，用湿透的大衣裹紧颤抖的身躯。月亮变成了猩红色，云朵是灿烂的金色。头等舱的窗户亮着小小的灯光。

在“海洋之星”号后面，他看见那艘已经跟了好几天的船的风帆。那一幕似乎预示着暴力在迫近，似乎复仇使者就在第二艘船上。知道自己被盯梢的感觉沉重地压在他的心头，就像被一个无法无天的祭司施了妖法。那是一个不可能逃脱的诅咒：一个曾见证神圣的男人的深切憎恶。他踱着步子，猜想是哪个乘客在监视他。那两个来自弗马纳从来不笑的姑娘。或许是利瑙恩兄弟中的其中一个。甚至可能是那个美国人——爱尔兰的同情者？许多美国人现在是爱尔兰的同情者。他老是鬼鬼祟祟地在统舱里出没，像一个警察那样往小本子里写东西。也有可能那只是在吓唬他，其实没有人在监视，庇乌斯・穆尔维在独自行动。但他不能肯定。你永远没办法肯定。

他听见半死不活的哼哼唧唧的声响，他转身望去，在他身旁厨房半开的门边，一只癞皮黑母狗正在拱自己那摊呕吐物。在厨房里头，一个瘦小精干的华人正用一把锯子切开一头死猪。穆尔维看了一会儿，向往得满口垂涎。饥饿在他体内咆哮，就像一股绝望的贪欲。

他似乎按照路线图在船上走动。上、下、横穿、回来、船首、左舷、船尾、右舷。

海浪在翻腾。绳索在敲打着桅杆。咸咸的海水令人睁不开眼睛。风在撕扯着船帆。

那些女人在聊天。总是在聊天。

尤其是那些年轻女人。

我无法让你知道我们在经历怎样的痛苦除非你在挨饿而且找不到一个朋友或伙伴给你一先令但我光着两个膝盖跪在地上未曾进食向上帝祈祷你们谁都不会知道（也）不用去承受我们此刻正在承受的痛苦

出自一个爱尔兰女人寄给她在罗德岛的儿子的信件

第五章　普通乘客

第五天的航行：在这一天，船长记录了一桩令人不安的事件（它将造成最为严重的后果）。

1847 年 11 月 12 日，星期五

在海上还有二十一天

经度：西经 20° 19.09′。

纬度：北纬 50° 21.12′。

实际格林尼治标准时间：晚上 11 点 14 分。

调整后的船上时间：晚上 9 点 53 分。

风向与风速：西北风，风力 4 级。

海面情况：昨晚整晚波浪起伏，但现在正归于平静。

航行朝向：西南方向 226°。

降水与描述：极度寒冷，全天都在下大雨和打雷。

船尾两英里外是贝尔法斯特的凯利莫尔修道院。驶出韦克斯福德镇后，我们前面是蓝色小提琴海。

昨晚有四个统舱乘客死掉：拉辛赫的彼得·弗利（四十七岁，种地长工）、恩尼斯的迈克尔·费斯特斯·格里森（年龄不详，但年纪很老，是个半瞎子）、贝尔特比特的汉娜·多赫迪（六十一岁，

终生都是家庭主妇）和克莱尔的丹尼尔·亚当斯（十九岁，被驱逐的佃农）。他们的尸首被实施海葬。愿全能的上帝保佑他们的灵魂，并将他们纳入由他的祥和主宰的安息之地。

自从起航以来，总共已经有十八人死掉了。今晚有五个人被隔离，怀疑得了伤寒。其中两个可以肯定将熬不到早上。

我已下达命令，从现在开始，葬礼将在船尾举行，时间定在黎明或天黑之后。统舱里的许多女人有在这种伤心时刻“号丧”的习惯，那是一种奇特的尖利刺耳的号啕，她们还会揪住自己的衣服，猛扯自己的头发。有几位头等舱乘客抱怨被吵到了。尤其是金斯考特夫人，她有点担心那些奇怪的举动会吓到她的孩子。

许多统舱乘客得了痢疾、坏血病或饥饿浮肿。小部分人（大约十五个）三种病都得了。一个水手，约翰·格林斯利，被发烧折磨得够呛。一个乘务员弗恩瑙·佩雷拉，手上的伤口化脓溃烂了，是被一个碎红酒杯割破引起的。曼甘医生已经看过这两人，给前者用水蛭疗法，给后者贴鸦片膏药。他的看法是，要是让这两人暂时休假，很快就会痊愈，因此他们被放假了。（两人都是诚实可靠的好人，不会游手好闲或玩忽职守。我没有提出克扣薪酬。）那位土邦主也不大舒服，但只是晕船，已经回到上等舱房里休息，不想被人打扰。我自己今天早些时候觉得胸闷，服食了四分之一颗鸦片，觉得颇有提神的功效。

我已经吩咐水手们不许再把统舱乘客们称作“统客”“舱客”“叫花子”“贱人”等。（这些名称不仅被用于羞辱本应被善待的乘客，而且水手们还用来彼此间侮辱谩骂。）利森已经告诫他们这种事情不会被容忍。这艘船上的每个男人、女人和小孩都应该得到尊重，无论是身份普通的人还是地位较高者。他们是统舱乘客或普通乘客，应该这样称呼他们。

在此我必须报告一件棘手的事情：

今天午前，大副利森向我汇报昨天深夜有人——应该是男性——锯开了通往头等舱的下层前甲板大门的栅栏。刚开始我很纳闷，因为按照规定，所有统舱乘客的财物在登船时都被仔细检查过；诸如刀剑、锯子、利刃、叉子等东西全部被没收，直到我们在纽约靠岸才会归还。但利森是一个勤勉细心的大副——他本应早就获得晋升，但一直没有机会——询问过厨师亨利·李。亨利证实昨晚不知何时一把用于屠宰的小钢锯从厨房里被偷走了，被盗的还有一些猪内脏与一壶淡水。

头等舱里有几件物品失窃，分别是：一个镀银的手表，本为迪兹牧师所有，邮政专员乔治·卫斯理的一副袖扣，土邦主的几张美钞。他们都同意即使搜查整座统舱或许也不会有什么结果，更何况现在不可能这么做。我答应这几桩失窃案将由公司保险承担，并恳请受害者不要将事件声张，因为我不喜欢引起不必要的大范围恐慌。与此同时，我增加了守夜的人手，并采取了其他措施。

利森说他会在统舱里放话，牧师因为不见了手表而感到非常难过，因为那是在他退休时几位心怀感激的教区居民赠予他的礼物。我们将拭目以待，看看这个办法是否奏效。

这种小偷小摸以前在类似的航行中曾经发生过，根据我的经验，它还会再发生。人的天性就像一部戏剧，一定程度的不满情绪或许无法避免。事实上，我或许可以大胆地说，是可以理解的。

我在本月 8 日从女王镇发出一份正式通知，探讨关于过度拥挤这个多年来未能解决的问题，现在伦敦办公室应该已经收到了。过去十四年来，我一而再再而三地坚持说你们作为这家公司的董事，负有法律与道德责任，要为乘客提供最基本的保护，他们将性命托付给这艘由我担任船长的船只。可是，虽然我不停地提出抗议，事情却再度发生，这一趟航行卖出了太多张统舱船票，至少超出了百分之三十。

我无法理解为什么我的乘客和部下得一直置身于这种最为紧急和骇人听闻的危险境地，而这么做只是为了攫取利润。而船上没有配备一位随船医生或至少一位护士，没有安全的地方让女人分娩这种可耻的事情也没有令人满意的解释。或许股东们认为婴儿是从卷心菜的叶子下面长出来的。我可以向他们保证不是这样的，虽然真要是这样的话就好了。现在我们有曼甘医生在身边纯粹是上苍保佑；虽然他不辞辛劳，慈悲为怀，但他已经不年轻了，开始承受不住压力。

等我们在纽约靠岸，我就会再次坚持必须立刻做出安排，以改善统舱乘客在返程时的待遇。如果这件事不完成的话，他们得去找另一位船长。我的双手与良心绝不会再沾染无辜的鲜血。

与此同时，我已经让利森安排立刻进行维修，并在所有的大门、窗户、舱口、门框、竖铰链窗等部位加上门栓、锁链、搭扣、带榫眼的门锁，接下来的几天就会落实这个安排。将储备的物资统统用光无疑会给公司带来不菲的成本。事实上，比为统舱里每个人每天提供一份炖汤或给统舱里的孩子一杯热牛奶的开销更高。比你们这位卑微的职员更懂会计的那些人士或许可以考虑上述建议，供将来参考。

除此之外，这艘船虽然风波不断，但似乎平安无事。我们继续前行，时间很充裕。

今年这个时间这片海域似乎出奇平静。

鲨鱼比平时多了许多。

……我们没有地方躺下来睡觉今天我们吃不到一点东西要不是两个邻人看在上帝的分上经常给我点吃的我早就死掉了但我从未想去向别人乞讨

出自寄给一个美国移民的信件

第六章 在德尔斐的幻觉

在这一章里，玛丽·杜安那被贫困毁掉的可怜丈夫
记录下他最后的可怕想法。

1845年圣诞节前夜，罗斯罗*

最亲爱的玛丽·杜安，我唯一的挚爱的妻子：

纸笔无法记录我此刻的感受。我最亲爱的玛丽，一切都已经失去了，永远不会回来了。

我刚从利瑙恩附近的班多拉加的德尔斐别墅回来，我上去想见老爷。我从我们现在的栖身地一路走到梅奥郡的路易斯堡，镇里一个男人告诉老爷现在不在那里，他和霍格雷夫上校、莱基先生一起上德尔斐山了。

镇里有好几百人，想要得到进济贫院的许可证，但全部都被救济官员赶走了，济贫院已经人满为患，警察动手打人，将那帮家伙从大门赶走。

商店明亮的窗户里堆满了禽肉之类的圣诞节食品，但就像在克利夫登一样，那帮商人将物价哄抬了几倍。他们怎么能在这个

* 这封绝命书（爱尔兰语）写于“海洋之星”号起航前二十二个月。航行结束几天后，被纽约警方在梅瑞狄斯家的女仆的船舱里发现，由盖尔语学者与《爱尔兰詹姆斯二世党人的遗传诗作》(1847年）和《明斯特的诗人与诗作》(1849年）的编辑约翰·奥达利翻译。——G. G. 迪克森

糟糕的时候对自己的同胞做出这种事情呢？我实在是不明白。人们都说现在发生的一切都是那帮英国人和地主的错。愿耶稣保佑我们，我们受够了。但像秃鹫般，以一无所有的穷人为食的并不是英国的平民百姓，而是那个像犹大般狡诈的爱尔兰奸商，他那双贪婪的眼睛紧盯着凄惨潦倒的同胞，想从他们身上撕咬出哪怕多少一丁点儿肉。

这座城镇的情形十分吓人，我永远都不会忘记，许多人半死不活地在街上一边走一边哭。更糟糕的是见到那些甚至连哭泣都没有力气的人，他们坐在冷冰冰的地上，低头等死，已经了无生机。我见到来自罗莎维尔的约翰·弗瑞，以为他睡着了，但其实他死掉了。这个魁梧强壮的男人以前能用他那只有力的左手将树篱从土里拔出来，见到他现在一动不动地躺着，实在是太可怕了。但是，目睹小孩子们在忍受折磨，听见他们在痛苦呻吟，这令我无法诉诸笔端。

我永远都无法动笔写下来，玛丽。

人们不会相信这种事情竟然会发生。

我独自一人走在从路易斯堡延伸出的山道上。现在太阳正在下山。沿路尽是无法形容的惨状。木屋与棚户已经被拆倒焚毁。在格兰基恩的一座房子里，全家人都死掉了：父母、他们所有的子女与四个老人。两个邻居告诉我，最后死的是一个六七岁的小男孩，把大门锁上，躲在他的床底下，为他的家人会被别人发现死得那么惨而感到羞愧。人们把那座小屋推倒当作坟墓，因为没有别的地方安葬他们。

顺着山道再走高一些，我几乎看不见活人。有几个穷人死掉了，到处是狗和老鼠。食腐的乌鸦和狐狸也在狼吞虎咽。然后，我经过一个可怜的老媪的小屋，她央求我施舍一点吃的。我说我什么都没有，她央求我了结她的性命，因为她的几个儿子都走了，她孤苦伶仃，无依无靠。我能想到的就是把她扛起来，抱着她一路走下去。我真的这么做了。愿基督作为我的见证，玛丽，她轻得就像一个枕头，但即便如此，我几乎抱不动她。我把她抱在怀里时，她开始念叨着《玫瑰经》，祈求我和她能够活过今晚。但没过多久她就死掉了，我把她放下，用石子尽量将她埋好。我本想跪下来做一番祈祷，但是，愿耶稣原谅，我没有这么做，因为我觉得要是那时候站不起来的话，我这辈子就再也站不起来了。

我一边走一边在心里重复着我要向老爷说的话：我是一个诚恳勤勉的佃农，虽然我们先前有点过节，但我对他并没有恶意。我乞求他原谅我曾在生气时对他出言不逊，我以我孩子的性命发誓，我一定会偿还债务，只要他肯撤销驱逐令，这样我才有办法偿还债务。虽然我们身份不同，但他和我都是戈尔韦人，不是从海对面来的异邦庄园主，他会帮助一个倒霉运的戈尔韦同胞。他自己终究也是父亲，耶稣一定会同情我的处境，因为如果他置身于我的处境，他一定可以想象得出见到你唯一的孩子饿得号啕大哭，却不能为他带去慰藉，那是什么样的滋味。

这条道路很难走，而且冷得要命。在克雷甘鲍恩附近，湖水漫过了堤坝，我不得不把衣服撩到胸口，涉水穿了过去。水冷得就像灼热的火焰。但是，每当我想起你，玛丽，勇气就在我的内心油然而生。我真的觉得当时你就在我身边。

在远方，德尔斐别墅的灯光出现了。我是多么开心！我快步朝房子走去。庄严的音乐从里面传出来。一个女仆过来开门。我摘下帽子，说我是布雷克老爷的佃户，我的处境很糟糕，我走了三天三夜来见他，我说出了自己的名字。她走开了一阵子，然后又回来了。她说老爷正在打牌，不会出来见我。

听到这番话，我惊呆了。

我又问——我在哀求，玛丽——但他不肯出来。我又说出我的名字，但她说她已经讲了，老爷的回答却是一通咒骂，我不会把那些字眼写下让你看见，免得玷污你的眼睛。

我透过窗户看着前面的客厅。一场奇怪的舞会正在进行，优雅的女士们与绅士们穿着连衣裙和礼服，戴着天使或魔鬼的面具，正呷着热潘趣酒。我看不见老爷在里面，但他的马和轻便马车都在院子里。

我坐在一棵松树下的雪地里，准备一直等下去。现在天黑了。四周非常安静。我在想着奇怪的念头，各种各样的念头。我不知道我在想什么。过了一会儿，我一定是睡着了。

我梦见了你、我和我们的孩子在天堂里团聚，我们身边洋溢着温暖与富足。音乐正在奏响。你我的父亲和母亲也在那里，精神抖擞，青春洋溢。还有许多老朋友，我们大家都很幸福快乐。我们的主来到我们身边，给我们面包吃，给我们红酒喝，让我称心如意。一件奇怪的事情是，他那双血色充盈的手捧着一头刚出世的猪崽，当我问他为何这么做时，我们的主用我们自己的盖尔语说：它是一头圣猪。然后我们的圣母来到我们身边——我们不在屋里了，而是在一片闪闪发亮的草坪上——她逐一轻抚着我们的脸，我们就像水一样充满了光明。我们的圣母用英语说：我所怀的胎是有福的。[1]

当我醒来时，天色漆黑，音乐已经停止了。我能尝到在梦中

1　此句是仿《新约 · 路加福音》第一章第四十二节中的“你所怀的胎也是有福的”这一句所作。

吃过的面包的滋味，和我以往吃过的面包一样香甜美味。但接着胃痉挛又回来了，比先前更难受——愿基督庇佑我们不受任何伤害——我的五脏六腑间就像塞进了一块铁匠的通红烙铁。我想我死期已至，但痉挛停止了，然后，我能察觉到自己因为痛苦而哭泣。

屋子里的灯都灭了。我的下半身盖着雪，我的双腿几乎失去了知觉。死寂笼罩着那片我从未听说过的冰原。没有野兽在嚎叫，也没有鸟儿在啼鸣。到处只有漆黑寂静。整个世界似乎在静静地死去。

有人出来了，把马牵进马厩里，给它盖上毛毯。我走到马车旁边等候着。

但他一直没有出来。

过了许久，我又过去敲门。另一个仆人，这次是一个老男仆，叫我赶紧自行离去。不然他会奉命放狗咬我，要是他放我进屋的话，那他就没命了，因为老爷喝醉酒，心情很不爽。他给我喝了一杯水，劝我自行离去。

听到那番话，强烈的愤恨就像一道激流将我淹没。我想揍他一顿——上帝啊，请原谅我动手想打一个年迈的老人——但他当着我的面砰的一声关上了大门。

我就像一头畜生绕着房子转了一会儿。但里面的人肯定都已经上床睡觉了，因为现在窗户都关上了，黑漆漆的。这时疯狂再度占据了我。我放声大叫。

我诅咒亨利·布雷克这个名字，我向基督祈祷，诅咒他与他的子孙后代永远不得安宁，诅咒他们再也见不到戈尔韦，诅咒他们这辈子再也睡不了好觉，诅咒他们不得好死，而且死无葬身之地。

玛丽，要是他走出这座房子，我一定会杀了他。愿基督原谅我，但见到他受折磨会带给我快乐，是的，我会的。

风越刮越紧，吹拂着湖面。现在我听见后山传来狼的嚎叫。我走到山下的利瑙恩，心想我或许可以求别人让我在某间茅屋里过夜，甚至可能乞讨到一点面包或一杯牛奶给孩子。但是，人们不肯接受我的请求，害怕会被传染发烧，他们轻蔑不屑地将我赶走。一队骑兵在雨中经过，但他们也没有施舍我一点东西。他们说他们没东西可以给人。

我回到家里，发现你姐姐眼睁睁地看着孩子饿得发慌。她说你一路走去金斯考特找人帮忙。那么做其实就像是马都跑掉了才去关上马厩的大门，玛丽，因为我知道那里现在一个人也没有。我让她离开，因为孩子凄楚的哭喊声令她难过。

哭声很快就会停止。

我温柔的玛丽，我们年轻时经常一起去散心，你还记得吗？共同度过的日子那简单的幸福和甜蜜温馨的夜晚。你曾说我们将会过着幸福快乐的生活，享受牛奶与蜂蜜。虽然我知道我并不是你心目中人生伴侣的第一人选，但那时候整个爱尔兰没有哪个男人比我更幸福。我不会与任何国王、地主或印度的苏丹本人交换位置。哪怕维多利亚女王的宝座上所有的黄金或她的王冠上所有的宝石也无法诱惑我。噢，我的妻子，我的玛丽·杜安。我以为只要以关怀与温柔去浇灌爱情，它就会绽放花朵。我相信这件事，至少曾经相信过。

这个世界上有许多种爱情。如果说，我们有时候更像兄妹，对我来说那已经足够了。因为没有哪个男人能找到比你更好的朋友和帮手，我的一切幸福就是好好照顾你。

但那时候，一只老鼠跑进了麦田里。

最近一切似乎都失去了意义。就连我们无辜的孩子那张脸现在也似乎只是一个嘲讽。

我祈求你保佑我的灵魂，为我做过的事情以及我将要去做的那件可怕的事情。

原谅我辜负了你，你本应该更加幸福快乐。

或许你终究本应该嫁给那个令我沦落到如斯田地的恶魔。现在，你获得自由了。

我觉得好冷好害怕。

她将不会忍受痛苦，玛丽，我会马上完事，并立刻随她而去。

偶尔为我祈祷吧，如果你还记得那

爱着你的丈夫。

N[1]

1 “N”是尼古拉斯（Nicolas）的首字母缩写。

祈祷吧，愿我们荣耀的主耶稣基督与圣母赶紧让我们摆脱这一切……（你那个年幼的弟弟）日日夜夜都在盼望和叹息,盼望见到他那两个小侄子侄女……这个可怜的孩子说：“要是我和他们在一起，我就不用饿肚子了。”

出自某个基尔基尼的女人写给她在美国的儿子的信件，
央求他帮忙移民

第七章　对象

三联画的第一幅，它描绘了玛丽·杜安在少女时代和之后当女仆的某些重要回忆，特别是她对某个人的思念，她曾对他怀着柔情蜜意。在航行的第七个早上，我们遇到了杜安小姐。

西经 24° 52′，北纬 50° 06′

早上 7 点 55 分

是长矛吗？或许吧。是火枪吗？或许吧。就像清晨的狗湾那般灰暗。那几颗子弹一定很大，击穿了它的厚皮。他们是用什么东西把它锯成碎片呢？一把短柄小斧，或许吧。一把横截锯。锯在肚子上时，那头大象在嘶吼。他们在锯它的象牙时，周围尽是树木。鲜血喷溅在光滑的叶子上。黑种人，棕种人，脚上沾着鲜血。红种人看着黑种人锯开象尸。

玛丽·杜安望着舷窗外面起伏不定的单调的大西洋晨景。在漫长的六天里，它一直没有改变。她知道再过三个星期它也不会改变。这个渔民的女儿未曾梦想过海景会变得如此令人厌恶，你甚至无法将那片没有色彩的延绵起伏的沙漠与水这个名字联系在一起。

在水底下鬼鬼祟祟地游弋的鱼是灰色的。海豚是灰色的，鲨鱼是灰色的。怎么可能有生物生活在海洋深处呢？灰得就像一张裹尸布。灰得就像一具死尸。灰蒙蒙皱巴巴的，就像一块纤维纵横的干瘪的皮肤，就像在金斯考特庄园的玄关里她经常见到的那只象脚。海洋就像那只象脚，死气沉沉，令人生厌。

“玛丽，你得再洗一遍手才能去碰孩子噢。”

“是，梅瑞狄斯夫人。”

“他们的肌肤可娇嫩了，尤其是乔纳森。”

“是，夫人。”

“吃完早饭后一定得把被单换了，知道吗？当然，还有床罩和枕套。要是罗伯特睡得不舒服，我们都知道会发生什么事情。”

“我不明白您在说什么，夫人。”

“当然是说他会做噩梦。我还能有别的意思吗？”

“是，夫人。”

“我不想说出来，玛丽，但你也得洗洗你的腋窝。我发现你有个习惯，当你觉得热的时候老是把手放在那里。这真是太不卫生了。”

玛丽·杜安不知道自己应不应该告诉主妇过去七个月来，几乎每天半夜夫人的丈夫都会到她的仆人房，坐在她的床上，看她脱衣服。那或许会令夫人的咳嗽有所缓解。

梅瑞狄斯勋爵通常要求的是看她脱衣服。她觉得这很奇怪，但男人往往都是这样。大部分男人就像长着五条腿的公狗那么古怪。当他们摘下面具时，那就是他们的本性。在垃圾遍地的肮脏街道上大吼大叫的醉汉也比不上他们当中某些人那么下流。

她觉得事情从一开始就不对劲，有失他的勋爵身份。也是对两人精神上的羞辱。4 月底的一个晚上，勋爵敲响了她的房门，拿着素描簿偷偷摸摸地溜进来，说他想画她。他的气息带着酸臭的威士忌味道。他想知道玛丽是否愿意“赐予他这份荣幸”。他的措辞令她觉得很意外，因为主人对仆人说话时很少这么客气。她坐在窗边，赐予了他那份荣幸。那天晚上他只是要求将头发披散开来。第二天晚上，他又上楼来了。那不是他的房子，而是他朋友的房子。“一个临时住所”，他是这么说的。他的朋友一家人正在瑞士赏雪。他在另一个男人的房子里，像男子汉那样行动。画了十分钟后，他请求被赐予另一份荣幸。

玛丽，我不知道可不可以。要是你觉得不好受，我绝不勉强。我们从童年时就是好朋友，情同兄妹。我不是要你做肮脏的事情。或许只要裸露胳膊就好了。你肩膀上的光泽。要是你能轻解罗衫，宽衣解带。色调的对比。仅此而已。合适的整体构图是如此重要。你知道吗，题材本身并不重要，重要的是题材如何构成。

她没有答话，她脱掉了睡袍与内衣。她无法忍受再听到谎言。

那是他第一次见到她的裸体，但他一言不发，而沉默并没有令她感到惊讶。他想让这一幕显得就像家常便饭。一个脱光衣服的女人，一个穿着衣服的男人在打量着她。他的衣服和绘画都是掩饰，或许她的裸体也是一种掩饰。他将一截炭笔举到眼际，庄严地眯起眼睛估量她的轮廓，先是合上一只眼睛，然后合上另一只眼睛。似乎她是窗台上的一堆瓶子。她光着身子这件事情没有被提起，谨慎的命令方式也没有被提及。房间里静悄悄的，只有他轻微的呼吸声和炭笔在纸上移动的沙沙声。炭笔是灰色的，他的脸庞是灰色的。过了一会儿，他悄悄地将素描簿从膝头挪到大腿上。她看着别处，然后，目光望着窗下，望着下面丢满秽物的都柏林街道。他一直在画画。一直在看着她。而那个对象一直看着别处。

第二天晚上，他回来了，之后大部分晚上都会来。在午夜时分，她会听见他踩在通往仆人阁楼那光秃秃的楼梯上的踉跄脚步声。那战战兢兢的敲门声。那发馊的酒味。啊，玛丽，我希望我不来找你。我以为我们可以的。要是你不是太累的话。或者躺在沙发上。或者把枕头垫在下面。你真的觉得不累，是吗？又是这样，那似乎不是在提出要求。裸体女人的天然之美。我们绝不能轻视它。古往今来的艺术家们最美妙的题材。或许把你的背转过来。把床单卷过去。角度再低一点，如果你不觉得难受的话。或许我可以再走近一些。如果你不介意的话？光线会更好些。

她曾经想过向主妇报告这件事。（“主妇”[1]真是一个有趣的词语。）但她知道要是她敢这么做的话将会发生什么事情。被赶出这座房子流落街头或乞求一张床铺栖身的人不会是梅瑞狄斯勋爵。虽然每天是她赐予主子荣幸，但被勒令离开的人绝不会是主子。她是勋爵大人的施舍对象之一，他从都柏林的乞丐中拯救的本地姑娘。她知道她自己是什么身份，而他也知道自己的身份，似乎他们是一首赞美诗里的角色。

偶尔如果他醉得厉害，他会征求许可去触摸她。她觉得征求许可令他开心，这让他可以假装正在发生的事情是你情我愿。这似乎对他很重要：她并不介意，或她介意，却没有声张。对有些男人来说，权力就是春药。对另外一些男人来说，情投意合的假象才是。

他从来不要求她去碰他。他要的只是观察她和触摸她：别无其他。他似乎并不觉得她的身体真的很撩人，而只是一个他并不明白的问题。似乎它的玲珑曲致和软硬有度是他必须解答的几何难题。他的喃喃低语几乎没有片刻停止。**可以吗，玛丽？如果不可以的话，请说出来。玛丽，我们是朋友，不是吗？你不反对吧？**他用指尖轻

1　在英语中，“Mistress”一词既可以表示“主妇”，也可以表示“情妇”。

轻爱抚她，似乎她是脆弱的宝贝，一件值得保护的贵重物品。一件他父亲遗留下的珍稀绝种动物收藏品。或许是一颗海雀的蛋，或许是一个恐龙头骨。

有时候他会轻声啧啧赞叹，就像一只呜咽的公猫在用爪子挠着它的猎物。在被他抚摸时，她会闭上眼睛，想象自己身在别处。这有助于她平复想哭泣或想呕吐的冲动。她会想起自己认识的那些人的面孔，想起星期天早上的教堂钟声，想起钟声令湖面泛起涟漪的样子。她会对自己说：**很快就会结束的。这意味着我不用挨饿。而那意味着一切**。厌恶他是她试图避免的事情。因为他根本配不上她，她竭力想让自己觉得无所谓。

一天晚上，他开始亲吻她的胸脯。**玛丽，我爱你，我一直爱着你。可怜我吧，玛丽，原谅我做过的事情**。她低头看着他的嘴唇朝乳头挪去，她没有移开，只是平静地说："求求您别这样，老爷。"过了一会儿，她猜想他会不会强暴她。但他点了点头，什么也没说，站起身回到素描簿那里，似乎什么事情也没有发生，似乎刚才他只是蹲下来系鞋带而已。

每次她脱衣服对他来说似乎都是一个启示。他会张口结舌地盯着她，就像一个心口被扎了一刀的男人，在那一刻知道自己已经死定了。她总是纳闷他与妻子之间的关系。他就像一个从未见过裸女的男人。可他肯定见过。难道他没见过吗？他肯定见过梅瑞狄斯夫人的身子吧？她知道两人已经分床睡了，但是，他们终究生了两个孩子。

他最后一次来她的仆人房是在三个星期前。那天晚上他去戈尔韦把房子锁起来，然后回到都柏林。那天晚上他好像变了个人。那天晚上她很累。他的两个儿子很难带。她按照他平时的要求敞开睡袍时，他叫她停手，只是坐下来聊了一会儿天。

她之前从未见过他如此阴郁，那不是色欲的阴郁，而是罪孽的阴郁。他曾对她发誓发生过的事情绝不会再发生。他说他为自己的所作所为感到羞耻，想要做出补偿。他一直重复着“已经发生过的事情”那句话，似乎只是在谈论天气。他说发生过的事情完全不可原谅。因此，他不敢乞求原谅。只是说他感到十分抱歉，并以他两个孩子的性命发誓不会再骚扰她。以前的他太软弱了。他的私生活并不幸福。他羞愧地向自己的不幸与软弱屈服。孤独令他做出了现在深深感到遗憾的行径。这种没有男子汉气概的行为根本没有借口，但悔恨无法改变过去，无论那有多么必要。如果她有什么需要——任何需要——她只消说一声，他都会帮忙。

“我不需要任何人帮忙。”她平静地回答。

“我们有时候都需要帮忙，玛丽。”

“我不需要，老爷。”

他不喜欢她称呼他为“老爷”。这令他记起想要遗忘的现实。

“要是你不去美国,那两个小男孩会很难过的。我们都会难过的，玛丽。你帮了我们很大的忙。他们从未像最近生活得那么轻松愉快。”

“对我来说，这里什么也没有留下。老爷您知道的。”

“也就是说，你肯过去。那可真是太好了。到了那里你肯在我们家干活吗?”

“我们一到纽约，我就会辞去在您家的工作。我只想拿回拖欠我的工资，和一封介绍信。”

“玛丽，”他缓缓地低下头颅，看着坑坑洼洼的地板，“你觉得我是禽兽吗？我想你一定是这么想的。”

“一个仆人不应该对主人有任何想法。”

他无法直视她的眼睛。“你我之间发生了许多事情，玛丽。或许有什么方式能让我们重新开始。或许想想我们年轻时更加快乐的日子吧。一想到我的卑鄙行径终结了我们的友谊，我实在是受不了。”

“您说完了吗，老爷？我想睡了。”

他抬头看着她，似乎不认识她。她衣柜上的时钟敲响了一点半。他沉重地从椅子上站起身，环视着房间，就像一个在博物馆里走错地方的男人。他把素描簿放在洗手盆上，悄悄地穿过房间来到门口。他在门道里停下脚步，头也不回地说道：“你能和我握手道别吗，玛丽？看在往日时光的分上。”

她没有回答。他点了点头，轻轻地关上身后的房门。她听见他走下摇摇晃晃的楼梯，通往挂着肖像画的楼梯平台的门发出嘎吱的声响。

在素描簿的封面里有一张五镑的钞票，皱巴巴地折成四分之一。她没有再翻看那本素描簿，把它烧掉了。那张钞票被捐给了救助饥民的慈善机构。

自从那天晚上之后，他几乎不和玛丽·杜安说话了。她猜想他是害怕她会告诉他的妻子。他是这个世上最可悲的男人，对这种人来说，接触女人就像在十字架上受刑。但他身边的女人总是更加可悲。现在他三十四岁了。他永远不会改变。

或许这与他的母亲有关。在他生命中的前六年，她将他丢在爱尔兰，回到伦敦与她的人民生活在一起，带着她两个女儿，却没有带上她儿子。没有人知道为什么。那不再重要了。自从那时起，玛丽·杜安的母亲就受雇照顾他。

在爱尔兰语里，“哺伊姆”的意思是乳母或育婴女仆。一个照顾孩子的女人，一个有经验的母亲。在英语里，一个干这种工作的女人叫作“保姆”[1]。母山羊也是这个单词。虽然英语很美，带着教会的庄严，但有时候真的很奇怪。卡纳村的玛丽·杜安，保姆的女儿。现在她自己也成了保姆。

她想自己还记得第一次见到劳拉·梅瑞狄斯的未来丈夫时的情形。在她五岁生日时，她的母亲带她去金斯考特的大宅。房间里有腐叶和蜂蜡上光剂的味道。里面到处摆放着闪闪发亮的银器和奇怪的动物标本，历任公爵与子爵、男爵与伯爵夫人、将军与遗孀们的褪色肖像画，现在他们早已死去，被葬在克利夫登，但他们曾经在金斯考特庄园生活过。一幅梅瑞狄斯勋爵穿着执法官长袍的肖像画挂在通往音乐室的楼梯平台上。另一幅肖像画，幅面要大得多，盖住了整幅墙面，画中他身穿猩红色的海军服，头戴插翎黑帽，挂在书房里，就像马戏团的海报。客厅里摆着一台三角钢琴。（客厅[2]并不是让人们画画的地方。）“塞巴斯蒂安·埃拉德”[3]是那个制造钢琴的人——她的母亲给她看了那几个镌刻的金色字母。楼梯上的地毯是漂洗过后泛白的红色，花纹是交叉的双剑与一头狮鹫构成的徽章。“信仰与力量”[4]是梅瑞狄斯家族的家训，写的是拉丁文。杜安家族没有家训，她猜想要是他们决定设立一则家训的话会是什么内容。在前门旁边的防风门斗上有一个放雨伞的架子。它是用一只象脚做的。

梅瑞狄斯勋爵在饭厅的壁炉旁边等候，背着双手，双脚叉开一

1 英文原文是“nanny”。

2 此处原文是“drawing room”，“drawing”有“绘画”的意思，由“withdrawing”（退席或避让之意）演变而来。

3 塞巴斯蒂安·埃拉德（Sébastien Erard，1752—1831），法国乐器匠人。

4 原文是拉丁文“Fides et Robur”。

码[1]远。他看上去就像基督的一位使徒，蓄着整齐的白胡须，嘴巴紧闭，一双眼睛似乎目光炯炯地盯着你。他的头颅光得就像一个鸡蛋，而且没有眉毛。在特拉法尔加海战时，一枚炸弹在他身边炸开，烧光了他的头发，但没有烧掉他的胡子。他目睹海军上将纳尔逊[2]被子弹射穿脊椎。他曾为纳尔逊将军抬棺。他的眉毛和头发再也没能长回来。在餐具柜的底座旁边有一个废塔的模型。他打算在那棵精灵之树[3]耸立的土丘旁边的下洛克草坪建一座废塔。为什么会有人想要建造废墟呢？玛丽·杜安实在是不明白，但她的母亲叫她不要提问。梅瑞狄斯勋爵对废墟与毁灭情有独钟。他有资格对任何事情感兴趣。

起初玛丽觉得他太可怕了，不敢和他说话。但很快他就露出微笑，抚弄她的头发。他其实是个很友善的人，玛丽看得出来，就像能辨认出一条浑浊河流底部的钱币。

他的手背有几个结痂的、叶子般大小的水疱，涂抹着淡粉色的药膏。他给了她一个黑便士，对她讲了一个笑话，但她没听懂，因为他说的是英语，那时候她不是很懂英语。他从一个壶里给她倒了一杯柠檬水，祝她生日快乐。（福至如归。那是什么意思？这是在说她什么时候想回到这座房子里都可以吗？）然后他指着一个愁眉苦脸的男孩，他正蹲在那张桃花心木大桌下面，静静地哼唱着，玩着一个滚环：一个穿着天鹅绒裤子的斯斯文文的小家伙。“那是我

1　码（yard），英美制长度单位，1 码合 0.9144 米。

2　霍雷肖·纳尔逊（Horatio Nelson，1758—1805），英国海军将领，曾在特拉法尔加海战中指挥英国舰队战胜法国与西班牙的联合舰队，但本人在战斗时中弹，伤重不治。

3　精灵之树（Faerie Tree），往往指一棵单独生长在田野中心或路边的山楂树或梣木，爱尔兰人相信精灵之树会带来好运，随意砍伐则会招致厄运。

的舰队海军上将。呵呵！立正，问好，听见了吗，戴维。看在老天爷的分上，你的礼数呢?”（她的母亲告诉她“舰队海军上将”其实是一种漂亮的英国蝴蝶的名字。）

他才五岁，和她一样。或许他才四岁。他摇摇摆摆地走过房间，严肃地朝玛丽·杜安微微鞠了一躬，然后朝他的保姆也鞠了一躬。梅瑞狄斯勋爵和玛丽·杜安的母亲都笑了。那个小男孩抬头困惑地看着父亲，似乎不理解他们为什么笑，似乎他自己和玛丽·杜安一样，在听一门他不明白的语言。

玛丽·杜安熟悉那个表情。两人在金斯考特一带一起成长时，她见过这个表情在他的脸上出现了不下五千遍。即使到了现在，有时候她也会看见，就像从阳光到黑暗里时某样东西的残留影像。那副一个小男孩需要对浅显的事情做出解释的表情。

他的父亲总是离家参战。战争总是在某个地方进行。一位来自伦敦的姨妈过来帮忙照顾他。她是一个好心肠的寡妇，一个风趣的老夫人，微微长了一条八字胡，那胡子就像一条灰不溜秋的毛毛虫。她总是喝得醉醺醺的，几乎连路都走不稳。她喝起三冠牌白兰地时就像“一个浪荡水手”。玛丽·杜安的父亲是这么说的。

纳尔逊将军的尸体浸泡在白兰地里，这使得他不至于腐烂。墙垛上的乌鸦令姨妈在晚上无法安睡。有时候人们看见她用弹弓朝它们射石子。约翰尼·德伯卡是金斯考特的马夫。他不得不出手阻止她玩弹弓。她把楼上的窗玻璃砸烂了，把檐槽也打裂了。她的脑筋有点问题。戴维·梅瑞狄斯叫她“埃迪姨妈”。（他说她是玛德伯里的巴金那儿的人。）玛丽·杜安的母亲说埃迪姨妈的真名是埃德温娜孀居夫人。

戴维的名字是托马斯·戴维，但大家都叫他戴维或达维。他还有别的名字："勋爵""子爵"或"朗德斯通子爵"。戴维家族所有人都至少有三个名字。这一定使得吃晚饭的时候场面很混乱。

喝醉。烂醉。酩酊大醉。烂醉如泥。醉得不省人事。

有时候，如果戴维的姨妈睡着了或喝醉了，她的母亲会带他回自己家里待几个小时。他喜欢在灰堆里玩，或和狗狗玩摔跤。他喜欢玛丽的母亲直接把大黑锅里的土豆倒在饭桌上的方式。他喜欢直接用他那双小手拿土豆吃，像小狗一样舔着手指关节上的黄油。有时候他会和玛丽的父亲和兄弟们撑着小木船经过蓝岛和伊尼什拉坎去捕鱼，那里的鲭鱼和三文鱼肥美得就像猪崽。他和那帮男人们在黄昏时回到房子里，高兴得身子发颤，骑在她父亲的肩膀上，挥舞着一根黑刺李的枝条，当它是一把弯刀。"坦塔拉！坦塔拉！"一天晚上，当玛丽·杜安的母亲带他回金斯考特睡觉时，他难过地哭了。他说他想留下来。他想一直待在这里，永远待在这里。

但是，她的母亲对他说，让他睡在这里是不对的。当他问为什么时，她平静地回答："因为不可以，就是这样。"

玛丽·杜安觉得母亲很残忍。别的孩子有时候可以留下来，虽然他们自己的母亲在家里。可怜的戴维·梅瑞狄斯没有母亲照顾他。其实他也没有父亲照顾，因为他的父亲总是在参战。除了他那个喝得醉醺醺的长了胡须的姨妈和一群仆人之外，那座阴暗的大宅里就只有他一个人。想想看，兴许里面在闹鬼呢。

"肯定在闹鬼。"她的父亲说。

他看了玛丽的母亲一眼，但母亲对他轻轻摇了摇头，当她不想在孩子们面前讨论某件事情时，她就会这么做。

半夜里他们被后门气急败坏的捶打声吵醒。那是戴维·梅瑞狄斯，恐惧得号啕大哭。他穿着睡衣戴着睡帽一路跑过来，尽管雷声将大地震撼，闪电将天空撕成两半，11 月的那天晚上，大雨倾泻如注，之后戈尔韦的低洼地带积水好几个星期。他的双脚和小腿肚被荆棘划开了许多道口子，他那张惨兮兮的脸蛋沾满了泥巴。“**求求你们，让我进去。别把我赶走。**”但她的父亲给他披上了一件大衣，把他带回了庄园。

他的父亲去了很久，当他回到小屋时，看上去苍老了一些。他环视着那间昏暗的小厨房，似乎迷路了或进错了房子，或从见到可怕事物的梦境中醒来。门闩在狂风中嘎吱作响。老鼠在小屋的墙壁里钻来钻去。她的母亲走到他身边，但他退了开，当他为某件事情感到难过时，他总是这样。他从柜子里拿出一罐“初乳”，即新诞下牛犊的奶牛产的奶，六大口就喝了下去。玛丽·杜安跑到他身边，试着安慰他。他紧紧搂着她，亲吻她的头发，她抬头看见他在哭泣，她的母亲也在哭泣，但玛丽不明白为什么。

1819 年复活节周日早上，玛丽・杜安正在去卡鲁尼塞尔山的水井的路上，这时她看见一位漂亮女士穿着带风帽的天蓝色斗篷，从金斯考特庄园外面的一辆马车上走下来。她的父亲解释那是戴维·梅瑞狄斯的母亲。她一定是从伦敦回来照顾他。

现在他不那么经常来她的小屋，但每次来，看上去都很开心健康。他穿着一件白色水手服，是他母亲从格林尼治带给他的。有时候他会带软软的小糖果，名字叫棉花糖。格林尼治是那个时间被发明出来的地方。英格兰的国王发明了时间。（“天哪，我不明白为什么他干了那件事情，”她的父亲说，“要是他不那么干，那我们会开心得多。”）

他的母亲是玛丽・杜安见过的最优雅的女士。衣着无可挑剔，身姿婀娜得体，像一棵英国绿苹果树盛放的鲜花那么优雅。玛丽和她的姐妹们觉得她走路就像在溜冰。她的教名是“维瑞蒂”，在英语里是“真理”之意。她与另一位海军上将有亲戚关系：弗朗西斯·蒲福[1]。是他发现了风。她总是穿着做工精致的鞋子。她的眼睛是绿色的，像卡纳教堂布道坛阶梯上的康尼马拉大理石。

维瑞蒂夫人受到金斯考特佃户们的爱戴。当庄园里的女人生下头胎时，伯爵夫人会带着水果和麦糕登门慰问。她会要求家里的男人出去，她好坐下来和新妈妈私底下说会儿话。她会留下一枚金基尼[2]钱币给婴儿作为贺礼。她探访病人，尤其是老人家。她为佃户的女人们将水道堤坝旁一座废弃的马厩改建为洗衣房。这样一来，即使天气不好，她们也可以有个地方洗衣服。每年生日，4月7日，她会在下洛克草坪为庄园里的孩子们举行一场派对。人们称那天为“维瑞蒂节”。仆人们、农民们与乡绅们坐在一起。

1822年康尼马拉遭遇马铃薯疫情时，维瑞蒂夫人亲自主持模范农场的施汤处，十岁的玛丽·杜安和戴维·梅瑞狄斯帮忙切芜菁和泵水。金斯考特的孩子们每采一蒲式耳荆豆叶子她会给两便士。他们在庄园里四处采集，装在篮子里，捣成糊状给勋爵大人的母猪当饲料。戴维·梅瑞狄斯总是从猪圈里把它们偷出来，悄悄带回给玛丽·杜安的兄弟们，他们会再卖掉，分给他半便士。梅瑞狄斯勋爵金斯考特庄园里的佃户被邻近的私人领地的佃户嫉妒，他们为塔利的布雷克老爷干活，玛丽·杜安的父亲曾经说过，无论有没有天灾，布雷克老爷根本不管他们的死活。他简直就是该死的魔鬼本人：和

1　弗朗西斯·蒲福（Francis Beaufort，1774—1857），爱尔兰水文地理学家，曾测量风力并将其划分等级，成为现代风力测量系统的前身。

2　基尼（guinea），英格兰王国以及后来的联合王国在1663年至1813年所发行的货币，最初是用几内亚黄金铸造的，因此得名。

所有在外地主的收租者一样卑劣。庄稼歉收时他就匆匆逃到都柏林，那个肮脏的、铁石心肠的、不要脸的家伙。他连从孤儿口中抠食这种事情都干得出来。布雷克一家是变节者，从天主教改信新教。如果他见到一个英国人没有穿裤子走在马路上，他甚至会更加恬不知耻地连内裤都不穿。

他有九十个佃农死掉了，他的收租人正在驱逐拖欠田租的家庭。戴着面具的男人会过来，通常是在凌晨。他们不得不戴上面具，这些卑鄙的叛徒，因为要是被认出来的话，他们会遭到报应的。他们由一个“逼迁人”带头，一个执达吏或郡治安官，他会命令他们捣毁哪几间小屋，哪几间可以留下。他们会爬上那几座将被捣毁的小屋的屋顶，锯断主梁，直到墙壁倒塌下来。有时候他们会放火烧屋把人们赶出来。那几户人家只能住在树林里，或住在路边草地挖的土坑里。

维瑞蒂夫人派金斯考特的人到林子里找他们。她说他们可以来庄园里睡觉吃饭。饥民来之不拒。那是全体戈尔韦人团结一致的时候。

有时候戴维·梅瑞狄斯看见他们穿过麦田走来时，会被吓哭，那帮饿得脸色苍白，歪歪倒倒的幽灵，他想要跑掉。但他的母亲不肯让他走。她总是让他留下来。她从不凶巴巴的，但她的态度一直很坚定。

有一天，玛丽·杜安听见她对小子爵说：“在上帝的眼中，穷人和你我根本没有分别。他有妻子和家人。他有一个小儿子。他爱着他的小儿子，一如我爱着你。”

在另一天，那场枯萎病疫情即将结束时，维瑞蒂夫人和玛丽·杜安与她的母亲正在清洁施汤处那个巨大的黄铜大锅，这时候维瑞蒂夫人突然跌坐下来，似乎她被一个粗暴的男孩子推倒了。玛丽·杜安见到她跌倒在地上，哈哈大笑起来。她的母亲生气地叫她不许笑，但维瑞蒂夫人也在笑，然后站起身，将那条漂亮裙子上的灰尘和臀部的草叶掸掉。她说她有点头疼，想回屋子里睡一会儿。

那天晚些时候，萨菲尔德医生从克利夫登过来，在屋子里一直待到天黑。接下来的六个月，庄园里没有人见过维瑞蒂夫人。她的儿子被送去父母的朋友家，在威克洛郡一个名叫鲍尔斯考特的地方。她再也不去探访病人。孩子出生，老人死去，但维瑞蒂夫人还是没有走出庄园。河堤上的那间洗衣房失修废弃了。屋顶开始长出杂草。据几个上了年纪还记得 1741 年那场饥荒的佃农说，维瑞蒂夫人一定是得了“死亡之吻”，她一定是吸入了某个患了枯萎热的人的气息，或直视了那个人的眼睛。玛丽的母亲告诉她那些只是愚昧的迷信。你不会因为被某个人看了一眼而发烧。

一天大清早，玛丽·杜安与她的父亲和小妹格蕾丝正在下洛克草坪采蘑菇，这时他们听见从金斯考特庄园里传来一声尖叫。过了很久，风抽打着茅草。一只兔子从荆豆丛里抬头张望。然后，又一声尖叫传来，比第一声更响亮，吓得几只乌鸫从那棵精灵树上扑腾着飞出来。

“那是报丧女妖吗？”格蕾丝·杜安问道，被那个可怕的声音吓得身子发僵。她从来没听过报丧女妖，但她知道她的尖叫意味着什么。

“没事的。”她的父亲说道。

“是报丧女妖在召唤维瑞蒂夫人吗？”

“只是老猫在叫而已。”玛丽·杜安说道，“对不对，爸爸？”

她的父亲像一个生锈的风向标般转过身。他目不转睛地盯着她的眼睛，沾着泥土的手指里攥着被雾水打湿的马勃菌。那是她头一回看见父亲露出害怕的模样。“对，我的乖宝宝。就是这样。赶紧的，我们要回家了。”

她觉得自己在那一刻踏入了成年期。她第一次不是为了玩耍而是出于理性戴上了面具。

从都柏林来的几位医生到了房子里。一个著名的外科医生从伦敦过来，还带着几个护士，都穿着挺括光滑的制服。一天晚上，园丁看到半夜里维瑞蒂夫人穿过楼上的一个房间，手里拿着一根蜡烛。1823 年的圣帕特里克节早上六点，她去世了。

戈尔韦有史以来最盛大的葬礼为她举行。有七千个送葬者涌进克利夫登的公墓，充塞着街道半英里远。新教徒与天主教徒，外来庄园主与当地人，富人与穷人并肩站在雨中。

梅瑞狄斯勋爵的两个女儿从伦敦被接过来。玛丽·杜安不记得以前见过她们。一个高得就像豆苗竿，另一个却矮矮胖胖的。娜塔莎·梅瑞狄斯和艾米莉·梅瑞狄斯。她们看上去就像从儿歌里走出来的两姐妹。

一位来自斯莱戈的教区长念诵了祷文。他是波勒斯芬牧师，玛丽·杜安从来没有听说过这个名字。他是一个样貌凶恶，长着金发，胸膛厚实的先知。有一双大手，操一口不斯文的土腔。当他念诵《旧约·诗篇》里的庄严字句时，他的身子在发颤，就像暴风雨中的一棵橡树。

维瑞蒂夫人的棺材已经被放在坟墓里。钟声响起。旁边的农田里，一头奶牛哞地叫了一声。梅瑞狄斯勋爵的腰带上有一个松开的搭扣在叮当作响。雨点正滴落在他制服的肩章上。风平静地吹拂着栗子树的叶子，发出沙沙声。

这时候另一个声音响起。

只有一个声音，来自她身后的人群。一个老女人的声音。然后另一个声音响起。

一开始很轻柔，但很快越来越响，传遍三三两两的人群。现在是男人，还有孩子们。随着新的人群开始加入，响声显得更加高亢。音量越来越大，像波浪那般汹涌，从教堂的花岗岩墙壁传来回声，直到玛丽·杜安觉得那个声音来自湿润漆黑的土地，或许永远不会停止。

用爱尔兰语说的“万福玛利亚”。

直到她自己的临终时刻，她永远都不会忘记那一幕。戴维·梅瑞狄斯——她的戴维——穿着他父亲的雨衣，盯着敞开的坟墓，用爱尔兰语与他未来的佃户们一起祈祷，咕哝着那些字句，似乎在说梦话，仰起他漂亮的脸蛋对着雨水，见到梅瑞狄斯勋爵正在哭泣的可怕情形。

现在，及我等死候：阿门。[1]

现在，及我等死候。

1　这句话的原文是爱尔兰语“Anois, agus ar uair ár mbáis: Amen.”，下一段重复了这句话中冒号之前的部分的英语翻译。

第八章　未言之事

本章继续描绘杜安小姐早年的生活：
地理发现以及关于英语的几件事情。

梅瑞狄斯勋爵开始不去理会自己的外表。他那原本剪得整整齐齐的白胡子长得参差不齐，他的手指甲很脏，牙齿变了颜色：又黄又黑，就像古老的钢琴琴键。玛丽·杜安在他的手背上见到的水疱现在长到了脸上和脖子上。它们看上去应该很疼。有时候它们还会流血。一天清晨，她看见勋爵走在下洛克草坪上，拿着手杖朝碎石乱打。他抬头看见她，朝她吼叫，要她赶紧从视野里消失。听别人说，他身上的味道就像一条破裂的下水道。有人说他沾上了威士忌酒瘾。现在他的衣服总是脏兮兮的。

有时候在夜里，从她家到相距四分之一英里外卡舍尔湾对面的庄园，他们听见梅瑞狄斯勋爵在院子里咆哮。关于他的奇怪传闻开始在庄园里流传：说他殴打自己的儿子，直到小男孩哭喊着央求他住手，说他将妻子的衣服堆在一起然后烧掉。他的饲养员悄悄说，他对豢养的动物极其残忍，他把一匹曾经属于维瑞蒂夫人的马活活鞭死。玛丽·杜安觉得梅瑞狄斯勋爵会这么做实在是不可想象。他爱他的马。

“甚于爱他的人民。”她的父亲说。

作为治安法官，整个康尼马拉都害怕他。他曾因断案审慎公允，捍卫正义绝不徇私而广受推崇，现在从斯皮德尔到利瑙恩的人都害怕他。他会对面前的犯人大发脾气。如果有人称呼他为“戴维勋爵”，甚至“梅瑞狄斯勋爵”，当地人一直就这么叫，他会起身大声吼道：“我的爵号是金斯考特！要得体地称呼我！再敢不尊重我，我会以藐视罪判你打板子！”

1826年5月4日，他判处一个当地人死刑。那个犯人是一个被塔利的布雷克老爷驱逐的佃农，偷了老爷的草地上一头羊羔，还刺伤了想要逮捕他的看守人，导致后者伤重不治。康尼马拉的人们密切关注这宗案件。被告人有五个孩子，他的妻子已经去世。就连看守人的妻子也请求宽大处理。那个人确实做了一件可怕的事情，但终有一天他会面对上帝。终有一天我们都得面对我们的上帝。爱尔兰已经有太多杀戮了。她不想见到有更多的孩子失去父亲。但判决下达一个星期之后，那个人在戈尔韦的兵营里被绞死，他的尸体被丢弃在坟场里一口生石灰坟坑里。他的几个孩子被送进了戈尔韦的救济院，看守人的孩子在当月也被送了进去。那一年还没过完，杀人凶手与死者的七个孩子也被葬进了同一口坟坑里。

有一首歌谣在传唱金斯考特勋爵的残忍。一天早上，玛丽·杜安在克利夫登市场听到了它。

来啊，全体真正的康诺特本地人，听我诉说冤屈，
卡纳的暴君与他的后代，如何肆虐我们的岛屿。
他们制造不幸，将我们的骨头捣破，
为了让他高高在上，他将我们踩在脚下，对我们苦苦折磨。

她走到那个唱歌谣的人跟前，叫他别唱了。他是一个丑陋的小男人，

有一只总是流泪的眼睛。梅瑞狄斯勋爵也有自己的烦恼。她说这首歌里根本没有提到那些。这番关于“正宗康诺特本地人”的内容全都是“胡扯和废话”。难道勋爵大人不是像他的父亲和之前的六代人一样，在十三英里外的地方出生吗？

“你到底是在哪儿出生的？”她问那个唱歌谣的人。

但他用手肘把她推开，嘲讽地说道：“要是他愿意的话，他可以写他自己该死的歌曲，那个杀人凶手。”

那天晚上，她梦见了河堤上的洗衣房。妇女们正在洗衣服和高唱赞美诗。维瑞蒂夫人揉着自己的臀部，哈哈大笑。在她的身边，白色的床单就像船帆般飘拂着。被水浸湿，血迹斑斑。

❖

戴维·梅瑞狄斯被送去英格兰的一间寄宿学校。在他期中假期回康尼马拉时，他向玛丽·杜安详细地描述学校里的情形。它的校训是“不知礼，无以立也”。它位于一个名叫“水坪”的地方附近。它创建于1382年，已有将近五百年的历史，比克伦威尔[1]的部队来到康尼马拉早了三个世纪。她喜欢念叨那个美丽的名字。

汉普郡温彻斯特公学。

温彻斯特。

汉普郡。

戴维·梅瑞狄斯上的是汉普郡温彻斯特公学。

它有十一座“宿舍”，而且有自己独特的橄榄球规则。卡纳村

1　奥利弗·克伦威尔（Oliver Cromwell，1599—1658），英国政治人物，曾在英国内战中击败保王党，并将英王查理一世斩首，出任护国公。1649年至1650年，克伦威尔曾出征爱尔兰并大肆屠杀天主教徒。（克伦威尔本人是清教徒。）

也有十一座房舍，但在汉普郡，“宿舍”这个词有不同的含义。宿舍是一座有许多个男生居住的建筑，但没有女生或女士。男生们住在宿舍房间里，就像士兵或疯子。他们有“舍主”，但并不是仆人与主人那种关系。如果你住在某间“宿舍”里，你会痛恨其他所有“宿舍”。你会为你的“宿舍”的荣誉而奋斗到底。但在打架中，你要像一个男子汉那样公平动手。当对手倒下或受伤时，你不会痛打落水狗，你绝对不会向他的“舍主”揭发他。如果你这么做了，你就是贱人、奴才、马屁精。即使挨打，也要恪守规矩。

汉普郡是英格兰南部海滨的一个郡。她问了父母好几遍——她的父亲年轻时一到夏天就会去英格兰找农场工作——但他们没有什么好说的。一天，她悄悄去金斯考特庄园找梅瑞狄斯勋爵的贴身男仆汤米·乔伊斯，让他给她看图书室里的地图册，里面有一份地图索引。

汉普郡与法国隔海相望。它不仅是一处历史名胜，而且“饱含着历史”。它因其白垩山崖而出名，那里的人性情和蔼充满魅力，而且还有迷人的含化石岩层。（“圣母玛利亚，”汤米·乔伊斯说，“你的下巴会掉下来。”）

温彻斯特是郡首府。阿尔弗雷德大帝[1]死在那里，亨利三世[2]在那里出生。许多文学界的人说《理智与情感》和《傲慢与偏见》这两本备受关注引人入胜的小说的女作家（以“一位女士”这个神秘化名出版）就居住在汉普郡。闻名遐迩的布鲁内尔先生，发动机的

1 阿尔弗雷德大帝（King Alfred，849—899），古代英国威塞克斯王国的国王，曾率领盎格鲁－撒克逊人抗击维京海盗的入侵，奠定了盎格鲁－撒克逊人在英格兰的统治地位。

2 亨利三世（Henry III，1207—1272），英格兰国王，1216 年至 1272 年在位。

发明者，住在附近的朴茨茅斯。国防部长帕默斯顿子爵[1]的家人住在罗姆西。在温彻斯特能见到亚瑟王的圆桌。它就挂在市政大厅的东边棱堡上，那座宏伟建筑最高贵的典范，它的巍峨石墙和橡木横梁在高歌令人心潮澎湃的英格兰荣耀的赞美诗，那个民族从平民到国王都是天纵之才。（“现在你知道了吧，”汤米·乔伊斯恍惚地叹道，“**那个民族从平民到国王都是天纵之才。**”）

康尼马拉没有出过名人。这里没有会唱歌的石头，没有宏伟的建筑。没有充满文学气息的窃窃私语。没有挂在墙壁上的桌子。没有国王在这里出生，或居住，或死去。就算有，那也是很久很久以前的事情，没有人记得他们的名字。没出过发明家，没出过作家，没出过国防部长。汉普郡一定是十分神奇的地方。

温彻斯特公学的英式橄榄球规则很复杂。各支球队有神秘或难以解释的名字。学者队对下等人队。老导师队对世界队。从来没有人将那些规则写下来，但你不得不学习那些规矩，不然那帮混球会扁你。他们会揍你，他们会修理你，他们会打你的手心。（“混球”是英语形容无赖的词语，也是指代英国小伙子的昵称。）一个混球得站在球场中间，举着球高喊：“冲锋！”[2]戴维·梅瑞狄斯说那是其中一条规矩。了解规矩就是了解一门语言，虽然没有书本可以去从中学习。

温彻斯特公学的伙食非常糟糕。用戴维·梅瑞狄斯的话说，“难吃得要命”，玛丽·杜安从来没听过这么带劲儿的话，但她觉得很贴近本意。（譬如说，要是你病了，你会呻吟着说：“**真要命。**”）但有的家伙是体面人。还有一些混球来自阿吾尔兰，无论发生什么事

1　亨利·约翰·坦普尔（Henry John Temple，1784—1865），封号为帕默斯顿子爵，英国政治家，曾两度出任英国首相。

2　原文是“worms”，指温彻斯特球场的终端，将球带入那里便可得分。

情，他们都会在一起。他们可不会难受得要命。他们是容光焕发的壮实小伙子。

汉普郡的石头会唱歌，砖头会开花。[1]

但戴维·梅瑞狄斯并不容光焕发。从汉普郡回来时，他总是病恹恹的，脸色苍白。他会脱下那条有整齐折痕的破烂长裤、他的温彻斯特公学西装上衣和学生帽，穿上他在康尼马拉的家里穿的粗布衣服：农民的帆布马裤、粗呢“布拉特”或罩衣。他似乎觉得它们隐藏了他的身份，但不知为何，它们只是更令之凸现。一个没有人相信其化装的小男孩，或一个在扮演他并不理解的角色的演员。他会步履沉重地走遍每一片布满石头的田野和微微颤动的沼泽。每一条坑坑洼洼的道路和弯弯曲曲的小径，走遍他父亲的庄园里那十三个村子，说着从他父亲的仆人那儿学来的爱尔兰语。

佃农们老是听不惯他那一直变来变去的口音，用英国公学腔调说出来的康尼马拉盖尔语，就像有异国情调的乐声。

他把“俄伊林”（意即岛屿）说成了“俄尔隆”。他把“拉达克”（意即风景）说成了“拉克”。“拉克，拉克。”他尽说一些混账话。他真是一个混球。戈尔韦最大的混球。许多人根本听不懂他的话。玛丽·杜安是整个庄园里为数不多能够听明白他到底在说什么的人之一。即使说着他的母语英语，他的土腔现在也更难听懂。他要说“西港”，说出来的却是“系钢”。他要说“爱尔兰”，说出来的却是“阿吾尔兰”。（有人觉得他想说的是“爱吾尔兰”，借此表达政治观点。他们只是点点头，然后微笑着退开。）

1　“容光焕发的壮实小伙子”的英语原文是“blooming bricks”，分别为“开花”和“砖头”的意思。

他喜欢说爱尔兰语。他会称呼她的母亲是“杜安家的女人”，她的父亲是“朋友”或“尊者”。他走进她家的小屋时，他会笑着大声说：“基督保佑我们不受任何伤害！”他会用盖尔语说：“上帝保佑此间众人。”他用“愿上帝与玛利亚与你同在”打招呼或表示早安。玛丽的父亲觉得这很奇怪，而且有点恼火。“一看见他那副德行你就觉得心里不爽。至于上帝的祝福，他是受上帝谴责的新教徒。他甚至不信奉上帝。”她的母亲已经叫他别像傻瓜那样胡说八道，但她的父亲认为戴维·梅瑞狄斯的行为可疑。“他想成为有违其本性的另一个人，”他说，“那小子是一条鱼，而他想要成为一只鸟。”

“因为他们在温彻斯特公学教人知礼。”玛丽说道。

“不知礼，无以立也。”她的母亲说道。

“它创建于 1382 年。”玛丽说道。

“我的屁股也是。”她父亲阴沉沉地说道。

四季更替。他开始学画画。她去市场或从卡鲁尼塞尔山那边的水井回来时偶尔会遇到他，拿着一本素描簿和一盒炭笔坐着画画。他挺有天分，特别擅长画峥嵘嶙峋的风景，它那蕴含的戏剧感和光线的突变。他只消画上几笔，你就会见到风景浮现：泥灰、页岩、海藻、玄武岩、像子弹般散布在田间的大理石碎块。还有建筑物，他能精确地将其描绘，玛丽·杜安觉得那简直就是神迹。他笔下的人物总是有点太过于理想化，比他们的真人更强壮更斯文。但人是他最喜欢描绘的对象：庄园里的佃农、仆人和工人。他似乎将他们画成他心目中的模样：并不是他们的真实模样或曾经的模样。或许甚至不是他们愿意成为的模样，因为他从来没有问过他们。他只是画下他们。

虽然他脸色苍白身体孱弱，但长大后的他相貌英俊，一点儿也不像他那板着脸的父亲。提起戴维·梅瑞狄斯时人们总是说：“只要那个小伙子还活着，他的母亲就永远不会死去。”他父亲的骨架，他母亲的样貌，他姐姐的神态，他姨妈的做派。他举止斯文，对任何人都亲切友好，但只有在画肖像画的时候，他才能去直视别人的眼睛。他有时候会略带口吃，这令他面红耳赤，让他显得比真实的他更加胆怯无能。不过，奇怪的是，他在说爱尔兰语时从来不口吃。玛丽觉得这或许是因为在说一门不是母语的语言时，他必须做出更加清晰的思考之后才能开口。

不知道为什么，蜜蜂和马蜂老是蜇他。或许他只是没有别人那么小心；或许他的血是甜的，吸引了蜜蜂与马蜂。无论是什么原因，这种事情似乎每天都会发生。她有时候会见到他在远处的田野里，双手在头顶上空乱挥，疯了似的跳跃着，拍打着。对庄园里某些人来说，他只是有点搞笑——“一个养眼的帅哥”或“一只口吃的渡渡鸟”——但对他的童年伙伴玛丽·杜安来说，他就像一本祈祷书里的天使那般美得令人心碎，有一种正在绝迹的事物的奇特魅力。

有一回，在她十七岁生日那个夏天，他们曾到北边格伦朵拉湖畔的云杉林里一起散步。和往常一样，他聊起了他的学校。他正说到曾经上过温彻斯特公学的混球是“温彻斯特老生”，但你不需要变老或来自威克姆才可以成为其中一员。（出于某些奇怪的原因，来自威克姆或许反而会令你被排除在外。）[1] 十八岁的你也可以成为温彻斯特老生，即使你来自康尼马拉也能成为温彻斯特老生。譬如

1　温彻斯特老生的英文是“old Wykehamist”，读音与威克姆“Wycombe“相近。威克姆是英国的老牌工业地区，温彻斯特公学过往录取的学生大多数出身贵族世家。

说，戴维・梅瑞狄斯的父亲就是温彻斯特老生，戴维・梅瑞狄斯自己很快也会成为当中的一员。

玛丽・杜安觉得那听起来像一个可怕的侮辱。“给我闭嘴，你这个温彻斯特老生，不然我会扁你一顿。”但她觉得最好还是别说出来。说出那番话或许真的很要命。

学校里有些混球有甜心。他们会写信给他们的甜心，还为她们写小诗。一个名叫米林顿・迈纳的家伙总是写诗。不，他其实不是矿工[1]（不过有趣的是，他的父亲确实有矿）。要是你给米利克斯·米尼穆斯一根烟或一枚六便士硬币，或命令你的仆人帮他擦亮套鞋，他就会为你写一首令你目瞪口呆的诗。

“我想你自己也有一堆甜心，是吧?”

“我不知道，真的。”他平静地回答。

“你什么都不知道，是吧，少爷?”

“我很喜欢一个姑娘。我不知道她是否知情。”

“她漂亮吗？你的小甜心。”

“她是从这里到都柏林最漂亮的姑娘。”

“是吗？那她一定是个好姑娘。”

“我敢说，是全世界最漂亮的姑娘。”

“你会向她表白吗，少爷?”

他轻轻地笑了，似乎在隐瞒什么事情。“或许吧。不——不知道。”

他们散了一会儿步，走进树林深处。到处都很平静，就像一座大教堂那么阴暗，弥漫着绣线菊和松树的清香。在英语里，“松树”这个单词还有“哀愁”之意，但这里是一处避难所，没有人会感到

1　迈纳（Minor）与矿工（Miner）两个词语在英语中发音相同。

哀愁。树皮上渗着亮晶晶的树液。脚下铺着云杉的针叶和蕨类植物。格伦朵拉湖畔的树林一派庄严肃穆。说话打破这里的宁静似乎是一种亵渎。她能听见身边的他在喘息，一只椋鸟在上方的树枝里叽叽喳喳。他们在另一个世界里流浪，害怕唤醒这个世界。突然间，他踩到了一根长了青苔的木头，摔倒在一丛野蔷薇和毛地黄里，嘴唇和一只手腕的背面被划伤了。他试着爬起来，又滑了一跤，他伸出手要她帮忙。她拉住他的手肘，奋力把他拉了起来。他沾满泥巴的手指抓住她光溜溜的晒得黝黑的前臂。那是自童年以来两人第一次彼此触摸。

他从沟里挣扎着爬出来，气喘吁吁，笨拙地蹒跚着投入她的怀抱，脸庞因为羞愧而变得通红。他那双绿色的眼睛很像他母亲。就像漂亮的大理石。你真的可能从某人的眼睛感染发烧。

不知怎的，两人握起手来。他们穿过树林，现在十指紧扣。他开始谈论绘画，但她其实并没有在听，虽然有时候她能够应上几句。**绘画就是：去表达，去联系，去吮吸，陷入僵局，似乎被磁力吸引。**很快他们来到一块空地，偷猎者曾在这里布下罗网。一条小溪在白色的花岗岩上潺潺流淌。她松开戴维的手，走到水边，手指弯成杯状舀起水喝了一口。她又站起来，转身看见他在望着不远处的十二峰，似乎之前他从未见过。

过了很久很久，两人什么也没说。规矩很复杂。但从来没有人把它们写下来。

温彻斯特。

汉普郡。

温彻郡。

汉普切斯特。

他低着头，开始用脚尖钩一块松动的石头，有时抬眼穿过凌乱的刘海瞥她一下，就像尽是猎人的树林里的一头赤鹿那般慌张。他摔的那一跤让他的上唇沾着一点血迹，一朵野百合的花粉柱头在他的脸颊上留下一道划痕。他把手插进口袋里，心不在焉地拉出衬里，假装自己突然在找某样东西。那几只鸟不再鸣唱。他将重心从一只脚换到另一只脚。太阳从树丛后面冒出来。他似乎笼罩着一层淡淡的金光。

“我可以吻——吻你吗，玛丽？”

他们亲吻了几分钟，然后开始抚摸对方。过了一会儿，他们脱掉衣服。玛丽·杜安意识到她会一直记住正在发生的事情。他的锁骨深陷，他的汗味就像新割的青草，她的双唇含着他的喉结时那种奇妙的感觉。须根扎着她的脖子和裸露的肩膀时那令她战栗的刺痛。她记得他那双手犹豫地抚摸着她的小腹和肚脐，然后碰到她坚硬的肋骨。接着，他湿答答的嘴巴亲吻着她小巧赤裸的胸脯，他的手腕碰着她的大腿。他的掌丘软得出奇，令她因为快感而颤抖，抓住他的手腕。他的手就像空气。她几乎能够察觉到他指纹的褶皱。他如何一边亲吻她的嘴巴，一边触摸爱抚她。她的口中发出欢乐的呻吟，传入他的口中。他的舌头就像一块棉花糖。他们的牙齿在碰撞。他们的嘴唇在纠缠。她的双手抚摸着他的脸庞。她亲吻他的胸口的金色绒毛。然后她想要做奇怪的事情。咬他的肩膀，吮吸他的乳头。他们的体味和被压碎的蕨叶的清香。他被太阳晒黑的皮肤散发出蒲公英和乳蓟的强烈味道。他自己不想被抚摸——至少他没有要求这么做。但当她将手伸入他半敞开的裤子，试探性地抚摸他的时候——他的眼里带着痛苦，直勾勾地凝视着她的眼睛——他开始轻声呻吟，然后低声央求她不要停止。他就像一条藤蔓紧紧地缠着她，他的快感征服了他，吻遍她的脖子和胸脯。

之后，他们互相拥抱。灰色的光线斑斑驳驳地穿过墨绿色的叶子。空气带着土壤、草地雾气和雨水的味道。一只长脚秧鸡发出独特的叫声。她不觉得丝毫羞愧或悔恨。她真的觉得无所谓，但那是一种新的无所谓：令她感到快乐的无所谓。天开始下雨，但突然停止了。过了一会儿，她睡着了。

当她醒来时，他躺在她身边，嘴里嘟囔着什么。我爱你，姑娘，我爱你。[1] 他们听得见草叶间蜜蜂的嗡嗡声。她假装一时间没有意识到他在说什么。“我爱你，玛丽。”他说的是爱尔兰语。

他们扣好了衣服——当她系上裙子时，他悄悄转过身——然后一起穿过田野回金斯考特。在远处，几艘拖网渔船正驶向伊尼希尔岛过夜。一只牛犊跟在它妈妈后面。另一只牛犊正在摇头晃脑地哞哞叫。那只奶牛气度庄严地走到浅水处，开始从长满灯芯草的滩边喝水。山边有两个小小身影正在翻晒干草。疲惫的男人正从沼泽地艰难地跋涉回家，肩膀上扛着锄头和铲子，就像扛着步枪。他那时没有说话，这是非常罕见的事情。

她不知道他是不是觉得尴尬，或因为她甘愿献身而感到惊讶。或许现在他看不起她了。村子里的姑娘们说对付男生的最好方式就是保持矜持，即使你对他有好感，即使你爱着他。一个体面的男生会因为你的矜持而敬重你。

走着走着，他停下脚步，为她采摘了几朵紫色的千屈菜。他们又互相拥抱和接吻，比起刚才，现在没有那么急迫，更加斯文，带着成年人会意的温柔。

---

1 原文是“Tá grá agam duit, a Mhuire. Tá grá agam duit.”。

“我想现在你恨我。”他平静地说道。

“哪怕我恨我自己也不会去恨你。”

“你是说真的吗，玛丽？要是你恨我，我会受不了的。”

“我当然是说真的，你这个大傻瓜。”她亲吻着他那漂亮的嘴巴，将他的刘海从眼前拨开。能够触摸他似乎是一种福分。“不用担心。一切都很好。”

“我——只是没办法停下来。我很抱歉。请不要把我想成坏人，玛丽。”

“我不想你停下来。我也停不下来。”

他问道：“今天发生的事情该怎么说呢？”

“温彻斯特公学橄榄球。”她说，主要是因为她不知道她还能说出别的什么。

那个夏天，他们每天都会到格伦朵拉湖畔的树林里散步。他们总是在玩温彻斯特公学橄榄球。早上醒来和晚上睡觉前的最后一件事情，她都在想着橄榄球。7月底的一天，他和父亲去了阿斯隆。金斯考特勋爵买了一头新的育种母马。她想念他，似乎他去了美国。她尝试着想象他在旅途中将会见到的一切：透过戴维·梅瑞狄斯的眼睛去看这个世界。

不在他身边的日子里，有时候她发现自己想象着他正在做什么。她想象他在穿衣服、吃早餐、脱衣服洗澡。多么美妙的一幕，见到他完全赤裸的身子，但那一幕从未发生。他对自己的身体感到羞耻。他曾经向玛丽解释，在温彻斯特公学，一个男生是绝对不准脱光衣服的。即使在洗澡时，他也必须穿着内衣。当她问他为什么时，他变得更尴尬了。温彻斯特公学奉行野蛮人的某些习俗，但她不应该知道这些。

他对温彻斯特公学的秘密讳莫如深的态度令她有所触动。她认为那是某种迹象，证实了她在戴维·梅瑞狄斯眼中的女人味。她见过她的父亲以相似的态度对待母亲，当他们说起英国这个话题时。父亲年轻时曾在英国见过男女之间的荒唐事，那是已婚妇女不应去讨论的话题。她的母亲会摇头笑他。他会顽皮地报以微笑，一把搂住她亲吻她。玛丽·杜安知道这就是爱情。未言之事。

沉默之事。

第九章　爱尔兰地图

在本章我们将结束关于杜安小姐早年生活的悲惨三部曲；
她爱意的加深；以及几桩令人震惊的事件。

一天下午，当他们在基尔克林的麦田里散步时，从海湾里涌来了一阵暴风雨，令他们猝不及防。他们跑到林中空地边上的一座废弃的房子里躲雨——那户人家已经移民到利物浦去了。他们在萧瑟的房间四周找了一会儿，看着腐朽的陶器和墙上的图画。耶稣的圣心。圣帕特里克驱走蛇。一张从畜牧者年历上撕下来的日历。桌子上有一个缺口的搪瓷盘子，上面摆着一把刀子和一支汤勺，就像时钟的两根指针，似乎家里人随时都会回来。但没有人会再回这个家了。

他设法在壁炉的死灰里生起火，然后两人并肩躺在壁炉前面。房间里冷得就像一座陵墓，但他的身子很暖和。两人拥吻了一会儿后，他开始抚摸她的大腿，但她轻轻地将他的手推开。

“今天不行，我的小乖乖。我们就接吻好了。”

他的微笑就像残雪般融化了。

“你没事吧，玛丽？”

“说老实话，像石头一样。”

“我不是惹你生气了吧？我不是有意的。”

“你没有惹我生气，你这个傻瓜，”她又吻了吻他，“是我不方便。”

他亲切地微笑着：“你在说什么呢？”

“难道你不知道女孩子每个月会发生什么事情吗？”

“不知道。”

“想想。”

他耸了耸肩膀：“缺零花钱？”

她看着他那张迷茫的脸，“你真的不明白吗？”

“你在说什么呢？”

“这种事情每个月发生一次。它和月亮有关系。”

“月亮？”

“它有客人。现在这个客人来我这儿了。”

他打量着她上下周围，似乎在寻找一位守护天使。

“他们在汉普郡温彻斯特公学从来不提这个吗？”

“我想没有，玛丽。我没听说过。”

“或许你应该问问你某个姐姐到底怎么回事。”

“你认为她们也会这样吗？”

“每个女人都一样。”

“埃迪姨妈呢？”

“天哪。你别说了。”

“它叫什么名字？”

“有人称之为‘诅咒’。它还有别的名字。”

“听起来挺糟糕的，不管那是怎么回事。”

“我这么告诉你吧，要是它不来的话情况就更糟了。”

“你在说什么呢，玛——玛丽？”

“问你的姐姐去。”

❖

9 月底，他回英国的学校。有时候他会给她写信，她知道那些肯定是情书，因为他会在信纸的空白处画心和丘比特。她一直不好意思告诉他其实她不识字。长老会在图姆贝奥拉桥旁边开了一间私塾，这是为佃户的孩子们开设的非正式学校；但父亲说他不想她和长老会的人混在一起。她不知道为什么长老会的人被视为危险人物。了不起的伍尔夫·托恩[1]就是长老会信徒。在 1798 年，他作为革命领袖为爱尔兰力战而死。但她不想惹恼父亲，因此，那个秋天和冬天，她从教区牧师那里借来了一本启蒙读物，自学了识字。那本蓝线作业簿纸页上的黑色墨迹逐渐化为忠诚与爱意的宣言。

温彻斯特。汉普郡。英格兰。大不列颠。他并没有消失，你能在地图册上见到他。他的坐标是可以测量的，她的坐标也是，但两人之间的距离似乎比遥远更远。

她陷入哀愁，玛丽·杜安。现在她明白那些话了。她的情郎给她寄来英国的野花写生：勿忘我、碱蒿[2]、尾穗苋[3]。她给他寄去绣线菊、山上的石楠、格伦朵拉树林中的蕨叶。她好想念他，她变得闷闷不乐，老是和别人吵架。没有了他，康尼马拉似乎变成了一个萎蔫的鸟巢。到了晚上，她和两个姐妹一起躺在床上，等她们不再嘀咕终于睡着之后，她的指尖开始模仿戴维·梅瑞狄斯的美妙爱抚。她猜想他会不会做同样的事情。男生经常这么做，她有时候会听到别人说起这种事情。她想象她的双手就是戴维·梅瑞狄斯的双手。

1　提奥巴德·伍尔夫·托恩（Theobald Wolfe Tone，1763—1798），爱尔兰革命者，1798 年爱尔兰起义的领导人，后被英国政府逮捕，死于狱中。

2　碱蒿的英语俗名叫“lad’s love”，意即“小伙子的爱”。

3　尾穗苋的英语俗名叫“love-lies-bleeding”，意即“爱在淌血”。

她希望他会觉得他的双手其实是她的双手。她想象着自己飞越大海来到英国，一个就像金子般的小星星，掠过爱尔兰，越过黑漆漆的海洋，往南飞过威尔士，一路划过时留下点点火花，穿过英国夜空里灯火璀璨的城市：烟囱和工厂、宫殿和贫民窟，进入他在温彻斯特公学的房间，他睡在床上，床单洒满石楠花瓣。关于他的梦变得更加狂野和陌生。很快，它们就变得炽烈高涨，她开始觉得害怕。她在向牧师告解时坦白了一部分想法。他是一个快乐的年轻牧师，是会在婚礼上唱歌的那种人。所有的姑娘都爱慕他。他在你忏悔时态度温和。但他对玛丽·杜安的态度并不温和。

他曾说过这种幻想是最邪恶的罪行，是对童贞女玛利亚的亵渎。“那个罪孽会令我们的圣母哭泣，”他曾坚称，“每次犯下这种罪行，我们圣母的心就像被一把滚烫的剑刺穿。一个女人玷污自己由上帝赋予的身体就是撒旦的大捷。”

年轻的女人还有一件重要的事情得考虑。年轻的男人没有自制力，他们有着年轻女人并没有的情感。女人就像冰川，渐渐地融化，但男人就像火山，喷出沸腾的激情。世界上每个男人都得背负那个十字架，就连罗马的庇护教皇本人也一样。那就是全能上帝的设计，但魔鬼会乘虚而入。引诱年轻男子犯下死罪，那将会令他的灵魂和身体遭受可怕的后果。在英国，每座城市的避难所都有男人在哀号，他们为了女人前程尽毁。宁可将磨盘绑在姑娘的脖子上，将她投进狗湾，也不能让她以肉欲去勾引一个年轻男子，他根本没有心理机制去抵抗这个诱惑。至于男人的身体机制，还是少说为妙。撒旦一狞笑，凡人就得跑。

如果说牧师的话起到了什么作用，那就是：她觉得那些话很刺激。她知道那是错的，而且可能罪孽深重。她不想令我们的圣母哭泣，至少在并非绝对必要的时候不能太频繁。但她身陷魔鬼附身的情欲之中，很难将戴维·梅瑞狄斯的音容相貌从她的脑海里逐出哪怕一小会儿。

但她尽力了。她试图将戴维·梅瑞狄斯彻底逐出脑海。她答应和诺尔·希利亚德去摘黑莓，一个和她同样出身的男孩子，来自布雷克老爷的庄园，但她对他根本没有感觉，虽然他和蔼可亲，强壮有力，喜欢说傻乎乎的笑话，而且很会模仿耍宝。当那天晚上她对他说两人以后只能当朋友时，他的心都碎了。他央求玛丽·杜安再给他一次机会：令她幸福快乐的机会。这个世界上有许许多多种爱情，她当然对他怀有某种爱意。她对诺尔·希利亚德说这么做并没有意义。这对他不公平。他应该得到一个真心真意爱他的姑娘。她自己的心已经属于另一个男人了。

那个秋天的早上，她与父亲去巴利康尼利集市买一把宰杀牲畜的刀。路上他们遇到一群男人，正在看金斯考特勋爵的种马在草坪上骑着一匹母马，撅着它那肌肉饱满的臀部，鼻孔张得大大的。那帮男人看着那两匹马，发出奇怪的笑声。他们传递着一根烟斗，发出怪笑，偶尔说上几句。

那天晚上，她梦见了那把融化的剑，灼热地刺入耶稣之母的心脏里。天亮醒来时，她吓得全身大汗，身子颤个不停。

她的大姐伊丽莎正在和来自库萨特鲁的一个棒小伙子谈恋爱，他在巴纳哈利亚湖附近租来的土地上干活。玛丽·杜安问她有没有和未婚夫亲热过。

“没有，”她姐姐说，“我们只是去赏花。”

玛丽·杜安问，一个姑娘该如何避孕。

“为什么？”

“只是好奇罢了。”

“你的确得学一学，你这个小妮子。你年纪还小，妈妈会把你的屁股揍开花。”

“那是什么意思嘛?”

“那是什么意思你清楚得很。天真无邪的小姑娘。”

“说吧，到底答案是什么?”

“你得在查佩利佐德就下马。”

“什么?”

“如果你骑马从戈尔韦到都柏林，你认识路吧?”

“认识。”

“查佩利佐德就在都柏林前头。”

“然后呢?”

“你让他在查佩利佐德就从马上跳下来。”

“噢。”

“或者你自己从马上跳下来。看情况。”

地理似乎也是一门语言，它的句法比英语复杂多了。

有时候她会看见几个兄弟赤裸的身躯。一天晚上她还看见父亲的身躯，他在山里清理了一天石头后，到小溪里洗澡。她不知道戴维·梅瑞狄斯是否还是那副苍白松弛的样子，就像一只褪了毛的蠢塘鹅，还有两腿之间那丛海草般茂密的毛发。他的肚子会腆出来还是像一面鼓那么紧绷？他的屁股是松垮垮的还是像两个玛瑙蛋那般鼓鼓胀胀的？还有其他身体部位，被触摸时带给他快感：那里叫什么呢？它们有名字吗？她自己那几处身体部位，被他的手抚摸是那么舒服，令她浑身颤抖，呼喊着他的名字：那几处部位叫什么名字呢？在这种时刻分享的无助亲吻和叹息，它们是一门不可言说的秘密语言吗？所有的爱人都会呼喊彼此的名字吗？伊丽莎和她的未婚夫呢？她的母亲和父亲呢？耶稣的母亲和她的木匠丈夫呢？他们会像玛丽·杜安和她的情郎那样，彼此呼喊对方的圣名吗？

割草的味道将他的身体带到思绪里，蜜蜂的嗡嗡声开始令她觉得虚弱无力。她发现自己在教堂里仰头凝视着十字受难像，似乎一轮新的太阳已从康尼马拉的上空升起，令这片土地沐浴在彩色玻璃的光亮中。赤裸的基督不只是神圣的，而且很英俊。他那如雪花石膏般的大腿和强壮的肩膀。他前臂上绷紧的肌肉。要是你在克利夫登的市场见到他，而不是吊在木架上，你会幻想脱掉他的内裤。你没办法在查佩利佐德下马。你不得不一直策马狂奔，直至来到霍利黑德[1]。她在经文和祷告里寻求隐含的意义。这就是我的身体。那些话有了鲜活的含义。以我全身，来敬拜你。那么想有罪吗？或许是的。可怜的童贞女玛利亚会变得歇斯底里。但再说了，这么些年玛利亚已经够惨了。

终有一天，戴维·梅瑞狄斯会年迈力衰。那时候他还会如此英俊吗？还是像他的姨妈那样变成丑八怪？他会变成像他父亲那样，一个执拗的老混蛋，被怨毒与罪孽吞噬吗？关于戴维·梅瑞狄斯的将来，她的父亲就是这么说的。被怨恨吞没的恶霸。

她记得上一次见到他时，是在他去牛津大学的新学院[2]之前。（不消说，新学院非常古老。）那天他的父亲和汤米·乔伊斯去了克利夫登。屋子里没人。他们可以尽情欢乐。她洗了澡，换上干净的衣服，在头发间扎了一根发带。她顺着车道来到金斯考特庄园，她的向往

1　霍利黑德位于大不列颠岛的西端，与都柏林隔海相望。

2　牛津大学的新学院与温彻斯特公学都是由威克姆的威廉主教创办。

之情就像一群鸟儿在她身前叽叽喳喳。她在细细地思考着爱尔兰的地图，从戈尔韦到都柏林的那条道路；绕路，远足，一路上将会享受到的莫大快乐。

戴维·梅瑞狄斯亲自打开前门。他刚从戈尔韦的裁缝店回来，衣服的款式很古怪，让人几乎认不出来。戴着一顶学位帽，穿着一件长黑袍与帅气的黑礼服，打了一个奶白色的蝴蝶结，里面穿着一件绣了釉瓷纽扣的翡翠绿的马甲。“学术袍”是他身上这套衣服的名字。他生命中的一切似乎都需要一个名字。

“我今天不想去散步，玛丽。”

“那么，你想再亲吻我吗？”

“那真是太好了。但说老实话，我不想这么做。”

“无法控制住你自己，是吧？”

“抱歉？”

“你就像一座激情沸腾的火山。我知道。”

他摸着她的脸，她颧骨的曲线。“我从未想过对你做出不好的事情，玛丽。”

她亲吻了他的指尖，看得出他很紧张。“我们彼此相爱，有什么不好呢？我们可以小心点。”

“小心点？”

她亲吻他的嘴角，在上面流连，她知道他喜欢这样。“我知道如何小心行事。没事的。不用紧张。”

但他缩了开去，流露出焦虑的神情，慢慢地走过房间，似乎茫然不知所措。他打开钢琴的盖子。然后又合上了。他开始摆弄餐具柜上的装饰品。

“出什么事了，戴维？”

一只蜜蜂在他的头顶盘旋。他用手背将它掸开。

“我们已经认识很——很久了，是吧，玛丽？”

“自从1382年就认识了。”她说道。但他没有笑。

“怎么了，戴维？之后发生什么事情了吗？”

“我父——父亲吩咐我以后别和你见面。”

“为什么？”

“他说这事关责任，玛丽。”

“我们交朋友关责任什么事？”

“你不明白的。他说这是我的责任。如果我不同意，他会把你和你的家人赶走。”

“他凭什么把我们赶走，”她气愤地说道，“我们是杜安家族。”

“那是什么意思？”

“我父亲的家族在这片土地生活了一千年。该走的人是他，要是他说这种话。”

“只要他愿意，他真的能把你们赶走，”戴维·梅瑞狄斯平静地说，“他明天早上就可以把你们赶走。另外，玛丽——还有别的事情。”

“什么事情？”

“是你的父——父亲叫他告诉我这番话的。”

她太惊讶了，一时间根本说不出话来。

“他似乎觉得——从某种意义上说并不公道。当你从全局去看待这件事情。玛丽，你在听我说吗？”

“你说过重要的是你我内心的想法。”

“我知道。我知道。但我是认真的，玛丽。”

“你变心了吗？你说的那些话并非出自真心吗？那些你说了几十遍的话？”

“我只是想，玛丽——当你从全局去看待这件事情。”

她想起了那只蜜蜂，将针扎进你的肉里。它们蜇了你之后就会死掉。它们只能蜇这么一回。

“收下这个，玛丽。求求你。”

他把手伸进那件绣着釉瓷纽扣的马甲口袋里，递给她一把发黑的半克朗硬币。他把硬币递给她时，眼泪从他的脸上簌簌流下。

那是唯一一次她动手打他。或许是她这辈子唯一一次动手打人。他站在那儿，就像一尊雕像，默默地由得她扇耳光。她不知道自己扇了他几巴掌。要是她有刀子，她会当场杀了他。就像屠夫宰牛那样，一刀割开他的喉咙。

想起那一刻的暴烈，她仍然心有余悸。

不是她扇了他耳光。而是他由得她动手。

即使挨打，也要恪守规矩。

第十章　天使

我们的航行第八天：在这一天，好心的船长认识了一个危险人物（但他当时并不知情，等到知道时已经太晚了）。

1847年11月15日，星期一

海上航行还剩十八天

经度：西经26° 53.11′。

纬度：北纬50° 31.32′。

实际格林尼治标准时间：凌晨0点57分（11月16日）。

调整后的船上时间：晚上11点09分（11月15日）。

风向与风速：西北风47°，风力5级。

海面情况：波涛汹涌。

航行朝向：西南方向225°。

降水与描述：天气恶劣。自从天亮之后便一直时断时续地下着雨夹雪。

今天我们进入了驶出科弗湾的第二个星期。

今天是一个可怕的日子，有十四个统舱乘客死去，使得自起航以来的死亡总数上升至三十六人，他们被实施了海葬。今天死去的人里，有四个是婴儿，其中一个在世上只活了二十一天。还有第十五位乘客，一个利瑙恩的穷苦渔民，他的弟弟昨天在耶稣的怀抱里安眠，他失去了理性，投海自尽。

愿上帝原谅并保佑他们的灵魂。

今晚有八个人疑似得了伤寒。有一个疑似得了霍乱。

今天上层甲板的笼子里有一头小猪被偷了。无疑，就算吃不到它的肉，头等舱的乘客们还是能活下来的。我已下达命令，从现在开始，所有的牲口必须严加看管。

今天黄昏时我走到艏楼附近，感觉心情沉重忧郁。任何人死去都是不好受的事情，但年轻人的死，尤其是小孩子，简直是对我们生命的嘲弄。我承认在如此痛苦的时刻，要相信邪恶并没有统治世界并不容易。

我试着在默默的沉思中进行祈祷，这是我多年来养成的习惯，这时我碰见一位统舱乘客，双手和双膝抵在头等舱的大门上，严重晕船。这个人很另类，而且值得留意，他的行为总是很古怪。虽然忍受着一只脚扭曲变形的强烈痛苦，但他很喜欢夜里在船上走动，被大家称为“幽灵”。

见到我走上前，那只可怜的蝌蚪立刻站起身，走到栏杆那里，远远地探出身子，不一会儿就剧烈呕吐，向他的晚饭道别。我碰巧身上带着水瓶，给了他一品脱[1]淡水。看着他那感激不尽的模样，旁观者或许会以为那是上等香槟呢。我这辈子从未见过比他更友善的人，虽然他的样貌有点奇怪，尤其是他的头发。

他说这趟航行让他很难受，他以前从未到过外海。他的父亲曾经是爱尔兰盖洛威郡的渔民，但从未远离过陆地，那一带的水域盛

1 品脱（pint），英美制容量单位，1 品脱等于二分之一夸脱，合 0.473 升。

产鱼类和贝类，因此他从不需要那么做。这个有趣的小个子说，他的父亲在当地被称为“从未出海的渔民”。听到这番话，我哈哈大笑。我自己笑的时候，他也笑了，表情开始放松下来。

我和他聊了一会儿天，谈论天气和其他话题，不像别人对他的评价，他亲切友善，一点儿也不沉默寡言。他说起英语非常悦耳动听。我问他能否教我几句他的家乡话，譬如说，“早上好，先生”“祝您有美好的一天，夫人”“陆地”“海洋”和其他各种日常表述。我会用音标把它们记录下来，因为我总是希望能学几句那门语言的话，这样我就能和乘客们寒暄以示友好，从而让他们的心情稍微放松一些。“阿巴什”和“穆拉”是“海”的意思。“格鲁姆列”的意思是“波浪”。“吉啊格威奇”的意思是“再见”。但他们有好几十个词语描述陆地，取决于谈论的是什么样的陆地。* “提尔”是其中之一（发音和“帖儿”有点像）。“提尔马胡尔”是“我父亲的土地”。他从大衣的口袋里掏出一撮泥土给我看。那是一小撮他的父亲在康尼马拉的土地。我试着说出“提尔马胡尔康尼马拉”，他露出微笑。能够与他同船航行真是幸运。我说我觉得这是一个很好的风俗，我真心希望它能为他

---

* 埃比斯：大海（古语，源于英语“abyss”［深渊］）。缪尔或穆拉：古爱尔兰语，大海。格鲁雷德：饥饿，吞食，汹涌的海浪。岱尔杜伊特：问候语，意思是“愿上帝与你同在”。穆尔维关于表示“陆地”的词语的说法是对的。盖尔语是一门石刻般精确的语言。（譬如说，罗达克在爱尔兰语中表示“长在水底木头上的海草”。）接下来是一系列表示陆地的词语，但绝非全部。我们要向都柏林地形测量局的詹姆斯·克莱伦斯先生与他博学的助手奥卡利阁下、奥达利阁下与奥多诺万阁下致谢。（有时候他们在拼写和发音上有争执。）阿巴：沼泽地。阿尔：耕种过的土地。班博：休耕一年的土地。班芭：爱尔兰在神话中的名字。巴德：封闭的牧场。布鲁格：租种的土地。西帕克：一块耕种的田，休耕的土地。达巴克：丈量土地。弗恩：土地。伊忒拉：一个地区。伊奥梅尔：山脊。兰恩：一块围起的土地。利纳：草地。玛卡：可以耕种的土地，一片田地。穆姆哈格：可能会被海水倒灌的土地。奥伊提尔：低矮的海角。罗伊：平原。利亚斯格：沼泽或湿地。瑟斯西恩：沼泽地。斯拉忒：草坪、河堤旁边的湿地或湖泊。提尔：土地、干燥的土地（与海洋相对）、国度（例如：提尔纳诺格，神话中青春永驻的神秘土地，一处天堂乐土）。菲亚德海尔：在苏格兰－凯尔特语中表示荒废或休耕的土地。菲亚德海尔在爱尔兰语中是形容词，表示“野蛮或没有教养”。——G. G. 迪克森

带来好运（虽然如果他信赖祈祷而不是奉行庶物崇拜会更好）。

然后他说他曾经夜里在甲板上见过我，有时候想走上前和我打招呼，但我似乎总是陷于沉思中。我解释说我习惯傍晚在甲板上散步，静静地做我的祈祷，我们公谊会的弟兄们重视的是平静地反思和读经，而不是仪式或礼节。听到这番话，他从大衣口袋里掏出一本皮革封面的小书给我看。当我看到那是一本完美整洁的《圣经》时，想象一下我是多么惭愧。

“或许阁下可以与我一起读会儿经文。”他说。

听到这番话，我承认我很惊讶，首先是他竟然识字，其次是他希望和我一起读经。但我怎能不同意呢？我们一起在一个角落里坐下来，平静地从《哥林多前书》开始读，主题是基督对我们的慈爱。我几乎被感动哭了，他读得很平淡，却又对圣言如此虔诚投入。我真的感受到光明的圣灵降临。那是极其罕有的时刻，在这个陌生人与我之间洋溢着真福的祥和，没有肤浅而世故的“我是船长他是惊慌的乘客”这种感觉。而是两个乘客，将自己托付给同一位世世代代的海军上将，他的远见卓识将引领所有纯良的朝圣者渡过怀疑之暴风雨到达彼岸。救世主的救赎方式是多么神奇可贵，一个如此潦倒的不幸之人会从经文亘古不变的真理中得到滋养和支持。我们要为如此多的事情感恩，却总是不懂得感激赐福给我们的天父。现在我对软弱和自怜这两个男人的卑劣品性感到十分惭愧。

我了解到这个可怜的残疾人名叫“威廉·斯维尔斯”，因为在他《圣经》的封面上写着这个名字。

我说我从未听说有哪一个爱尔兰人是那个姓氏，我问他那是不是他身后遥远贫困的家乡康尼马拉独有的姓氏。他温柔而难过地微笑着回答道，情况并不是那样。那儿最频繁出现的姓氏是“科斯蒂洛”“弗拉赫蒂”“哈洛兰”或“基尔利”。“尼”这个姓氏在一个名叫卡舍尔的地方很普遍，“乔伊斯”这个姓氏在一个名叫雷瑟斯的镇区很普遍。“卡舍尔是尼氏当家，雷瑟斯是乔伊斯氏当家”是当地人经常说的一句话。确实，他又笑了，你真的可以说在那个世界的小角落里每个人不是姓尼就是姓乔伊斯。（所有那些姓氏我已经听过许多遍了，还为好几十个这两个姓氏的人念诵过葬礼悼词，唉。）

他告诉我一件有趣的事情：“科斯蒂洛”这个姓氏源于西班牙语的“卡斯蒂约”，意思是“城堡”。在无敌舰队[1]横行海上的时候，一艘西班牙的大船在盖洛威郡的海岸迷失方向并遭遇船难，之后许多水手留在了爱尔兰。但我不知道是不是真有其事。事实上，我认为或许不是，但无论真假，它确实是很吸引人的奇闻。（但显然，统舱里有一部分乘客的确有伊比利亚人皮肤黝黑的特征，而且他们的思维模式与我们英国人相距甚远，就像霍屯督人、瓦图西人、穆斯林或华人一样。）

我们越聊越起劲，越聊交情越深，聊着聊着，他坦率地问我可不可以和我商量一件事情。我说如果能做到的话，我很乐意帮忙。他说他年迈的父亲在盖洛威家乡生活很凄惨，他希望尽快筹到钱，把他从那个赤贫之地接到美国。我说那是一个很有基督徒情怀和令人钦佩的计划，对老人家的尊敬给施予者和领受者带来尊严。然后他说他很想在船上打工，譬如清洁头等舱与特等客舱或诸如此类的任何其他工作，只要能挣到钱，什么都肯干。我遗憾地说我们暂时不需要请人，但我会帮他留意机会。

1　无敌舰队（Spanish Armada），16世纪末由西班牙国王菲利普二世创建的规模庞大的海上舰队，在英西海战中遭英国海军重创，自此西班牙失去海上霸权。

听到那番话，他看上去垂头丧气，说他真的需要一个机会。他不愿开口求别人施舍，发誓永远不会这么做。他意识到此刻竟像一个乞丐在可耻地乞讨，但他曾经是一个骄傲的男人（在他受伤之前）。他说他习惯了与上等人在一起，因为他曾是都柏林一位男爵的仆人（那位绅士名叫尼莫勋爵，我没有听说过他）。不，现在他没有关于人品的证明信，他的文件和钱包在利物浦被一伙儿流氓抢走了，但他坚信他的技能一定会派上用场。现在他说到了重点。

譬如说，如果我们尊贵的乘客戴维·梅瑞狄斯勋爵在船上需要照顾（或其他任何形式的帮助），或许我可以担保他的人格并推荐他。他坚称像梅瑞狄斯勋爵这等高贵的绅士不能没有贴身男仆。或许我可以着重强调他，斯维尔斯，和戴维勋爵本人一样出身于康尼马拉。他一直很敬重梅瑞狄斯勋爵的家族，尤其是他已故的母亲，她称得上是一位圣女，备受当地穷人的尊敬。可怜的斯维尔斯问我可否告诉勋爵大人他因为受伤而破落潦倒，他会不畏辛苦，忠心耿耿地服侍勋爵。虽然他身有残疾，但这只令他更加珍惜生命。如今，在全能上帝的眷顾下，他已经几乎克服了残疾，能像更幸运的人那样走动和干活。他说能服侍梅瑞狄斯勋爵将是最大的荣幸。他相信自己能够服侍好他，如果他能有这份荣幸的话。他觉得光是能够待在勋爵身边就已经是天大的福气了。

我说金斯考特勋爵真是幸运，能激发这种奉献的情怀，尤其是一个与他未曾谋面的男人，如果有机会或有需要的话，我一定会推荐他。他说他无意冒犯，但我能不能向他发誓保证。我回答我们贵格会信徒不做发誓赌咒这种事情，但我以男子汉之间的承诺向他做出保证。

听到这番话，那个可怜人的眼里涌出感激的泪水，不一会儿令他几乎失态。

"愿上帝与圣母玛利亚祝福您的善良，"他谦卑地说道，抓住我的手，"今晚我会为您祈福，我这辈子的每一个晚上都会这么做，上帝将会是我的见证。"

然后他问我能否向他建议到了美国做什么工作好。我说美国幅员辽阔，是一个最自由的国度，是目前世界上唯一实现了平等，成立了联邦自治政府的国家。年轻人只要勤劳肯干，抛开民族的劣性，就能在那里得到幸福并获得成功，我告诉新朋友这番话，说到最后，竟像一个女学究般扬扬自得。在那里，世界上最好的农场一英亩只需几美元就能买到，土壤是如此肥沃，我曾在南卡罗来纳州查尔斯顿遇到一个切洛基印第安人，他告诉我把一根树枝插进地里就能长成一棵大树。听到这番话，他十分诧异，就像在曼彻斯特醒来的撒拉弗[1]。但之后他说他没钱购买土地，他卖掉了一切财产去救治他病重的父亲，还有好几个沦为孤儿的侄子与侄女，剩下的一点钱用来买了船票。（这就是穷苦百姓为了摆脱处境所引发的绝望心态。）

我说我听说愿意从事寻常劳动的人会遇到好机会，譬如修筑铁路，清理沼泽，挖银矿或金矿，这些工作包吃包住。还有开凿运河、挖渠、筑墙等等。这时我以宏伟的伊利大运河为例，全程 353 英里[2]，从奥尔巴尼一直延伸到布法罗，它的 83 道闸门和 18 道水渠大体上是由他的爱尔兰同胞修建，堪称一项为文明和自由贸易造福的伟大工程。而且，那里常年需要伐木工，那个大陆有成片的茂密森林，甚至比整座爱尔兰岛还大。当我说起这些事情时，他听得非常专注，似乎觉得美国是另一个星球，而不是地球的一部分。他很想知道美

1　撒拉弗（seraph），即六翼天使，见《旧约·以赛亚书》第六章。

2　原文如此，似应为 363 英里。

国这个时候不是夜间而是下午，是真的吗？在那片大陆的太平洋海岸，现在真的是白昼吗？

我解释说我们每往西越过一个经度，我们就比格林尼治时间早四分钟，每越过经度一分就多出了时间四秒。他说，因此现在伦敦已经是明天了。我予以确认。“啊，真是太奇妙了，”他叹了口气，“他们说‘明日永远不会到来’，但现在已经是明天了。愿上帝与圣母玛利亚保佑我们。”他接着说，因此，如果一个人花一年时间，绕着地球往西走，他将在他出发的前一天到达爱尔兰。如果他这辈子一直这么做，他就会成为一个新生儿，而不是一个弯腰驼背的老人。他说能够时光倒流是多么开心的事情，那样就可以去消除少不更事时的大不敬之举。

一开始我以为这个天真单纯的可怜人误解了我的意思，但接着他澄清说他只是在说俏皮话，我们开心地一起哈哈大笑，最后我祝他晚安。我离开时，他仍在笑个不停。不到一分钟前，他经过我的船舱，从舷窗朝里面张望，仍在高兴地哈哈大笑和招手。“《圣经》教导我们要变成小孩子的样式，”[1] 他大声说道，“现在我们知道是怎么回事了，先生，那就是一直往西走。”我朝这位博学之士笑着说：“提尔马胡尔！”他祝我安然入睡，然后拖着脚步卑微地独自走开。

那个男人是多好的榜样。天使真的每天行走在我们当中。我们的困境总是由于我们的虚荣与世故作祟，我们根本认不出他们的真面目。

1　“变成小孩子的样式”一句出自《新约·马太福音》。

……爱尔兰人在美国受到礼遇，他们被视为爱国的共和主义者。如果你告诉一个美国人你得逃离自己的祖国，否则就会因反对政府的叛国罪名被吊死，他们会高看你十倍，并高声赞美你。

出自从阿尔斯特来到肯塔基州的移民詹姆斯·里奇的信件

第十一章　民谣创作者

本章记述了庞乌斯·穆尔维的贫贱少年时期，他卑微而清白的父母将其养大的努力。尽管如此，他很早便是忘恩负义的堕落败坏之人。

庞乌斯·穆尔维的父母是穷苦的小农，他的父亲是当地人，名叫迈克尔·丹尼斯·穆尔维，在塔利的布雷克老爷的庄园里出生。他是一个头大如斗、骨瘦如柴、力大如马的男人。他将祖先的墓碑作为小屋的地基。他娶了伊丽莎白·科斯蒂洛，她曾经在罗斯康芒郡的拉弗格林女修道院当过洗涤女仆。

穆尔维的母亲曾是从阿尔斯特被赶走的天主教难民的弃婴，被修女们抚养成人，从她们那儿学会了读书写字，她觉得这个技能很有用。事实上，她认为识字不单有用，也是一个标志，证明你认为这个世界在本质上是可以被认知的，你在其中的地位是明确的，而且是可以改变的。对伊丽莎白·科斯蒂洛而言，识字是体面的标志。她的丈夫却认为那是在浪费时间。

正如穆尔维的父亲所说，你不能拿书当饭吃。你也不能拿书当衣服穿，或用它给小屋盖屋顶。别人读书他不会干涉。（事实上，他为妻子读书识字感到骄傲，总是向他们的邻居透露这一点，这是可以原谅的，相爱的人总是会夸耀对方有多能干。）他只是觉得读书识字没什么实际用途，就像方阵舞、射箭或玩槌球，那是属于乡绅孩子们的无谓消遣。他的妻子并不同意。她不理会自己的丈夫。等她的两个孩子一到能走路和说话的年纪，她就开始教他们识字。

庞乌斯虽然年纪较小，但在两个孩子中识字能力更棒。他思维敏捷，逻辑清晰，一点儿也不像小孩，令人啧啧称奇。四岁时他就能读出祈祷书上比较简单的段落，六岁时他就能读懂租约上的条款。阅读成了他的拿手好戏。在家庭聚会、守灵或圣诞节派对上，别的孩子会上前唱儿歌或跳号笛舞，穆尔维则会打开他父亲从地主家屋后的垃圾堆里找到的一本破烂的英语字典，向瞠目结舌的大人们朗诵腐朽书页里的内容。他的父亲会轻声笑着说："我的儿子是个学者。"然后庞乌斯会解释如何拼写"学者"这个单词。看到这一幕，他的母亲会开心得静静哭泣。

他哥哥的反应更为复杂。尼古拉斯·穆尔维比庞乌斯大一岁，更加强壮，更加英俊，更加讨人喜欢。虽然他没有继承母亲的聪慧，但他还是知道自己能力不足，而且他继承了父亲的决不言败的性格，当他了解到愚笨威胁到自己的地位时，他下定决心要以勤补拙。庞乌斯几分钟能学会的东西，他得花上许多个小时才能学会。但他不怕花费时间。他是一个严肃正经，做事有条不紊，而且有宗教情怀的男孩子，有身为长子瞎操心的保护欲，这份心意一直在与身为长子害怕被悄悄取代的恐惧做斗争。他与自己的弟弟在争夺母亲更多的爱，而最重要的武器就是读书识字的本领。

慢慢地，持之以恒地，以笨鸟先飞的顽强，尼古拉斯·穆尔维赶上了他天资聪颖的弟弟。最后，他终于超越了弟弟。他的词汇在增加，他的发音在改善，他对精妙语法的理解令人赞叹。或许那只是因为庞乌斯再也不在乎了，他满怀自信已经赢得了荣誉，对这场较量表示厌倦和不屑。到后来，尼古拉斯·穆尔维能像一位主教那样阅读。他不需要字典去解释单词如何拼写。

尼古拉斯十七岁的时候，他们的父亲被马踢伤，不治身亡。一年后，他们的母亲也去世了，许多人说她是死于悲痛。两兄弟从母亲的葬礼上回到自己的小屋里，彼此抱头痛哭，以母亲的回忆立誓，要创造她毕生奋斗想给予他们的体面生活。他们在父亲租来的土地上干了一年，耕种着那片遍布石子的农田，度过了一个累得背都快折断而且担惊受怕的冬天。他们挣不到多少钱。钱永远都不够花。他们的全副家当就只有几件木头家具，那些很快就当掉了，用于支付田租，只留下父母那张床。卖掉父母的床会招致厄运，当地人是这么说的。两兄弟并不需要那件家具，它只是一件继承下来的物品。

他们总是吃不上饱饭。酸痛的背上只有破破烂烂的衣裳。他们曾尝试保持小屋干净，但那是年轻的爱尔兰单身汉的干净，之前一直有他们的母亲在帮忙料理家务。被子没有拿去洗，而是翻过来盖。至于杯子，没有干净杯子的时候才会把它们拿去洗。他们一起睡在父母的床上，他们曾在这张暖和的床上被孕育，被生下来，还是婴儿时有人哺育他们，在蹒跚学步时有人安抚他们，在孩提时有人关怀他们，在青年时有人为他们祈祷。他们的父母就死在这张床上。

庇乌斯·穆尔维开始觉得他也会死在这张床上。

这比他变成现在这副模样更令他害怕，这个年轻人无法想象的角色：一个孤儿。想到他自己与他那个无比勇敢的哥哥渐渐老去，然后死在那座山边的小屋里，这比贫穷和饥饿更令他抓狂。没有人为他们哀悼，甚至不会察觉他们已经离开人世。除了彼此之外，永远没有枕边人做伴。康尼马拉的群山到处都是这种人。驼背弓腰、目光呆滞的年迈兄弟，背负着孤独的十字架度过一生。他们一瘸一拐地来到克利夫登，在圣诞节前夜参加午夜弥撒，被姑娘们嘲笑。

驴子一般的老处男，却长着女人一般的面孔。他们身上散发着孤独的气息、陈年的尿臊味和错过机会的失落。庞乌斯·穆尔维并不觉得他们好笑。他几乎不忍心去想象他们的生活。

他永远无法体会抱着一个需要他们的孩子那种感觉；永远无法体会对一个妻子说她今天看上去很美，她的头发很漂亮，或她的眼睛很迷人的那种感觉；永远无法体会和妻子争吵，然后和解的那种感觉；永远无法体会将意中人拥在怀里，并感受到被爱的那种感觉。穆尔维太年轻了，并不懂得这些事情的滋味，但他见过这些事情，曾在它们洒下的温暖光芒中被抚养成人。这道光芒或许不会再照耀在他身上，这个事实令他陷入极其恐怖的黑暗中。

他渐渐对康尼马拉感到不安，这里只有黯淡的前景，萧瑟的沼泽景色和在月光下嶙峋的岩石，他身边所有的一切显得灰暗而荒凉，空气中弥漫着雨后的刺鼻味道。从大西洋刮来的风像鞭子在猛抽，树木向着一个角度生长，就是不肯长直。他一连几个小时坐在家里那扇破裂肮脏的窗户边，看着那些树木在风中扭曲变形，猜想何时狂风会刮得太猛烈，树木会被拦腰折断或被连根从地里拔起。但它们从不折断。它们只是在呻吟，只是弯曲着，在风暴肆虐过后仍然弯曲着立在那里。弓腰、驼背、扭曲、畸形：被主人讨厌的低三下四的奴仆。

他的父亲这辈子一直弯着腰。他的母亲和穆尔维认识的每一个人也是这样。但命运对他们的忠诚并没有给予回报。他的哥哥总是说起上帝的神秘。上帝永远不会做错事，上帝永远不会给你超出你的能力范畴之外的考验。在十字架上受难的时刻正是胜利的时刻，假如傲慢的人能理解这一点的话。但庞乌斯·穆尔维并不理解。他眼里的哥哥只是一个跪在地上的奴隶，称颂自己赤贫的真相，将那个事实诠释为一番说教式的无稽之谈，因为他没有勇气去解读其本义。信奉上帝需要勇气而不是懦弱，这是穆尔维永远无法认同的观点。那种想法只是在浪费时间：就像清洗你仅剩的几个盘子，心里知道第二天它们又会变脏。你只是很幸运，还有东西可以弄脏，仅此而已。

母亲的离世就像锋利的刀刃，可以感受到它的存在，即使从未被提及，却同样真切。它就像地下的水，在两兄弟之间流淌。他们一起绝望地、饥肠辘辘地耕种父亲那块农田，从黎明干到黄昏，从岸边拖着海草去滋润石头，用自己的血便当作肥料去浇灌庄稼，用尽全身力气去砸碎石头，但除了彼此之间的疏离感之外，什么东西也长不出。两人之间没有暴力相向，也没有愤怒的言语。现在两人相对无言。

买得起蜡烛或能从邻居那儿讨来蜡烛时，尼古拉斯会秉烛夜读。不能读书的时候，他会在漆黑中下跪祈祷，念着穆尔维不明白的拉丁文祷词。他哥哥虔诚的声音成为一种困扰，吵得穆尔维睡不着或想不了事情。

之前1月份苦寒的一天，地上结了一层大理石般惨白的霜。一个来自利物浦的征兵中士走在乡间小路上，讲述着军旅生涯的冒险故事。他的话令穆尔维深深着迷。哪怕是为国王效力的爱尔兰游骑兵里最卑微的小兵也能期盼过上美妙的日子。他会发现自己来到埃及、印度或贝鲁特，阳光照耀在葡萄藤和菠萝上，女人们就像传说中的女神。那些地方的红酒甘甜爽口。你可以大快朵颐，姑娘们由得你挑。制服令一个小伙子更有自信。“当你穿上红色制服时，你就长高了六英寸，小伙子们！”

如果想体验这个精彩的世界，当兵是适合勇敢的年轻小伙子的职业，而且这种体验还能带来不菲的酬劳。至于危险，它当然存在。但危险只是兴奋的另一种表述，是为艰苦生活加点佐料的刺激。危险无处不在。那个中士环顾严寒的荒野，似乎见到这一幕情景令他感到难过，似乎它见不得人，似乎看到穆尔维兄弟困顿于此是一件尴尬甚至羞耻的事情。至少在军队里，你接受训练，学会在危险中生存。效忠王室的士兵绝对不会挨饿。

“服役一年，十基尼到手，”中士说道，似乎他不相信天下竟有这等好事，“这会儿答应下来，就能领到一先令。”

他呼吸时哈出一缕缕的白气。他伸出戴着黑色皮手套的手掌，那个小小的硬币就像圣徒的眼睛一般闪闪发亮。

“在这里，用那个什么都买不到。”穆尔维的哥哥平静地说道。

“你什么意思，伙计？那可是国王的钱。”

“他最好把钱给留着，因为这里没人要钱。统治我们的不是国王，而是天国里的王。穆尔维家的人抛弃自己生于斯长于斯的土地，是会下地狱受烈火之刑的，还会连累他受祝福的母亲。”

中士盯着他，困惑不解地皱眉。

“我——我不明白你在说什么。”

“我说的是英语，”尼古拉斯·穆尔维回答，“但如果你听不懂我并不会觉得奇怪。你对这个地方一无所知。你永远不会明白。”

一团积雪从旁边一根树枝上落下。两只老鼠从一棵断树的树干里窜了出来，跑进一条阴沟里。

“是的，”中士阴沉沉地说道，“我想我永远都不会明白。”他耸了耸肩膀，顺着原路走了回去，他那双锃亮的靴子在密布车辙的冰冻土路上打滑，他那件漂亮的猩红色军大衣就像一只知更鸟的胸膛。尼古拉斯一言不发，走进小屋里。他的弟弟久久地站在小路上，看着他的前途慢慢地离去，白茫茫的一片刺痛了他的眼睛。看着那个中士从视野里消失，回到他刚刚走来的那片苍茫之中。

几个星期后，穆尔维焦躁不安。思绪就像一群蜜蜂围着果酱罐子嗡嗡嗡地响。他在梦中见到自己在金字塔下打盹，他吃得饱饱的，靴子很暖和，他得意扬扬，就像咧着嘴笑的斯芬克斯。在金色的火光旁跳舞的美艳女子，她们修长的四肢晒得黝黑，涂着没药。烤肉在滴着油汁。葡萄就像一门新语言的元音，在他的舌尖上爆开。他在另一个康尼马拉诡异漆黑的早晨醒来，浑身颤抖，身边是他的哥哥，床的四周弥漫着夜壶的恶臭，伤痛与辛劳的一天在他面前展开，就像挨饿导致的噩梦中的一条道路。

就像一首歌里等候着爱人出海归来的女人，他会望着那条乡间小路盼望中士回来。但就像歌里所写的，那永远不会发生，不知为何，他知道现在中士永远不会回来了。

他的哥哥病了，穆尔维能看得出来。他的皮肤暗淡发黄，他的眼睛早上总是充血和流脓。那双眼睛看上去就像变幻不定的天气，像苍白死寂的天空中掠过的一团云朵。穆尔维会看着他在远处长满杂草的田里翻寻着，大口大口地吞食着叶子。乌鸦也在观望，似乎它们觉得他是个怪人。

虽然他自己也饿着肚子，穆尔维开始装作没有胃口的样子，希望尼古拉斯会吃掉他剩下的食物，但他一直不吃。饕餮是一宗罪行[1]，尼古拉斯·穆尔维会这么说。管不住自己口腹之欲的男人枉为人，只是一头贪婪的野兽，必定会下地狱。我们的主自己已经表明

1　根据天主教的教义，人类的七大罪分别是：傲慢、贪婪、色欲、嫉妒、饕餮、愤怒与怠惰。

斋戒是必须的，这个行为会令你更加接近上帝。他会收走剩饭，放进橱柜里，第二天又端上来，一而再再而三地端上来，直到最后庇乌斯把它吃掉，要不然就发馊了。这成了两人之间的一种竞争：看谁更能挨饿。

很快穆尔维就觉得无法忍受一直在尼古拉斯身边。他开始晚上在郊野游荡，来到小酒馆或十字路口的舞会，去参加康尼马拉的小镇集市日之后举行的同乐会和土豆酒畅饮庆祝。如果你等到晚上某个时段，你有时候能够找到一个还剩点酒的杯子，或瓶底还有几滴酒的酒瓶，可以让你挨过晚上剩下的时间。一个过路的吉普赛女人或四处流浪的民谣歌手会唱歌乞讨几便士，这是穆尔维喜欢的事情。它就像热潘趣酒，融化了孤独的坚冰。唱歌让他想起了童年时更快乐的时光，在一切改变之前的温馨家庭时光。

那些歌曲彼此交错融合，就像流经洼地的泉水。你见到某些元素在别的歌曲中出现。诗句被借鉴，字词被改善，诗句被加以润色和调换，事件被修改或完整保留，但从不同的角度进行讲述。似乎从前只有一首伟大的歌曲，创作歌曲的人不停地从中汲取元素：一口隐藏的神圣之井。

他几乎不向任何人说起与歌手们在一起的事情，但他越来越熟悉在歌曲里出现的人物，就像一部仍在书写的传奇故事里的角色。那个娶了年轻姑娘却又无力满足她的虚弱愚蠢的老混蛋。因为爱上一个虚情假意的年轻人而被父亲逐出家门的少女。那个其实是湖畔幻影的女人。与从前的恋人再度邂逅，时光与经历揭示了那段逝去的爱情是多么刻骨铭心。惬意游玩的少年和轻松自在的姑娘。以折磨他人为乐的残忍地主和拐了他老婆的佃户。戏弄来骚扰他们的税吏的渔民、农夫、佃户和牧羊人们。

穆尔维总是觉得这些歌曲就像是一门秘密语言：在被占领的担惊受怕的国家里一种表达不可言说之事的方式。至少它们是暗地里承认不能言说之事很重要的方式，换作别的时候，或许可以更加直白地说出来。事实在伪装的表面之下得到陈述，就像埋在沼泽地里的古树，它们的树皮经过五百年之后仍然活着。如果你从整体层面去看待，它们就像经文，蕴藏着被掩埋的真相，康尼马拉的神圣证词。说到底，《圣经》本身是什么呢？支离破碎的寓言与依稀记得的故事，里面的人是渔民、农夫和税吏。他的漫步似乎成了对某个事物的遵从，但那究竟是什么，他说不出来。

有一次，与小提琴手和歌手们聚在马姆克罗斯时，庇乌斯·穆尔维开始偷东西。一个喝醉的农夫不省人事地倒在酒馆的露天厕所里，穆尔维已经饿了好几天，饿得头昏眼花，于是脱下那个农夫的靴子和帽子。只消一瞬间，他便摇身一变，从受害者变成施暴者，而他并不为跨出这一步感到内疚。他在街那头的当铺把靴子和帽子当了，回到小酒馆里把这笔意外之财花掉。当你享受着一瓶威士忌、一盘炖菜和一根香烟时，音乐似乎更加悦耳动听。那个困窘的农夫终于光着湿漉漉的脚从厕所蹒跚走回来，穆尔维甚至请他喝酒。他觉得亏欠了那个农夫很多，以波特酒和热烈的同情作为补偿。

那是穆尔维自己在公共场合唱歌的第一个晚上。小酒馆的老板在唱一首失恋的情歌，但他只知道两句歌词。他说他愿意付整整一先令学会剩下的内容，因为他不久前去世的母亲钟爱这首歌，一个来自罗斯康芒郡伊斯特斯诺的妇女。穆尔维平静地说他知道歌词，因为他自己的母亲也来自罗斯康芒。“唱来听听吧。”老板兴致勃勃地提出要求，穆尔维走进那帮衣着褴褛的人围成的圆圈中间，开口高歌。

那是残酷的寒冬，白雪将群山覆盖，
当山峰与谷地陷入黑暗，我的真爱他已离开。
我窥视着最美丽的女仆，她的眼中含着咸涩的泪珠，
她的怀里抱着一个婴儿，正在号啕痛哭。

亲爱的，我的父亲是那么残忍，把我赶出家门，
亲爱的，我的母亲是那么残忍，眼睁睁看着这桩罪行发生。
但更残忍的是我的甜心，他的变心只是为了黄金，
刺骨的寒风是那么残忍，冷冰冰地扎穿我的内心。

穆尔维的歌声并不好听，但他的记忆力特别好。他记得那首复杂长篇情歌的每一句歌词，那是他母亲以前总唱的老歌，有经典的典故和多重叙事手法。“双语混合体”是形容这类歌曲的术语，它的歌词在爱尔兰语和英语之间切换。但他不只是记住那些歌词，他还记得这首歌应该怎么唱：哪些地方你得把歌词稍微拖长，哪些地方你得陷入沉默，让歌词像树叶般凋落。那是一个诡异阴郁的故事，说的是一个女仆被贵族引诱，他答应会娶这个女仆为妻。他的母亲以前总是说那首歌就像一个咒语，如果你边唱边想着某个对不起你的敌人，唱完这首歌的时候他就会倒地身亡。即使在穆尔维的童年他也不相信有这种事情。（他尝试了许多遍，但他哥哥没死。）但歌曲里有一种他很喜欢的矛盾心态。有时候从歌词里很难判断是哪个恋人在开口说话，是谁遭到背叛。

第二天早上，在尼古拉斯醒来之前，穆尔维一路走到莱特弗拉克村，带着一篮卷心菜、一块熏肉、两根新鲜面包和一只肥美的烤鸡回来。他哥哥问他哪儿来的钱买了这么多吃的，穆尔维告诉哥哥

他在路边捡到了一个钱包。尼古拉斯不喜欢酒馆和光顾那里的客人，恳求庇乌斯不要和他们扯上关系。

“那你应该把它交给警察。那是某个不幸的人丢失的。想想看，他现在有多着急。”

“我拿去交给警察了，尼古拉斯。我刚刚不是告诉过你了吗？丢了钱包的那位先生给警察留下了一笔奖金。”

“是真的吗？看着我，庇乌斯。”

“我就站在这里。如果不是真话，我立马气绝身亡。”

“你愿意发誓吗，庇乌斯？以老爸老妈的永恒灵魂宣誓？”

“我愿意，”庇乌斯·穆尔维说道，“我以他们的灵魂宣誓，这是真的。”

“那么，上帝是仁慈的，庇乌斯。”他哥哥说道，“我们不应该质疑他的仁慈，要不然他就不会再赐予我们恩典了。我曾祈祷奇迹，现在奇迹降临了。”

穆尔维表示同意。上帝是仁慈的。自助者，天必佑之。

第十二章　秘密

在本章里，穆尔维开始认为自己是一个天才。

不可避免地迈出了通往不幸之路的第一步。

第二天晚上，穆尔维信步来到格拉斯尔劳恩附近的一处十字路口舞会，和乐师们一起厮混。他又唱了歌，很喜欢那种体验，虽然现在是出于不同的原因。姑娘们似乎觉得他唱歌时很迷人，虽然他不知道为什么，无法对这件事情做出解释。他知道自己相貌丑陋，瘦骨伶仃，身子孱弱，完全没有他哥哥的阳刚气概。但是，当他唱完之后，姑娘们还是觉得他很迷人。竟然会有这一出，那可不能忽视。

他不知道对她们说什么，这些哈哈大笑的漂亮姑娘。她们会围在他身边，邀请他跳舞。他越是不肯跳，她们就似乎越喜欢他。他没有姐妹或女性朋友，他从未与一个姑娘说话超过两分钟，现在完全不知所措。但是，当她们说说笑笑时，她们是那么漂亮，与男人完全不一样，充满了光明。他发现她们当中有些人的思维奇怪得就像天上的星星，而且她们总是说一些他无法回答的事情。但她们似乎认为他的沉默是一种神秘，而不是出于拘谨。很快他便知道沉默是可以利用的手段，一张能够起作用的王牌，尤其是与唱歌的意愿结合使用时。他知道她们喜欢温柔、斯文、善良，亦即所有男人认为没有男子汉气概的那些品质。没有人说他长得丑，说他没钱。她们并不是为穆尔维倾倒，她们只想找人说话，被人倾听。这并不是非常困难，特别是当你感兴趣的时候。如果有时候你不想说话，那也没有关系。在一个充斥着吹牛皮的投机分子、高声吼叫的小伙子和莽夫的世界里，有的女孩觉得缄默令人精神放松，而且，谢天谢地，她们是他自己喜欢的类型。

现在他不和尼古拉斯过夜了。天一黑他就会顺着乡间小路去寻找自由。你去往哪个城镇其实并不重要，有人会唱歌或为舞者演奏。那里会有温暖、光明、音乐与同伴，当你感到非常孤独时，那里能让你产生归属感。

一天晚上，在塔利克罗斯的一间小酒馆里，一个来自利默里克某个地方的独眼吟游诗人唱了一首他自己创作的歌谣：一首关于一个当地的地主，梅瑞狄斯勋爵，多么残忍无情的歌谣。他曾吊死一个可怜的少年，因为后者偷了一头羊。那首歌的歌词粗糙，而且唱得很难听。那个歌手是个小不点儿，臀部扁平，裤子松垮垮的，但唱完之后，人们疯狂叫嚷表示欣赏，那个歌手点了点头，就像一位帝王在接受臣子跪拜叩首。"我的灵魂投入你的怀抱，兄弟。"一个男人哭了，走到歌手身边，亲吻他粗糙的手。"那是有史以来爱尔兰创作的最美妙动听的歌曲。威士忌酒！这间酒馆里最纯冽的佳酿！"

穆尔维开始琢磨起将会令他痴迷的事情。几乎所有人都崇拜歌手，他们是年鉴作家、编年史撰写人、监护人、传记作者。在一个几乎人人都不识字的地方，他们就像会行走的书籍，承载着当地的回忆。他们当中有许多人声称会唱五百首歌曲，有少数歌手号称会唱上千首歌曲。有时候，穆尔维觉得如果没有了他们，那就不会有人记得发生过什么事情，而如果没有人记得的话，那它就未曾真正发生过。歌手与信仰治疗师或探矿者是同一类人，就像能够用独门配方的草药减轻分娩痛苦的产婆，或单靠说话就能让马驹驯服的吉普赛人。但只有那些自己写歌的人受到大家的顶礼膜拜。

当他们走进房间时，人们会安静下来，那些衣着褴褛的男男女女拥有写歌的天赋，是哪些事情发生过，哪些事情并未发生的仲裁法官。他们甚至不需要唱得特别好，别人会唱他们所写的歌。他们很少创作新的旋律，这也不要紧，只是利用每个人都知晓的古老歌曲，那也没有关系。他们就像酿红酒的人，将今年的佳酿倒入从前的漂亮酒瓶里。如果说有影响的话，那便是这一做法令他们更受崇拜。他们的红酒融合了古时的风味，品尝起来更加醇厚。

他们似乎被全能上帝的手触摸过，似乎上帝从虚无中创造完美的大能被吹入这些凡夫俗子的口中。光是与他们在一起就会被全康尼马拉的人视为一种荣耀。一首新歌像庄稼抽穗那般被人们欢庆，如果它写得特别好，会得到新生儿出世那般的礼遇。他们总是会彼此嘲笑对方的能力，但没有人敢诋毁他们。羞辱一个写歌的人被认为会带来霉运。人们对这些巫师充满敬畏：如果你顶撞了其中一位，你或许会被写入歌曲里，永远被愚弄嘲笑，即使早已时过境迁。

穆尔维在他那本掉了书脊、磨损不堪的字典里查阅“compose”[1]这个词语——**令人平静、制造、排版、决定印什么内容、书写或创作、调整或整理、组装拼合**。组装拼合的人也能解构拆卸。没有什么是这个巫师做不到的。

他开始平静而兴奋地猜想自己能否跻身这个备受尊敬的神职阶层，是否有一天他能写出一首自己的歌。他总是觉得他一定有某个使命，他的生命一定拥有比寄人篱下和挨冻更宏大的意义。很快他就觉得这个需要开始在他体内发热冒烟。他总是想着韵文诗，一直

1 “compose”一词有“作曲”之意。

在想。他能为旋律配词，不亚于任何人。他的问题在于缺乏阅历。他从未恋爱过或失恋过，从未参加过战斗，从未遇到过一个天仙般的美女。他没结过婚，追求过女人，杀过人，或将所有的钱都花在威士忌与啤酒上，或经历过任何冒险，将它们写成歌曲。庞乌斯·穆尔维从未做成过什么事情。在写作里，知道要写什么是最困难的。

晚上，当他哥哥在里屋祈祷时，穆尔维会蹲在微弱的火堆旁边尝试写歌。但是，开动脑筋比犁开土地更加困难。他渴望写出歌曲，但这实在是太难了。什么也写不出来。几个月了，什么也写不出来。

他觉得自己就像一个湖边的渔夫，能看得见水底轻松游动的鱼影，但无论他怎么努力尝试，却什么都打捞不到。灵感、意象和譬喻在他脑海中掠过。他几乎可以感觉到它们从绝望的手指间溜走。在他的思绪中，他伸手去触摸母亲的灵魂，就是这个女人令他继承了唱歌的爱好。“**帮帮我!**”他祈祷着，“**如果你能听见我的话，帮帮我。**”在尝试进行创作的漫长而沮丧的夜里，自从母亲死后他从未体会到与她如此痛苦地接近。但他写不出东西，什么也写不出来。只有屋顶那几只耗子在窜来窜去，和他哥哥在祈祷时苦恼的喃喃低语。

然后，一天早上，一切都改变了。他从风吹树叶的梦中醒来，迷迷糊糊的头脑中浮现了一则对句。事情的发生就是这么奇怪而简单，就像被人叫醒，发现枕头边有一份礼物。似乎梦境里的叶子突然间凋零了，露出一只慵懒的蛾子。

> 我和我的兄弟正在耕地，
> 这时一位中士走来，手里攥着硬币。

他的第一个想法是他以前听过这段歌词。它写得挺好。他以前一定已经听过了。他立刻从床上起身，穿过冰冷的泥地来到桌旁。那些话就像一只蝴蝶，可能会飞走。他把这些话写在一个旧白糖袋的背面，似乎要是不写下来的话，它们真的就会飞出窗外。他看着那几行字。写得真是不错。它们遵从创作歌谣的第一准则：每一行都把故事向前推进。

我和我的兄弟正在耕地，
这时一位中士走来，手里攥着硬币。

一块没有丝毫肥肉的里脊牛排。这两行句子没有哪个字是冗余的。所有的角色都介绍了，他们的职业提及了，他们彼此间的关系也挑明了。就连那个中士手里攥着硬币的描写也暗示着叙述者和他那个勤劳工作的哥哥一定很穷这个事实。突然间，他觉得如果把“耕地”改为“刨地”，把单调的“硬币”改为更加闪耀的“金币”，会令人更加清楚了解他们的穷苦。如果你把低下的中士换成“军士”或“上尉”，就可以与“走来”这个平淡动词押上头韵[1]。他立刻做出修改并朗读修改稿。那些诗句似乎迸发出生机，就像一颗果实。

我和我的兄弟正在刨地，
这时一位上尉走来，手里攥着金币。

1　英语里的“军士”（corporal）和“上尉”（captain）与“走来”（come）符合头韵“/k/”的发音。

穆尔维几乎得意忘形，就像一个孩子在庄严的祝祷上记起好玩的事情而咯咯发笑。你已经大致知道这首歌的走向，但它还是蕴含着戏剧性，因为你无法肯定。和所有的好故事一样，它有自己的内心选择。他们会跟着上尉走吗？还是会留下来呢？如果换作你是他们，你会怎么做呢？谁是主角，谁是反派呢？现在他觉得“我的兄弟”或许有点含糊。但换成“尼古拉斯”似乎又不大合适。他在脑海中检阅所有他认识的男人的名字，似乎在翻阅一本砖头厚的书籍。谁的名字适合替代“我的兄弟”呢？约翰·弗瑞，那个来自罗莎维尔的农夫，怎么样？穆尔维只见过他两次，当然从未与他一道刨过地或挨过穷,但他的名字在音节上符合要求。他把这个名字写下来，然后对自己朗读新的诗句。

我和约翰·弗瑞正在刨地。

不。它不如“我的兄弟”好。他划掉那个名字，改回到原先的内容。来自罗莎维尔的约翰·弗瑞原本可以成为不朽传奇这个转瞬即逝的机会就这么永远失去了。

那天早上，他出去耕地时，脑袋里似乎浮现了一个光明世界，似乎有一团如果不去照看就会熄灭的火焰。**母亲，我求求你，不要把它带走**。这么多年来，他头一回悄悄地念《玫瑰经》祈祷。他不会再犯罪，不会再偷东西，不会再在私底下或和别人一起干见不得人的勾当。他这辈子每天都会做苦路祈祷，只要他那团火焰不熄灭。那天稍晚一些时候，和他哥哥一起锄地时，又有两行诗句不知从何处冒了出来。

关于士兵的故事，尽皆无畏宏伟，

噢，那时候是多么欢乐陶醉。

他又为自己可能会忘记这两句歌词感到害怕。他用锄头将它们刻下来，免得它们待会儿又遁入虚无。他跪在一棵倒下的沼泽橡树的树根旁边，为母亲与上帝的仁慈而哭泣。他这辈子从未哭得这么凄惨，就连在母亲临终之际和在她坟前时也从未这么哭过。为她的逝去而哭，为他自己的命运而哭，为所有他从未告诉母亲的事情而哭。他哥哥走过来看他到底怎么了，穆尔维搂住他，哭得像个孩子，对他说他是天底下最好的哥哥，他为两人变得这么疏远感到难过。他的哥哥盯着他，似乎他发疯了。穆尔维哈哈大笑，然后像一头山羊般蹦蹦跳跳地穿过沼泽。

那天晚上，庞乌斯·穆尔维没有去散步。他蹲坐在父母那间小屋的地板上，手里拿着一支笔，心中充满喜悦。在那个冬日所发生的事情很难化为歌谣里的句子，即便你能清楚地说出发生了什么事情。于是，他将它们改头换面以方便押韵行文，这并不要紧。反正没有人知道事实。就算他们了解事实，也不会觉得那值得唱出来。歌谣创作的要领在于写出值得被唱出来的歌曲。事实并不重要：那正是秘密所在。他写出歌词，然后划掉。重写一遍，加以修饰，他想要达到的效果是一种轻松的意趣。行云流水的剧情和朗朗上口的歌词。人们需要感受到那些字句是自发写成的，写出这些歌词的民谣歌手只是它们的媒介。他并不是在刻意唱出这首歌。他是在不由自主地歌唱。

他说，我的好农夫，如果你们肯入伍，

这里有几个金币，可以让你们舒舒服服。
你走吧，上尉，你这头红背老狗，
因为你的话令人深深担忧。

我们根本不要你这个笨蛋的金币，
你那件该死的旧大衣看了叫人心悸；
我们宁可光着身子，冻得发抖战栗，
也不会在早晨披上奴隶的褴褛破衣。

最后那句话花了最久才写出来。在这么一首歌里，按照惯常做法，会在高潮处讲述关于爱尔兰的内容。穆尔维一点儿也不在乎爱尔兰，他猜想许多听众更加不在乎，但人们喜欢呐喊起哄。不写那一段就像工作没有做完，就像建了一座没有屋顶的小屋。

如果终有一天我们拿起火枪或长剑，
我们向主发誓，那不会是为了英国冒险。
为了爱尔兰的自由，我们将高举利刃在手，
在早晨砍下你的人头！

他第一次唱这首歌，是在万圣节之夜的卡拉达杜夫骡马集市，唱完之后，掌声轰动如雷，几乎吓坏了他。硬币就像雨点般落在他的脚下。庇乌斯·穆尔维的身体开始充满了光亮。他发现了将事实转为故事、将贫穷变为富足、将历史化为艺术的炼金术。面包为肉，红酒为血。他找到了自己的天职。

那天深夜，他遇到一个长着漆黑眼睛的姑娘，两人躺倒在路边的沟渠里时，他感受到了哥哥在谈起上帝的神秘时提到的事情。一股令你想要抛洒热血的激情，然后是超越所有理解的祥和。他十九岁了，是一个男人、一个王子。那个姑娘对他说她爱他，穆尔维相信她的话。他知道他终于值得被爱了。

天亮时他回到家里，哥哥正在田里走来走去，赤裸的双脚踩着石子，被割出了血。他正在欢快地唱着一首不应该被欢快地唱出来的赞美诗，起初穆尔维猜想那是一种游戏。虽然早上天气很冷，但他哥哥没有穿上衣，苍白的胸膛上布满了鸡皮疙瘩和露水。他平静地解释说：他在责罚自己。惩戒肉体以净化灵魂。他活该遭受惩戒，他是令人不齿的恶魔。如果人们知道在他心中堆积的欲望，他们会把他烧死或溺死，他一边说一边笑。当他转身继续惩罚自己时，穆尔维看见了一件事情，令他站定在泥地上。哥哥鲜血淋漓的背上有好几道马鞭留下的鞭痕。

他走进小屋里，发现那根仍是血红色的鞭子就像一个问号，搁在布满泥土的地板上。它的皮条上粘着哥哥丝丝缕缕的血肉，他战战兢兢地将它扔进火里。它烧着的味道好像烤肉，穆尔维意识到那股香味令他饥饿的嘴里流出口水，他心中感到惭愧，就好像发现自己被妹妹勾起了情欲。他看着那根鞭子干萎扭曲，变成一团熔化的漆黑事物，这令他想到现在他已经与哥哥易地而处，他已经赢得那场没有公开的争夺谁有当一家之主资格的竞争。他责骂自己竟然想要去争夺它，因为伴随它而来的是他害怕承担的责任。

他把喘着粗气的哥哥领进屋子，将他安顿在火堆旁边。**你去哪儿了，庇乌斯？我到处找，但你不见了。**尼古拉斯·穆尔维仍在平静地嘟囔着，就像一个睁大着眼睛在做梦的人，四肢颤抖，就像一头得了摇摆病的牛犊。**为了你，庇乌斯，我这么做是为了你。**过了一会儿，他开始恢复平静，嘟囔着不安地睡着了。穆尔维走到外面，站在小路上，脑海里掠过各种念头。他能去哪儿呢？向谁求助呢？牧师？医生？邻居？找谁呢？

这时他看见那张压在石头下的纸。他拾起那张折起的纸，将它打开。开头第一行写着："驱逐令，最后警告。"但它不是勇敢的民谣或抵抗的歌曲。穆尔维兄弟有四个月的限期。如果拖欠的田租一直没还，那他们就得走人。

他身后的小屋传来吓人的呻吟，就像掉进陷阱里的野兽在怒吼。他的哥哥踉踉跄跄地走过长着青苔的黑石板，伸出左手，上面在冒血，右手握着铁匠的锤头。穆尔维走到他身边时，尼古拉斯已经倒在灰堆里，凹陷的脸上露出蒙恩的笑容，消瘦发灰的左腕上露出一根六英寸长的铁钉的钉帽。

尼古拉斯·穆尔维被送进戈尔韦的疯人院，但两个月后回来了，声称自己已经痊愈。他不想提那天早上发生的事情，那只是因为他又饿又累，如此而已。但庇乌斯·穆尔维并不相信。现在他哥哥的眼睛里闪烁着新的神采，似乎与光明相反的光芒，但你不能称之为黑暗。那就好像另一个人披上了他的人皮。一个更加理性而且显然轻松自若的男人，而不是穆尔维所认识的哥哥，他失去了理性，他惶恐不安，这些穆尔维都深刻了解，因为他自己也是这样，而且他爱上了这两个心理特质。

阿纳格利瓦度过了一个寒冷贫乏的圣诞节。那天他们躺在床上，只有几个干瘪的苹果聊以果腹。穆尔维没有提起驱逐警告，害怕又令哥哥发疯。等尼古拉斯精神稳定下来，能够承受这个可怕消息的时候再说吧，时间还很充裕。穆尔维不知道这番对话永远不会发生。要分担恐惧已经太晚了。

尼古拉斯做出了决定。他要投身教会。他曾考虑当一个不问世事的僧侣，但最后决定进修道院。现在康诺特缺少牧师，使得穷人受尽折磨。到处是第二年将发生饥荒的迹象。届时将需要许多牧师。就算第二年没有发生饥荒，它也很快将会发生。它一定会发生的，尼古拉斯对此深信不疑。爱尔兰将遭受可怕的惩罚。成千上万的人将会沦为饥民。或许得有上百万人。人民将会遭受苦难，直到无法忍受的地步。只有当他们忏悔时，折磨才会停止。他认真地思考过，并下定了决心。他曾经觉得当牧师是在浪费生命，但现在他明白了——自从得病之后，他明白了——他去做别的事情才是在浪费生命。没有别的召唤能为他带来解脱。他的疯狂其实是一种启示。

“再待一阵子吧。求你了，尼古拉斯。”

“我已经研习经文许多年。北边的费根神父说他们愿意早点接纳我。我得尽快被授予圣职。”

“是德里克莱尔的米奇·费根那个伪信者和醉鬼，摔倒在泥潭里半天爬不起来那个？”

“他是服侍上帝的一员，庇乌斯。”

“说想女人是一种罪恶那个？还说犹太人活该遭受迫害，因为他们杀害了基督？”

“有时候他说话是难听了些。他现在年纪大了。”

“那土地怎么办？你父亲的土地。”

“我就是要去耕种天父的土地。”

“我是说真的。”穆尔维说道。

“我也是。”他的哥哥回答。

“别把我丢在这里，尼古拉斯。我一个人在这儿撑不下去。至少等到春天再走，看在耶稣的分上。”

“为什么?”

“我们遇到大麻烦了。他们要把我们赶走。”

“信任上帝，庇乌斯。那你就不会孤独。”

“你肯听我说吗，哥哥？我不是在谈论上帝！”

“我也不是，庇乌斯。虽然我们或许应该这么做。”他的哥哥露出羞涩好看的微笑，“你有一个姑娘，不是吗？我看你的样子就知道了。最近你就像4月的羊羔——”

“4月的羊羔，复活节的佳肴。”

“我的意思，你懂的。”

“是有一个姑娘没错。我不知道是否会有结果。”

“嗯，就算这个不合适，另一个很快就会出现。这只是天性使然。你自己的使命。圣徒保罗曾说：‘与其欲火攻心，倒不如婚娶为妙。[1]’”

“你自己不想结婚吗？我们把田地分掉也足够耕种。”

“半路得[2]田地，两户人家耕种?”

“戈尔韦有许多人活得更惨。我们会想出办法的，尼古拉斯。求求你，不要走。”

尼古拉斯·穆尔维平静地笑着，似乎刚才那番话很荒唐。“那种生活不是人人都可以享有，庇乌斯。我没有勇气去过那种生活。”

“难道你在身边找不到喜欢的姑娘吗?”

他的哥哥古怪地叹了口气，凝视着他的眼睛。“有时候在晚上，我好想有一个女人，欲望会令我痛哭。魔鬼很狡猾。但那并不是爱，那只是肉欲。我不会像你那样爱上一个女人。我们两兄弟中你更成

1　本句出自《新约·哥林多前书》。

2　路得（rood），英国面积度量单位，1路得约合四分之一英亩。

器，你一直比我优秀。没有哪个男人拥有过更加真挚的朋友。”

一颗黑色的仇恨之种似乎在穆尔维的心中发芽了。似乎这番谦逊的话在居高临下地嘲讽他。

那是 1832 年 1 月 5 日，纪念东方三圣王追随星星前来的神圣的主显节前夜。那是最后一晚穆尔维兄弟坐在一起吃饭和睡在同一张破床上。天亮时尼古拉斯出发去戈尔韦的修道院，胳膊下夹着母亲的祈祷书，口袋里装着一撮泥土祈求好运。他的告别礼物是出发前不肯吃的早饭和一双破烂的耕田靴，他说他再也用不着了。

庇乌斯 · 穆尔维那个黑眼睛姑娘名叫玛丽 · 杜安，来自卡纳村，金斯考特的梅瑞狄斯勋爵庄园里的一处。那一天，玛丽对庇乌斯说到了夏天她就会生下两人的孩子。她哭了，庇乌斯觉得那一定是幸福的泪水。她说现在他们一定得结婚。那是一件好事，因为她终究还是爱他的，他总是对她说他也爱她。当然，他们会在这里生活，在自己的家族土地上。他们不会过上富裕的日子，但会一直在这里生活。无论发生什么事情，他们都会一起面对。和从前他的家族一样，生于斯死于斯。

他们上了父母的床，脱掉衣服，然后躺下做爱，一直做到下午。风在沼泽上呼号。雨雪敲打着窗户，就像在打鼓。那天他们酣畅淋漓地做爱。似乎他们知道以后再也没有机会了。

他一直等到她上路回卡纳村，然后将几件邋遢的衣服收入一个小包裹。夜幕降临在遍布石头的宁静田野上时，庇乌斯 · 穆尔维离开了父亲的土地，顺着那条小路离开康尼马拉，下定决心在他有生之年不会再看它一眼。

我（朝一位在聘请员工的纽约雇主）走上前，手里握着礼帽，像任何爱尔兰人一样谦卑，问他是否愿意聘用一个像我这样的人。“戴上你的帽子，”他说，“来到这里，我们都是自由的人，我们享有同样的自由和权利。”

出自詹姆斯·里奇的信

第十三章　遗赠

航行的第十个夜晚，我们回到了勇敢的船上：在当晚，
金斯考特勋爵写了一封亲切的家书，寄给他在伦敦的
挚爱的姐姐，在信中他提到了目前的处境与打算。
他不知道自己已经被做出了最严厉的判决。

"海洋之星"号

1847年11月17日，星期三

我最亲爱的小泡泡火腿片儿*，

请原谅这潦草难看的大字，但现在只有一根小油脂蜡烛在我身边，而且我的视力最近似乎没有以前那么好了。（不知为何，近来我失去了所有的欢笑，真见鬼，呸呸呸。）其实应该说，我整个人都不好了。

据备受我们信赖而且洞察入微的船长说（他在研究航海图和航运表时，就像一位入定的老僧，而且对话时会用老长老长的词语），大约一周之后，我们或许会遇到蒸汽轮船"晨露"号，它从

* 1882年9月，剑桥大学格顿学院娜塔莎·梅瑞狄斯教授（知名女性参政论者）遗赠G. G. 迪克森的信件。"火腿片儿"是娜塔莎女士在家族里的昵称。金斯考特勋爵习惯将娜塔莎女士与艾米莉女士称为"小妹"（或如信中所写："小泡泡"），应该是表示亲昵的标志。事实上，两人的年纪都比他大。（艾米莉女士比他年长两岁，娜塔莎女士年长十三个月。）——G. G. 迪克森

新奥尔良出发，前往斯莱戈，船上的货物是印第安玉米面，因此我匆匆写下这些零乱的想法和问候，希望它们能在不久的将来寄到你那里。（只是揶揄一下老船长，这个敦实的家伙。前几天晚上，他还在航海图上向我解释航行路线。）

真是奇怪，但有时候我不知道自己在想些什么，除非我把它写下来才有点头绪。亲爱的傻乎乎的小火腿片儿，你终于发现了吗？呜呼，你有一个非常古怪的哥哥。

你和艾米莉，当然还有埃迪姨妈怎么样了？米尔林顿那个呆子夯货向艾米莉求婚了吗？真希望他赶紧行动，你觉得呢？（我们温彻斯特老生平常做事不会这么拖拉。告诉他，此事关乎老条顿人宿舍的荣誉。）如果她不抓紧点，你得推她一把。*亲爱的老伦敦怎么样了？我不知道什么时候才能够再见到它。

（此处划去了一段。）

我或许可以告诉你，我们置身于茫茫大海中，感觉就像与世隔绝。战争与革命或许已经在家乡发生，我们无法在第一时间了解关于它们的情况。不过我要告诉你，那种感觉其实还是蛮好的，特别是经过这几年，以及爸爸去世后所发生的一切。这里有一种令人陶醉的宁静，尤其是在晚上。海洋会沁入你的身体里，就像某种药物。我发现自己说话时带着波涛起伏般的节奏（就连思考时也是）。这实在是太古怪了。再经过一段时间，船上的每个人似乎都会这样。这片海洋很忧郁，尤其是在晚上。听着海浪不停拍

---

* 经过一段漫长的时断时续的恋爱，艾米莉女士真的嫁给了约翰·米尔林顿爵士，第九任赫尔侯爵，但这段婚姻在四年后结束了。两人没有生育孩子。梅瑞狄斯教授没有结婚。她的众多作品包括《论女权文集》（1863年）、《学习的理由》（1871年）、《教育与穷人》（1872年）和几卷关于纯粹数学的文集。她与密友艾米莉·戴维斯共同编辑了《女性高等教育》（1866年）。——G. G. 迪克森

打着船体的声音。天空是如此漆黑，星星似乎更加明亮，甚至比在戈尔韦时更加璀璨美丽。有时候，我觉得我想要永远待在这里。

被迫将房子锁起来令我很难过，甚至比看见它的家具被全部清空，景象一派萧条，就像一座遭到洗劫的古埃及陵墓更加难过。我在房子里走动，它似乎变得如此宽敞空旷。以前的佃户成群结队地来送别，你可以想象得到，他们格外伤心，许多人还在哭泣。我花了一个小时才顺着车道离开，不停地和他们握手，手都酸了。（当然，他们都问候你和小艾。）

但他们都很清楚我们不得不这么做，祝福我们以后幸福快乐。我离开时，他们向梅瑞狄斯这个姓氏高呼“好棒”三遍。似乎根本不觉得难过，所以，请不用担心。许多人请求我保持联系，当他们是我们的朋友，一直如是，虽然发生了种种变故。所以，请把心放宽，真的不用担心这件事情。我不愿你因此苦恼。

来自抵押公司的估价员威克斯向我保证，他会尽最大努力将土地一并卖掉，不会再把它们零碎散卖。所以，那是好事。巴利纳欣奇的汤米·马丁已经表态不会买下，恐怕是这样。他自己目前的处境似乎不是很妙，他正在考虑变卖产业，搬到伦迪尼乌姆[1]。真是遗憾，因为他为人不是太坏，虽然马丁一家阴险如蛇蝎，但他们对佃户并不是最糟糕的。但有传闻说那个醉醺醺的老骗子亨利·布雷克或许希望扩大自己的田产。当然，这场悲惨的饥荒令土地价格暴跌，布雷克资金充裕，正要利用这个大好机会。他似乎决心要将康尼马拉的田地一块块买下。或许很快，这场浩劫过后，塔利的老爷就会拥有金斯考特，或其残存的土地了。我对威克斯

1　伦迪尼乌姆（Londinium）是伦敦的旧称。

说我宁肯掉脑袋也不允许那个庸俗粗鲁妄自尊大的恶棍出价，但他说在自由市场里，我们没有资格挑拣买家。亲爱的娜娜，这难道不奇怪吗？事情怎么会变成这样？但情况就是这样。要是我们知道道路前方是什么就好了。

可怜的爸爸，他大部分宝贝不得不被销毁，真是太糟糕了。我去过几间博物馆和动物学协会，还有都柏林的古生物学研究院，总算为几件较有价值的物品——几具骸骨和更加罕有的蛋与化石——找到了归宿。但绝大部分物品没人肯要，因为屋里潮湿，情况非常糟糕，有几样东西长出了许多蛆虫和蠹鱼，总之，现在没有多少人对动物标本感兴趣。我离开的当天早上，一个吉普赛人驾着四处流浪的大篷车碰巧经过，留意到丢在冷冰冰的房子前面马场垃圾堆里的那只剑齿虎，他说他想要，并出价一先令，但我白送给他。说老实话，我愿意付钱让他把东西拿走，那东西臭气熏天，就像腐烂的马肉。约翰尼乔·伯克和他弟弟在海岸边挖了一个大坑，我们将剩下的东西填进里面，然后放火将那堆东西烧掉，再把它盖起来。那就像耶罗尼米斯·博斯[1]笔下可怕的事物。要是达尔文和他那帮研究地质学的伙伴到金斯考特挖掘的话，一定会遇到难解的谜团。

至于房子本身，谁知道现在它怎么样了呢。想到它正被捣毁，我心里实在难受，但经过长达两个世纪的戈尔韦风暴的洗礼，那个可怜的老姑娘已经年华不再。我想最好不要沉溺于如此可怕的想法。

然后我去了克利夫登拜祭爸爸的坟墓。它看上去挺好的，妈妈的坟墓也是。那天早上每座墓碑前都摆放了鲜花：父亲的坟前

1　耶罗尼米斯·博斯（Hieronymus Bosch，约 1450—1516），荷兰画家，作品多描绘人类的罪恶与道德的沉沦。

摆着金穗花，母亲的坟前摆着野茅膏。一个简单的小小姿态，但我承认我被它感动了。

原谅我未能及时回复你的上一封信件，我在都柏林上船前一个小时才收到。正如你能想象的，事情忙碌得要命，得打包搬运，天知道还有别的什么。你想象不到，两个小孩子与他们疲惫父母的行李和各种物品竟然比一支即将攻入敌方领土的步兵师团还多。

我想你还记得玛丽·杜安这个老熟人，她跟着我们去美国，有她帮忙，劳拉觉得舒心多了。有她在我也很高兴。那就好像带着在金斯考特的往昔岁月的一部分和我们一同离开。

在信里你问起我的商业计划。你说得很对，我把它一直隐瞒到现在。（就连劳拉也不是很清楚，总是无情地嘲弄我的缄默。）可要是我不能告诉我亲爱的小火腿片儿，那我还能告诉谁呢，我就知道你会这么说。

我的秘密计划是投身建筑行业，建造现在受到纽约暴发户们追捧的豪宅华厦。听好了，别告诉别人哦。我不想被别人捷步先登。（或者应该说“捷足先登”？我认为后面这个词才对。）

我知道我并没有建筑学的学位，但我自诩会一点绘画，而且我相信还有更好更派得上用场的本领，那就是我的个人经历。我带上了金斯考特的建筑蓝图，那是将老宅关闭之前的那个晚上从爸爸的文件里找到的。我找它们找了好几年，但一直没有找到——你知道那些乱七八糟的旧文件的情况，就像罗德岛的太阳神雕像[1]，堆到了书房的天花板上——因此，我觉得这一定是天意，让我在最后一刻

1　罗德岛的太阳神雕像（Colossus of Rhodes），古代世界七大奇迹之一，完工于公元前 282 年，据记载，巨像高 33 米，由青铜铸成，后毁于公元前 226 年的地震。

终于找到了它们。那就像从爸爸那里收到一份意料之外的遗赠。

我还带上了素描簿和另外几份爱尔兰乡村宅邸的建筑蓝图——鲍尔斯考特、罗斯博洛、基尔鲁德利，（字迹模糊不清）与许多其他地点——希望很快许多金斯考特与鲍尔斯考特式的房屋将会成为那座新城市及其周边的点缀。我确信我不会失败。

我知道有人说接下来的数十年里，纽约的时尚将会是建造高耸入云的大楼，但对整件事情进行相当深入的了解后，我完全肯定这是无稽之谈。要说美国有什么东西，那就是土地。而且他们不像在爱尔兰的我们，对土地怀有滑稽老套的情怀。他们总是在对外扩建，永无休止。你想想，他们哪里会去干别的事情呢？

总之，哪怕你对它所涉及的科学只有粗略的了解，你也能够明白任何高度远超过其宽度与深度的建筑注定无法长久耸立。尤其是在像纽约或波士顿那样毗邻大西洋的城市。那只是简单的物理知识，别无其他。你我都有过直接的体验，我们知道大西洋的风是多么强劲。（每年冬天牛奶贮藏室的瓦片都被刮走了，你还记得吗？你和小艾还得用夹子把帽子夹住。哈哈。）在康尼马拉，就连一棵根扎得很深的大树也几乎长不直，因此，十层楼的建筑如何能够抵御美国海岸的劲风呢？就算它们能撑得住，怎么会有人像猴子那样住在高处呢？就算这么一个愚蠢的想法可能行得通，那么人们也该想到，如今英国人就应该已经住在高楼里了，伦敦就应该是高楼林立的了，每一幢都如同怪兽。

不，我下定决心了，我的计划不会动摇。我觉得以前我犯的错误是太过于轻易接受别人的意见，没有听从并贯彻自己的本能。这一次，我将鼓起勇气，坚持到底。头一个喊出“受不了了”的人去死吧！

至于金钱问题，我有一小笔备用金，但真的只是一小笔钱，因此，我们只能盼望上苍会眷顾勇者。我真心希望你和艾米莉不会介意，但我卖了还留在金斯考特的几件旧物品。我指的是一两幅画，仅此而已。你问过的钢琴，恐怕已经被拍卖员的手下搬走了。我寄了几件妈妈的首饰给你。

我想当我们抵达纽约后，我们会住进一间酒店，我从未去过那里，还不知道会是哪一间。我们在华盛顿广场租了一间挺小的房子——22号——但得到3月份才能入住。我说的是一座房子，但其实那是新鲜事物，叫公寓套间，因此，我们真的进入了现代世界。它贵得要命，但我觉得那是一笔有价值的投资，一个可以接待客户的有范儿的地方。（客户——我的天哪，要是爸爸听到这番话，那可就惨了。）我们到那里之后，劳拉会物色仆人。我想我们或许只能有一个管家、一个杂务女仆、一个贴身男仆，当然，还得有一个厨子。没有必要搞得自己疯掉。

与此同时，船上一位古怪的印度王公告诉我纽约有一间还算像样的餐厅，威廉姆斯大街上的德尔莫尼克餐厅。因此，我们总算不会饿死。（我听说里面的装潢是太阳王路易十四风格的。）

我们在船上的住宿不是太豪华，但我们都为“吃点苦头”而感到高兴。我们在上层甲板有四间挺不错的房间，与其他乘客隔了一段距离。劳拉和我的船舱布置得很舒服，虽然小了一点。乔纳森和罗伯特各住一个小船舱，老是吵吵闹闹，争执谁的洗手间更大更气派。玛丽的船舱在走廊尽头上面几级台阶。我们还可以使用一个没有人住的特等客舱，好心的船长在里面摆放了一张很漂亮的折叠桌，这样我们可以一起吃饭。因此，这里就像一个安乐窝，虽然我们都得蜷起身子睡觉。乘务员与仆人们总是小跑着出出入入，就像耶胡一样，很难保持私密，有时候会惹恼劳拉，但我想这种事情只能忍受。（我猜想慧骃跑动会更多一些，但你懂我的意思。）*

食物有点单调，但我们没有发脾气。

这里实在有点无聊。我想在船上真的是没什么事情可做。大体上都是糟糕的旅伴。有时候我会在晚上去酒厅打牌，输几先令给那个土邦主。我到处找，但似乎船上没有一本像样的书。不过我在酒厅里找到了一沓旧的《泰晤士报》，我正在尝试按照时间顺序用那些社论玩杜胡拉†。这蛮有趣的，但非常累人，特别是现在，我就快瞎得像一只蝙蝠了（哈哈）。

两个男孩都很好，我代他们向你问好。他们都玩得很开心，觉得自己是小水手，但乔纳森的老毛病一直没好。我觉得那只是因为紧张不安，希望他能平安抵达纽约，这样他能更好地休息。别再让干净床单的清洁费涨个不停了！可怜的老香肠，最近他快成一个报时滴漏了。但他期盼着在船上过生日。至于罗伯特，他好得很，吃起东西来像拉车的马儿。（我们的船长说他真是太能吃了。）我真的不知道那些吃的跑哪儿去了，就像约翰尼乔以前老是说的那样："小少爷一定有一只脚里面是空的，太不可思议了。"

现在劳拉和我有点疏远，但我觉得这是因为她不想在圣诞节

---

* 金斯考特勋爵提到的"耶胡"与"慧骃"出自乔纳森·斯威夫特的《格列佛游记》。耶胡是慧骃国内一个蛮荒岛屿上状似猿猴的下流粗野的动物，而慧骃是外形像马的有理性的动物，奴役耶胡作为干粗活的畜生。有趣的是，格列佛曾说："慧骃的语言自身没有可以表达'邪恶'这个意思的词汇，仅有的几个类似的词语还是从'耶胡'的丑陋形象和恶劣品性那儿借来的。"（第四卷第九章）——G. G. 迪克森

† "杜胡拉"（doohulla），一个有着极其复杂的规则和得分系统的游戏，是梅瑞狄斯三姐弟在童年时发明的。玩法是，将词语从报纸上或其他无用的文件上剪下来，其字母构成一个菱形的嵌合字谜。与现代的填字游戏非常相似，但在 19 世纪 40 年代仍不为人知。"杜胡拉"是英语中康尼马拉一个地区的名字。在盖尔语中是"杜姆海莎拉克"，意思是"杨柳之丘"。——G. G. 迪克森

期间离开伦敦，你知道，这是一年中她最喜欢的时节，有各种派对、舞会等活动。但无疑根本不需要为此担心，她和以前一样，身体健康，容光焕发。

海上的天气变化无常（今天早上有场暴风雨），令你的傻兄弟回忆起他英勇的海军岁月——那时候他参加头一回也是仅有的一回乘坐三桅快速帆船前往加那利群岛并返回的训练，在航行中反反复复地令人惊诧而且尴尬万分地昏船[1]（原文如此！），后来一位姓波拿巴的先生在地中海轰了那艘船，现在它大概就像一块旧沐浴海绵般四处漏水了吧。我记得一个来自朗福的老炮手悄悄透露了一个传统疗法：将一块肥猪肉绑在一根丝线上，将猪肉吞下，然后立刻把丝线往回拽上来。老天爷啊！我差点给呛死，不得不由一个西班牙人实施嘴对嘴的人工呼吸抢救。我实在不愿意再去讲述那段经历。

"吻我，哈代。"[2]事后别的家伙总是拿它来调侃我。我想他们不知道你这个视力不济的兄弟是曾在特拉法尔加海战中与纳尔逊将军并肩作战的"斗士"梅瑞秋斯勋爵的儿子与继承人。当然，我从未去尝试利用这层关系。或许我应该那么做。那现在或许我已经成为海军上将了！

关于债主的事情我感到抱歉。他们真是太可恶了。告诉他们你大哥说要是他们再敢骚扰你的话，他会回来好好教训他们。说真的，等我们到了纽约，我会看看可以做点什么。我想那里有好几间银号，但如果没有，也会有其他银行能够帮忙。无论你去到哪里，总会有银行。

1　原文是英文"seasick"（晕船）的错误拼写："saesick"。

2　"吻我，哈代。"是纳尔逊海军上将在特拉法尔加海战时中弹后对旗舰的舰长托马斯·哈代说的一句话。

说起讨厌的人，你无法想象在头等舱里有多少形形色色的人，简直就像在廷巴克图的偏僻后街里游荡的野兽，只是更加丑陋更加凄苦。如果你不得不忍受他们，那还不如死了痛快。劳拉和我自己每天晚上都会拿他们开玩笑乐一乐。我不得不说如果没有她的话，我会很迷茫。

你曾在劳拉的一次晚宴上遇到的那个美国蠢货迪克森也在船上，和以往一样实在令人讨厌。（在遇到他的那天晚上，秋更斯也来了。你还记得他大肆吹嘘正在写的那部小说吗？）我相信埃迪姨妈形容他"斯文潇洒"——当然，我指的是迪克森，而不是秋更斯——但品味这种事情实在是说不准。

我希望再继续写下去，但风暴越来越猛烈（嗨呵，一阵雨来一阵风[1]），我得躲到床上，去拿那块肥猪肉。啊，我真的好惨啊。

别担心我，老妹。一切都会好起来的。我知道现在情况看上去不太妙，但一切都会好起来的，一切都会好起来的，世间种种都会好起来的。[2]

何不纵情欢乐。[3]

我非常想念你。

爱你的葛格[4]

达维

1　此句出自威廉·莎士比亚的《十二夜》。

2　此句是中世纪英国修女诺维奇的朱利安（Julian of Norwick）的一句名言。原文是"and all shall be well and all manner of thing shall be well"。

3　原文是拉丁文"Gaudeamus igitur"。

4　原文是"bruvving"，源于英语俚语"bruv"（兄弟、哥哥或弟弟）。

附言：前几天晚上我听见一个老水手在吹口哨，吹的是这首曲子。约翰尼乔·伯克有时候吹的就是这首曲子，不是吗？*

* 如果金斯考特勋爵知道那首曲子是传统的爱尔兰进行曲，名为《波拿巴跨越阿尔卑斯山》，或许他会感到不安。——G. G. 迪克森

无论英国人去到世界上的任何角落，每个一无是处却又自命不凡的哲学家、每个愚蠢偏执的牧师总是会拿爱尔兰的情况当面质问他。

《泰晤士报》，1847年3月

第十四章　讲故事的人

航行的第十一个晚上，在第十个晚上发生的一些特别事件。
回到第十一个晚上，以可称为回环模式的一连串事件作为
总结，其中描述了作者与其情敌的两次相遇。

西经 32° 31′，北纬 51° 09′

晚上 10 点

格兰特利·迪克森在酒厅的门口停下脚步。他刚要伸手拉门把时，一个就像海鸥在嘶鸣的尖利怪声响起，令他停下动作。但他见不到头顶有鸟。那个声音又来了，微弱而尖锐的叫声，蜿蜒曲折地钻进你的耳朵里。他走到船舷边缘，俯瞰着舷外。他面前的海洋在翻腾起伏，漆黑一片，泡沫翻腾。

不是从统舱里传来的，不是从船上的任何地方传来的，但迪克森已经听到这个声音两天了。他问其他人是否听见，大家似乎都有所察觉，但没有人能解释那是怎么回事。有几个水手哈哈大笑说是幽灵作祟，似乎以见到这个笨拙乘客的不安为乐。是一个名叫“约翰·康克罗”的巫医的幽灵，在“海洋之星”号还是一艘运奴船时，他因为发烧死在囚室里。是一条美人鱼在呻吟，要引诱他们驶向毁灭。是一个塞壬女妖在一路尾随，等候机会猛扑上来。大副的意见更加趋于理性。是这艘破旧船只甲板之间的空气造成的。是空气在

作怪，先生。排水孔里的微风。“海洋之星”号这艘旧船已经修理了许多回，总是匆匆完成，状况不是太好。每片嵌板后面都有一堆老旧的饰件、生锈的管道、开裂的木头、被蛀虫和老鼠掏空的腐朽翼梁。有时候被风一吹，你会赌咒说这艘船在唱歌。你会觉得这艘船是一根漂浮的笛子，先生。一座曾经壮丽堂皇的大教堂里残损的管风琴。那是大副对这个问题的看法。

那个一只脚畸形的小个子在门后观望。他总是在观望，可怜的瘸脚流浪汉。迪克森认为他在等候乞讨的机会。流浪汉抬头看了看天空，轻咳一声，转过身，打了个喷嚏，拖着脚步回到影子里。在许多方面都很古怪的家伙。他似乎没有朋友，不需要人陪伴。他显然觉得这艘船是一个有趣的地方。那天傍晚迪克森曾见到他盯着操舵室的左边墙壁一直看。有人在上面刻了一个奇怪的心形图案，里面写着字母“H”。

迪克森不知道梅瑞狄斯想和他说什么，他已经察觉到大概会是怎么回事。或许今晚真相将会揭晓。是时候揭晓了。谎言已经维持太久了。鬼鬼祟祟瞒瞒骗骗的通奸，改名换姓，偷偷摸摸，只能光顾铁路旁的酒店。或许昨晚他与情敌的争吵已经令这件事情做出了断或即将有个了断。是时候让这种争吵结束了。争吵几乎每晚都在发生，令劳拉和其他人很尴尬。这些事情本可以斯斯文文地进行讨论。他只是希望自己的内心感觉不那么疲惫消沉。

登上“海洋之星”号的半个月前，迪克森曾花了整整一天的时间拜访伦敦的各间出版社：赫斯特与布莱克特出版社、查普曼与赫尔出版社、布拉德伯里与伊文斯出版社、德比与迪恩出版社。它们听起来像是音乐厅里的谐星组合，而他们向他提出的条件的确很滑稽。

三个月前，他以不菲的代价，请了一个秘书，将他的短篇故事集结印了好几本。它们取材于他在爱尔兰的旅行，格兰特利·迪克森在上面倾注了不少心血。

在奥尔巴尼酒店的房间里，他一直待到深夜，反反复复地修改手稿。他尝试过令他的风格显得不那么压抑，顾不上身为记者所必须具备的客观性，允许自己流露更多的情感。改完稿件后，他曾将其中一篇大声读给劳拉听，那天下午两人刚刚上完床，他向劳拉保证他会感激她对他心血的诚实评价。

“你的心血？”她笑了。

“倾注在故事上的心血。”他说道。

但她并不喜欢那则故事。

两人为此吵了一架。

她批评他被记录事实的渴望蒙蔽了双眼。艺术的宗旨要创造美。一个有分量的画家，一个真正有趣的作家，会以日常生活为素材，将它化为另一种事物。最近她曾在都柏林参加一个讲座，拉斯金先生[1]在讲座上说过这番话。

“你是说我不是艺术家吗？”

“当然，在新闻叙事方面你有了不起的天赋。譬如说，你对风景的描写非常准确。而且你真的很有辩才。但艺术家的层次更高一些。我不知道。他从某种角度去描绘现实。”

“你是说，像你丈夫那样。”

“我没有那么说。不过，是的，他的确画得很棒。”

“我想比我写的还棒？”

1 约翰·拉斯金（John Ruskin，1819—1900），英国艺术评论家、作家、思想家，著有《现代画家》《政治经济散文》等作品。

“我认为这不公道，格兰特利。”

“那什么是公道呢？我们不得不像做贼一样幽会？”

“真是的——为什么你就不能快快乐乐地享受你所拥有的事物呢？回床上来，傻瓜。”

但他不想回到床上。不知怎的，她的批评令他雄风不振。或许那只是因为他表露了想要得到欣赏的渴求，自从童年之后，没有人能令他产生这种想法。这场口角为当晚接下来的时间蒙上了阴影。在餐厅里或在诗歌朗诵会上，两人没怎么说话，甚至在午夜他送劳拉去搭前往国王镇的港口联运火车时。那件事情就像没有道破的罪恶，悬在两人之间。两人小心翼翼地握手道别，他们在公共场合总是这么做，但迪克森觉得这实在是没有必要。直到火车开出之后，他才觉得自己应该道歉。

他下定决心，要证明劳拉对他作品的看法是错误的。她不可能会爱上一个没有艺术气质的男人，任何了解她的人都知道这一点。她或许自己并不知道，但终有一天她会发觉的。想到那时候将会发生的事情，迪克森就觉得受不了。

无论他找哪一间出版社，他的书都被拒稿。太长，太短，太严肃，太草率。故事并不令人信服，角色并不真实。似乎是在嘲弄他，在他赶赴最后一个约见时，他见到了那个傻帽的狄更斯，正沿着牛津街溜达，频频脱帽致意，就像一个走在庶民当中的得胜将军。人们向他冲去，争相和他握手，似乎他是英雄人物，而不是一个冒牌作家，那个满脑子意淫思想的马戏团领班，指挥着傻帽的教区执事、声音嘶哑的孤儿和长着鹰钩鼻的犹太人。天哪，看到他们争相追捧的模样真是令人不爽。**求求您，先生**。我们还想多读一些。

迪克森曾在劳拉的文艺沙龙之夜见过出版商托马斯·纽比。他像是一个讲道理有智慧的人，以出书迅速而著称。但他的出版社规模较小，给不起多少稿酬。可迪克森仍然觉得那至少会是起步。他并不知道自己将会再度失望。

“亲爱的格兰特利，我不是说它不好或怎么样。它写得别具一格，很有冲击力。我只是觉得它有点说教色彩。内容有点病态。你知道的，所有关于可怜的帕特和他的毛驴那些事情。它适合刊登在报纸上。你会在报纸上见到那些内容。但小说读者要的是别的东西。那可谓是风马牛不相及。”

“愿闻其详。”

“一个美好的令人心跳加速的离奇故事，可以用来消磨时间。你在这本书里所写的东西会令他们意兴索然。你可以读读我社的这位作家，特罗洛普[1]。你读过他的《巴利克罗兰的麦克德莫特一家》了吧？他确实在描写穷人，但他是偷偷捎带进去的。”

“不是所有人都是特罗洛普。”迪克森愤愤地说道。

“我是商人，”纽比说，“我必须在商言商。”

迪克森拿起搁在桌子上的一本书，读着烫金书脊上的字：“《西印度群岛十六载》，作者：卡帕多斯中校。第二卷。”

“它有何不妥吗？”

“你能做出的无非就是这种玩意儿，是吧，汤姆？”

“事实上，它是非常有趣的读物。你自己应该去尝试描写那方面的内容，如果你咨询我的愚见的话。不用去虚构，只要对事实加以渲染就行。”

1　安东尼·特罗洛普（Anthony Trollope，1815—1882），英国作家，著有《巴塞特郡纪事》《如今世道》等作品。

"事实?"

"对翡翠之岛的印象。雾锁清湖啦，快乐机智的猪倌啦，再加上几个漂亮姑娘。你睡着觉都能写得出来。我不知道为什么你不肯那么做。"

"你知道现在爱尔兰正在闹饥荒，不是吗?"

"如果你同意的话，我很乐意把你的版税寄去赈灾。"

迪克森从连柜写字台上抽出另一本书，轻蔑地读着书名："《乘埃及总督的游艇在尼罗河上的美妙航行》。"

"人们喜欢逃避现实，"纽比平静地说道，"别对他们过于苛求，老伙计。只是一本书而已。"

迪克森知道他说得对。他几乎一贯正确。那是他另一个令人觉得不爽的地方。

"说到逃往更幸福快乐的气候带，我收到消息说你准备回殖民地去。"

"我会先去都柏林几天。"

"啊，那你会见到无情的美人[1]。"

他不知道这个称谓后面隐藏着什么内情或流言。纽比素来消息灵通。

"见又何妨。不见又何妨。"

"我听说前几个星期她来过这儿。"

"是吗?"

"我想是和她爸爸道别。在出发去令美国人伤心之前。无疑，又是想要一小笔钱。"

1　原文是"La Belle Dame Sans Merci"，是英国诗人济慈一首诗的诗名。

“你在说什么呢?”

“城里人都说，尊贵的梅瑞狄斯勋爵破产了。饥荒摧毁了他。要将他逮捕关押的通缉令已经放出。要不是她爸爸有钱，勋爵大人或许已经被关进债权人监狱了。”他长叹一声，揉了揉硕大的鼻子。“劳拉真是太不幸了。她是万中无一的美人。现在她要走了，我得说我十分想念她。”

“要是我在都柏林遇到她，我会向她转达你的问候。”

这位书商点了点头，把一包书籍递给他。“帮我把这些书给她，好吗？在废墟之间阅读充满激情的故事。”他瞥了迪克森一眼，露出狡黠的微笑。“我听说劳拉喜欢浪漫情调。”

迪克森能察觉到脖子热辣辣的。他看着包裹里最顶上那本书。“他写得好吗？我或许可以写一篇书评。”

“写给女士们看的，亲爱的伙计。一个北方的牧师。至于他写得好不好，我不是很有信心。只印了二百五十本。”

二百五十本，他的语气里透着不满。要是能印这么多本，迪克森愿意剁掉自己一只手。

“你真的不能接纳这些故事？我再改改也不行吗?”

纽比摇了摇头。

“那本小说怎么样了？你已经收到稿件一年了。”

“无法出版。我很想它出版，但真的出不了。实在是不合我的路数。祝你在别的出版社好运。试试查普曼和赫尔出版社吧。”

“汤姆，”迪克森努力装出男人之间的笑容，“事实上，汤姆，不怕对你说，在这件事情我一直有点犯傻，犯了几个判断上的错误。”

“怎么回事?”

“我已经和别人说了。它会在明年的年初出版。”

“噢，那个呀。是的，我听过你这么说。”

迪克森看着他。

“显然，劳拉几个星期前过来的时候向某人提过。我听说她为你的成就‘倍感自豪’。”

办公室的窗户在风中咔嗒作响。迪克森发现自己正盯着地板上的毛毯和它那磨损的王冠和独角兽图案。一个姑娘端着一碟咖啡进来了。当他再抬起头时，纽比躲开了他的目光。“格兰特利——我希望我能以朋友的身份跟你说话。我恳求你要小心谨慎。梅瑞狄斯不是傻瓜。他会在合适的时候动手，但我不会妄加猜测。”

然后他低声古怪地干笑了一声。

“你知道，在公学里他们学会了这一套。如何装出乐呵呵的傻瓜样子，私底下一直悄悄地用双手掐住你的脖子。左一句‘老伙计’，右一句‘多开心’，但他们屠杀了一半的印度人，为了让自己有茶喝。”

“有时候我希望从未遇见她。那生活会轻松惬意得多。”

年纪较长的纽比从桌子后面站起身，伸出手说：“我希望我能出版你的小说。但我真的做不到。”

“你能给我一些指引吗?”

“我能说的只有——投稿的人实在太多了，兄弟，但只有一小部分能被挑中。找时间给我写一些旧式的观察札记，我一定会看看。《美国人在爱尔兰》。类似这样的书名。这本,瞧瞧。这本也拿着吧。”

那本书是《一个工匠的夜晚》，作者是约翰·奥弗斯，由他的朋友和导师查尔斯·狄更斯作序。

“不了，谢谢。”

“你真的应该读一读。这本书确实写得不错，真他妈的太棒了，尤其是狄更斯的序言。那个混蛋的写作风格——令你想引吭高歌。”

“我还以为你不喜欢任何关于穷人的事情。”

“啊，”纽比严肃地说道，“他将那些当成笑话去写。”

❖

迪克森昨天一整天全都浪费在那个北方牧师的枯燥小说上。风高浪急，劳拉说过她需要时间独处。自从他们上船之后，她的行为非常古怪，找各种借口不和他说话，也不肯陪他。或许她想要独处是对的。鬼鬼祟祟的偷情令他心情烦躁，折磨着他的神经。

早晨来临了，海洋恢复了些许平静，冷清的阳光照耀着灰绿色的海面。他坐在早餐室外面，准备读书消磨几个小时。打开封面时，一滴雨水打湿了标题页。五分钟后，天空变成了铅灰色。

“装上救生索。让乘客们下去。”

水手已经在四处奔跑。雷电在一团团厚实云层后面闪烁，霹雳在噼里啪啦的爆炸声中将它们照亮。一股强风撼动着主桅，冲击力传送到主甲板上，震碎了早餐室里他身后的餐具与杯子。船身在剧烈地颠簸，令人恶心作呕。一阵倾斜，一个摇摆。百叶窗被拉下来，凉棚被拴上链子。一个乘务员搬着一摞椅子匆匆经过，冲他大吼，让他下去，但格兰特利·迪克森并没有动身。

船上的音乐在他身边萦绕。低沉的口哨声、受尽折磨的嘟哝声、风吹过船身时呼哧呼哧的声响、松脱的护墙板的咔嗒声、锁链的叮当声、木板的嘎吱声、风的呼号声。之前他从未体验过像这样的雨。它似乎是从云里吐出来的，不只是从天而降。他看着波浪从四分之一英里外升起。翻卷涌动，冒着白沫，奔腾而来。开始变得厚实，在积蓄力量。现在它就像一道由漆黑的海水构成的城垛，几乎被自己的重量压垮了，但仍在升腾，仍在嘶吼。它撞击着在奋力挣扎的“海洋之星”号的船身侧边，就像一个看不见的神明在击拳。他意识到自己被往后甩到一张长椅的边缘，金属的钝边顶着他的尾椎骨。那艘船在发出剧烈的声响，船身在倾斜，缓缓地下沉，几乎淹到了船舷的边缘。从统舱里传来一阵惊慌的尖叫声。接着是杯子和盘碟的碎裂声。一个男人在吼叫：“蹲下！蹲下！”右舷上的一艘救生艇从弓形铰链上脱落下来，就像一根狼牙棒那般晃来晃去，击穿了操舵室的墙壁。

隆隆的巨浪第二次击打着船首。一股令人睁不开眼睛的咸水朝他涌来，令他全身湿透，浪涛溅上他的身躯。他脚底一滑，顺着甲板朝海里溜去。一阵尖利的金属摩擦声。从海洋里传来引擎的艰涩转动声。船身开始稳定下来。木材的碎裂声就像枪声，充斥着空气。警报器的嘶鸣响彻几层甲板。那个长着畸形脚的男人正在帮一个水手抓住一个被海水持续推向断裂栏杆的女人。她吓得惊声尖叫，拼命想抓住或握住什么东西。他们总算把她抓住，拖到下面的船舱。迪克森就像一个登山者那样双手紧紧抓住滑溜溜的救生绳，回到了头等舱的舱室里。

两个乘务员正在过道里分发浓汤罐头。乘客们马上得回自己的船舱里。没有必要担心。这场风暴会过去的。这完全是意料中的事情，这个季节司空见惯的事情。那艘船不会倾覆，在它八十年的生涯里，它从未倾覆。安排救生索只是为了预防万一。但船长已经命令所有人待在甲板下面。劳拉从走廊的尽头哀求地看着他，她那两个被吓坏的儿子紧紧拽着她的裙裾在号啕大哭。他们三人像麻袋般被一脸愤怒表情的梅瑞狄斯拉进她的船舱里。

“进去，先生，进去！等到叫你的时候再出来。”

他找出了干衣服，把汤喝个精光。过了一个小时，风暴平息了一些。乘务长敲响了他的房门，送来船长的一则信息。全体乘客当天剩下的时间必须留在船舱里。不允许有任何例外。舱口马上将会封闭。

他试着安顿下来，再读会儿书，起伏的海洋抛起大浪，拍打着舷窗，狂风在船舱屋顶呼啸。但那本小说并没有为他带来多少振奋。

是的，它有一股激情，或类似激情的东西：惯常的、乏味的、矫揉造作的滥情。有几处地方它切入了乏味的生活内部，却被沉重的行文风格压垮了。如同绝大多数的处女作，如同迪克森自己的小说，它在尝试描述一个肉欲之爱的故事，但野心太大，塑造的人物如同傀儡。它太刻意求工，却起到了反效果，读起来的感觉就像迈着沉重的步子走过康尼马拉的沼泽。在泥沼的荒野中绽放着几朵奇葩。

我没有怜悯！我没有怜悯！虫子越在扭动，我就越恨不得把它们的内脏挤出来！[1]

慈悲的基督。

这种烂泥般的玩意儿怎么能顺利问世？而他那部精心创作的故事集却被拒稿？纽比认为它不会成功的意见是对的。没有哪个头脑正常的评论家会对这部劣作予以好评。它内容混乱，情节离奇，破碎含糊。他在自己的创作里努力想实现的品质——对字词的切实含义的尊重——在这本书里可悲地付之阙如。

然而，他知道劳拉会喜欢这本书。劳拉曾经大肆批评过他的作品，没有丝毫赞赏。但她会喜欢这本辞藻华丽但思想幼稚的丑陋作

1　本段文字出自《呼啸山庄》。

品，这本充斥着形容词和书生意气的文集。她会觉得它“富于美感”，情操高尚，感人肺腑。有时候她的言谈真是可笑。他总是想：要是他不那么爱她，或许他会觉得她很讨厌。

那本书搁在他的书桌上：就像一个沉默的控诉。那个男人犯下了玷污美这个小小罪行，但他成功了，而格兰特利·迪克森却失败了。如果书评家们注意到这本书，对它予以应有的抨击，那又怎么样呢？就算只有孤独的老处女才会去买它，那又怎么样呢？他的小说是一个事实。它不可能被撤销。

就像那个吸血恶魔梅瑞狄斯和他所谓的绘画。那些对受他家族欺凌的受害者们进行美化的涂涂抹抹，就像一个猎人挂在走廊上的兽头标本。伦敦的吸血水蛭们会驻足赞赏。多么灵动的爱尔兰风情。多么令人着迷。他确实将人物捕捉得特别好。

再过一百年，那些画作仍将存在。《乘埃及总督的游艇在尼罗河上的美妙航行》也会。还有狄更斯的荒唐故事。特罗洛普的愚蠢谎言。没有人会去读他们，但那并不是重点。在迪克森与他的野心化为灰烬许久之后，在被劳拉视如敝屣般抛弃了许久之后，那些书籍仍会存在，嘲讽他的回忆。它们仍会是事实，而他已经成为虚无。

他取下那个装着故事集手稿的盒子，将它打开，心里暗暗希望它已经消失不见了。他取出那沓厚厚的手稿。大声对自己读出第一行字。

戈尔韦是一个爱上悲伤的地方。

现在他看见在那句话旁边纽比画了三个小小的红色问号。或许他是对的。这句话写得不好。事实上，一个地方并不会“爱上”悲伤。

他知道自己想表达什么意思，但那句话并没有将其表达出来。事实上，一个地方是不能被描述为拥有任何情感的。纽比是对的。这么写既懒散又愚蠢。

他将那句话划掉，做了几回新的尝试。

戈尔韦应该被改名为“悲伤”。

对戈尔韦来说，“悲伤”或许会是一个更贴切的名字。

戈尔韦。死亡。悲伤。康尼马拉。

他抽出那张纸，将它扔掉。他打开笔记本，尝试进行创作。

整个下午他坐在桌旁，喝着郡酿的波旁威士忌，尝试进行创作。他一直喝，喝到酒瓶见底，直到夜幕降临，就像舷窗上的一块污迹。当他的蜡烛开始闪烁不定时，他点上另一根蜡烛接上去。但他的比喻根本没有意义：陈腐、难堪。什么效果也没有达到。如同淤泥般的字词。他愈发努力地尝试，这个任务就愈发显得绝望。迪克森面对的是无法被击败的现实。那场瘟疫无法被化为一个比喻。表达死亡最好的词语就是死亡。

事实是一个更重大的问题的征兆。他知道那是什么，已经知道好几个月了，自从他走进克利夫登济贫院，见到眼前那一幕令人惊骇的时刻。

关于接下来的那半个小时他没有清晰的回忆。只有那个带着他穿过平台和走廊的年迈警官的声音。透过杀虫剂和消毒剂的薄雾，在那些黑漆漆的房间里，人们被带进来等死。男人们死在一间囚室里，女人们死在另一间囚室里。允许他们死在一起会坏了规矩。没有囚室可以让孩子们死在里面，因此，他们死在河堤边的外围建筑里。婴儿被允许死在他们的母亲怀里，然后被带走丢弃。当他们的母亲也死去时，她们会尽量和自己刚生下来的孩子埋在同一口墓坑里。警官解释了系统如何运作，但他的声音充满了恐惧，似乎他并不想说话。迪克森记得自己也说不出话来，心里想着：**这件事情从来没有发生过，许多事情发生过，但这件事情从来没有发生过**。他试图努力抓住那个可以被把握的想法，愚笨的他就像狂风中的一个小石子。其他的一切以不连贯的画面出现：颠三倒四，杂乱无章。一只手。一只手肘。一根人的残肢。一个老人赤裸的背部。石板地上的血。石板地的排水沟。一架子的裹尸布。金属水槽里一个女孩被剪下的头发。一个男孩在角落里摇晃，双手捂着脸。

声音，也是回忆的一部分，但他不愿意记起那些声音。只有那个警官的声音萦绕着，一个轻声细语的男人，就像迪克森的祖父，但那份温柔夹杂着恐惧与羞愧。在一条门道里，一个画家坐在画架旁边，尝试描绘里面正在发生的事情。他是一个中年男子，来自科克郡，受一份伦敦报纸的委托，到康尼马拉来描绘饥荒的情形。画着画着，他静静地哭了。潮湿的炭痕令他的双眼显得晦暗不清，似乎他流下的是油脂，而不是眼泪。他的手在努力想画出形状时颤个不停。迪克森不敢去看房间里发生的事情。直到最后他都没去看，只是走开了。

现在他看着自己从伦敦的报纸里剪下来的素描，当时他依稀想着或许可以安排在美国出版。那一张张消瘦的脸庞和扭曲的嘴巴。那一双双饱经折磨的眼睛和伸直的手。这种事情并非发生在非洲或印度，而是世界上最富裕的王国。这些画面很震撼，但比起他亲眼所见的情形根本算不了什么。它们根本无法企及他亲眼所见的情形。

他对饥荒的实际情况毫无准备：长壕般的坟墓、带着嘶声的哭喊。堆积如山的尸体、小路上弥漫的恶臭。那个明媚结霜的早晨，他独自一人从卡舍尔的客栈走到卡纳村——阳光仍照耀着这个希望破灭的地方——看见三个老媪为了一条狗的残尸大打出手。在克利夫登的郊野，一个男人因被指控吃掉自己孩子的尸体而被逮捕。被带上法庭时，他饿得迈不开步子，脸上露出空洞的表情。当他被判决有罪并被带走时，脸上还是那副空洞的表情。那是一个人沦为贱民时的空洞表情。迪克森对此无话可说。谁都无话可说。

可是，你能保持沉默吗？沉默意味着什么？你能由得自己对这种事情默不作声吗？事实上，保持沉默就是在强调：这种事情从未发生过，这些人根本不重要。他们不是有钱人。他们没有教养。他们没有高雅的谈吐。事实上，许多人根本没有发言权。他们悄悄地死去。他们在阴暗里死去。小说的素材——财富的传承、意大利的大周游[1]、宫廷里的舞会——这些人甚至不知道那些是什么。他们挥洒汗水，做牛做马，为主子做贡献，但他们的使命到此为止。他们的生活、他们的恋爱、他们的家庭、他们的抗争，甚至他们的死亡，他们凄惨的死亡——这一切根本无足轻重。他们在精心编织的小说书页里不配拥有一席之地，那些是给斯文人看的。他们根本不值一提。

他睡了几个小时，做了好些狂热的噩梦。他梦见自己紧紧抓住“海洋之星”号翘起的甲板。突然间，鲜血淹到了他的腰际。一只手

1　大周游（The Grand Tour），文艺复兴时期以后欧洲和美洲贵族子弟进行的一种遍游欧洲的传统旅行，尤其盛行于18世纪的英国。

狠狠地揪住他的头发，将他拉了回去。他抓住那只湿透的袖子。一个年迈的黑人，穿着褴褛的大衣，脖子上围着一条破烂的围巾，怀里抱着一个肤色发灰的孩子，眼睛像纸一般苍白。那个黑人一直指着某个方向。那条冰冷的石板道的尽头，就是那间他不敢去看的囚室。

十一点的时候，他决定去酒厅，心想再喝上一杯或许可以舒缓他的神经。

自从来到康尼马拉后，他一直神经衰弱。

梅瑞狄斯独自坐在昏暗的酒厅里，翻阅一沓发皱的旧报纸。他似乎在用剪刀剪下标题，并以某种秩序作编排。他身处的那个小凹间里有一根蜡烛照明，他正在细细端详辨认那些小字。一瓶波特酒就摆在他身边的桌子上。看他的醉样，他已经喝得差不多了。见到迪克森站在跟前，他轻蔑地哼了一声。

“高傲的诗人纡尊来到凡间了。”

“不用担心，我不会打扰你太久。”

“回去找你的老相好缪斯，”他平静地咕哝着，“不知餍足的女神，是吧？”

“你今晚想干一架是吧，梅瑞狄斯？”

“噢，我不会对付手无寸铁之人。那不是我们英国人的作风。”

“那种事情你们在爱尔兰已经做得够多了。”

他露出醉醺醺的轻蔑的微笑。“啊，诗人钟情的爱尔兰。在上帝的世界里唯一一个外国人最了解的地方。”

“那你到底是什么人呢？一个忠诚的本地人？”

“嗯，我的家族自从1650年就在那里生活。比白人把美洲从印第安人手中偷走还要早。我不知道你是否觉得自己应该打道回府。我想你一定这么觉得，这才符合逻辑。”

迪克森低头看着他。金斯考特勋爵目光蒙眬地回视着他。

“汝往何处去，朝圣者？汝何时迷途知返？”

“就像你所说的一切，你的争辩总是那么荒诞无稽。”

“至少我会说他们的语言。我认为那对于真正的理解很重要。在前往那里之前，一定得做点功课，是吧？我想这一点事关职业骄傲。不能手无寸铁就上阵厮杀。”

烛光在他的脸上映出黑黝黝的影子，令他的颧骨变得更加深陷，眼窝更加深邃。迪克森什么也没说。突然间，他觉得自己醉得很厉害。摇摇晃晃。恶心反胃。他害怕自己会呕吐。辛辣的威士忌烧灼着他的喉咙。梅瑞狄斯抬头咧嘴看着他，就像一位酷吏。

“阿—迈忒—利特—盖尔吉—阿—拉拜尔特，阿—查拉？凯德—杜—米斯—阿—安—提恩加？[1]”

“饥荒用爱尔兰语怎么说呢，勋爵阁下？”

“格塔。饥饿。你连那个都不知道吗？”

“我也不会说斯瓦希里语，但我知道什么是残忍之举，当我见到它的时候。”

“我也是，阁下。我就是看着它长大的。”

“可是我发现你并未因此而死掉。”

“那是我最新犯下的罪行吗，阁下？我没有死掉。它会被加入其他罪状里吗？”

这阵咆哮令乘务员们想转身看个究竟。一道唾沫正从他的下巴滴落。他的脸因为愤怒和仇恨而涨得发紫。

1　原文是“Ar mhaith leat Gaeilge a labhairt, a chara? Cade do mheas ar an teanga?”，意思是“朋友，说爱尔兰语如何？以示对这门语言的尊重？”。

“你喝醉了，梅瑞狄斯。甚至比平时更加可怜。”

“你想我死是吧？为什么你不干脆杀了我呢？那就方便多了，不是吗?”

“那什么意思?”

“我的母亲就死于饥馑热，迪克森。你那位美丽的缪斯女神向你讲过这桩小事吗？1822年在赈济我们的佃户时染上的。因此，我不需要你对残忍这个问题发表高见。”

船身倾斜，发出悲哀的声响，似乎某股冲击力令它摇来晃去。酒厅的门猛地自行打开，然后又砰地关上了。

“她在戈尔韦还救了许多人。大部分人来自真正的爱尔兰人的产业，那帮畜生愿意为圣女毕哲[1]拉皮条，操一个小时只要两先令。当然，那不是非常重要。真的不算什么。”

“我无意冒犯您的母亲。现在，祝您晚安。”

“不用了，别让这件事烦着你。”他将一张椅子朝迪克森踢去，但迪克森没有坐下。“我们讨论一下文学吧。讲个故事给我听听。”

“梅瑞狄斯——”

“因此，那本著名小说的背景将是斯瓦希里的土地，是吗？真是太了不起了。多么奇妙古怪。我们原本都期盼着那部杰作将结束爱尔兰的饥荒，现在它似乎改头换面，变成了别的事物。”

这时候，土邦主走进了酒厅，牧师与邮政专员卫斯理陪着他。他们的眼睛闪烁着旱鸭子从海上风暴死里逃生的异样兴奋。他们朝梅瑞狄斯颔首示意，但他并没有致意回礼。他的语气又变得暴烈起

1　圣女毕哲（Saint Brigid，451—525），爱尔兰的守护圣人，据说能化水为酒，平息风雨，治病解厄。

来，喷出他无法控制的恶毒歹意。

“我不知道在斯瓦希里语里一个被宠坏的装腔作势的人该怎么说。一个娇生惯养的笨蛋，只会对文学高谈阔论，而别人有勇气去做些实事。他嘲讽别人为人民分忧解难的努力，自己却什么都不做。我想你或许认识这个词语。”

“梅瑞狄斯，我警告你——”

“你没资格警告我，你这个令人恶心的伪君子！你再敢碰我，我会把你当成一条狗毙掉！”

这时候牧师犹豫地走近。

“金斯考特勋爵阁下，您心情不大好。我能否——”

“你可以收回你的怜悯，把它贴在你那写着经文的屁股上。你听见了吗，先生？我不想见到你！”

“真有英雄气概，”牧师走开后，迪克森说道，“勇敢地欺负一个岁数是您两倍的老人家。”

“告诉我，老伙计——你知道‘黑鬼’这个词语吗？”

“给我马上闭嘴。你这个醉醺醺的人渣。”

“我想你小时候一定听说过这个词语。‘过来，黑鬼。小格兰特利想喝秋葵浓汤了。’”

“我说过，你给我闭嘴。”

“你的家族庄园有许多黑奴是斯瓦希里人吗？我想一定有很多。难道他们没有教过你吗？或许小少爷觉得和他们在一起有辱身份，是吧？”

“我爷爷毕生反对奴隶制。**你听见了吗？**”

“那他放弃他的祖先靠奴隶制买来的土地了吗？将他继承的财产归还给那些财富缔造者的子孙了吗？过着贫穷的生活，让自己的良心好受一些或不让他那个只会泡咖啡厅的孙子要嘴皮子惺惺作态吗？他为自己的衣食之源感到深深的羞愧，决心要在别人身上制造更大的惨剧。”

“梅瑞狄斯——”

“我父亲曾投身大英帝国结束奴隶制的斗争[1]。冒着生命危险。负伤两回。那是他一生最骄傲的事情。但他没有到处吹嘘，只是埋头苦干。我的母亲挽救了数千人的性命，让他们不至于饿死。而你的仆人称呼你为‘白人小少爷’。写一本关于那方面的幻想小说吧，老伙计。”

“你的话到底什么意思——幻想小说？”

“你很清楚我什么意思。”

“你在说我是虚伪小人吗，先生？”

“虚伪是美国人丑陋野蛮的一面。但其实你更像是一个令人不齿的骗子。”

“是吗？”

“它错了吗？如果错了，请证明给我看，你肯吗？”

“看什么？”

“你那本著名的小说。你的艺术杰作。或者说，它并不存在。就像你训斥别人犯下罪行的权利，**目的是掩饰你自己那令人作呕的罪孽。**”

迪克森察觉到乘务长正把他拉回去。他感受到了一个在解决麻烦方面训练有素的男人的强大力量。两个水手也进来了，正站在他

1 1833 年 8 月 23 日，英国通过《废奴法案》，规定从 1834 年 8 月 1 日起，禁止在其疆域内贩卖人口与蓄奴。

身后。雨水正从他们粗糙的油布衣服上滚落。灯光被调到了刺眼的白光。梅瑞狄斯的厌恶表情渐渐转为傲慢的笑容。

“抚慰你的弱小心灵，我做到了吗，老伙计格兰特利？”

“金斯考特勋爵阁下，”乘务员坚定地说道，“我不得不请您以更平和的态度享受您的时光。”

“当然可以，泰勒，当然可以。这一点儿也不难。只是想与同为压迫者的伙伴做一番友好的探讨罢了。”

“在酒厅里我们得注意言行。船长向来重视规矩这种事情。”

“我只能说，你说的没错。”他颓然坐回凹处里，颤巍巍地再往酒杯里倒酒，波特酒从水晶杯沿洒落。“说到这里，你能否行行好，叫迪克森先生立刻离开这里吗？”

乘务员看着他。

“他坏了规矩。晚上进酒厅一定得打领带。任何绅士都明白这一点。”

金斯考特勋爵醉醺醺地举起杯子，另一只手抚摸着桌子，似乎觉得它会凭空消失。或许那只是光线在作怪，但迪克森可以发誓他的眼里噙着泪水。

❖

当那个瘸子蹒跚走开时，迪克森走进酒厅，把门关上以隔绝呼啸的狂风。梅瑞狄斯正坐在扑克桌旁边洗牌，与面无笑容的乘务长分享一则笑话。他坐在一张凳子上，背靠着门，但他见到迪克森走进来，朝镜子挥手致意，但继续面朝乘务长，就像火车上的讨厌鬼。

迪克森走近时，他说道：“你知道吗，一则精妙的字谜，关键全在于内容的编排。对我来说，一项消遣的发明家堪称国家的财富。

我尊敬他，一如我尊崇伟大的维多利亚女王。”

他面容憔悴，而且没有刮胡子。他的身上弥漫着一股浓烈的汗馊味，夹杂着腐肉的味道。他晚礼服的衣肩上布满了头皮屑。但他和迪克森本人一样打了领带。

“晚上好，迪克森阁下，”乘务长说道，“您平时喝的波旁威士忌好吗？”

金斯考特勋爵碰了碰迪克森的胳膊，不让他回答，自己说道：“泰勒老伙计，去拿一瓶波利酒来好吗？1839 年份的，如果还有剩的话。”他转身对迪克森说：“1824 年份的更棒，但这酒没剩多少了。因此，我们只能将就一下。”

迪克森坐在他身旁，看着牌桌。他发现梅瑞狄斯已经把牌摆好了，不是顺子也不是同花，但它们显然经过精心编排。

“我正在设计一套新的扑克，小小的爱好。以字母为顺序，而不是以数字为顺序。蛮有趣的。但我不指望它能广泛流传。”

沉默降临。他将扑克牌摆成扇形。

“你收到我的字条了吗？”

“是的。”

“你肯来还算是体面人。我还以为你不会来呢。我想我们终究得以男子汉的风范去解决问题。”他艰难地叹了口气，抬头看着天花板。“昨晚情绪有点失控，老伙计。我想是喝多了魔鬼的黄汤。我希望为态度如此野蛮而道歉。我无意冒犯你可敬的亲人。实在没有必要。我感到很惭愧。”

“事实上，我自己也喝多了几杯。”

“我就知道是这样。你当时脸色煞白。当然，你们这帮殖民地的娘炮酒量确实不行。”

“你见到牧师了吗？”

“我想他见到我了。马上掉头就走。说老实话，我并不为那桩事情感到后悔。我实在是受不了他们。那帮人中的任何一个。看在基督的分上，该死的酒呢？”

“你不是信徒吗？”

梅瑞狄斯发出厌烦的呵欠，脸庞扭作一团。“或许是吧。只是受不了他们在那场饥荒中难以启齿的所作所为。传教士们在乡间转悠，要是佃农们肯皈依的话就能领到些吃的。而另一个教派则说，要是他们接受施舍的话，就会在地狱里遭受煎熬。我恨不得来一场瘟疫，把这两伙儿夯货[1]一窝端了。”他露出苍凉的微笑，“是爱尔兰词语，抱歉。”

乘务员带来了香槟，开瓶倒了两杯。梅瑞狄斯与迪克森碰了碰杯——“为忏悔干杯”——然后以尽情享乐的姿态长长地喝了一口。

“汝对此鸩毒做何感想？”他问道，将酒杯举到眼际，狐疑地盯着它看。

“我更喜欢波旁威士忌。”

“嗯。你知道——我有时候会纳闷，他们会不会往随便什么糟糕玩意儿贴上佳酿的标签，设一个骗局。我想我们有时候根本不知道个中分别。我是说，当了冤大头。”

“我觉得味道还可以。”

“嗯。挺好。虽然我自己不是很肯定，”他带着歉意打了一个小嗝，“但是，乞丐没资格挑挑拣拣。”

他往两个杯子里添了酒，从胸袋里掏出一根雪茄在豌豆绿的台

1　原文是“omadhauns”。

面呢上把它敲实。迪克森觉得一时半会儿他不会再开口说话了。他不知道自己是否应该提起那个话题。或许这就是这种事情在英国的处理方式，应该由奸夫开口与丈夫对话。英国有许多奇怪的规矩。就连通奸也有规有矩。

“梅瑞狄斯，你在字条里说你有事想见我。你想讨论一件重要的事情。”

金斯考特勋爵转身对他露出平静的微笑，但他的眼神疲惫，而且布满血丝。“嗯?”

“你的字条。”

“噢，抱歉。我走神了。”

他伸手进口袋里，拿出一本书放在桌子上。

“昨晚你离开时把它落在酒吧里了。我想你很希望把它拿回去。”

他翻开封面，从卷首页拿出一张被当作书签的折叠钞票。

《呼啸山庄》

作者艾利斯·贝尔[1]

T. C. 纽比出版社

1847 年

“天才之作回归他的主人。”他嘟囔着，吐出满口深灰色的浓烟。

“那就是你的目的吗？给我一本书?”

梅瑞狄斯无精打采地耸了耸肩膀。“要不然你以为我要怎么样?”

1　艾利斯·贝尔（Ellis Bell）是英国女作家艾米莉·珍·勃朗特出版《呼啸山庄》时的化名。

“把书留着。”

“我不想剥夺你的审美乐趣，老伙计。”

“我已经读完了。”

“嗯。我也读完了。”金斯考特严肃地点了点头，将那本书放进口袋里。“昨晚一口气就读完了一半。该死的，有几次我几乎落泪。然后它令我情绪亢奋，根本睡不着觉，于是起身一直坐到将近凌晨，把剩下的内容读完。这个名叫贝尔的家伙真是太有才了，不是吗？那种幽暗的氛围等等，确实不同凡响。词语在激烈碰撞，直至火花四射。”

“你指的是什么呢？”

他露出困惑而好奇的眼神。

“你懂的——写得太好了。难道你不觉得吗？一个天才的手笔，如果你想听一个文学门外汉的看法。”他喝了一大口酒，用袖子擦嘴。“我的天哪，我觉得它实在是太——我不是说所有的评论家都会重视它。或许他们并不在乎，那帮嫉妒成性的无耻小人。当然，其中有一两个会因为自己的失败而怒火中烧。我想你知道我指的是哪些人。但他们没办法忽略这本书，在伦敦的所有人，纽约也是，如果它在那里出版的话。”

梅瑞狄斯的眼睛从酒杯边缘上方盯着他，一眨不眨。他缓缓地放下酒杯，把雪茄放在嘴里。然后他又拿起扑克牌，开始将它们打乱。

“天哪，那种苍凉的气氛，你知道的。那种虚无感。嗯，显然它描写的是康尼马拉，虽然经过了精心掩饰。康尼马拉，约克郡，所有的穷乡僻壤。但它还有另一种气质。一种哲学意义上的普遍性的状态。从某种意义上说，有济慈的气质。难道你不觉得吗？反复出现的风景描写几乎都带着感情色彩，我是说，他那种标志性的刻画手法。一个二流作家只会如实描写，就像某个格拉布街[1]的酒鬼，只会堆砌辞藻。”

“梅瑞狄斯——”

“你认识他吗？那位才华横溢的贝尔先生。”

“不认识。”

“要是你遇到他，你一定得对他说，他有一个忠实拥趸。你会这么做的，是吧？在你的文学圈子里？”

“我想那其实是一个化名。”

“啊哈，我也是这么想的。酒后吐真言[2]。”他干笑两声，用夹克的衣袖将雪茄灰扫掉。“只是等着看你会不会向你的宝贝承认。”

“承认？”

“我愿意承认自己的失败。我把说过的话统统收回。”金斯考特勋爵放下杯子，握住迪克森的右手。“你是比我原先所想的更加优秀的男人，贝尔先生。热烈祝贺你。你终于成为一位艺术家了。”

“梅瑞狄斯——”

他突兀地干笑一声，摇了摇头。“你知道吗，迪克森，我一直以为你只是一个白痴。你知道，那些半吊子的作家之一，只会写平庸的短篇故事和尽是些陈词滥调的劣作。一个为了出名什么事情都干得出来的浅薄之人，甚至拿死人的痛苦作为垫脚石。但现在，嗯，现在我对你有了充分的了解。遮蔽我的双眼的浮云终于散开了。”

“听我说，梅瑞狄斯——”

“多么了不起的对女人心思的洞察力。当然，我们都知道你的

1　格拉布街（Grub Street），曾是伦敦潦倒文人聚居的地方，又有文丐街之称。

2　原文是拉丁文“In vino veritas”。

女主人公是以谁为蓝本。一幅极其美妙的画像，至少我是这么认为的。你传神地捕捉描绘了她。要是我把书拿给她看，你不会介意吧？或许你希望自己亲手拿给她。我可以保证，她会更加开心。”

“梅瑞狄斯，看在上帝的分上，我并不是艾利斯·贝尔。”

“对，”金斯考特勋爵冷冰冰地微笑着说，“你不是，老伙计，你怎么可能是呢？”

迪克森还没见他举起杯子就察觉到香槟浇到自己脸上。等到他擦干刺痛的双眼时，梅瑞狄斯已站在他身后，用一张纸巾擦干袖口。他在竭力制止颤抖，但愤怒令这么做变得十分困难。当他终于开口时，声音粗糙沙哑。

“要是你再敢接近我孩子的母亲，我会割开你的喉咙。你听明白了吗？”

“下地狱去吧。要是他们肯收容你的话。”

“下哪儿去呢，老伙计？”

“你听到我说什么，你这个畜生。”

那一拳将迪克森干趴在地板上，鲜血和唾液溅落在大衣前襟上。乘务长跑了过来，梅瑞狄斯将他推开。拿起迪克森的酒杯，把它倒干，然后颤着手将其放回吧台。

“给你提一条建议，小少爷。下一次你和魔鬼打交道，手段要高明一点。”

这位伯爵大人一口啐在情敌的脸上。他的情敌将脸上的口水擦干。

吾儿挚爱，我热烈而骄傲地爱着我的家乡，
直到一场瘟疫降临，令我的庄稼和牛羊全都死光。
田租赋税太高，让我无法清偿，
但那并非唯一的理由，让我离开斯基伯林故乡。

我牢牢记住12月那天多么萧瑟哀愁，
地主与治安官前来，将我们统统赶走。
怀着异邦人的残忍脾性，他们纵火烧掉我们的住房，
那是另一个理由，我为何离开斯基伯林故乡。

噢，亲爱的父亲，那一天将会到来，对呼喊做出回应，
当勇敢无畏的爱尔兰人民团结一心。
在那面绿旗下，我将走在队伍前头，
我们会齐声高喊——

“为斯基伯林复仇！”

第十五章　父与子

航行第十二天早上的描述，里面记录了金斯考特勋爵与乔纳森·梅瑞狄斯的对话。穆尔维距离实现他那可怕的目标越来越近。

西经 33° 01′，北纬 50° 05′

早上 7 点 45 分

“再口吃我就再抽你鞭子。这完全是你自找的。轻风的定义是什么？”

倒映在漆黑光滑的钢琴琴键里的烛焰在咧嘴嘶吼，在低沉地燃烧，扭曲的火焰变幻不定，从金色变成了珍珠色，与漆黑的钢琴里兄弟一般的倒影共舞。一个复制品。一个假货？那头曾经普遍存在的华丽的爱尔兰大角鹿的残骸中空的张扬鹿角。

“轻——轻风指的是一个训练有素的军人在升起全——全帆和清朗天气的情况下，在平——平静的水——水面上以一到两节的速度行进的风况，先——先——先生。”

平民阶层出身的了不起的丹尼尔·哈里顿·埃拉德·奥康奈尔冷冰冰皱巴巴的，就像一只死掉的乌鸦，不是吗，妈妈？

“正确，戴维。强风。”

“同样一艘船，能够顶风航行的风况，先生。”

“飓风呢？快点回答。不许口吃。”

“求求你，爸爸。我好害怕，爸爸。”

托在手中的凸出的颌骨，从骷髅的口中吐出火焰。钢琴的盖子砰地合上。里面有许多只拳头在捶打，发出雷鸣般的响声。烛焰在闪烁，嘶的一声熄灭了。

戴维·梅瑞狄斯挣扎着醒来，脸上挂满了一道道的汗水，颈动脉的搏动就像一个气泵在运转不停。

“爸爸，爸爸。我好害怕。醒醒。”

他的儿子与继承人正拼命摇晃着他的胳膊。奶白色的水手服和皱巴巴的睡帽。嘴巴被李子的汁液染成了邋遢的血一般的颜色。下洛克的那具尸体。死去的小男孩。

梅瑞狄斯痛苦地以手肘支起身子，睡意仍令他昏昏沉沉，昨晚抽的烟令他嘴里酸溜溜的。柜子上方的时钟显示七点五十分。它旁边的那杯水打翻了，里面的水溅湿了一本小说的书页。

没有怜悯。

把它们的内脏挤出来。

风在呼号，船在摇晃。在外面某处传来了叮叮当当的钟声。梅瑞狄斯有一种奇怪的感觉，似乎来到了阴曹地府。他伸直下巴，揉了揉发疼的脖子。他觉得自己的脑袋似乎从固定的部位松脱了。

船舱里有一股他儿子头发暖烘烘的味道，还有他身上亚麻布料的味道，夹杂着石炭酸的刺鼻臭味。劳拉从来不帮他洗头发。她害怕虱子。在毛发间蠕动的小虫。

“我的小船长怎么了？”

“很早就醒了。”

“你尿床了吗？”

小男孩严肃地摇了摇头，擦了擦鼻子。

“好家伙，”梅瑞狄斯说道，“瞧，我告诉过你，它会停止的。”

“但我做了噩梦。有人来了。”

“嗯，现在没事了。你没事吧？”

他忧郁地点点头。“我可以进帐篷里来吗？”

“听着，就一会儿。好好说话。”

小男孩爬到床铺上，把头伸进被子里。他充满爱意地轻轻地咬了父亲的前臂一口。梅瑞狄斯疲惫地轻声一笑，将他推开。很快他就像一只小狗那般啃咬着枕头，一边咬一边发出低沉的吠声和咆哮声。

“你在干什么，你这个该死的疯子！”

“我在捉老鼠。”

“这里没有老鼠，我的船长。”

“为什么没有？”

“我想对它们来说太昂贵了。”

“波比昨天见到一只，有猎犬那么大。顺着绳子爬到穷鬼那里去了。”

“不许这么说他们，小乔。”

“他们就是穷鬼，不是吗？”

“我之前告诉过你，乔纳森，该死的，不许这么叫他们。”

他的语气变凶了，他本不想这样。说真话反而遭到不公的惩罚，那个孩子露出困惑而难过的表情。他确实有理由感到不满。梅瑞狄斯知道这一点。他们当然是穷鬼，委婉的表达无法改变这一点。或许现在没有什么事情能够将其改变。

近来他老是冲两个孩子和劳拉发火。他猜想是因为压力太大。

但这并不公平。他伸手拨弄儿子已经乱糟糟的刘海。

“波比把它怎么样了?”

“它是什么?”

“那只老鼠，你这个小傻瓜。”

“开枪打死了它，把它放在一片松脆的烤面包片上吃掉了。”

那个孩子翻身仰面躺着，高声打了一个呵欠。船舱的天花板很矮，伸脚就能够到。好一会儿，他就这么伸屈着双脚，像是在上下颠倒地踩着独轮车。然后他重重地放下双脚，噘起嘴巴，满脸不高兴的样子。

“我好无聊啊。我们什么时候才到美国呀?”

“再过两个星期吧。”

“那得等上好久。简直就像永远。”

“并不是。”

“是。”

“非也非也。”

“就是。妈妈说非也很粗俗。”

梅瑞狄斯没有说话。他觉得很渴。

“是那样吗，爸爸?”

“你娘说什么都是对的。好了,来吧,老伙计,我们睡一小会儿吧。”

小男孩不情愿地侧躺着，梅瑞狄斯蜷起身子躺在他后面，感受着他那小动物般的温暖。睡意温柔地合拢：涌上湿润沙滩的波浪，在带着盐分的空气中溅起泡沫。他母亲的模样正在慢慢形成。他看见了母亲，似乎在遥远的地方，走在斯皮德尔的沙滩上，背对着他，时而停下脚步将一团东西扔到浅水里。海鸥从海草上飞起来，在她身边啼鸣。现在她正在春天的果园里徜徉，五彩碎纸般的苹果花点缀着她的头发。他觉得胸部一阵作闷，令他抽搐了一下，把那个幻影赶走了。他能感觉到小男孩的心跳隔着被单微弱地传来。从甲板上某处，他听见一个水手在叫嚷着。

“爸爸?”

“嗯?”

“鲍勃斯又在瞎说了。”

“告发你的弟弟这不公平，老伙计，须知道兄弟如手足。”

“他说昨天早上有个男人走进他的船舱里。”

“哦。”

“他有一把大大的刀子，像一把猎刀。而且脸上戴着一张有趣的黑面具。挖了三个洞，露出眼睛和嘴巴。他走路的时候发出有趣的咚咚咚的声响。”

“我还以为他头上长角拖着一根长长的尾巴呢。”

小男孩乐不可支地咯咯咯地笑了。“没有啦，爸爸。”

“你得让鲍勃斯下一次看得更仔细些，好吗?所有善良的怪物都头上长角，拖着一根尾巴。”

“他说他醒过来，那个男人站在那儿低头看着他。全身上下一团黑。他问：‘你爸爸睡哪间房?’”

“他还挺有礼貌的。鲍勃斯怎么说?”

“他说不知道，但他最好得马上滚蛋，要不然他会狠狠地敲他的脑袋一下。然后他听见有人正走过来，从窗户窜出去，就是这样。”

“他可真棒。好了，睡觉吧。”

“睡不着。”

“那下去找玛丽吧，她会哄你睡着的。”

“我早餐可以喝点臭臭的豆子饮料[1]吗?”

“好好说话，小乔。别像一个该死的笨蛋。”

小男孩装作不耐烦的样子嘟哝了一声，似乎在应付一个向他乞讨东西的白痴，在雅典的时候，梅瑞狄斯经常听到劳拉在应付一个装作不懂英语的侍者时这么嘟囔。“喝巧克力，爸爸。我可以喝点那个吗?”

“如果玛丽同意的话，你喝双份威士忌都没问题。”

他的儿子跳到地板上，拿起一件衬衣，将其举到头顶，挥舞着手臂，就像禁酒运动[2]海报里的少年形象。见到他的父亲并没有反应，他咂着舌头，把衬衣扔到一张扶手椅的椅背上。

“爸爸?”

“怎么了?”

“你小时候会因为没有兄弟而难过吗?”

他看着自己的儿子。他那漂亮天真的模样。这让他想起两人初见面时劳拉的模样。

“嗯，我确实感到难过，老伙计。在某种程度上，是的。在老人家把我带到世上之前，他有过另一个孩子。我的哥哥，要是他活下来的话。”

“他叫什么名字?”

“事实上，他叫戴维。和我同名，就是这样。”

听到这件奇怪的事情，小男孩轻声笑了。

“是的，”他的父亲也笑了，“真是非常有趣，不是吗?”

1　原文是“poxlate”，不正确的英文拼写。

2　1838 年，爱尔兰的天主教牧师西奥博尔德·马修神父曾发起禁酒运动，其影响遍及爱尔兰全境。

"他现在在哪里呢?"

"嗯，他病了，然后上天堂去了。"

"他病了吗?"

梅瑞狄斯看得出小男孩知道他在说谎。有时候他的凝视直透人心，令人无法忽视。

"你妈妈觉得你还太小了，不应该知道这种事情。"

"我不会告诉她，爸爸。以帝上[1]的名誉起誓，我不会告诉她。"

"嗯，家里出了一桩事故。非常伤心的事情。有一天，我的爷爷原本应该看着他，但小家伙跑掉了，被火烧着了。"

"他被烧死了吗?"

"是的，我的宝贝。我想是的。"

"他难过吗? 你的爷爷?"

"是的，他非常难过。我爸爸和妈妈也是。"

"你呢?"

"嗯，当然，那时候我还没生下来呢。但后来我很难过。你知道，身边尽是惹人嫌的女孩子。你知道她们是什么样的人。讨厌的家伙。要是有另一个男孩子一起玩会很开心。可以一起踢球什么的。"

他的儿子笨拙地凑过来，亲吻他的额头。

"我很难过，爸爸。"

他摩挲着小男孩的头发。"是的，"他平静地说道，"我也是。"

"以后我会为他画一幅画。那你就能见到他在天堂里的样子。"

"好伙计。"

"你在哭吗，爸爸?"

1　原文是"Dob"，颠倒后字形像"goD"(上帝)。

“没有，没有。只是该死的眼睫毛作怪罢了，就是这样。”

“要是你愿意的话，我当你弟弟吧。”

梅瑞狄斯亲吻着他儿子胖嘟嘟的小手。“我非常乐意。好了，下去找玛丽吧。”

“我可以到她的床上去吗？”

“不可以。”

“为什么？”

“因为不可以。”

“凭什么？”

“因为所以。”

“爸爸？”

“怎么了？”

“女士们坐着尿尿吗？”

“问你妈妈去。好了，走你的吧。”

他看着儿子无精打采地离开船舱。现在睡个回笼觉已经太晚了。他的心感到一阵怜悯的刺痛。他的两个儿子继承了他自己对夜晚的恐惧。他们所继承的或许只有这一点。

梅瑞狄斯从床上起身，穿上一件晨衣，沮丧地走到拉上了窗帘的舷窗旁边，将它打开，发出嘎吱嘎吱的声响，迎来白天的景致。广阔的天空就像放了一天的燕麦粥那种颜色，但点缀着紫色和橘色的云朵，有的略显苍白，边缘参差不齐，点缀着黑斑；有的杂色斑驳，就像老旧的豹皮。在下面的主甲板上，两个黑人水手正蜷缩在一个火盆旁边，分享一杯饮品。那个土邦主正带着管家走在艏楼旁边。那个装了木头假脚的可怜小个子正一瘸一拐地来回走动，用胳膊拍打着自己借此取暖。一派宁静，一切都很正常。我们用来获得慰藉的事物真是古怪。

他发现自己在关注那两个水手。他们长得很像，或许是兄弟俩。男人之间还有其他亲密关系。梅瑞狄斯知道这一点，他亲身经历过。在短暂的海军生涯里，有一两回，别的海军军官曾向他求欢，但他都拒绝了。他并不觉得这种事情恶心。他在牛津大学体验过，挺有满足感，而且很频繁。他只是觉得提出要求的那几个人很讨厌罢了。

他离开船舱，顺着寒冷的过道走到妻子的船舱门口，停下来敲了敲门。没有人应话。他敲了第二遍。他试着转动把手，但门锁了。新鲜面包的香气从厨房里飘出来，就像本不应有的祝福。他迫不及待想要打上一针。

昨天下午劳拉来过他的船舱，把自己的决定告诉了他。她下定了决心。一开始时，他笑了，她当然是在开玩笑，在试验新的招数，想令老鼠更加惶恐不安。不，她说她已经仔细考虑过。她做了全盘考虑。她想离婚。

她说出这番话时，语气里带着一种令人害怕的温柔。她说这段时间以来她过得并不开心。她觉得他一定也很不开心，但她觉得他那无所谓的态度实在是令人无法忍受。无所谓是一段出了问题的婚姻里的致命毒药。婚姻里任何事情都可以忍受，唯独无所谓不能。“任何事情”那四个字她的语气很重，似乎这一点对她很重要，一个要梅瑞狄斯坦白的迂回的表示。

“我并不是觉得无所谓。”他这么回答。

“亲爱的戴维，”他的妻子温和地说，“我们已经有将近六年没有一起过夜了。”

“上帝啊，又是这番话。你就不觉得烦吗？”

“戴维，我们是夫妇。不是兄妹。”

“我有事情要去考虑。你或许已经留意到了。”

“让我去留意的机会多不胜数。我好害怕，不知道那会是什么。”

“你什么意思，劳拉？”

当她又开口时，她的语气很平静。“你终究不是老头子，也不是小孩子。我想你一定仍然怀着你曾经对我有过的正常人的情感。”

“那是什么意思？”

“是不是有另一个女人走进你的生命呢？如果是的话，请告诉我。”她双手握着他的手。就连他也觉得自己的手就像死人的手一样。“犯错是可以被原谅的，戴维。只要有爱与真诚，一切都可以被原谅。我们不是圣人。我自己当然不是。”

“别开玩笑了。”

“那是回答吗？或者又在逃避呢？”

他能想到的反应只有两个：假装愤怒地呐喊或戴上平静的面具。“当然没有别人。”他平静地说道，虽然他的内心波澜起伏，想要跑出这个房间。他害怕要是再待下去的话，他会把一切都告诉她。

“那我就不明白了。你能给我解释一下吗？”

每当她以妻子的身份接近梅瑞狄斯时，梅瑞狄斯就会把她推到一边或找某个借口。梅瑞狄斯令她为想要得到婚姻生活的小小欢愉，那种曾经带给他们如斯快乐与友谊的亲密关系而感到羞愧，梅瑞狄斯令她觉得，自己想要爱他就得像妓女般卑贱。他变得孤僻内向，遮遮掩掩，根本无法接近。早在他的父亲逝世之前，这种情况就已经开始了，但之后他更是变本加厉。照劳拉的话说，他就好像死掉了一样，或者说，变得害怕活着。

梅瑞狄斯很有问题，劳拉看得很明白。她一直想要帮助梅瑞狄斯，但显然失败了。当他的妻子需要承受力，而她再也没有了，就像站在一个码头上，眼睁睁地看着一艘船沉进海湾里，知道你根本没有能力去挽救它。但是，她不会涉水继续往前走，也不会去冒险让自己溺死。

此外，还有切实的事务需要考虑。在金斯考特发生的事情耗尽了她的信托资金。支付七千个佃农去魁北克的费用足以让这个家族开销两年而有余。此外还有将他们驱逐的费用：给逼迁人的费用。她的父亲曾表示很担心她的情况，无法继续资助他们。要是他发现劳拉还动用了自己的私房钱，那他一定会大发雷霆，切断她的所有经济来源。很快他就会发现她卖掉了两个孩子的股票。那时候他会怎么做，劳拉根本无法想象。

“戴维，我就不妨和你明说吧：他叫我离开你。”

“这件事到底和他有什么关系？”

“当然不关他的事。但他很担心。他说他听到了消息，令他很不高兴。”

“你说起话来就像在猜谜语，我能说什么呢？如果你列出我的罪状，那我或许能为自己做辩护。”

“他没有明说。他只是叫我得小心。有时候他说你是个表里不一的人。”

“嗯，他表面像个混蛋，而说起话来也的确很混蛋。你可以告诉他这是我说的，要是他不学会闭上那张胡说八道的臭嘴，那我会告他诽谤。”

“戴维，求求你。我们得鼓起勇气。我们已经尽了最大努力，必须知道什么时候得收手。”

之前梅瑞狄斯费了九牛二虎之力才说服了劳拉再给他最后一次机会。对他们来说，美国会是个好地方，他们需要的新起点，可以将过去发生的一切统统抛到身后。乔纳森和罗伯特现在需要的是宁静。他们经历了太多的事情，他们应该生活在健全的家庭里。

“如果你认为最近他们享受着有双亲的生活，那你就大错特错了，戴维。”

“求求你，劳拉。最后一次机会。”

现在是早上，这番对话似乎很滑稽：似乎它从未发生过或发生在别人身上。梅瑞狄斯不知道为什么劳拉会提起这件事情。她能装作他们从未说过这番话吗？或许他应该给劳拉端一杯热茶过来。他准备到厨房去，吩咐厨子泡茶。

他经过儿子罗伯特的船舱时，舱门打开着，他看见乔纳森在里面，他不希望他在里面。他拖着一张满是黄渍的被子，那玩意就像旧婚纱的裙裾，而他想将它盖在睡着的弟弟身上。

“你在波比房间里干什么，小乔？”

小男孩定住了，目瞪口呆地看着他，脸蛋因为羞惭而变得通红。他的嘴巴张开又合上。他放下了那张床单。

“没干什么。”他说，然后抿起嘴。

“什么叫没干什么？现在就回答我。”

“我只是……”他耸了耸肩膀，两只手插在裤袋里，“我没干什么。我在……”

罪恶感令他沉默不语，低头看着地板。梅瑞狄斯叹了口气，套他的话并不公平。他看得出这个孩子在干什么，用不着一直逼问他。他慢慢走进船舱，拾起那张不像样的被子。

“你之前跟我说你没有尿床，老伙计。在这件事情上不许撒谎。更不能栽赃给鲍勃斯。”

“我知道，爸爸。我不是故意的。”

“我很失望。乔纳森。我以为我们不会对彼此撒谎，你和我。”

“对不起，爸爸。请别告诉别人。”

或许他现在应该做一番训斥，但不知道为什么，他不想这么做。大清早似乎并不适合展示权威，而且这个孩子已经被训斥过太多太多次。“去拿点热水来，做个乖小孩。我们一起把它洗干净。好吗？”

他的儿子抬头充满希望与痛苦地看着他。“你不会告发我吧，爸爸？答应我好吗？”

“我当然不会，”他抚摸着小男孩的脸颊，“我们男子汉不会像婆娘们那样互相告发，不是吗？但不许再撒谎了，不然我不会放过你。”

小男孩抱着他的腿，然后感恩戴德地蹒跚着离开船舱。这时候，梅瑞狄斯察觉到令人不安的事物。在舷窗上有一个脏兮兮的手印，虽然形状很小，但或许是一个男人的手，或许是一只油腻腻的手套留下的。

他会叫劳拉告诉玛丽·杜安这件事。真是的，现在情况的确很艰难，但这根本不是由得这个地方变脏的理由。

爱尔兰的饥荒是对其轻慢与懒散的惩罚，但它也为她带来了繁荣与进步。

安东尼·特罗洛普，《北美洲》

第十六章　黑暗事物的力量

航行的第十三天或中间日：在这一天，船长记录了一些奇怪的迷信风俗（在向海讨生活的人群中很普遍），并提到对爱尔兰妇女的保护。

1847 年 11 月 20 日，星期六

海上航行还剩十三天

经度：西经 36° 49.11′ 。

纬度：北纬 51° 01.37′ 。

实际格林尼治标准时间：晚上 11 点 59 分。

调整后的船上时间：晚上 9 点 32 分。

风向与风速：西北偏北风（342° ），风力 4 级。

海面情况：波涛起伏，泛起许多白浪。

航行朝向：东南偏南，201° 。

降水与描述：非常大的雾，能见度降至 400 码。我们不得不将速度减至两节。

昨晚我们有九个弟兄姐妹蒙召，今天早上从此陷于长眠。卡莫蒂、克根、德斯蒙德（两位）、多兰、穆尼罕、奥布莱恩、鲁尔克和惠莱翰。

今天下午我见到一座大的“漂流”冰山，距离约半英里，尺寸约有一座伦敦大宅那么大。许多统舱乘客上来看热闹，他们以前从未见过这一幕景象。

厨子亨利·李向我提出一个既可以减轻统舱乘客痛苦又不至于为公司造成负担的建议（苍天保佑）。头等舱的餐厅在午饭和晚饭结束后，盘子上总是剩下许多东西没吃。骨头、肌腱、硬皮什么的，但有时候会剩点油脂或鱼皮。他提议与其将这些残羹剩菜扔掉或拿去喂猪（这是通常的做法），不如把它们熬成汤，分配给那些饥民，那将多少能帮助到他们。我觉得这是一个很有同情心的想法，同意他这么做。（事实上，这会令任何基督徒感到羞惭，一个异教徒竟然比许多得到救赎的人展现出更高尚的友爱之情。）

今晚船上有一股非常奇怪难闻的味道。我指的不是平时从统舱里散发出来的味道——那里的穷人一定已经尽量让自己适应了——而是更加糟糕的味道，极其恶心难闻。它实在是难以形容。

我已经命令将整艘船用盐水加醋拖一遍，但就在我写下这段文字时，那股恶臭仍在弥漫。之前我从未闻过类似的味道：一股盖过其他味道的腐烂恶臭，就像在一条没有清理的下水道的洞口会遇上的味道。前舱或货舱里并没有找到腐烂的东西。我不知道该怎么办。那股味道令乘客与几个水手感到非常不适。因为这个情况偏偏发生在今天，实在是非常不吉利的兆头，只会引起恐慌。

所有航行的中间日都被视为不祥的日子，这一天居然还是第十三天。而二者在今天合而为一，水手们认为这会带来恐怖噩运。一个水手，来自太子港[1]的蒂埃里－路克·杜菲，今天早上不肯离开

1　海地首都。

他的宿舍去轮值。他坚称邪恶的“巫毒”之力在今天结合。（在那个诡异的迷信里，今天是星期六，“黑色安息日”。）他对利森说他在晚上听见奇怪的猫叫或鸟叫。他年龄和我相仿，平时性情非常温和，我们曾经一起出海许多次，有多年的好交情，因此，我下去水手的寝室，看看能做点什么。他说今天是个不祥的日子，他不肯工作。我说这种胡言乱语是在亵渎神圣，接下来他就会烤了自己的母亲供自己和撒麦迪男爵[1]享用。（那位有贵族风范的绅士似乎是巫毒教信徒的魔鬼撒旦。但他戴着一顶高礼帽遮掩他头上的角，和下议院里的半数议员一样。）听到这番调侃，他哈哈大笑，但还是不肯上班。

他说如果相信死后的来生、魔鬼的存在和黑暗事物的力量是亵渎神圣的话，那整个基督徒的世界都在亵渎神圣，几乎船上的每个人都是。他说每个人都有信仰的自由，但他不知道什么样的神明会把自己的亲生儿子派去让人给吊死在一棵树上[2]。至于吃人，罗马天主教徒会高兴地告诉你他们大口吃肉大口喝血[3]，因此，或许教皇庇护本人就是被巫师控制的僵尸。我说如此大不敬之语实在是不应该，有许多乘客是那个伟大庄严的（尽管在教义上有所偏差的）宗教的信徒。他道了歉，说那只是一个玩笑，还补充说他的老婆就是天主教信徒（巴哈马群岛的伊柳塞拉岛），他的小女儿是投身圣职的修女。他根本无法被说服，他说他宁可放弃所有的伙食，披镣戴铐被关进囚室里，也不愿在今天值勤。我同意他今天放假，但会克扣他的工资。他表示非常理解，而且似乎很满意。

1　撒麦迪男爵（Baron Samedi），又称“星期六男爵”，是巫毒教中的恶魔。

2　指耶稣被钉死在十字架上。

3　指天主教徒遵循的圣餐礼，以葡萄酒与无酵饼象征耶稣的血肉。

我离开时，他嘴里念念有词，但我不明白他到底在说什么。

今晚我不得不惩戒某个水手，来自利物浦的约瑟夫·卡迪甘*，他一直在对统舱里的妇女们纠缠不休，还说些污言秽语，想利用她们当下的悲惨处境占便宜。显然，作为回报，他为她们提供吃的。我不喜欢惩戒手下，但他们知道我绝不容忍体面的姑娘在我的船上被糟蹋。我把他叫进船长室，问他是否有妻子或女儿，他说没有。然后我问他母亲是否还健在，他是否愿意自己的母亲被骂成臭婊子？他说她就是个臭婊子，还是利物浦接客最忙碌的一个。（我发誓他的耳朵在粗鲁地翕动着。）

乔叟在他的《管家的故事》的引子里曾说："直到我们的尸体腐烂，我们都无法变得成熟。"如果真是这样的话，那么，这个默西河淤泥般的下贱狗东西已经烂熟发臭了。

他辩解说：旅途这么漫长，他只是在做符合天性的行为。我下令将这个混蛋的伙食减半三天，另外那一半将分给统舱里某位可怜的姑娘。我总是觉得已故的海军上将威廉·布莱所说的话实在是千真万确（他是我年轻时跟随的第一位船长，那时我在都柏林湾勘察和绘制海图），当一个水手以其行为"符合天性"作为辩解要求减轻处罚时，他一定是对一个弱者做出了禽兽不如的事情。

现在那股恶臭变得十分难闻。似乎整艘船本身正开始腐烂，或正行驶在一条非常真切的阴沟里。

---

* 洛克伍德船长在这里罕见地犯了一个错误。"海洋之星"号上有十几个船员是利物浦人，但没有一个名叫"卡迪甘"。船员名单里有一个人名叫"约瑟夫·卡利甘"，还有另一个名叫"约瑟夫·哈迪甘"的人。根据后来对幸存水手的询问，似乎船长在此记录的被实施惩戒的那个水手名字就叫"哈迪甘"。——G. G. 迪克森

如果你见到老伙计丹尼斯·但尼希，你会发现比起在家乡的时候，他从未这么健康、气色这么好。你或许能肯定他可以尽情抽烟，还叫我把这件事情说给蒂姆·墨菲听。如果你见到丹尼尔·但尼希用这个国家的体面衣服打扮的丹尼斯·里恩，你会以为他是一个老板或管家，我们无法向你形容现在是多么幸福快乐。至于以前在家乡的泥沼里跋涉的姑娘们，听到她们用英语交谈，你会大吃一惊。

来自纽约州布法罗的丹尼尔·吉尼的信件

第十七章　追求者

本章记述了戴维·梅瑞狄斯早年未加修饰的

真实历史里的若干辛酸往事。

1836 年，戴维·梅瑞狄斯请假回家过圣诞节，之后再也没有回海军，他被催着与邻近的塔利与塔利克罗斯的地主亨利·布雷克的独生女儿订婚。当时他二十三岁，他的父亲指出：一个小伙子在这个年纪把头钻进麻袋里正合适。你不能再久拖下去，要不然到最后可能什么样的母驴你都得骑上去。这里可不是伦敦。供应有限。布雷克家的土地在几处地方与金斯考特庄园接壤。布雷克家有钱，而金斯考特家需要大笔投资。真是幸运的巧合，梅瑞狄斯的父亲如是说，当然，那不是主要的原因，根本不是。但两个庄园联姻将会成为一股不可小觑的力量。就连巴利纳欣奇的马丁家也得靠边站，更别提那些装腔作势的小人物，克利夫登的达西家。而且艾米莉娅小姐毕竟是郡里的美人。

戴维·梅瑞狄斯没想过结婚，但从某种程度上说，他觉得他的父亲是对的。艾米莉娅·布雷克不是最糟糕的对象。虽然他们是表亲，但非常远，不会生下长着蹼趾和斗鸡眼的孩子。他已经认识她好多年了，和她在婚礼上跳了几回舞。她长得蛮好看的。两人都对马感兴趣。虽然你不能说她是一个聪慧的姑娘，但至少她不是白痴。

戴维·梅瑞狄斯与艾米莉娅·布雷克。他们的名字一起念有一种不可避免的令人心满意足的韵律感。她是一个性情温柔、无拘无束、活泼好动的姑娘，很有冷嘲热讽的幽默感，在她总是无忧无虑的思绪中闪现，就像在雾蒙蒙的夜里响起的炮仗。戴维总是觉得她的幽默令人不安。她与别人打交道的方式是了解你不喜欢什么人，然后尽可能频繁而激烈地诋毁他们。这一招很难用在戴维·梅瑞狄斯身上。他真心觉得讨厌的人并不多。而且她还喜欢打你，以此表示爱意。听到笑话时，她的反应是毫不矜持地一掌拍在你的肩膀上。要是她手里有一杯雪利酒，她会开始作势朝你晃动。很快，梅瑞狄斯意识到，在她面前他不会开玩笑（更别说给她倒雪利酒），因为他发现自己老是莫名其妙地被未婚妻拍打。

他们宣布订婚两个星期后，他独自去鲍尔斯考特子爵在威克洛郡的年度周末狩猎。他并不喜欢狩猎，枪法不算很好，但他喜欢确切了解枪支的运作机制，闻着弥漫在苹果味的清新空气中的刺鼻火药味。吃晚饭时，他坐在一个男孩子气的漂亮英国姑娘对面，她那无忧无虑的笑声令他想一直盯着她看。那是她第一次来到爱尔兰，她为之着迷。她的好闺蜜，在瑞士一起求学的同窗，是名门鲍尔斯考特的温菲尔兹家族的二小姐。他和那个英国姑娘跳了一会儿舞。她取笑他在跳方阵舞时的笨拙，在纷繁复杂的人影间显得手足无措。两人在点着火把的露台上散了一会儿步，欣赏点缀着美不胜收的湖畔的那座洛可可式喷泉。她告诉梅瑞狄斯那是她朋友的父亲从意大利买来的，是伟大的贝尼尼[1]作品的仿造品。每个人都以为那是真品，但她知道那是一件仿造品。她说她有识别赝品的天分，希望有一天

1 吉安·洛伦佐·贝尼尼（Gian Lorenzo Bernini，1598—1680），意大利雕塑家、建筑家、画家，曾设计了圣彼得大教堂的广场与柱廊、大卫雕像等作品。

能去意大利。她坚信她一定能做到。

她的谈吐带着一种迷人的干练，以及他很少在认识的女人身上见到的笃定自信。她不像他的两个姐姐，当然更不像他的姨妈，而且她也不像艾米莉娅·布雷克只会痴痴傻笑。她很有自信，到了近乎放肆的地步。这让他记起了某个他现在几乎不会想起的人。遇到劳拉·马克姆的那个晚上，他几乎没怎么睡觉。不知为何，他觉得他会一直和她在一起，虽然他并不能肯定到底会以怎样的方式实现。

第二天，他发现自己拿着望远镜在观察她，原本他应该在狩猎，或观看别人狩猎。她和别的年轻女人在露台上消遣，裹着毛毯，喝着咖啡。有人在下国际象棋，有人在弹吉他，但劳拉·马克姆整个早上都在读《泰晤士报》。梅瑞狄斯觉得这实在是太迷人了。他想他从未见过一个读报纸的女人。他在心里期盼她会找某个理由到草坪上来，但她一直没下来。她只是坐在那儿读报纸。

午餐时吵吵闹闹的，他有点醉意。接下来的客厅游戏也很吵，刺耳的调情与爱抚的借口。那天晚上，在吃晚饭前，大家都去拾冬青。他和劳拉·马克姆组成一队。走在嘎吱作响的砾石小道上时，穿过地毯般的上方草坪时，在审视着由异国树木构成的庄严树林（在威克洛，这些树木得有许多个园丁养护才能存活）时，劳拉大胆地挽着他的胳膊。他们对找冬青并不感兴趣，他们根本不想找什么东西，只想找一处安静的地方。修剪过的灌木丛和树篱（剪成了鹰头马和其他怪鸟的形状）拉长的影子令金斯考特子爵觉得有点恐怖。但有劳拉在，他觉得很轻松，气氛宁静友好。走着走着，他回头望去，看见在结霜的草坪上留下了两人歪歪斜斜的平行的足迹。梅瑞狄斯觉得那一幕是祥和的象征。很快他们便发现自己置身于下方的宠物墓地，温菲尔兹家族在这里厚葬死去的宠物，而他们的许多佃户根本享受不到这一待遇。

劳拉看着那些优雅的小花圃，梅瑞狄斯无法解读她脸上的神情。房子里的灯火在薄雾笼罩的远方就像瑰丽的梦境里一艘船上的灯光。

“戈尔韦像这里吗？”

“不，戈尔韦更荒凉一些。”

“我觉得我会喜欢那里。我喜欢荒野。”

她背靠在一块华丽的斑岩石板上坐着，那是一头马驹的墓碑，它曾两次在德比赛马会上取得名次。她双臂交叠，幽幽地长叹一声。一只仓鸮被吓了一跳，从杜鹃花丛中扑腾着飞起。

“约克郡、布列塔尼以及其他诸如此类的地方。这些精致的花圃恐怕让我觉得有点哀伤。有点像看见一个小精灵被强迫穿上胸衣。难道你不觉得吗？”

梅瑞狄斯有点吃惊。他所熟悉的矜持的女人不会在公众场合说出像“胸衣”这种词语。他怀疑艾米莉娅·布雷克就算在私底下也不会说。

“或许有一天你会来探访我们。在戈尔韦。”

“是的。或许你会邀请我参加你的婚礼。”她微笑着说，“我希望能去看看在天然栖息地里的你是什么模样。”

他没想到劳拉知道他订婚了，他暗自猜想她是如何知道的。想到劳拉会感兴趣去询问别人，他的心情有点激动。“如果我去的话，你愿意和我共舞吗？”这是他能想到的最好的答案。

“或许会吧。”她说，望着外面的湖泊。一艘上面点着几根火把的凤尾船正在湖上滑行。“但我认为你先得上上课。你说呢？”

他记得他的手第一次碰到她的腰肢时的感觉。那个星期天晚上，她穿着一件白裙子，系着一条天蓝色的腰带，凸显了她臀部的玲珑曲线。一个十字架在她的锁骨上闪闪发亮。那支舞是华尔兹，他的胳膊因为一直紧紧地搂着她而作疼。“我想戈尔韦的人不怎么跳华尔兹，”她说，“你帮我拿一小杯白兰地来，好吗？我们一起喝酒吧。”

他喝白兰地会犯恶心，总是这样。水手们都喜欢喝白兰地，那是毁了他海军岁月的因素之一。但他还是给劳拉端来了一杯白兰地，看着她呷酒。她平静地伴随着优雅的音乐哼唱着，当一个姿态不雅的舞者经过时，她会开个玩笑，还时不时碰他的腕背。

他们欣赏了三楼平台上祖先们的肖像，早已逝去的温菲尔兹家族成员的严肃凝视。在她的房间外面，她与梅瑞狄斯握手道别，亲吻了他的脸颊，似乎在为他授勋。还没等他明白怎么回事，门已经关上了，他端着那个空白兰地酒杯，独自站在那些目光下。

她是萨塞克斯一户实业家族的独生女。她父亲的家在海滨地区附近。他拥有几间大型陶瓷厂和代福特陶器厂。她比戴维·梅瑞狄斯小三岁，但之前已经订过两次婚了：一次是与一位骑兵中尉，他死于痨病；第二回是与她父亲认识的一个商人。这一次是她取消了订婚。她对这个决定并不感到遗憾。

周末结束了，客人们疲倦地道别，准备下个周末再劳累一番，卡纳子爵留在鲍尔斯考特。后来那几年，他总是觉得那个时候就像罩在一层硬壳里，是惨淡人生中最快乐的时光。如果你将玛丽·杜安排除在外的话，那当然是最快乐的时光，那时候他是这么认为的。

他和劳拉·马克姆与温菲尔兹一家去了都柏林，观看了剧院演出，听了几场音乐会，在莱恩斯特公爵的府邸参加了面具舞会。看着他们跳华尔兹，他们那恍惚迟钝的老主人蹒跚走来为他们的喜讯表示祝贺。“没有人对我说过你的新未婚妻这么漂亮，梅瑞狄斯。

要是他们肯告诉我的话，我敢说我会把她抢过来。在一屋子活蹦乱跳的小母马中的纯种名马。”

在一股弥漫着口臭味与杜松子酒味的烟雾中，他拖着脚步离开了，大家一起哈哈大笑，觉得他的那番话实在是太有趣了。但之后两人的共舞有了一份新的默契。似乎两人之间发生的事情终于被道破了。跳舞所产生的亲近感，成为两人承认感情的一种方式。

梅瑞狄斯曾陪她去意大利马戏团，与她在大清早到凤凰公园骑马。他们看着骑兵部队在动物园里猴子发出的尖叫声中操练。半个月后，两人几乎形影不离。她回萨塞克斯的那天下午，他去国王镇的渡口送行。天下着雪，移民们在码头排队。在舷梯上，他试图亲吻她，她默默地抽身离去，但她的眼神带给他希望。他又试了一遍，但她还是躲开了。是的，她温和地说道，她当然对他有好感，但她不会对另一个姑娘做出不公平的事情。

她并不介意梅瑞狄斯现在面临的选择，但她不会逼他或叫他做任何事情。只有他知道他真正的感情是什么。他必须做他认为正确的事情，别无其他。几个人的幸福维系在上面。伤害一个你曾向其许下承诺的人是一件严肃的事情，不能轻率行事。她要求梅瑞狄斯冷静仔细地思考这件事情。每一个选择都涉及拒绝。无论他的决定是什么，她都会理解和尊重，并深情地怀念他。但除非他先联系她，否则她不会和他接触。只有在他与艾米莉娅·布雷克的婚约解除之后，两人才能相见。

在回戈尔韦的邮政马车上，梅瑞狄斯知道会发生什么事情。劳拉的不情愿背后是高尚的情怀，这只会令他更想得到劳拉，而他知道自己并不具备她这种正派举止。毕竟作为一个男人，他向别人做出了承诺，本不应该向另一个女人示爱。他会继续走下去，如果那可能实现的话。它所暗示的事情或许很难面对，但他必须面对，否则他会抱憾终身。

马车经过香农河时已是黄昏。一场暴风雨令河水暴涨，就快决堤了。裹着湿淋淋的雨衣的农民正在用沙包加固堤坝。很快，风景开始改变，中部地区茂盛青翠的草坪逐渐变成戈尔韦的石墙和灌木丛。清冷的空气闻起来有煤烟和海洋的味道。他永远不会忘记当他看见远处金斯考特庄园的灯光时令他揪心的恐惧。

他的父亲坐在书房的桌旁，拿着放大镜端详着一个拳头大的黄色的蛋，在一本皮封面的会计簿上写笔记。虽然梅瑞狄斯只是三个星期没见到他，但他似乎老了好几岁。他刚刚经历了第二次中风，这令他的身子不停颤抖，视力大为减弱。他的右手经常戴的黑色皮手套扭曲着搁在吸墨纸上，就像一只毒蜘蛛。

梅瑞狄斯敲了敲门。他的父亲没有抬头，嘟囔着说："进来。"

他不安地走上前一步，但没有进去。"我想我们或许应该简短地交谈一番，勋爵大人。"

"我很好，戴维。谢谢你的询问。"

"请您原谅，勋爵大人。我本应该先向您请安。"

他的父亲阴沉沉地点了点头，但还是没有抬头看他。"你希望进行的这番简短的谈话，是关于你把我的房子当成酒店，在社交聚会的间隙暂住吗?"

"不，勋爵大人。我为离开了这么久感到抱歉，勋爵大人。"

"我知道了。那是关于什么事情呢，你希望进行的这番简短的谈话?"

"嗯——是关于布雷克小姐和我，勋爵大人。"

"怎么了?"

“我已经，我似乎已经，可以这么说，”他鼓起勇气，又开口说道，“我已经对另一个人产生了感情，勋爵大人。”

伯爵平静地从抽屉里拿出一根细细的画刷，开始颤颤巍巍地掸掉那个蛋上的灰尘。“嗯，”他的语气很平静，似乎在对自己说话，“那你最好赶紧打消它。不是吗？”他把蛋举起，迎着淡金色的火光，一根手指顺着它的四周移动，似乎在诱哄它孵出雏鸟。

“我似乎记得，”他几乎在说悄悄话，“你以前也曾经产生过不明智的‘感情’。它们也不得不被打消。”

“我相信这一次情况不同，勋爵大人。事实上，我可以肯定。”

现在他的父亲抬头看他。他的眼睛就像两颗石头。过了一会儿，他从桌旁站起身，戴上手套。

“走近点。”他喃喃说道，“到灯光下来。”

梅瑞狄斯战战兢兢地朝父亲走去。

“你的肩膀出毛病了吗，戴维？”

“您——您在说什么呢，勋爵大人？”

金斯考特勋爵缓缓地眨眼，像一头熟睡的奶牛。“或许你和我说话时应该站直身子以示尊敬，如果你不介意的话。”

他乖乖地按照父亲的话去做。父亲紧盯着他。风刮得窗玻璃咔嗒咔嗒地响，壁炉墙里传来呼啸声，乳品贮存室屋顶的瓦片在噼啪作响。

“你害怕吗，戴维？老老实实地回答我。”

“有一点，勋爵大人。”

过了许久金斯考特勋爵才点了点头。“不要觉得羞愧。我知道害怕是什么滋味。”他拖着沉重的脚步缓缓走到红木餐具柜前，伸手拿起一个石头酒瓶，笨拙地拿掉瓶塞，小心翼翼地倒了一杯白兰地，但他颤抖的手令倒酒变得很困难。他没有转身，问了一句："你愿意和我喝杯酒吗，戴维？"

"不，勋爵大人，谢谢您。"

他拿着酒瓶的手悬在第二个酒杯上，似乎准备做出有持久影响的判决。"现在一个人连和自己的亲生儿子喝杯酒都不可以了，得到都柏林去才有这份荣幸吗？"

老爷钟当地响了一声，然后一阵嗡嗡嗡响。它的报时错得很离谱。在房间里的某处，一个更轻便的时钟在嘀嗒作响，似乎在小声地向那位严肃的前辈表示反对。

"原——原谅我，勋爵大人。我愿意，请您倒酒。谢谢您。或许一小杯就好了。"

金斯考特勋爵说道："酒，并不是饮料。那是法国人和纨绔子弟的清肾剂。"

他倒了第二杯白兰地，满满地直到杯缘，把它搁在钢琴旁边的茶几上。梅瑞狄斯走过去，端起那杯酒。它触手生凉。

"为你的健康干杯，戴维。"金斯考特勋爵一口喝掉了半杯酒。

"也祝您健康，勋爵大人。"

"我看到你没有喝。或许你的祝福并非出自真心。"

梅瑞狄斯喝了一小口。他的喉结升了起来。

"再喝点吧。"他的父亲说道："我希望健康。"

他吞下满满一口酒，厌恶令他两眼湿润。

"一口干下去，"金斯考特勋爵说道，"你知道我病得很严重。"

他喝光那杯酒。他的父亲又将其倒满。

"现在你可以坐下了，戴维。坐在那边，如果你愿意的话。"

梅瑞狄斯穿过房间走到那张又厚又软的沙发处，坐了下来，他的父亲痛苦地挪到一张深色的皮革扶手椅子上，脸庞因为挪动的辛苦而扭曲。他穿着两只不相配的拖鞋，没有穿袜子。湿疹令他瘦骨嶙峋的脚踝上结出了水疱，它那青紫色的疤痕夹杂着手指甲挠出的歪歪扭扭的血痕。

他又一言不发。梅瑞狄斯在心里纳闷会发生什么事情。远处有一头驴子在可笑地嘶鸣。当他的父亲终于又开口说话时，夸张刻意地让咬字显得清晰。他以这种方式掩饰中风之后的口齿不清。就像一个喝醉的人在试图掩饰自己的醉意。

“我在你这个年纪时，有时候很怕你爷爷。他和我不像你和我的关系这么亲密。事实上，他的性情有点暴戾。古板守旧。至少我觉得是这样。直到近年来我才体会到他是出于好意。我所感受到的严厉其实是爱的善意。”他艰难地咽了一口口水，发出咕嘟一声，似乎在吞下一根软骨。“但一个人在年轻时总是会那样看待自己的父亲，一个男孩子会有那种感觉是再自然不过的事情。”

梅瑞狄斯心里很不安，不知道自己该如何作答。

“在战斗中也是。我总是感到害怕。”他抿着苍白的嘴唇，严肃而懊悔地点了点头，“是的。你似乎觉得惊讶，但这是真的。在巴尔的摩战役[1]里，我以为自己死定了，戴维。我们一度孤立无援。当时我很害怕。”

“害怕会死掉吗，勋爵大人？”

他的父亲目光空洞地盯着杯子，似乎他能从杯中升起的蒸汽里看到奇怪的画面。虽然屋子里很冷，但他的胡子上似乎挂着汗珠。“是

1　巴尔的摩战役（Battle of Baltimore），1814 年 9 月 12 日至 15 日，英国海军试图封锁巴尔的摩港口，阻止美国向法国供应物资（当时正值拿破仑战争的尾声），但惨遭失败，被迫退兵。

的，我以为自己会死掉。我以为会承受痛苦。当一个年轻人见到其他年轻人死去——当他背负着让他们去送死的责任时——他会知道死根本不是什么光荣的事情，而是可恶的事情。”他微微耸了耸肩，心神恍惚地掸掉袖子上的灰尘。“我们那反复灌输的要为祖国而牺牲的谎言。戴维，你知道的，它们全都是野蛮的观念和谎言。”

“勋爵大人?”

“我认为这些荒唐无稽的话是让我们不觉得害怕的手段，镇住或许会让我们团结在一起的恐惧。宗教、哲学，甚至国家本身——它们也是谎言。这是我的看法。”

梅瑞狄斯感到困惑不解。“这从何说起，勋爵大人?”

“我想说的是，在外表下面，我们其实都差不多。我指的是人类。如果你能看穿我们与其他人的本质。”他又点了点头，长长地呷了一口白兰地。“显然，法国人除外。吃大蒜的蛮夷。”

“是的，勋爵大人。”

他的父亲皱着眉头。“那是在开玩笑啦。”

“抱歉，勋爵大人。”

“是的，我也感到抱歉。比你所了解的更加抱歉。”

他短促地干笑一声。“事实上，有时候我认为法国佬是对的。自由、平等、博爱，等等。”他环顾这个阴沉冰冷的房间，似乎鄙视这里。“谁会拒绝来一点自由，你觉得呢?”他的话里带着一丝反讽，但戴维·梅瑞狄斯并不明白。

“嗯——不会，勋爵大人。我想不会。”

“确实不会，确实不会。我也不会。”

那台老爷钟从胸膛深处发出当当当的声响，声音悲切疲惫，似乎这个计时装置在咳嗽。影子在移动。火焰发出嘶嘶声。发条的棘轮重新调整继续运转。父亲抬头看着扭曲变形的棕色天花板，接着看着时钟，然后看着儿子。

“我刚才对你说什么来着，戴维？”

“您在谈论死亡，勋爵大人。”

“是吗？”

“是的，勋爵大人。关于巴尔的摩战役。”

他的父亲又缓缓地开口说道：“我害怕的事情，更甚于可能会死的恐惧。”金斯考特勋爵的眼睛似乎会消融于泪水中。

梅瑞狄斯吓坏了，父亲似乎已经控制不住自己的内心。他一动不动地坐着，头颅低垂，左手紧抓着装饰椅子扶手的长条镶银穗带。然后他的肩膀开始抽搐，他平静地哭着。啜泣令他的胸膛起伏不定，但他还是强忍着不动，发出硬憋着不哭的轻微声响。他摇着头，他的呼吸变成了喘息，似乎被刀子扎进了身体。

“您——您没事吧，勋爵大人？”

金斯考特勋爵点点头，但没有抬头看他。

“我给您端杯水吧？”

没有回答。他听见一只狗在叫，持续不断、反反复复地狺狺狂吠，然后一个牧羊人在吹口哨叫它跟上。金斯考特勋爵用震颤的手指扶着额头，捂着自己的眼睛，像一个羞愧的男人。

“你一定得原谅我，戴维。我今晚有点失态。”

“不用介意，父亲。我能做点什么吗？”

“你的母亲……曾经是世上最美好的人儿。”

“是的，勋爵大人。”

“她对人充满爱心，宽宏大量。我每时每刻都为失去她而感到遗憾。就像一个残疾人为四肢不全而抱憾。”

眼泪又从他的脸上滑落，梅瑞狄斯现在不敢开口说话。他觉得要是自己开口说话会哭出来。

“戴维，你要知道，我们有过快乐的日子，也有过糟糕的日子。上帝知道我根本配不上她。我总是令她失望。由于愤怒和愚笨，我虚度了如此多的时光，想到这点我便觉得难受。但你绝对不能以为我们之间没有爱情。”

“我绝对不会这么想，勋爵大人。”

“因为，那天晚上在巴尔的摩时我害怕的事物，戴维，不只是痛苦——肉体上的痛苦，而是我再也见不到你和你的母亲，特别是你。再也无法抱着你,我唯一的儿子。这是我所体验到的最可怕的感觉。”

“勋爵大人，我求求您，不要再用往事折磨您自己。”

他父亲的嘴巴因为悲痛而扭曲着。“哀求的人应该是我。请你在生活中遇到困难时不要害怕到我身边来。永远不要害怕，戴维。一切都可以被克服。不要以为你在孤军奋战。你肯答应我吗?”

“我当然肯，勋爵大人。”

“你能握住我的手发誓吗?”

梅瑞狄斯走到父亲身边，握着他伸出的了无生机的手。他这辈子从未感到与父亲如此接近，一种本能的动物意义上的亲近，他不记得曾对谁有过这种感觉。他的父亲刚才哭得就像一个孤儿，戴维·梅瑞狄斯抓住他的手。他想要搂住他，像铠甲一样保护他，但正当他仍在试图想象那一幕时，时机已经过去了。或许这样也好。他的父亲从来不喜欢被别人触摸。

金斯考特勋爵擦干眼泪，露出勇敢的微笑。“所以，你堕入了该死的爱河。简直就像是书里的情节。”

“是的，勋爵大人。似乎就是这样。”

“你肯定吗?”

“是的，勋爵大人。”

他的父亲突然轻声笑了笑，拍了拍他的肩膀。“你以为你的糟老头子从来不知道那种小小的苦恼为何物，是吗?”

“当然不是，勋爵大人。”

“该死的，我体验过。有过好几次。以前的我并不是现在这个该死的废人。我可以告诉你,在我年轻时,有几个小妞为我神魂颠倒。因此我想我理解你的处境，我的孩子。”

“谢谢您，勋爵大人。当我解释情况时，我真的觉得您会理解。”

“是的。我完全理解。事实上，那是再自然不过的事情。”

他给自己又倒了一杯白兰地。

“漂亮的脸蛋、闪闪发亮的眼睛、优雅的装扮。我不会怀疑。”他闷声闷气地咳了一声，转身擦了擦嘴巴。“你知道，那实在是太美好了，我们谁都无法抗拒，但婚姻终究不单单只有爱情。”

“噢，是的，勋爵大人，我知道。”

“你必须考虑到责任。婚姻就是一纸契约。”

“是的，勋爵大人。”

“如今人们在喋喋不休地大谈爱情。你知道爱的定义是什么吗?”

“是什么呢，勋爵大人?”

“恪守承诺的决心，戴维。半分不多，半分不少。你总得承担起男人的责任。无论你愿不愿意。”

“是的，勋爵大人。”

“禽兽率性而为。禽兽可以显得很美丽。事实上，那正是其美丽的本质，但我们是有道德的人类。那是唯一的区别，那是令人类生活得以维系的唯一保障。”

“我一定会恪守对马克姆小姐的承诺，勋爵大人。我认为恪守诺言将会是莫大的快——快乐。当你见到她时，我肯定您会认同的。”

他父亲的惨淡微笑令戴维·梅瑞狄斯想起一块褪色的煤炭。当他再次开口说话时，他的声音干巴巴的，冷漠而平静。

“我说的是你对布雷克小姐和她父亲的承诺。”

壁炉里的火焰吐出火花。一根通红的木头掉了出来，在炉栅前的地板上发出嗞嗞声。

“而且你对这个庄园的人负有责任。你有想过那件事吗？哪怕只是一小会儿？”

“勋爵大人——”

“我已经放出话了，等你婚事确定之后，钱一到位就可以用于改善土地。现在我得告诉他们，我说的话根本不算数吗？而你自己的话对你的未婚妻和她的父亲更是一文不值吗？”

“勋——勋爵大人……今天我已经给布雷克小姐写信解释情况了，给布雷克老爷也写了信。至于佃户们……”

“原来是这样，”他的父亲打断了他，“你已经写信了。真是好勇敢啊。因此，这一整番对话其实毫无意义。”

“我觉得让布雷克老爷知悉新的情况是最好的做法，勋爵大人。”

他的父亲阴郁地咧嘴一笑。“布雷克老爷是养育你的傻瓜吗，阁下？布雷克老爷是把面包送进你口中的笨蛋吗？”

“我……我已经尽力向您解释了，勋爵大人。”

“你是说你会违抗我的命令吗？那就是你最后的话吗？请三思，阁下。你要对你的行为负责。”金斯考特勋爵已经穿过房间来到拉铃索那里，将它抓在戴着手套的手里。“你的生活已经来到了一个十字路口，戴维。现在是你做出选择的时候了。你必须像一个男子汉那样做出选择。”

“我想说——说的是我的情况已经改变了，勋爵大人。我的感情。”

金斯考特勋爵猛地点了点头，拽了拉铃索。铃声在远方某处响起。“那好吧。就这样。”他转过身，一瘸一拐地走回桌旁。

“父亲？”

“明天我起床时你就得离开这座房子。不许回来。”

“父——父亲……”

“给你的资助即刻停止。现在，给我滚吧。”

“父亲，求求您……”

“求什么呢，阁下？求求我继续纵容你每一个最新的奇思妙想吗？求求我资助你像一个舞蹈大师那样在全国四处游荡吗？你以为我什么都没听说吗，阁下？是那样吗？我虽然没有多少朋友剩下，但总算还有几个，把最新的难堪消息告诉我了。嗯，你甭想再从我身上捞到半丁点儿钱，阁下。我可以在你母亲的坟前向你发誓。”

“这不是关于钱的问题，勋爵大人，真的——”

“噢。‘这不是关于钱的问题，勋爵大人。’是这样吗？你这个不知天高地厚的臭小子。你怎么养活这位你所谓的妻子呢？靠一个低级军官的薪水吗？”

“不是的，勋爵大人。”

“是的，阁下！当我和你说话时，你得站直身子！根据我所了解的情况，凭你那该死的糟糕表现，你甚至连当上船长都没指望。”

“事实上，我考虑过辞去委任军官之职，勋爵大人。”

他的父亲语带讥讽地说：“我希望你不是在说用我辛苦挣来的钱帮你买到的职位。”

“马克姆小姐自己有钱，勋爵大人。她的家族在商界很成功。”

金斯考特勋爵停下脚步，双眼圆睁，怒目而视。“你是在开玩笑吧？”

“不是，勋爵大人。”

“你真的那么恨我吗？你真的想我死吗？”

“勋爵大人，我求求您——”

“我把你养大，供你读书，资助你那些没用的玩意儿，就是为了让你像个小店主那样靠做买卖挣钱谋生吗？”

“我——我没有想过那方面的事情，勋爵大人。”

“噢，你没有想过。多好的借口，多么感人的摩登思想。难道你不觉得那是不体面的事情吗？一个男人由一个该死的女人养活？”

“勋爵大人。”

金斯考特勋爵含糊地指着窗户的方向。他的脸庞因为愤怒，看上去脏兮兮的。爱尔兰语中形容“肮脏”的词语是“撒拉赫”：听起来就像它的本义那么恶心。“那片土地上的男人，哪怕是最穷苦的人，也不会幻想靠自己的妻子养活自己。”他重重地将酒杯搁在钢琴盖上，杯里的酒洒在了手套上。“你知道责任、义务或忠诚为何物吗？你有哪怕一丝男子气概可言吗，阁下？”

戴维·梅瑞狄斯一言不发。钢琴的琴弦在振动。节拍器在古怪地咔嗒咔嗒作响，但金斯考特勋爵似乎并没有注意到它启动了。

“我想你还会给孩子喂奶和擦屁股，是吧？为你的婆娘在外面忙乎店里的事情。”

“勋爵大人，我知道您此刻有点生气，但您逼得我不得不说，我讨厌你的措辞……”

他的父亲冲上前，重重地扇了他一巴掌。

“讨厌我，是吧？你这个不要脸的浪荡子。”他抓住自己的手，那一巴掌实在是太用力了。“以基督的名义，那一天还没有到来呢。永远不会有那一天。我马上把你从这儿赶到克利夫登，你这个放荡不羁的天杀的狗东西。**你听见了吗？你听见了吗，阁下？”**

戴维·梅瑞狄斯吓哭了。

“我和你说话时，站直身子。阁下！不然我会让你破墙而过！”

“我道——道歉，父亲。”

“在我面前再流一滴眼泪，我会踢得你像只母狗那样汪汪叫，你这个结结巴巴的白痴。”

“是的，父亲。”

“我以前干过，我会再干一遍。你的生活过得太他妈轻松了。你不费吹灰之力就能得到需要的一切。你是我唯一的儿子，我当然爱你，但我很惭愧，把你给宠坏了。”

这时候，汤米·乔伊斯，他父亲的贴身男仆，走进房间里。他在门道里停下脚步，神色慌张。显然，他无意间听到了争吵的一部分内容。

“您按铃叫我，勋爵大人。”

“帮子爵大人收拾衣服行李。明天早上天一亮他就离开。他会给你把东西寄到哪儿去的地址。”

乔伊斯缓缓地点了点头，转身离开。

“我改变主意了，给马套上缰绳，把马车拉出来。他今晚就走，我的所谓好儿子。他收拾完就走。”

“恳请勋爵大人原谅，”汤米·乔伊斯怯生生地试探着说，“但今晚冷得要命，不适合上路。”

“你聋了吗？”

“勋爵大人，我只是想……”

“你不仅耳朵聋了，还胆大包天，你这头笨猪。”

“勋爵大人。”

“如果你还想保住这份工作，那就乖乖听命。”

“父亲，我求求您——”

“你还敢叫我‘父亲’。你在牛津大学混不下去，你在海军混不下去。每当生活向你提出一个小小考验，你总会以失败告终。现在你又要失败了，还令我的名声在郡里蒙羞。”

“父亲，请您平心静气，求求您了。您会气坏自己的。”

“在我挥鞭把你赶走之前，滚出这座房子。你令我觉得很讨厌。”

“父亲——”

“滚!”

戴维·梅瑞狄斯离开了房间。尽可能安静地关上身后的房门。当马车出现在院子里时，当他的行李被缓缓地拖下楼梯时，他在走廊里吐了。从书房里又传来一声大吼——“滚!”

梅瑞狄斯父子想向对方说的，正是这个字。

凯尔特人的精神特征——感觉敏锐，但缺乏深度推理能力，固执任性，容易激动，喜欢抬杠，爱憎分明，在短暂的活跃过后，很快就会陷入忧伤。想象力生动，特别擅长交际，喜欢聚在一起，率直自信，不善于深度学习，但能专注地从事单调或纯粹机械性的工作，譬如摘啤酒花、收割、织布等等，缺乏审慎和预见力，厌恶航海方面的追求。

《比较人类学》，作者：丹尼尔·麦金托什，
发表于《人类学评论》，1866年1月

第十八章　翻译员

航行第十五天：在这一天，船长与某位乘客奇妙地相遇了（并琢磨了年轻人恋爱的荒唐事儿）。

1847 年 11 月 22 日，星期一

海上航行还剩十一天

经度：西经 41° 12.13′。

纬度：北纬 50° 07.42′。

实际格林尼治标准时间：凌晨 2 点 10 分（11 月 23 日）。

调整后的船上时间：晚上 11 点 26 分（11 月 22 日）。

风向与风速：东风（88°），风力 5 级。

海面情况：波涛汹涌。

航行朝向：正西（271°）。

降水与描述：下午下了一场大雪。天空一整天都是铅灰色的。下午 4 点 45 分，有人见到海里出现一具人尸，距离右舷约 300 码。性别不明。严重腐烂，下肢不见了。经过那具尸体时，迪兹牧师和其他人为之祈祷。

昨晚有七个乘客死去，今天早上被葬于仁慈的深海。按照规定，他们的名字已从名单中剔除。

船上的奇怪气味仍在继续，极其强烈，令人感到严重不适。我已经命令甲板每天擦洗三遍，直到那股味道消失为止。利森报告说舱房里有一件不寻常的事情发生。老鼠离开了那里，但我们看见它们在甲板上仓皇奔走，似乎极度恐慌。统舱里有一个孩子今天被咬了，所有人都被警告：要是见到那些老鼠的话，绝对不许接近。曼甘医生对公共区域愈演愈烈的鼠患格外关注。我已经命令设下毒饵。

有几个人报告说夜晚在船上传来奇怪的喊叫声，或是哭泣声或是“哀号”。无疑，是我们“海洋之星”号上那帮久经风浪的老酒鬼们现在所熟知的喧闹动静，“约翰·康克罗的水号子”，但据说比从前更加响亮，甚至更加诡异。显然，有几个统舱乘客去找迪兹牧师，问他能不能进行驱魔仪式。他说他觉得并没有必要这么做，但今晚他在上层后甲板上主持了一场仪式，许多人参加了。

只有一种情况可以解释：我们撞上了某只巨大的海洋生物，或许是一只体格极其庞大的鲨鱼或鲸鱼，把它撞死了，它的血液或黏膜什么的黏在了船身之上。因为那股味道显然是腐尸造成的。（不消说，海地的杜菲国王有自己的一套可怕理论，但一个理性的人必须理性地看待这个理性的世界。）

这段时间以来，我每天拨出半小时，允许任何想见我的乘客来找我——但显然只能是最为紧急的事务。（由利森根据事情的轻重缓急进行筛选。）今天下午，统舱里的一对男女在那个时候来到我的船舱里，声称他们希望结为夫妻。他们不会说英语，因此他们带上了之前我提到的那个瘸子威廉·斯维尔斯担任翻译。他们想到这么做真是太聪明了，要不然我根本不知道他们在说什么，他们的语言很奇怪，但并不难听。斯维尔斯祝我下午愉快，说再见到我真是太高兴了。我试着用他们的家乡方言盖尔语向这对年轻夫妇道喜——“吉啊格威奇”——我在此高兴地宣布，我居然成功了，因为他们欣喜地点了点头，对我重复着这句话。斯维尔斯温和地笑着说：“今天是赞美上帝的好日子。”我们彼此对视着，就像等候舞蹈开始的拍档，但舞蹈并没有开始，真是令人难过。

在我这位衣衫褴褛的老师的帮助下，那对年轻夫妇解释他们曾听许多人说船长可以在海上主持婚礼。我告诉他们（再次通过斯维尔斯的翻译），其实情况并非如此（虽然那是女性小说的浪漫题材）。事实上，我无法主持任何法律上的仪式（葬礼和在战时处决囚犯除外），我对他们说他们得等到我们抵达纽约，在那里找市政当局颁发结婚证书。（正如布莱船长以前总是说的：“海上婚礼只有在船只回到港口时才具备法律效力。”）不知道斯维尔斯是如何解释的，了解到这一点后，他们看上去垂头丧气。斯维尔斯对他们说的那番话大致上是：“谢伊—迪尔—昂—布达克—诺克—维尔—布雷什—比亚—勒富尔。”*

我询问他们彼此认识多久了。他们回答有半个月了，是在船上认识的。（男的来自布拉斯基特群岛，女的来自阿伦群岛。）然后我问他们是否听说过那句睿智的古老格言：“草率成婚，后悔莫及。”他们表示听说过，斯维尔斯对此加以证实，但他们还是不能自拔地堕入爱河。那个年轻男子十八岁，那个姑娘比他小一岁，是个黑发姑娘，有一双我所见过的最秀丽的眼睛。你能想象那个可怜的小伙子多么轻易地就被迷得神魂颠倒。事实上，她令我想起我的妻子，在她芳华正茂时的模样。

---

* 一句奇怪的话。根据几位盖尔语专家——包括贝尔法斯特的御用大律师萨缪尔·弗格森——的看法，原文可能是“谢—得尔—安—波达克—纳赫—布福伊尔—布雷斯—比亚—勒菲尔”，翻译过来就是“这个老屌（老傻瓜）说没有多余的食物可以分掉”。“屌”字是低俗的爱尔兰俚语，表示男性生殖器。康尼马拉有这一说法。——G. G. 迪克森

我再次解释说我没有权力主持婚礼，对他们说他们得耐心地再等候十一天，并补充说那其实不是很久，尤其是对期盼长相厮守的幸福情侣而言。他们离开了，看上去垂头丧气，但斯维尔斯要求留下一会儿。

我们讲了一个关于年轻人被激情冲昏头脑的玩笑。我说要是我和每一个姑娘在经过两周的亲吻和少年糊涂举动后希望和她结婚，并因此领到一基尼的话，那我现在会是大不列颠最富有的人。他哈哈大笑，拍了拍我的背，好像和我是老熟人了，但我不喜欢他这么做。然后他说过去几天几夜里，他一直想和我在甲板上见面，等了很久，但没能见到我，直到今天上午幸运地遇到了那对年轻情侣。我解释说我忙于处理下面的事务，我在船上巡视的快活消遣有时候与我作为乘客事务的主要负责人这份支薪的工作起冲突，但我希望我们很快能够愉快地聊会儿天。

斯维尔斯说他真的非常盼望，如果可以的话，在金斯考特勋爵身边谋得一份工作，而航行剩下的时间已经不多了。他解释说他害怕当我们抵达纽约时，金斯考特勋爵和他的家人会启程继续周游，那他就会错失机会。

我说之前几个晚上我已经提过这件事情，但金斯考特勋爵并不需要，他们一家已经有了一个女仆。但他给了我五先令转交给斯维尔斯，并送上他的祝福。我依照嘱咐把钱给了他。但这个忘恩负义的家伙似乎并不高兴收下它。当我问他到底怎么回事，他回答说他不能拿那五先令当饭吃，甚至一万先令也不行。说到这里，我祝他度过美好的一天。身为船长有许多重大责任，但帮放肆的蠢货找工作并不在其中之列（至少还没有）。

他离开后（其他人进入船长室），利森对我说斯维尔斯已经骚扰他好几天了，说要进来，声称我和他是知交好友云云。我说我为分身乏术深感遗憾，不能让船上每一个贫嘴的闲人和我见面。利森说那个人就像一只蠕虫。（但我觉得他的话并没有恶意。）

随后，当天晚上，在前甲板上读书时，我看见那个想要结婚的年轻人，正在温柔地与另一位女神谈情说爱。那是一个长着满头金发的漂亮姑娘。因此，布拉斯基特的帕里斯[1]已经从失望中恢复过来了！然而，年轻人的恋爱就是这样。刚开始的时候就像西洛可风[2]那般炽热，但冷却或改变方向也非常迅速。

1 帕里斯（Paris），荷马史诗《伊利亚特》中的特洛伊王子，诱拐了斯巴达王后海伦，挑起长达十年的特洛伊战争。

2 西洛可风（sirocco），从非洲撒哈拉沙漠吹入南欧的干热季风。

他听别人说起过波拿巴，但他不知道波拿巴是什么人。他听别人说起过莎士比亚，但不知道他是死是活，对此并不在乎。一个起那种名字的人一定会去叫鸡（嫖妓）和哗众取宠。但他是一个那么难缠的家伙，就算死了也没什么大不了的。他见过女王，但只是这会儿想不起她的名字。是的，他听说过创造了世界的上帝。他不记得到底什么时候听说过他。他从未听说过法国，但听说过法国人。他听说过爱尔兰，却不知道它在哪里，但应该不是太远，要不然就不会有那么多人从那儿来到伦敦。应该这么说，他们在伦敦到处出没，是的，每一处角落。

伦敦东区某街头贩子回答记者亨利·梅休的采访，
姓名不详

第十九章　窃贼

在本章里，读者了解到庞乌斯·穆尔维的道德教育，使他堕落为狡诈卑鄙之徒的令人震惊的事件记述，以及走过这道人生轨迹必然引发的后果。

庞乌斯·穆尔维离开康尼马拉的当晚，一场飓风袭击了爱尔兰的西海岸地区，不到六个小时就刮倒了两万棵树木（根据第二天伦敦《泰晤士报》的报道）。狂风很吓人，但真正造成破坏的是那些树木。它们堵塞道路，滚进河流，压垮农舍、小屋和教堂。龙卷风在西部沿岸地区肆虐，从南边克里郡海岸对面的斯凯利格群岛到最北边的多尼戈尔郡的尖角。数十道桥梁倒塌或被刮掉。在斯莱戈郡，有两个男人死于泥石流；在克莱尔郡，有一个女人被闪电劈死。牛津大学的新学院里一位来自卡舍尔的贵族在一份学报里写道："那个国度再也无法恢复旧时的模样。"

穆尔维从家里出发，走了两百英里，来到安特里姆郡的贝尔法斯特这座大城市，这段路程花了他将近一个月的时间。之前他从未踏足过任何一座城市，更别说一座这么堂皇壮观的都市。贝尔法斯特是如此繁华，如此富庶，如此广阔，人们有时候会争辩它的确切位置，因为它的一部分位于安特里姆郡，另一部分位于唐郡，每个人都希望能够属于它。美丽而古老的拉甘河将这座城市一分为二，它是那么漂亮，人们为它书写颂歌。在穆尔维眼中，由大理石和宏伟柱子构建的把守广场的庞大花岗岩堡垒要塞简直就是奇迹，专为劳工阶级建造的不胜其数的一排排红色石屋，也令他惊叹得连下巴都掉了下来。他们居然为你分配房子，给你安排邻居。如果说康尼马拉是南极，那贝尔法斯特就是雅典。庞乌斯·穆尔维觉得就是这样。市政厅的角楼上飘扬的那幅大英帝国的旗帜面积足足有父亲在家乡的田地那么大。

他来到忙碌的码头区，一度与码头工人们一起工作，干的是将港口拓宽挖深的力气活儿。他喜欢这份工作，不复杂，很健康。不像在康尼马拉耕田，你可以见到这份工作的结果。活儿干完时你或许会感到腰酸背痛，你的肌肉会抽搐痉挛，身上会被冻得蜕皮，双手起泡，就像那些隐士身上的圣痕。[1]但到了周末，你可以拿到一大把一先令硬币，它们似乎是消除疼痛的灵丹妙药。城市里的伙食充裕而且便宜。如果你想喝酒，轻轻松松就能喝到，而且不是戈尔韦北部那种会上头的土豆酒，而是醇厚顺口的麦芽啤酒和让人暖洋洋的麦芽威士忌。

港口里没有人在意你的去留。他们大部分人也独来独往。穆尔维在人际关系紧密得近乎过分的康尼马拉长大，觉得在城市里过着隐姓埋名的生活是多么幸福。你可以自由自在地与一个看得顺眼的陌生人聊天，那个家伙和你说话只是为了消磨时间。一个不想得到什么也不会给予任何回报的伙伴。你或许再也不会见到对方，那意味着你可以畅所欲言，不用害怕那个人会掉转头对付你。你也可以拒绝交谈，或至少可以做出这个选择，但在戈尔韦山区你总是没得

---

1 圣痕指耶稣受难时双手双脚被钉在十字架上留下的钉痕，以及肋部被长枪刺中后留下的伤痕。

选择。这座城市在深夜里很宁静。在这座沉睡的大都市里游走，听见你的脚步声在漆黑潮湿的石头间回荡，透过一条露台鳞次栉比的街道尽头的空隙望见远方月光照耀下的群山，然后揣着一瓶酒回到你在码头边的小屋里。对庞乌斯·穆尔维来说，这简直就是神仙般的日子。

他的母亲年轻时曾在都柏林住过半个月。每当她说起那座城市的风气时，她都带着颇不以为然的口吻，并且深切怀疑你能否在那里保持自我。但庞乌斯·穆尔维觉得，在这里你可以成为任何人：这座城市就像一幅空白的画布，你可以重新描绘你的过去。"重复书写的羊皮纸"[1]，这是英语里的说法，将另一个人的文字擦除，并在上面书写新的内容。他认为安特里姆郡的贝尔法斯特就是"重复书写之地"[2]。你没有理由只是局限于做你自己。很快他就发现在"重复书写之地"有充分的理由去成为别人。

就是在那里他开始使用化名。与他同住的一位好心的新教徒悄悄透露了几条规矩，贝尔法斯特正在改变，人们尽在谈论"古老而无聊"的事情。他不是偏执盲信之人，从来都不是。一个人的宗教信仰是他自己的事情，如果世界能够一直保持那样的话，将会变得更加幸福快乐。但作为一个罗马天主教信徒，现在要紧的是谨慎行事。这座城市的某些地方，对那些有着像庞乌斯这种带有强烈暗示意味的名字的人来说[3]，还是不去为妙。

有一阵子他用的是哥哥的名字，但扮演尼古拉斯·穆尔维似乎

1 原文是"Palimpsest"。

2 原文是从"Palimpsest"演变而来的"Palimpsestia"。

3 庞乌斯（Pius），这个名字有"虔诚、尽责"之意，是天主教徒与历任教皇经常采用的名字，常译为"庇护"。

不大体面，而且这一行径的恶劣之处在于，他是在挪用本属于他哥哥的东西。而且“穆尔维”这个姓氏的天主教色彩还是太浓厚了，大部分雇主不愿意接受。找到一个合适的名字原来是非常困难的事情。他以约翰·亚当斯这个名字当码头工人干了大约四个月，然后他化名为伊万·霍兰德去给一个牲口贩子帮忙，接下来他化名为比利·拉特利奇去一艘领航驳船上当水手。码头生涯丰富多彩，可以频繁地改名换姓。

他曾化名为威廉·库克，与一个码头工人同住。那个码头工人热爱上帝，一直在鼓励穆尔维也皈依宗教。穆尔维对寻找耶稣并不感兴趣，他也不希望耶稣找到自己，但他喜欢听这个老大哥谈论美妙的诗歌。舞蹈和“通奸没什么两样”；威士忌或波特酒是“魔鬼的脱脂牛奶”；人们不会死去，他们只是“陷于长眠”；庇护教皇是“红帽子船长”或“长袜约翰尼”。

那个码头工人说他是忠于《圣经》因信称义的新教徒，蒙圣灵之大能，特派传上帝的福音[1]。穆尔维不知道“因信称义”或“特派”在教义上是什么意思，不知道为什么“因信称义”是一个必要的目标，也不知道“特派”意味着沉重的义务。但能够像那样谈论你的宗教似乎让人觉得你很有水平。他在利斯本的一间帐篷里受洗成为一位福音派信徒，当晚在回家的路上到迪利亚基参加弥撒[2]，身上的衣服还因为之前泡过水而湿漉漉的。这两场仪式并没有让他领会到圣灵的大能，但正如他的父亲在喝了几杯之后常常说的：当你谈论上帝时，你不能指望会有该死的奇迹发生。

1　见《新约·罗马书》第一章第一节等。

2　弥撒是天主教的特色仪式，基督新教的各派别（包括福音教派）通常不举行弥撒仪式。

穆尔维渐渐开始厌倦在港口讨生活，现在这里人与人之间开始出现互相猜疑和不信任，他决定到别的地方碰碰运气。他化名为丹尼尔·莫纳甘，签了劳工合同，在运送牲口到格拉斯哥的船上干活。下个月他摇身一变，以加百列·艾略特的名字回来，因为他在那个贫穷的城市里找不到工作，而且那里和贝尔法斯特一样，平静的表面下暗流涌动。

现在他觉得干体力活儿很无聊，他想通过别的方式谋生。他开始晚上在码头边的酒吧里转悠，向酒客们唱他自己写的民谣。他学会了根据听众的要求调整内容，小心翼翼地行走在贝尔法斯特的不同区域内。如果那些酒客是新教徒，他会让那个受辱的中士成为一个乞求施舍的懒惰的爱尔兰天主教徒；如果他们是天主教徒，他会把那个中士改成一个满口《圣经》的牧师，在毕恭毕敬的饥民中寻觅改宗者。最后，人们发现他在向两帮信仰对立的人唱同一首歌，那两帮人暂时联手，将他揍得不省人事，再丢到城外——尽管他知道这种事情迟早会发生。

他醒来时在一艘运煤船甲板上的油毡布下，口袋被掏空了，衣服破破烂烂。船上的人说的话他听不懂，那是一种奇怪的咿咿啊啊的口音，他以为那是德语。过了一会儿，他听出那其实是英语，但他从来没听过那种口音。他们省略了H音，辅音念得很夸张。“Head”（头）的H音没了，“God”（上帝）的尾音d念得很响亮。穆尔维觉得他们或许是挪威人，或许是维京人的后裔，或许是美国人。大家都知道美国人大摇大摆自吹自擂。直到他们的船长提议为“为威廉国王[1]的健康干杯”（愿上帝保佑他），穆尔维这才知道这帮奇怪

---

1 威廉四世（William IV，1765—1837），英国国王，1830年至1837年在位。

的家伙是什么人。英语就是以他们的国籍而命名的。

他在藏身处又躲了一天，直到看见陆地才壮着胆子爬出来。见他冒出来时那帮粗人惊喜地叫嚷着，但没有打他、踢他或把他丢进水里，他还以为他们会以其中至少一种方式对付他。他们反而给他东西吃，给他水喝，鼓励他振作精神，说他是个好人，称他为“老伙计”“大兄弟”或“老兄”，所有这些称呼似乎表明他们把他当成了自己人。他们向他解释他身在何方，以及他看见的远处那些未曾去过的地方的名字。富尔尼斯岛。滨海绍森德。罗奇福德定居点，那里的人好勇斗狠。埃塞克斯郡的巴塞尔顿，古代部落居民的故乡。

传说中的希尔内斯港。谢佩岛。他们扬帆溯泰晤士河的河口而上，经过珀弗利特和达格南、伍尔维奇和格林尼治、狗岛、德普特福德和莱姆豪斯、斯特普尼和萨德维尔，穿过在码头上盘旋缭绕的休耕地的浓雾。直到那雾气像某座大舞台的幕布般分开，伦敦这座万城之城就矗立在那里。在黄昏中显得伟岸恢宏，像《圣经》中记载的古迹般宏伟，万千灯火璀璨，像戴着借来的珠宝首饰的年华已逝的首席女伶般遗世独立。目瞪口呆的穆尔维甚至说不出话来。他并不清楚这位绝代佳人的底细，但他已经被征服了。

那艘船慢慢地驶进码头区，经过沃平、潘宁顿来到东区的圣乔治码头，河面就像铺了一层金箔。圣保罗大教堂的铜铸穹顶就像克罗·帕特里克山那般巍峨。救他的人把船绑在码头，祝他好运。他走下那艘蒸汽船，踉跄着离开。水手们与等候他们的妻子在哈哈笑，以为他的踉跄步态是因为晕船。但他们想错了。这个旅人陶醉于爱情中，他希望自己永远不会醒来。

两个孩童，小小的拾荒人，正在码头区转悠，高唱着关于一个胆大包天的强盗的歌谣。

噢，我的名字叫弗雷德里克·赫尔，
我是个强盗，大人物和小人物都不放过；
但我的脖子会偿还所有罪责，
当我死了，当我死了。

庞乌斯·穆尔维在胸口画了个十字。他再也不会接受洗礼了。

弗雷德里克·赫尔在伦敦东区住了两年，靠行骗和打劫为生。这比唱歌更简单，而且好挣得多，被人殴打的机会也小得多，至少在你识相的时候。绅士们会在半夜里到这一带来找姑娘，他们是容易的目标，穆尔维几乎不相信自己那么走运。如果你在一条巷子里出现，说你有一把手枪，那个目标就会乖乖地交出钱包，大气不敢吭一声。如果你拿出一根短棍，他就会乖乖服从你的命令。如果你趁他离开妓院时溜到他背后——他正把裤门的纽扣给扣上，以为自己又能溜之大吉时——在此时轻声说："我知道你住在哪里，我会告诉你老婆。"他会对你苦苦哀求，什么都愿意给你，还对你肯收下而感恩戴德。

很快，穆尔维发现了一件有趣的事情：挣钱最容易的方式是开口去要。他会在街上挑选一位神情略显不安的绅士——或许是还不熟悉东区规矩的新人，某个可怜的老色鬼，你真的看见他那根不安分的鸡巴在萨维尔街[1]裁制的裤裆下蠢蠢欲动。穆尔维会从容地走到他面前，露出他最谄媚的微笑，伸出胳膊，像一位迎宾侍者领班。

1 萨维尔街（Savile Row），位于伦敦高尚住宅区梅菲尔区的街道，有许多老牌裁缝店在此经营。

“先生，我有一个可爱的小姑娘，就在这附近。她可是一个漂亮尤物，胸脯就像两个水蜜桃。我去带她见您好吗，先生？她的房间就在附近。她温柔听话，伺候周到，对您千依百顺。”有时候那个人会紧张地犹豫片刻，穆尔维会平静地重复“千依百顺”那四个字。那位绅士就会递上几个热乎乎的硬币，穆尔维会向他道谢，径直走入最近一间酒吧，知道那个笨蛋肯定不会跟着进去。当然，就算他想错了，也没有哪个男人会公然要求见那个承诺带给他的妓女。没有哪位绅士会这么做。他们必须按照规矩行事。你可以利用他们的规矩为自己捞好处，那正是在伦敦生存的秘密。对那个秘密的了解将决定移民的生死，而弗雷德里克·赫尔比大多数人更明白这个道理。

他热爱伦敦这座城市，就像大部分人爱自己的伴侣。他发现这里的居民体面、正派、宽容。在清醒的时候很健谈，喝醉的时候慷慨大方，对异乡人比他原先以为的更加热情好客。其中一个原因是他们当中大部分人也是异乡人，许多人深知他们或许又会流落异乡。走在怀特查佩尔[1]附近的街道就好像在环游世界。长着黑色卷发戴着小圆帽蓄着大胡子的犹太人、穿着漂亮纱丽的长着丹凤眼的女人、留着长辫或戴着瓜皮帽的华人，以及皮肤黝黑发亮的挖土工人，他们的皮肤在某个角度的光线下看上去是蓝色的，就像黎明时分的大西洋。他总是觉得爱尔兰语中用于描述黑人的词语“费尔戈姆”是多么正确：一个蓝色的人。

在他落脚的阁楼里被压弯的横梁下，他会透过木板上的破洞数星星，听着从街上传来的刺耳的乐声。如果他睡不着——他总是睡不着——他会穿着破破烂烂的内衣坐在窗旁，看着水手们从码头那

1　怀特查佩尔（Whitechapel），或译白教堂。

边走来，有的进了妓院，有的进了酒吧，有的去看畸形秀、窥淫秀和街头滑稽表演。有的晚上他会下去，和他们走在一起，不是为了别的什么原因，只是想有人做伴。与大家推推搡搡，被人群包围，不想独自一人。

包着头巾的摩洛哥人，棕色面孔的印度人，英俊的得克萨斯人皮肤被晒得蜡黄，穆尔维第一次见到时，还以为那个可怜的家伙得了黄疸病。还有法国人、荷兰人、身上有香料味道的西班牙人、来自勃艮第的红酒商人、来自罗马的杂技演员。一天晚上，他从七楼的房间望去，一帮来自德国某个地方的歌剧演员们从烟草码头那边结伴而来，就像一群法官昂然经过东区，一边神气地走一边高唱《弥赛亚》，向喝彩的过路人送去戏谑的祝福。从他那令人头晕目眩的小窝里俯瞰着这一幕，穆尔维朝他们唱歌致敬，就像一个被解放的奴隶。

> 万王之王！
> 万主之主！
> 他将统治世界，直到永永远远！

他最喜欢伦敦的各种语言，这座城市在喧闹地热烈地自言自语。听到意大利语甚至阿拉伯语一点儿也不稀奇，还有葡萄牙语、俄语、吉普赛语、星期五日落时从犹太教堂里传出的优美得令人感到哀伤的祈祷与赞美诗。有时候他会听见甚至不知道名字的语言，如此奇怪而且根本无从理解的语言，很难相信它们竟然是语言，世界上竟会有两个人懂这门语言。巡回演艺团的“行话”、旅行者的洋泾浜、报童们押韵的俚语、犯罪者们的“暗号”、赌注竞技人与三张牌骗子们的黑话、优雅的牙买加人拖腔拖调的土话、威尔士人和克里奥尔人们唱歌般的抑扬顿挫的语调。他们互相借用词语，就像小孩子们在交换玩具，形成一门每个人都能够掌握的粗俗的通用语。似乎巴别塔将它各种各样的语言倾泻到怀特查佩尔周边散发恶臭的街道上。穆尔维来自一个沉默就像雨水般持久的地方，但他再也不会面对那种不幸了。

考克尼人[1]的谈吐多姿多彩。粗俗肮脏的言语。他们在市场上闲聊时，兴高采烈地参加在主祷文广场举行的嘉年华狂欢时，他会一连好几个小时认真倾听。他好希望自己能够以这么活泼犀利的语言聊天。他在夜里反复练习，在重要的地方还认真地做了翻译。

吾等的老总督，
待在刘易舍姆。
被尔迷汤灌足，
被尔骗得糊涂。
尔等把戏尽出，
在鲍尔亦如故。
夺走吾等财富，
被迫取保放逐。
吾等与犬为伍，
那帮阴险谄奴。
吾等匿藏无处，
只能匆忙上路。

1　考克尼人（Cockneys），专指伦敦东区的居民。

尔乃无德领主，
奢华更兼跋扈，
诚心敬祈祷祝，
祖国冲破桎梏。

犯罪的词汇成为他最喜欢思考的内容。英语里有如此多的词语表示偷窃，就像爱尔兰语里有如此多的词语表示海草或罪孽。严谨、精确，大部分词语还带着诗意，他们对偷窃的词语分门别类，就像老朽的教会执事在为蝴蝶标本起名。每一种抢劫都有自己的动词。用于表示不同种类的盗窃行径的单词在他第一次见到时还以为是美妙的褒义词。钓凯子、设骗局、拐带、顺走、坑蒙、偷鸡摸狗、克扣、闹中渔利、火中取栗、移花接木、空手套白狼、顺手牵羊、偷天换日、穿针引线、声东击西、放白鸽票、胡扯八道、下套子、逐步蚕食、扯虎皮作大旗、恫吓孩童、趁火打劫、浑水摸鱼、乘虚而入、挖坑、瞒天过海、三杯骗局、仙人跳、里应外合、骗卖、强卖、偷梁换柱、哄抬欺诈、狠削一刀、含混过关、四两拨千斤、以次充好、通天绳技、借力打力、胡编乱造和刀切豆腐两面光，等等等等。在伦敦偷东西听起来就像是在跳舞，穆尔维就像公爵般在城里翩翩起舞。

太初有词，这词就是上帝。他喜欢那些词语，它们铿锵动听，用他的康尼马拉土腔唱出来的庄严歌曲。他偷了一本笔记本，开始收集词语。那本笔记本写满之后，他偷了一本更大的。就像他童年时的字典，他持之以恒地学习。它就是他的《圣经》、百科全书、护照和枕头。

他在这座喧嚣的城市里信步而走，就像亚当漫步于伊甸园，充满感激之情地伸手去采摘果实。但他不会去犯后果可以预见的罪行，贪欲会把你逐出天堂，被关进纽盖特监狱。他只偷他需要的东西——绝不会多要什么。贪婪并没有意义，也没有必要。

他喜欢偷东西。这么做令他高兴。这带给他除了唱歌之外前所未有的体验：一种令他恍惚间成为自己主宰的感觉。靠偷窃为生得靠你的机智，你会成为在小巷子和市场里从事自由贸易的实干家。

他将自己打扮成伦敦东区的贵公子：猩红色的马甲、鞋罩和阔领带、天鹅绒领的大衣和系纽扣的马裤，这副行头向全世界宣布你作为窃贼的身份，并告诫他们在你出现时可得小心。有一样东西他从来不偷，那就是衣服。你不知道偷到手之后能不能穿上。他付给那个小个子犹太裁缝的钱比康尼马拉半年的田租还多。在意第绪语里，剪裁精致的衣服叫"施玛塔"，而"施玛克"（在字面意义上就是"阴茎"）则用来形容那些穿衣不体面的男人。庇乌斯·穆尔维是"施玛克"的日子已经过去了。在东区当强盗并不令人羞耻或抬不起头做人，而是向年轻人树立榜样，让他们知道自己能成为怎样的人。在伦敦，出现在歌谣里的人物是罪犯：强盗、抢劫犯、扒手、窃贼，他们就像在一堆垃圾中穿梭的金线。他们的名字就像圣徒般被毕恭毕敬地提及。骗子萨尔、白相人阿乔、1831 年从纽盖特监狱里逃走的销赃人艾基·所罗门斯。他们戏仿统治他们的上层阶级的穿着。他们的外表似乎在说："当心。终有一天，我们将会脱掉你们的衣服，把它们穿上。终有一天，皇帝将被扒光。我们将会成为你们。你们将会成为我们。如果你们和我们易地而处，你们能撑得住五分钟吗？"

即使失败了，他们仍被奉为贵族。他们乘着由十六匹骏马拉着的镶银马车奔向断头台，有成群的身穿制服的仆人簇拥在身边，有珠光宝气的女人为他们痛哭流涕。重要的事情不是你就要死了，而是死得其所，宁死不屈，桀骜不驯。这种潇洒的告别姿态需要有活在当下的觉悟，大部分人得经过许多年的训练才能做得到。庞乌斯·穆尔维第一次去观看绞刑后，他羡慕那个晃晃悠悠的死者，在他从容登上绞刑架时，像一个演员般朝观众抛洒玫瑰花瓣。他一只手托着臀部，另一只手放在耳边——似乎他听不见疯狂的掌声，而且如果不更热烈一些的话，就会取消这场表演。

当弗雷德里克·赫尔将手探进周围高声呐喊的人群的口袋里时，他告诉自己，终有一天，他会像那具张嘴吐舌却又魅力四射的尸体般受到爱戴。

每当他对轻松的偷窃感到厌倦时，他会冒险去当街头的民谣歌手。他试着唱过戈尔韦的老歌，但伦敦人似乎并不买账。他们觉得那些歌谣乏味难听，他们可不想为乏味难听的东西掏钱。在怀特查佩尔，阴暗的歌曲并不卖座。或许它自己的阴暗面已经够多了。

他开始尝试唱他自己写的歌曲，那首讲述在康尼马拉碰壁的征兵中士的歌谣。你不能照着原样把它唱出来，但如果你把制服改一下或加以伪装，或许能靠它挣到一顿晚饭钱。他花了几个晚上修改歌词，加上街道的名字与伦敦俚语作为点缀，将任何会引起不安或爱尔兰特征太过于明显的内容去掉。他修改歌词时一点也不曾踌躇。那是将戈尔韦的布头碎料变成伦敦东区的华服。修改补缀完成后的那天早上，他匆匆来到贝思纳尔蔬菜市场，一连唱了十四遍，用的是他终于掌握的伦敦东区的腔调。一个警察经过时嘟囔着说："考克尼的擦脚布。"弗雷德里克·赫尔觉得那是他封圣的时刻。

我和我的老友在斯特朗大街嬉戏大笑，
这时一位军士长走来，手里攥着一把军刀。

他讲述士兵的故事，尽皆无畏宏伟，
噢，那时候是多么欢乐陶醉。

他说，我快乐的小伙子们，要是现在你们肯入伍，
你们会马上见到，这十个闪亮的金币成为你们的财富。
作为优待，我会再添上一克朗，
让你们今天早上喝上国王的佳酿。

你走吧，军士长，我们勇敢地说，
因为我们热爱皮卡迪利，所以我们绝不挪窝。
整晚嬉乐游荡，整天戏耍闲逛，
快乐迷人地享受生活。

噢，我们追求的姑娘，无须以黄金献殷勤，
迪恩街的情人，莱斯特广场的甜心。
而你想把我们骗到爱尔兰，根本不关心我们的安危。
我们或许在毫无警告之下，就挨枪子儿变成幽魂野鬼。

我们是了解真相的聪明小伙儿，我们会留在这里玩乐，
温柔的泰晤士河，缓缓从里士满流往鲍尔；
我们深深鞠躬，为军士长送去祝福，
叫他立马滚蛋上路。

一天晚上，在莱姆豪斯，就在他唱完这首歌之后，一位穿着燕尾服，戴着高礼帽，蓄着令人生畏的大胡子的绅士走到他身边，客气地问

他能否谈一谈。穆尔维之前在附近一带已经注意到他，午夜时像窃贼般鬼鬼祟祟地在巷子里出没。有一两回他甚至考虑过打劫这个人，因为在怀特查佩尔他似乎总是很不自在。那位绅士解释说他姓狄更斯，但他希望朋友们叫他查理或查兹。穆尔维立刻察觉出他正在撒谎。从来没有人管这个懦弱的笨蛋叫查兹，或许只在他的梦里或琐碎无谓的幻想中。

查理、查兹、查尔斯或狄更斯是一个写故事的作家，作品刊登在文学杂志里。他说他对劳苦大众的文化很好奇，希望多了解伦敦的劳动阶级的歌谣与谈吐。任何真挚的内容都令他非常感兴趣，他觉得穆尔维的歌十分有趣。他想知道那是一首老歌吗？穆尔维是怎么学会的？他提问时带着期盼，穆尔维觉得或许这是一个机会，诚实回答或许会令这个机会泡汤。

他对查理说他肚子饿得连说话都没力气。这位作家带他进了街对面一间小餐馆，点了一顿丰盛的饭菜，供一帮主教聚餐享用都足够了。酒足饭饱之后，穆尔维向他说起了那首歌。他撒谎说他是从一个住在霍尔本的老扒手那儿学到的，那是一个为年轻窃贼和逃犯开设学校的犹太人。事实上，它是一首非常古老而且情真意切的歌曲。查理听得津津有味。他不停地记下穆尔维的回答，他记得越快，穆尔维的谎话就说得越流畅。穆尔维的撒谎能力甚至让他自己都感到惊讶。没过多久，就连他自己也几乎相信他说的是事实，那个咯咯奸笑狡诈阴险的以色列人、他那帮技艺精湛的小徒弟们，跟他们厮混在一切的多嘴多舌的妓女们的形象是如此生动。当他灵感耗尽时，他开始细细叙述出自康尼马拉民谣的细节：被负心的贵族背叛的女仆、被爱人谋杀的性情随和的姑娘、被送进济贫院的可怜的小流浪儿。似乎他与这帮虚构出来的人物生活在一起，似乎他已经成了自己虚构的人物中的一员。很快查理就问他能不能抄下歌词。穆尔维说他愿意再唱一遍，可是他口干舌燥唱不了。查理连忙点了一壶麦芽啤酒，穆尔维又唱了两遍。查理在试图搜刮他，但这没有关系。查理自己也正被彻底搜刮。这首歌是一场相互之间的劫掠。靠创造真实是可以谋生的。

“他叫什么名字？”狄更斯问道，“那个犹太人叫什么名字？”

穆尔维的记忆里浮现出一张难看的脸：一头活滴水嘴兽的丑陋形象。他见过的最邪恶的、仇犹的老头子，德里克莱尔的教区牧师。把他的哥哥拐走的窃贼。这是一个实施令人惬意的小小报复的机会，将那个老混蛋施法变成他最讨厌的人。

“费根[1]。”他说道。

查尔斯·狄更斯笑了。

“我想你给我的已经够多了。”他说道。

1 费根（Fagan），与《雾都孤儿》中的人物费金（Fagin）名字相近。

第二十章　倒霉运的男人

在本章中，穆尔维的骇人听闻的冒险在继续，
后来却戛然而止。

1837 年 7 月一个酷热无情的夜晚，他落脚的那座出租屋着火了（房东惹的祸），弗雷德里克·赫尔决定到河的南边去，在另一个城区碰碰运气。他在绍斯沃克混了一阵，但没什么收获，当地人很小心，而且没什么值得去抢。格林尼治其实也是在浪费他的时间，士兵和巡逻的警察太多了。他在兰贝斯遇到了一个来自格拉斯哥的扒手和恶棍，名叫赖特·麦克奈特（大概是这个名字），他从伊林的洗衣店里偷了一位牧师的法袍，正在找一个拍档，想好好利用这副行头。

他用的术语是“忽悠”：一个冒牌的传教人在一个乔装打扮的同伙的协助下骗钱。穆尔维的辞典里加入了这个有用的词语，而且这件事令他对英国人更加推崇备至。任何一门像样的语言怎能缺少一个如此精彩的词语呢？

穆尔维会穿上一件用装煤的麻袋做的外套，把身体露出的部分用鞋油涂黑。以这种方式假扮“皈依的非洲人”，追随令他皈依的麦克奈特牧师，他会滴溜溜地转动着眼睛，对着被吸引过来的看客们雀跃欢腾，口中滔滔不绝地说着康尼马拉的爱尔兰土话。麦克奈特会大吼大叫，指着天空，作出在十字架受难的姿势，高声喝出这段充斥着儿化音的训示：“噢，听听这个异教徒儿怎么说儿，弟儿

兄们，姐儿妹们。路西法本人儿说的就是这种话儿。你们难道就不能为他的部落同伴儿的皈依捐几法寻儿吗？今儿早上他们还沉溺在偶像崇拜的阴沟儿里呢。”他们并不知道那个满口胡言乱语的异教徒要么正在念诵《玫瑰经》中的《痛苦奥迹》，要么正在念叨利默里克郡各个村庄的名字——他总是觉得那个地方的人很讨厌。

在这段表演的高潮，那个野蛮人穆尔维会毕恭毕敬地跪在地上，听话地朝“一具异教徒的偶像”吐口水。（其实那是比利时国王利奥波德[1]的纪念雕像，从查令十字街的一间废品店里抢来的，被那个苏格兰人用汤勺砍了脑袋。）对十字架受难像的一个亲吻和另一阵充满威胁意味的爱尔兰语的高声咆哮会说服仅剩的几个仍心存疑惑的人掏出钱包。他们很清楚他并不是黑人。但无论他是什么人，他一定是个蛮夷。

干这种勾当一天可以挣到五英镑，甚至十英镑，足足抵得上一个人六个月苦工的收入。那个苏格兰人把分到的钱大部分花在酗酒嫖妓上，但穆尔维却把钱花在买衣服上。他对喝酒和嫖妓都没有兴趣。他感兴趣的只有三件事情：活下去、买衣服、收集关于偷窃的新词。

有时候，当他手里有点闲钱时——这是常有的事情，因为他没什么需要买的——他会寄几英镑给卡纳村的玛丽·杜安。但他从不写信。没什么好写的，他想不出说什么好。

最后，麦克奈特因酗酒进了伯利恒疯人院，穆尔维只能靠自己谋生。他并不介意。是时候改变了。他一直觉得苏格兰人是很有吸引力的民族，有书卷气息，作风谨慎，就像他自己一样，但麦克奈

1 利奥波德一世（Leopold I，1790—1865），比利时开国君主，1831 年至 1865 年在位。

特并不是他们当中的优秀代表。他清醒的时候是一个笨蛋，喝醉的时候性情暴戾喜怒无常。穆尔维总是怀疑麦克奈特一直在暗地里坑他。

他成了一个唱独角戏的浪人，人行道就是他的舞台，每天都在上演新戏。他为自己的眼界和无穷的精力感到自豪，他不需要搭档也不需要道具。他每天早上走在街头，就像一个赌徒走在堆着一沓沓赌码的赌场里，可以仰仗的只有他的想象力。有时候他是一个曾与法国人打过仗的贫穷水手，有时候他是一个家里有七个孩子在挨饿的可怜鳏夫，有时候他是从可怕的矿洞爆炸中死里逃生的矿工，有时候他是一个曾在切尔西开花店却被无情无义的拍档骗走全副身家的男人。当他讲述自己的悲惨遭遇时，妇女们会为他哭泣。男人们会哀求他收下他们身上仅有的几便士。他的故事总是那么动人可信，就连他自己也会伤心落泪。

其他在附近乞讨的可怜人指责他贪得无厌，不给别人留点机会。他不肯接受他们“规范市场”的提议，于是，有一个人向警察告发了他。那位法官不像穆尔维认识的其他法官那样“愿意收钱也听得进话”。弗雷德里克·赫尔被裁定诈骗罪名成立，判处在纽盖特监狱劳改七年。他在门房里被脱光衣服仔细搜身，还被迫弯下身子好让他们检查他的直肠，然后剃光他的头发，用消防水管冲洗身子，接受一个医生的检查，医生认为他身体健康，体检过关。他被洒上一种据说可以杀死虱子的粉末，然后他被吩咐吞下一剂芒硝，据狱卒们说，可以降火泄欲。他拒绝吞食那玩意儿，于是被绑在一张椅子上，用一个漏斗把芒硝灌下他的食道。他光着身子，只围了一条血迹斑斑的毛巾，被绳子牵着带进监狱里，穿过几道铁铸的大门，顺着刷了白石灰的平台，登上金属梯级来到典狱长的办公室。在那里，典狱长的助手对囚犯赫尔与另外两个新到的犯人做了一番训话。那个助手是一个有恋童癖的古怪中年男子，脸上带着温和的微笑。他的桌上有一块牌子，上面刻着一句值得商榷的话：**我们必须拒做坏事，改过自新**。他说他们或许已经听说了许多关于纽盖特的事情，但他们绝不相信那些夸大其词的传闻。这个监狱的存在只是为了帮助他们。惩罚是最深切的爱的体现。

他们关押他的牢房是一个七英尺见方的房间，一扇铅铸的肮脏窗户大约有一张手帕那么大。透过油腻光滑的窗栅可以隐约望见月光。穆尔维坐在地板上，开始数黑色的砖头。数到一百块的时候，有人喊了一句“熄灯”，他原本以为是月光的光亮一下子熄灭了。他听见顺着他所在的平台而远去的一道道牢房房门被关上了，声音就像一列正要离开车站的火车上的厢门。一只长了尾巴的小东西从他两只光脚上爬过。没过多久，惊叫声开始了。他听见声音是从下面楼层传来的，带着回声。穆尔维不明白那是怎么回事，惊叫有什么用呢？直到第二天他才知道那背后意味着什么。囚犯们要忍受的不只是关押拘禁。纽盖特的典狱长的观念是要改造囚犯。

穆尔维之前已经习惯了晚上在牢房里的孤独。在康尼马拉的生活就是孤独的。令他惊讶的是，白天也得被迫单独监禁。在典狱长理想化的方针里，囚犯们不应该相识交友，惯犯的邪恶会影响只是一时步入歧途的初犯者。监狱里不允许任何形式的接触，就连与狱卒或视察委员会的人接触也不行。任何人与人之间的关系都是改造的敌人，都是对已经遭受不幸的囚犯所做的有违基督教义的残忍之举，从而会对有朝一日他或许有望回归的文明造成负面影响。当每个犯人从牢房里被带出去放风或派遣务工时，都得套上黑色的皮质面罩才能进入院子。面具上有两道缝隙，可以让你看东西，还有一排小孔让你可以呼吸，面具用一个挂锁和窒息锁链拴住你的脖子，要是你把双臂高举过头，会把自己给勒死。更重要的是，它使得每个犯人在碎石或踩踏车时认不出对方是谁。人人看上去都一样，他们不再做坏事，并改过自新。

听某些比较热情而且思想进步的狱卒说，他们自己有时候也会戴上面罩，这样你永远都不知道在你身边劳作的人是谁，在大嚷大叫和指手画脚的人又是谁。他的痛苦是真情流露或只是在演戏呢？如果你在接受改造，那并不要紧。谈话是绝对禁止的，违者会受鞭刑之苦。如果狱卒听见某个犯人和另一个犯人说话，每说一个字就会被处以五十下牛皮鞭的惩戒。如果他未被改造或傻乎乎地再犯事，他在剩下的刑期里将被单独囚禁。在纽盖特监狱里，有的犯人被关在没有窗户的深牢里长达十五年，没见过其他生人。见不到犯人，也见不到狱卒，就连老鼠也见不到。因为他们的牢房如此坚厚，没有什么东西能够进入，每一天每一个时辰都在黑暗中度过。就连在小教堂里也得保持单独囚禁的状态。每个犯人跪在自己的小隔间里，在里面什么都看不见，只能看见祭坛之上的十字架。但他们获准可以唱歌和对祈祷做出回应，因此，虽然到教堂祈祷纯属自愿，但参加的人很多。

穆尔维被视为优秀犯人。他不惹麻烦，不提出投诉，只有一回他被处以两百下鞭刑的惩罚，因为他说了一句话："我没听见。"他以男子气概承受了鞭刑。那天晚上独自在牢房里，他哭了，他的脊背和屁股火辣辣的疼，脊椎骨更是疼痛难忍。但这件事情令他体会到小小的胜利。当他们打开他的手铐，命令他立正时，他穿好裤子和麻布衬衣，径直走到那个打得他皮开肉绽的狱卒跟前，伸手表示感谢。他疼得晕乎乎的，几乎看不见折磨他的人长什么样子。他几乎连站都站不直。但他强迫自己站立着。

那个狱卒是个苏格兰虐待狂，总是强暴神志不清的犯人，他强奸了穆尔维两次，还威胁说会把他阉掉。当他握住被害人伸出的手时，似乎很是吃惊。穆尔维装出忏悔的模样，谦卑地忙不迭地微微点头。他知道典狱长和探访委员会正在楼上看着他，他想要给他们留下深刻印象。他离开惩教厅时，直接从他们下方经过，比出画十字架的动作。一位探访的女士见到这一幕，悄悄地流下眼泪，似乎她刚刚目睹的改过自新实在令她太感动了。弗雷德里克·赫尔停下脚步，向那位女士鞠了一躬。她啜泣着，倒在典狱长的怀里。穆尔维知道这场战斗他赢了。由得你自己挨鞭子却捞不到好处，不仅不是男子汉所为，而且太傻冒了。

他再也没被处以鞭刑或遭到惩戒。恰恰相反，他开始得到小小的特权。他注意到狱卒们会最先打开他的房门，比其他囚犯更早，在熄灯后会留一道缝隙。一天晚上，他们忘记了关门，于是，他在一个狱卒经过时自己把门关上，确保那位长官见到他所做的事情。典狱长得知他识字后，吩咐手下给他几本书读。先是一本《圣经》，然后是《莎士比亚全集》。囚犯赫尔给典狱长写信表示谢意，小心翼翼地说他不配得到这种优待，不敢再提出什么要求。一个星期后，又有几本书送过来，还有一盏蒂利式煤油灯，让他可以在夜里读书。现在他对英国政府有了深刻了解：你的要求越少，得到的就越多。

他读完了整本《圣经》，然后读完了《莎士比亚全集》，然后读完了《伊索寓言》和各个诗人的生平。弥尔顿立刻成为他最喜欢的诗人，他读完了十二卷本的《失乐园》。开篇对地狱的描写——“希望临万物，从来不光临”[1]——让他强烈地想起了苦难深重的纽盖特监狱。“**噢，这地方与他们堕落处真天悬地隔。**”[2]那些语言就像惊雷，彻底震撼了他：堂皇庄严的韵律下热烈的进行曲。给狱卒们起弥尔顿笔下那些魔鬼的稀奇古怪的名字成了他的秘密乐趣。摩洛克与彼列，阿斯莫德与巴利。他在心里默默地把典狱长称为玛尔西巴，万魔殿的主宰。

他比以往任何时候都更加健康强壮。坐牢意味着可以按时吃饭按时睡觉，出于对惩戒的恐惧，此二者都得以执行。（囚犯不肯吃饭：抽三十下鞭子。熄灯后没睡觉：单独囚禁一星期。）香烟、鼻烟和酒精严格禁止，因此他的肺变得更干净，他的思维变得更清晰了。劳动令他的肌肉变得结实鼓胀，像石块般坚硬。到了穆尔维被关押在纽盖特的第二年年底，他能举起相当于自身重量的碎石。就连单独禁闭也不再令他烦忧。“心之所属，自归其方，”弥尔顿曾写道，“一念地狱，一念天堂。”哪怕那并不是真的，也值得去努力尝试。穆尔维开始觉得那扇牢房的门是把疯子们关在外面，而不是把他关在里面。

然后他被转到一间较大的牢房，窗户俯瞰着门房。到了晚上，他能看见狱卒们与聚在监狱外面的一小伙儿乞丐有说有笑，后者向狱卒们哀求进去过夜。伦敦的穷人们基本上都知道，纽盖特的狱卒有时候肯让你进去，只要付一便士就可以在没有被占用的牢房里睡觉。

他一时间没有想到如何利用这个视野，但没过多久，他就想到

1　此句出自《失乐园》。

2　此句出自《失乐园》。

了答案。如果你一大早就望着窗外，你可以看见刑满的囚犯们正被释放。警卫官在大门口高声读出他们的名字，如果你竖起耳朵仔细地听，或许能听清那些名字。即使你没有听清，在走去放风场的路上，你也会注意到那天早上哪几间牢房已被清空，现在正进行除虱的程序。如果你将这些事实拼在一起，并等候时机，那你就占尽上风，不会有任何危险。

在纽盖特监狱，没有哪个囚犯能告发另一个囚犯并活过那个星期。但你拿已经不在里面的犯人怎么说事儿都行，不用担心会遭到报复。穆尔维开始精心策划向典狱长打小报告的行动，总是告发一个他知道刚被释放的囚犯。这种事情你不能经常做，否则会惹起猜疑，但偶尔为之会让你显得态度诚恳，特别是当你以遗憾的口吻提出报告。“犯人 C34 昨晚在说话，长官。”“犯人 B92 对我提出不体面的要求，长官。”“犯人 F71 在辱骂我，长官。我担心他会影响我的改造，长官。”当局留意到穆尔维的合作态度，这开始为他带来丰厚回报。

他察觉到其他囚犯开始对他不满。他们在放风场里不再正眼看他，或递给他工具。穆尔维并不在乎。要是说有什么影响的话，他觉得很高兴。他越遭到排斥，官方就越认为他是成功改造的典范之一。他被命令在探访委员会面前做慷慨激昂的演讲，表示支持隔离体系。他的粥里开始出现老鼠屎，藏在肥皂里的一块碎玻璃割破了他的前臂。他认为这些苦难是通往更高层次仪式的晋级台阶。他开始一有机会就划伤自己，向上级报告自己遭到攻击，其实那根本未曾发生。每次他这么做，都会被关进一间更舒服的牢房里，直到最后，他被转移到典狱长自己的房子里，只有最富裕的囚犯才有资格住那里，牢房里有羽绒床铺，还贴了墙纸。

在服刑的第四十个月中旬，他被分配了一份特别的工作，作为劳改进步的奖励。监狱需要一名囚犯在晚上打扫下放风场，给机器上油和清洁踏车的铰链，将石板和栏杆上的鸽子粪清理干净。典狱长说被分配到这个任务的人是幸运儿，因为他得独自一人执行这项重要任务，因此可以不戴面罩。而且他还可以与值勤的狱卒说话，但只能谈论工作情况。官方的会面记录摘要表明，囚犯赫尔感激涕零地哭了。“愿上帝保佑您，长官，因为我不配得到这种待遇。”

下放风场三面是警卫室和牢房，第四面是一堵高达二十英尺的墙壁，顶部灌了砂浆固定住一道旋转尖刺的屏障，英语里叫“防栅”，在纽盖特监狱的黑话里叫“死马架”。在那堵墙壁与警卫室相连的墙角，布满铁蒺藜的顶部下方五英尺处有一个金属铸成的小蓄水箱，安得不是很牢，在它上方有一小块地方没有尖刺。

穆尔维觉得很奇怪，这个地方居然没有保护。似乎那个防栅被做窄了九英寸，又或者那堵墙壁被建得太宽了。他恭恭敬敬地向一个狱卒指出这个疏忽。它肯定会对纽盖特里那帮更加无法无天的犯人构成诱惑，他们没有穆尔维那么幸运，改造没有那么成功。那个狱卒微微一笑，抬头看着那个死马架。上一个试图逃脱的可怜人被牢牢地钉在上面，只能将那个部位清除掉才能把他弄下来。他死得那么凄惨，再也无人敢去尝试。当时他的惨叫声在半里地之外都听得见。

穆尔维开始对那堵墙和它蕴含的可能性感兴趣。

在干活时，他会站在能够一直看见那堵墙的位置，留意观察它的裂缝、小小的凸起部位和水泥砂浆剥落的空隙。他养成了观察那堵墙的习惯，专注得就像一个正在审视伪钞的侦探。他在脑海里将那堵墙分成十六部分，他给自己的任务就是记住每一部分的细节特征。他用面包屑、丝线和灰泥碎屑把那堵墙的草图画在牢房的地板上。一片面包屑代表一块或许可以用手抓住的砖缘；一根线条代表脚趾或许可以伸进去的细小裂缝。他用灰泥的粉末试图将它们联结起来，找出一条从石板到水箱的可以攀爬的路线。但无论你怎么筹划，计划都无法执行，除非你能长出第三只手。

他开始比规定时间更早地去执行任务，在狱卒允许的情形下尽可能久地待在放风场里。他在干活时总是想起母亲，当家乡遭遇艰难的处境时，她总是会说一句老话："虔诚所至，高山为开；耶稣引路，否极泰来。"

两个月来，他一直琢磨着那堵墙壁，却没有想到解决难题的方法已经在他手中。然后他想到了。那么平静，那么简单。就像一把钥匙在结构精密的锁里咔嗒转动的声响。

那是 1841 年 2 月一个星期天晚上。整个大英帝国一派祥和。它的女王在举行结婚周年志庆，为了这场幸福的乱伦婚姻[1]，监狱里的牧师举行了一场感恩仪式。纽盖特监狱里几乎每个犯人都参加了。小教堂里回荡着感恩上帝的赞美诗。

有一珍贵宝血活泉，
神子圣心为源；
罪人只要投身其间，
立洁所有罪愆。

这个窃贼等候着，倾听着赞美诗：犯人们的歌声难听得要命。那天晚上值班的狱卒是那个动辄鞭打犯人的苏格兰人。这真是犯人赫尔

1　英国女王维多利亚一世的丈夫阿尔伯特亲王是她的表弟。

未曾预料到的祝福。

摩洛克用一根拴在链子上的钥匙打开大门，穆尔维跟着他走进放风场。黄昏降临，将万物染成金色。牢房的窗户闪烁着火光。一只乌鸫正在鹅卵石之间的水洼里喝水，见到有人进来，它便将头扭到一边，似乎讨厌他们。

那天早上踏车卡住了，那是庇乌斯·穆尔维意料中的事情。他把一根钉子扔进踏车里，造成了这种情况。他小心翼翼地打开底座收纳齿轮和滑轮的枫木面板，然后将那根脏兮兮的传动链条从齿轮上解下来。它比原先想象的更加沉重。大约有十二英尺长。

"你在干什么呢?"

穆尔维抬头看着这个下巴肥厚松弛的虐待狂。他的脑海里掠过一个奇怪的念头。他猜想这个男人是否预知到将会发生在他身上的事情，那天早上他醒来时是否体验到痛苦和毁灭的模糊凶兆。他在与妻子道别时，是否曾想过这或许将是他最后一次说再见?当他走进纽盖特监狱时，他是否和被他虐待过的数百个受害者一样，和穆尔维无数次感受到的情形一样，觉得他将见不到第二天的太阳，希望彻底破灭的时刻已经到来了?

"长官，典狱长吩咐我给这根链子上油。"

撒了这个谎，穆尔维的逃脱计划正式实施。他的影子已经挣脱了身体，飞越了那堵研究已久的高墙。对狱卒撒谎的惩戒是关在地牢里两个月，牢房比棺材大不了多少。他知道一件事，那就是他永远不会见到那间牢房。要么他翻越这堵墙壁，要么他们从墙上把他的尸体取下。但他明天绝不会在纽盖特监狱里醒来。

"你是说上油?"

"长官,是的,长官。得给它上油,长官。要不然它动不了,长官。"

“他可没和我说过上油这回事。”

“长官——要是您这么说，那我就不上油了。如果您能向典狱长解释清楚的话，长官。我可不想惹麻烦，长官。他的态度似乎非常坚决，长官。”

“坚决？”

“长官，是的，长官。”

“那是什么意思？”

“是很想要的意思，长官。他希望把这件事情给做了，长官。”

“你真是个机灵鬼，穆尔维。”

“长官，我不知道，长官。您说是就是呗，长官。”

“你这个有病的爱尔兰母狗生的低三下四的狗杂种蛮机灵的嘛。说，你是什么东西？”

“长官，我是低三下四的狗杂种，长官。”

“那你母亲是什么东西？”

“长官，是有病的爱尔兰母狗，长官。”

“哼，别偷懒了，你这只长疥的死麻子，要是他真他妈的那么坚决的话。我们都知道，你可会拍他马屁了。”

摩洛克走开了，抬头看着天空。穆尔维立刻脱掉靴子。那只乌鸫扑腾着飞上岩架。小教堂里的人正在唱一首新歌。

上帝是人千古保障，
是人将来希望，
是人居所，抵御风雨，
是人永久家乡。

他拿起一块石头，悄悄走到那个苏格兰狱卒身后，重重地砸中他的后脑勺。他就像一口被割开的装屎麻袋般瘫倒在地，穆尔维拿着那块石头开始用力地揍他，不停地砸他的脸，直到颧骨凹陷下去，左眼就像破裂的鸡蛋般绽开。他试图高喊求救，但穆尔维踩住他的脖子,脚在用力地碾压,就像在踩扁一条毒蛇。他开始发出咯咯的声响，哀求穆尔维饶命。他毫无怜悯地让他在死前遭受折磨，这个念头在诱惑他,但穆尔维对自己说那有违道义,而且没有必要。他蹲下身子，在奄奄一息的强暴者的耳边喃喃念诵《痛悔经》，然后用那块石头将对方残存的脸砸烂。

他用一根手指蘸着死难者的鲜血，在一块布满灰尘的石板上歪歪扭扭地写下弥尔顿的两句诗：

> 夫行善绝非吾等之务，
> 唯作恶能令吾等满足。

他解开那个狱卒的皮带，把它脱下来，穿过传动链条的末端，再扣成一个圆环。他用尽全身力气，将它抛起。它沉重地飞起，当啷一声撞到墙壁上，发出令人心颤的摩擦声掉落下来。穆尔维又抛了第二下,那个拴了皮带的搭扣越过墙顶。穆尔维猛地一拽,它开始滑落,卡在了防栅的尖齿上。

他拼命奔跑，攀爬到那条链子的末端。然后他抓住搭扣，赤裸的脚趾紧紧攀附着，然后擒住死马架的支柱。一阵风刮过，尖刺开始缓缓转动。他的双手立刻被划出了许多道伤口，但他吊在上面，晃动着身子——让自己荡起来——荡过放风场的墙壁，直到他来到那个锈蚀开裂的水箱。他一只脚踩在布满灰尘的水箱边缘，他的重量压得水箱嘎吱嘎吱地歪向一边。他的胳膊在颤抖。他的双手沉得就像两个铁砧。他猛地一跳，登上墙顶，那个水箱掉落砸在放风场里。他翻过墙头，摔到地上，鲜血与污水令他浑身湿透。

他就像一头挨了刀子的猪，身上布满血痕，开始蹒跚地朝河流的方向走去。河流映入眼帘时，他几乎晕倒过去。没用的，这样子他是跑不掉的。远处响起尖锐的警笛声，他往回溜过小巷和马车道，朝纽盖特的方向而去，穿过后面的花园，从一根晾衣绳上偷了两件衣服：一条工装裤，一件士兵的旧大衣。他紧紧包扎双手的伤口止血，继续踉跄前行，因为恐惧而晕眩。这时他想到还有一条路可以逃走。要是他能再坚持跑五分钟，或许他就能逃出生天。他绝对不会被抓住。他面朝监狱拼命往回跑。漆黑的监狱就像故事里的幽灵山庄赫然耸立。回监狱去。只能回监狱去。当他近得能看见窗户的栅栏时，弗雷德里克·赫尔知道自己现在获得自由了。

当天晚上他在大门口混迹于乞丐们当中，时不时砸响大门，央求放他进去。他在那里待了一个星期，伤口开始愈合。

他越是用力砸门，他们就越大声地叫他滚蛋。

第二十一章　学校教师

庞乌斯·穆尔维接下来的邪恶罪行，他被称为“纽盖特的恶魔”。他对守法的嘲讽与其他见不得光的事情。

各大报纸刊登了那桩暴行的报道。大部分内容都被编辑过或严格审查过，细节被一带而过，因为那实在是太恐怖了，不宜被妇女和儿童读到。有几篇文章将他的受害者描述为“一个有家室的已婚男子”，还有些文章形容他是“经验丰富的长官”或“滴酒不沾的卫斯理教派的虔诚信徒，投身公共服务帮助不幸的人”。穆尔维心想：他无疑符合所有那些描述，同时还有许多侧面。好几篇文章讲述，他是一个乐善好施之人——这并不令穆尔维感到惊讶。许多目光猥琐的狗东西肯扔给你一便士的主要原因，是他们想见到你卑躬屈膝的样子。

报纸上还刊登了对穆尔维的描述，就像对死者的描述那般准确，但并不完整：**一个冷酷狡猾的恶棍、无可救药的堕落者、一头咬住那个不加提防的死者咽喉的独狼**。他对这种种描述并不感到气愤。他自己曾经这么想过自己，反正每个故事都需要有反派和主角。只是这个故事不止有一个反派，而是两个。那些描述不仅适用于凶手，也适用于被害人。

伦敦街头贴上了海报，悬赏二十英镑，生死勿论。海报上的素描是一个杀人凶手的脸，眯着眼睛，长着猿猴般的下巴，咧嘴狞笑的别西卜[1]，但穆尔维在海报里看到了他自己的灵魂。那个画师只是做了民谣创作者、历史学家、将军与政客们所做的事情，任何想自己的良心能好受些睡个安稳觉的人都会这么做。他已经润色了部分细节，低调地省略了其他。你不能因为他履行自己的职责而责备他。

全国上下都收到了“纽盖特的恶魔弗雷德里克·赫尔”的目击报告——来自每一个都市圈，除了伦敦东区之外，在那里，揍死一个监狱长官会为你赢得怀特查佩尔的自由。那个杀人犯回到了这个喧闹的老地方，溜回到这里的迷宫与地下墓穴。现在他的名字是阿纳格利瓦的庇乌斯·穆尔维。

每天他都会偷报纸了解那个恶魔的最新行踪。在传闻中，有人在北方的苏格兰荒原、利物浦的贫民窟和多佛附近的坟场见过他，拿着铁匠的凿子想要砸开他的手铐。六个穷人因为他的罪行被逮捕了，令警方大为尴尬，而警方本已遭到穷人的忌恨，其中五个被捕者在连番拷问下招供了。（第六个犯人伪装成牧师的情妇从曼彻斯特监狱逃脱，成了一桩丑闻。）

渐渐地，那天晚上所发生的事情的细节被“泄露”给了小报。以谴责那些发行量广阅读量大的竞争对象为幌子，几份有分量的日报也刊登了。以受害者的鲜血书写的那两行诗句这个恐怖细节引起了热烈的猜测，穆尔维煞费苦心写这两句诗正是要达到这个效果。一个半疯半癫的男人从监狱里逃脱，为什么会花时间去做这种事情呢？那两行诡异的诗句到底是什么意思呢？故事的那个部分是真的吗？还是捏造出来的？伦敦东区开始流传“弗雷德里克·赫尔”一定是化名。这桩罪行是别人干的。那个狱卒是被同事杀害的，因为

1　别西卜（Beelzebub），出现在《圣经》与《失乐园》中的鬼王与堕落天使。

他让那个同事戴了绿帽。凶手是一位巡视监狱的皇室成员，一个患了梅毒的年轻公爵，他突然间发疯了。凶案是一个共济会邪教分子所为。而被杀害的狱卒曾经是其中的一员。（当死者的遗孀出面接受报纸采访，证实她的丈夫确实曾经是一间共济会会所的成员后，这则传闻更是传得沸沸扬扬。当该会所的会长在随后的采访中予以否认后，大家对这个说法更是深信不疑。）

“弗雷迪·赫尔”是听命于王室的密探。宗教狂热分子。宪章派的密探。“弗雷迪·赫尔”曾住进典狱长的房子里。劳动时获准不用戴面罩。可以读书。可以开口说话，可以在纽盖特监狱里四处走动，就像住在酒店里的客人。更加阴森的谣言开始传播。几份受欢迎的报纸在火上浇油。现在那座监狱被形容为魔鬼的巢穴。如果你为那头恶魔的名字中的每一个字母分配一个相应的数值，并将所有的数字加在一起，你会得到“66”这个总数。如果你再加上“F”这个大写字母所代表的数字“6”，你便会得出代表《圣经》中的那个兽的数字[1]。《战斧》这份杂志首先指出，把“弗雷迪·赫尔”这个名字的字母打乱重组会拼出“地狱火之父”！[2]

成功逃脱令穆尔维的胆子变大了，他开始把这个如今臭名昭著的名字用作动词去造句，就像一个小男生会在一便士的硬币上刻下自己的名字缩写，想看看得过多久它才会回到自己手里。没过多久，它真的回来了。“弗雷迪某人”的意思是揍得他不省人事。全国上下到处都有人被“弗雷迪”；牛津大学在一年一度的划船比赛中“弗雷迪”了剑桥大学。终有一天那帮忘恩负义的爱尔兰畜生会被狠狠

1 在《新约·启示录》中，666是代表为祸人间的兽的数字。

2 “弗雷迪·赫尔”的英文拼写是“Freddie Hall”，“地狱火之父”的英文拼写是“Hellfire Dad”。

地“弗雷迪”，那是他们罪有应得。*

每次他听说一则关于那个恶魔的谣言，穆尔维会尽最大的努力装出不以为然的样子，知道这将会鼓励那个散布谣言的人再讲述一遍，而且讲述时更富于想象力。酒馆里的客人会悄悄地对他说，他们知道谁才是犯下这桩可怕凶案的凶手。他们遇见过他，或和他有过交往，或曾经和他喝过酒。他老婆的弟弟有个朋友在纽盖特监狱里，他说整件事情是犹太人干的，想要掩饰什么真相，如果你不相信，**你可以自己去问他。**

最后，持自由主义立场的《晨报》的一位严谨认真的年轻记者访问了许多曾经在纽盖特监狱里与那个囚犯相处过的人，了解到弗雷德里克·赫尔，纽盖特的恶魔，其实是一个狡猾的爱尔兰人，姓墨菲或玛尔维[1]，他故意令罪行看上去像是一个疯子所为。庇乌斯·穆尔维离开了这座城市，匆匆前往北方。《笨拙周刊》对这个说法不屑一顾。爱尔兰佬可没有那么聪明，能想出这么一个计划。他们当中大部分人不久前刚从树上下来。

穆尔维在英国北方和苏格兰的边境地带游荡了十八个月，从贝尔威克来到格雷特纳·格林，然后来到中部地区和威尔士的东部地区，然后南下来到西德文，进入康沃尔，兰斯洛特与梅林曾在这里与天选之子同行[2]。在庄稼收割与耕种的时节，这个逃亡者总是能够找到活儿干。摘苹果或种庄稼是令人愉悦的伪装，跟那个时候遍

---

* 参阅亨利·梅休的专著《伦敦穷人的口头语和语言》（1856 年）。“弗雷迪”，作名词用：致命的暴力行为；作动词用：攻击或谋杀；作形容词用：罪犯以及某一类女人之间骂人的脏话。很快这个词语就进入了文学用语里。“弗雷迪”某位作者，意思是给他苛刻而无谓的评论。——G. G. 迪克森

1　墨菲（Murphy）与玛尔维（Malvey）这两个姓氏的拼写与穆尔维（Mulvey）相近。

2　兰斯洛特（Lancelot）是英国传说中辅佐亚瑟王建功立业的圆桌骑士之一。梅林（Merlin）是为亚瑟王出计献策的传奇魔法师。

布英格兰田间的爱尔兰移民混迹在一起很容易。他们的口音勾起了他努力想要摈除的回忆。从前引吭高歌的夜晚。与玛丽·杜安共度的夜晚。一想起她就会令他感到内疚，觉得心里难受。当那帮爱尔兰人开始唱歌时，他无法忍受与他们待在一起。

有一个月的时间他去当苦力，为铁路挖掘地基。一整个冬天他在谢菲尔德的周边地带度过，那儿的一个谷物商人正在修建一座哥特式的城堡，那个地方就像一处没有屋顶的大谷仓，面积足有韦斯特波特教堂那么大。那个商人和他的家人在宅邸里睡觉，穆尔维和其他工人睡在工地的帐篷里。春天一到他就悄然上路。他从不会在一个地方久待。

他曾加入了约翰尼·丹杰勋爵的旅行马戏团，工作是搭起和拆下帐篷。那是他喜欢的工作，简单而开心，却需要理性的头脑。帐篷是一个三维几何定理的范例，一个由绳索、搭扣、柱子、接头、螺栓、铆钉构成的庞然大物，将它们组装起来的正确方式只有一种。穆尔维搭帐篷比谁都快，因此，心怀感激的马戏团领班安排他负责带领男孩子们搭帐篷。在这个瘦小的爱尔兰流浪汉的指导下，他们学会了在两个小时内就把整个框架搭起来。他喜欢坐在那儿看着光秃秃的帐篷，像亚瑟王用长矛刺死的巨龙的骨架。

奇怪的是，和那帮怪人、长胡须的女人、侏儒小丑与猪头猪脑的摔跤手们在一起让他觉得很自在。在艰难困苦的情况下谋生对穆尔维来说似乎是一个勇敢的举动，需要具备真正的适应能力，现在那是他最看重的品质。表演过后他可以和许多姑娘在一起，有时候会喝酒直到天亮。但快乐时光总是短暂的。有一天，在拆笼子时，他被一只狮子咬了，左脚被啃掉一大块。给动物治病的小丑为他的伤口烧灼消毒，一个玩空中飞人的小哥为他削制了一只木屐，用的是一块破碎的招牌，上面写着“世界上最丑陋的野兽”。上下颠倒的“W”[1]看上去就像大写的字母“M”。那个飞人小哥笑着说：“‘M’代表穆尔维嘛。”

他们收留了他几个月，但他知道自己已经成为一个负累。他再也没办法负责搭帐篷的工作，而且现在并不需要他进行指导。其他人已经从他那里学会了怎么干，事实上，他们还找到了改进的方法。他也干不了铲土、打扫或擦地的工作，而且他不敢走到那只咬伤他的老迈狮子身边。一个来自皮蒙埃特的杂技演员帮他再度学会走路，教他如何调整平衡和改变重心。他们让他担任先遣人员这个职位，他的任务是走在大篷车的前头，先进入下一个城镇派发传单或免费赠票。有一天在约克郡，他干完了自己的工作，坐在桥上俯瞰着乌兹河，等候着其他人缓缓走进视野。直到夜幕降临他们还没来，他知道他们不会来了。他们不忍心开口对他说不想留下他，他们至少有这份心意，他对此还是挺感激的。但这并不能带给他多少帮助，他知道这一点。再一次，他孤独地生活在一个尽是陌生人的世界。

1842 年的冬天严寒彻骨，在他有生以来的记忆中是最糟糕的。11 月初就开始下雪，接着是连场霜冻，树上只剩下几片叶子，像坚硬的钢刃。英国的乡间道路被埋在几码厚的坚冰与冻泥下。穆尔维尝试乞讨，但要到东西并不容易，乡下人并不可怜他这个穷苦的瘸子。在 1842 年的冬天，瘸腿根本不算什么。他们自己也差不多成了乞丐，没什么东西可以被偷。

新年来了，但天气没有改变。很快就到 2 月了。天气变得更加恶劣。有一天，在斯托克附近，他遇到一个温和的威尔士人，一个

1 “W”这个字母出自“世界”（world）一词。

瘦得吓人的麻秆，他那两条腿看上去似乎用手轻轻一拧就断了。威廉·斯维尔斯是一个可怜的学校教师，与穆尔维同龄，正要去利兹附近的柯克斯托尔村履职。他自己没有多少吃喝，却愿意把那一丁点东西拿出来分享。他对穆尔维说他喜欢爱尔兰人，因为他的母亲曾在都柏林对面的港口安格尔西附近的圣岛经营一间寄宿旅馆。她一直觉得爱尔兰人谨慎清白。斯维尔斯本人并不是很相信，但那些爱尔兰人是他的衣食父母，还为他提供教育，因此他觉得自己亏欠了他们的同胞，无论他们有多邋遢或粗鲁。

他们一起度过了十九天，沿着道路朝北方而去，在谷仓或牛棚度过了十九个寒夜。他们总是走在泥泞的偏僻小路上，一边走一边聊起学问。穆尔维惊讶地发现这些对话为他带来喜悦。虽然他这个新结识的同伴学问渊博辩才无碍，但穆尔维总算还能跟上，有时候甚至能占得上风。

斯维尔斯是一个古典主义者，一个作风老派的男人。他了解音乐、地理、诗歌与历史：各种古时候的传奇故事。但他最喜欢的是数学。数字是如此神秘，却又如此简单美丽。他会说："举个例子，如果没有'9'这个数字，我们怎么办呢？穆尔维，你琢磨琢磨这件事情，我们怎么办呢？它是那么精巧，伙计。它是终极的完美。它和'10'不一样，我跟你说吧。归根结底，'10'是数字的皇帝。但它比可怜的老'8'更了不起，当然，'8'是一个可爱的数字，一个让人觉得舒服的数字，但比不上'9'。你可以和'8'上床，但你会娶的是'9'。纯粹的、狡黠的、了不起的、奇迹般的、讨人喜欢的、要命的'9'。"

穆尔维觉得这番扯淡很有意思，但总是抬杠，纯粹是为了打发时间。他会说"9"和任何数字其实差不多，但不像大部分数字那么有用。你不能用它计算每周的日子，也不能用它计算一年的月份，不能形容万恶的罪孽，不能在念《玫瑰经》时数念珠，不是爱尔兰各郡的数字，就连你那威尔士榆木疙瘩脑袋里的牙齿也不是这个数。斯维尔斯会冷笑和翻白眼。“9”是奇妙的有神性的数字。如果用“9”乘以任何数字，然后将所得结果的各个数位上的数字一直相加，最终总会得到“9”这个数字。（一整天就这么过去了，从伍德豪斯到唐卡斯特，穆尔维努力想推翻这个观点，但未能成功，到最后不得不诉诸分数或百分比，斯维尔斯认为这些数字是邪恶的。“分数是私生子，”他总是声称，“异域数学的杂种。”[1]）

他唱歌时声线比男中音更动听，这么一个瘦削的男人竟有这样的歌喉，令穆尔维很惊讶。当他唱起歌时，就像一架古旧的大提琴般发出隆隆的声响。他教庇乌斯·穆尔维唱他最喜欢的歌曲，一首无厘头的水手号子，你可以当作进行曲唱出来，他们在积雪的小径上艰难跋涉时会一起引吭高歌，这位学者的浑厚歌声为穆尔维荒腔走板的尖利男高音增添了必要的庄严。

> 一天晚上他因为发烧早早睡觉，真是太可怜，
> 他说我是一个帅哥，我是快乐的老千。
> 十二点刚到，他的蜡烛开始黯淡欲灭，
> 一个幽灵来到他的床头，开口说：
> “看哪！贝利小姐！”

他们会以最大的嗓门吼出最后那几个字。这成了一场较劲，看谁能

1　分数据说起源于古埃及。

唱得最热烈起劲。庇乌斯·穆尔维总是让他的伙伴获胜，纯粹是因为他喜欢斯维尔斯，希望让他开心。这个瘦骨伶仃的学校教师一点也不霸道。他这辈子从未赢过任何较量。

唱歌是保持精神亢奋的一种方式，但穆尔维发现要保持心境平和更加困难。他的残脚疼得抽搐不止。他的背痛日渐严重。一天早上，他醒来时发现身上被露水打湿了，指尖麻木，眼泪鼻涕流个不停。他的头皮有一种奇怪的搔痒感觉。他伸手去挠，指甲上沾着血迹。庇乌斯·穆尔维似乎被一根恐怖之箭射穿身体：他的头发里长虱子了。

怀着羞愧与厌恶，他失声痛哭，斯维尔斯给他剃了个光头，然后他把脑袋栽进路边冰冷的小溪里。要是有可以轻松死掉的方式，他会毫不犹豫地执行。接下来的两天里，他一言不发。

斯维尔斯会微笑着说："我们快到利兹了。"等他们到了利兹，一切就会好起来的，似乎他们正走在通往天堂的金光大道上。这个约克郡男人是英国最体面的伙伴，他总是在温和地鞭策激励同伴。他说到做到，约克郡人都说到做到，不是斯维尔斯有时提到的骗子或无赖。到了利兹，穆尔维就能找到工作。

"或许我们还能认识两个好姑娘，是吧，我亲爱的穆尔维？安顿下来。我们将过上王子般的生活。早餐可以吃到甜糕和猪排，还能喝点红酒。午饭吃的是女王布丁，噢，天哪！"

与此同时，他们沿路找到什么吃什么：树根、树叶、野草和水芹，从发黑的灌木丛上采摘鸟儿都不吃的浆果。有时候他们还会捕猎瘦骨伶仃的鸟儿将其吃掉；运气好的时候，他们偶尔能捕猎到挨饿的松鸡。一天早上，在阿克沃斯附近，他们在路边发现一只死猫，于是他们在一条长着荨麻的沟渠里生起火堆，然后他们都说出了对方的心声：宁肯挨饿也不愿吃猫肉。

对斯维尔斯来说，谈论食物几乎就等同于享用食物，穆尔维觉得这真是太了不起了。那似乎给予了他真正的营养，奇怪的是，穆尔维从不觉得这么做惹他心烦。到后来，他甚至开始期盼今天的盛宴，当他们在霜冻的田野和湿滑的运河河道里跋涉时，等着享用他的同伴用语言烹饪的美食。“烤天鹅噢，穆尔维，外加一大盘热气腾腾的牛排。一根根的芹菜和煮芦笋。足有你的爱尔兰脑袋那么大的土豆。还有奶酪，天哪，还有托斯卡纳的肉豆蔻，配上一大壶热苹果酒将那些统统灌下去。”

“那只是前菜罢了，”穆尔维会说，“主菜吃什么？”

“就要上了，就要上了。悠着点，伙计。野猪肉排配烤青苹果。浸泡在肉汤里，再配上一杯红葡萄酒。用白兰地酱腌制的塞维利亚橘子。由特洛伊的海伦上菜，在她的闺房里用餐！”

“嗯，我自己吃得够饱了。可你不吃点吗，威利？”

他们就这样度过挨饿的每一天。英语里有“吃掉你自己说过的话”这句俗语，意即把你说过的蠢话收回去。但可怜的威廉·斯维尔斯似乎真的能把话当饭吃。他的学生也学会了这个本事。

有时候穆尔维觉得这位老师病得十分厉害，撑不过那个晚上，更别说活着见到利兹。他咳出带着血丝的痰沫。他剧烈地打摆子，连杯子都拿不稳。尽管如此，他仍然妙语连珠，还表演腹语术，似乎他知道如果他不再哈哈大笑，哪怕只是一小会儿，那他就会死掉。

1843 年 3 月 1 日，他们在凌晨五点离开吉尔德萨姆镇。三个小时后，黎明初升，清冷的太阳将雪原染成了黄色。威廉·斯维尔斯开始唱起《贺三纳》圣咏诗。他碰了碰正拖着步子的穆尔维，指着他们前头，远处出现了利兹的烟囱和黑色尖顶。斯维尔斯老师指出那天是圣大卫节。遍布各地的威尔士人的圣雄。

他们就像疲倦的士兵跋涉了一整天，但路很难走，行程缓慢。他们在某个地方迷路了，似乎还走了冤枉路。下午四点，黄昏开始将大地蒙上影子。他们在卡斯尔福德附近遇到一个起了布拉姆博·普伦蒂这个怪名的流浪汉，他奉劝他们要当心。他说当地的警察都是一帮狗娘养的该死的家伙，他们一看见你就会以流浪罪的名义把你抓进拘留所，或许还会踢打一顿，纯粹只是为了找点乐子。过夜的最好方式是躲到树林深处。里头树木茂密，地面干燥，警察从来不会进去搜查。两个小伙子带上一姆尺肯[1]的杜松子酒，可以尽情纵酒作乐，不会有不速之客惹人心烦。穆尔维觉得那个人是想要酒喝，说他们没酒可以分给他，真是遗憾。那个流浪汉咧嘴一笑，从大衣里掏出一个陶制酒壶。他露出贪婪的眼神，说道："十先令。"这比市场价贵了九先令六便士，但他们以一双鞋和他达成了交易。

夜幕降临时，他们找到了一个地方扎营。地上的木头太潮湿了，没办法烧着，于是斯维尔斯用自己的衬衣生火，穆尔维去找水。天气太冷了，树木都被冻裂。等他回到营地时，他的同伴冷得瑟瑟发抖，正把自己的哲学书扔进火堆里。

"赫拉克利特[2]说这个世界上每一样该死的东西都是由火构成的。现在他知道了，那个愚蠢的希腊鸡奸者。"

"威利——太可怕了。那些书你会用得着的。"

"浮士德博士烧了他的书。对他没什么不好。至少我的书能让

1　姆尺肯（mutchkin），苏格兰容量单位，约合 424 毫升。

2　赫拉克利特（Heraclitus，公元前 540 年至前 480 年），古希腊哲学家，认为火为万物本原。

你我神圣的屁股暖和一些，是吧？”他审视自己的背包，轻声笑着说，“您怎么说，陛下？[1]莎士比亚抑或乔叟？”

“莎士比亚能烧得更久些。”穆尔维说。

“啊，大兄弟，”斯维尔斯叹息道，“但乔叟会烧得更旺些。”他把那本《坎特伯雷故事集》丢进熊熊燃烧的火堆中。“烧死你的灵魂，你这个婊子养的废物。”[2]

他们平分了与那个流浪汉物物交易得来的那瓶劣酒，但穆尔维将自己的一口酒留给了斯维尔斯。毕竟那是用斯维尔斯的星期天鞋子换来的。除了这瓶酒和穆尔维在迪斯伯里偷来的一点茶叶和几个小面包之外，没有什么东西能够用以御寒。

他们将英国文学的历史从头到尾烧了个遍，从《十字架之梦》一直烧到济慈的《恩底弥翁》，只有莎士比亚的作品幸免于火刑处决。（但当杜松子酒浇入斯维尔斯饥肠辘辘的肚子里时，《李尔王》第三幕被用于并非出自作者本意的用途。“吹吧，风啊，吹吧，”他蹲坐在地上惨笑着说，“涨破了你的脸颊。”[3]穆尔维干笑着应了一句。）

到了午夜，酒都喝光了，但它并没有带来穆尔维所期盼的效果。他还是很清醒，能够思考，他的想法变得阴郁，他早知会是这样。那是他与威廉·斯维尔斯共同度过的最后一夜。虽然他们在大谈利兹的种种美妙，但穆尔维知道那个地方并不会为他带来什么好处。之前他已经来过英国的这处地方，了解在这些城市生存需要什么本

1　此句出自莎士比亚的《李尔王》。

2　此句出自莎士比亚的《李尔王》。

3　此句出自莎士比亚的《李尔王》。

领。去磨坊工作或当苦力都得有一身好气力，可他已不再拥有。他见过成群的脸色阴沉的男人大清早围在工厂的门口，希望被工头选中干一个班次。他们是强壮的男人，家里有饥肠辘辘的亲人。他们肯一连工作十二个小时，甚至不用停下来喝口水。工头会像军曹一样在那排应聘者面前大摇大摆地走动，见到比较强壮的应聘者会点头示意要人，其他可怜巴巴的哀求者一概不加理会。他们并非没有人性，他们只是务实的人。从布莱顿到纽卡斯尔，没有哪个工头会聘用一个瘸子。

到了利兹只会遭遇另外一系列苦难，这里的气候比伦敦更加寒冷多雨。斯维尔斯会到柯克斯托尔履职，穆尔维只能以自己的小聪明在一个无法从事工作的城市里挣扎求存。现在重拾窃贼的行当似乎成了无法克服的障碍，一堵他再也没有心气去翻越的高墙。当他凝视着那团喷吐火星的篝火时，他阴郁地想：要是他留在纽盖特，情况会比现在更好些。

“你还有钱吗，大兄弟?”斯维尔斯问道。

“没钱。”穆尔维回答。

那个学者抬头张望，他的脸庞被火光映红了。

“9 乘以 0，”穆尔维说，“你得到的还是 0。”

斯维尔斯悲伤地点了点头，似乎承认了。“确实如此，我的过命兄弟，那真是遗憾。”

“明天我会和你道别，威利。我想你知道我会这么做。”

“别犯傻气，伙计。我们还要一起发财呢。”

“我在利兹发不了财，斯维尔斯老师。”

“友谊就是财富。我们现在是朋友，不是吗?”

“我们的确是朋友，但是——我不知道。我现在对自己非常失望，威利。”

“好好睡一觉，明天会更好。好不好，等着瞧。”

两人在一棵楮树的树荫下蜷起身子睡觉，斯维尔斯裹着毛毯，穆尔维穿着大衣，一起平静地唱起歌，直到在雨中睡着了。

天亮时穆尔维醒来，发现威廉·斯维尔斯正在煮昨晚剩下的茶渣。那天早上一片静谧，起了薄雾，天气寒冷。他一瘸一拐地走到一条小溪边，溪水潺潺地从黑色的岩石上流过。他跪下来洗脸洗手。等他洗完时，天开始下起纷纷扬扬的鹅毛大雪。他的脑海里回荡着**“别无选择”**这四个字。他曾濒临死亡，但从未像这一次那么接近。要是他尝试走回伦敦，他会死在路上。下雪了。乳白色的结晶。溪里没有石头，或者说他搬得动的石头，因此，他用的是一根橡树的断枝。

9 乘以 0 等于 0。

他把威廉·斯维尔斯葬于他在林地里挖的一个土坑里，用树枝和碎蕨盖住他，尽可能体面地将坟墓填满，为这个在英国唯一向他展现出善意的、完全不懂世故的男人而哭泣。他不知道这个死难者有什么信仰——如果有的话——于是他念了一遍《圣母颂》，念了一遍《玫瑰经》，唱了他能记住的《皇皇圣体》的其中一段。是时候竖起那个小小的木十字架了，他刻下**“戈尔韦人与窃贼庇乌斯·穆尔维”**这几个字。然后他喝了茶，收拾了自己的包裹，上路前往利兹。

十八个月来，穆尔维穿着另一个男人的衣服。他发现当老师给他带来了宁静和令人满足的生活，那帮孩子的岁数介乎五岁到十一岁之间，因此不需要有神学博士学位才能教导他们。只要你装出淡定的样子，没有人会察觉到你在知识上的缺陷。不管怎样，他在教导他们重要的课程：阅读、算术和写字的能力，这能够在他最消沉的日子里为他带来光明。穆尔维也学到了重要的一课。人们只想见到他们想见到的事情。匿藏的最佳地点就是公然露面。

那是他成年生活中最快乐的时刻，他总是想：或许那是他真正快乐过的日子。那座随教职分配的石砌小屋冬暖夏凉。他有一张床，有屋顶遮风挡雨，每个星期挣五先令，而且不愁吃喝，因为当地人会给他带各种食物。他们总是同情单身汉。

晚上有时候他会环顾整洁的小屋。这里本会是一座天堂，要不是少了一样东西。但他不愿说出那样东西是什么。

这个杀人凶手发现他喜欢小孩子们陪着他。他发现他们的好奇心和淳朴很感人，他们对普通事物怀有热烈的好奇。一块石头、一根羽毛、一片碎帆布——这些都能被写成一篇精彩的故事。他们这群流着鼻涕的小男孩和衣衫褴褛的小女孩，穿着哥哥姐姐的旧衣服拖拖拉拉地走进学校。在他们当中，他最喜欢的是那个最可怜的小家伙。他们对学习并不感兴趣，穆尔维并不因此而责备他们，但他总是坚持要求他们上课。其实他们真心想要的，是一个可以暂时取暖的地方，一个不用在家里受苦和挨饿的避难所，还有早上能够喝到的那杯热牛奶，或许还有他们的冒牌老师嘴里的一句善意的话。穆尔维学到了有用的一课：有时候你不得不摆出威严的面孔去实现心中的想法。他认为从某种客观意义上说，所有的老师都是冒牌货，但他们时不时需要维护自己的权威。在这一点上，他并不觉得自己对那些孩子拥有权威。他自己是穷苦人家出身，他从亲身经历中学到了知识，他只是希望把自己的所学传承下去。

他们有时候无法无天肆意妄为，有几个顽皮点的孩子还会惹他生气，以此为乐。但他从不动用挂在校舍墙壁上的那根教鞭。一天晚上，他拗断教鞭，将其丢进小凸肚炉子里。对穆尔维来说，体罚小孩似乎是一种荒谬的恶行，这意味着承认你是个彻底懦弱无能的家伙。他的确很无能，他已经知道这一点，但有些底线绝对不应该逾越。一个孩子不会故意伤害你，以施加伤害作为对这个现实的回应无异于声称长大成人毫无意义。

他自己也是一位父亲，他的血脉正在另一个活生生的人的身体里流淌，而他却没有勇气去爱那个人，这个念头开始折磨着杀人凶手。在他来到英国之前，这个念头就已经折磨着他，但他总是能想办法将它们摆脱。被孩子们包围，要做到这一点更加困难。每个他教导的孩子都似乎是他自己孩子的幽灵。

他的孩子在下一个生日时就到十三岁了：可怕的年纪，在这个时候需要父亲加以引导。人生中有某些时刻在考验你的本性。当那个时刻展现在庇乌斯·穆尔维眼前时，他就像吸血鬼躲避阳光那般逃之夭夭。想到自己父亲的坚韧品质和母亲照顾两个儿子的忠诚与辛劳，他做梦也觉得难过。灾祸来了又过去了，但他的父母从未离开过他。可他是如何报答双亲的慈爱呢？抛弃了他们唯一的将会继承家族姓氏的孙子。他是如何报答玛丽·杜安的爱情呢？他抛妻弃子，那不只是背叛，更是迫害。他知道那会是怎么一回事，他见过了太多的例子。未婚母亲背负着耻辱，就好比当了寡妇。爱尔兰没有哪个男人愿意当野种的父亲。（“谁会去买一个破了壳的鸡蛋呢？”他曾听过一位牧师这么说。）他彻底毁了玛丽嫁人或找到人生伴侣的机会。他所做出的事情令人不齿，根本无法原谅。但这个罪孽也是一个怯懦的谎言，他知道这一点。想到她要嫁给别人，他就觉得受不了。

为什么他要离开呢？他在逃避什么呢？是害怕挨饿吗？还是说，他只是想伤害玛丽·杜安？在他的灵魂中真的潜伏着可耻的劣根性吗？他不知道自己的孩子是男孩还是女孩。一想到那可能是个女孩，恐惧令他有如芒刺在背。一个没有父亲予以指导和保护的女孩。一个年轻女人，生活在尽是庇乌斯·穆尔维这种男人的世界里。当他们在克利夫登的街头见到她时，会骂她是“贱货”。庇乌斯·穆尔维一手造成的贱货。一个婊子的女儿，而那个婊子也是他一手造成的。

他总是梦见他走出康尼马拉那天晚上，那个飓风肆虐的可怕夜晚。多少回，他本想转身往回走，但每往前走一步都令回头更加无望。他不可以挨饿。他不可以死。他爱玛丽·杜安，但他实在是太害怕了。他的自私击败了爱情，而他由得这种事情发生，那个耻辱无从逃避。他看见自己奔跑穿过成片倒伏的森林，穿过倒伏的接骨木和暴风雪般的落叶。桥梁在坍塌，被冲走。他对孩子和母亲做出了可怕的事情。犯下这等弥天大罪还能回头吗？桥梁一旦倒塌，还能再重建起来吗？冰冷水面下的碎石瓦砾还在吗？那堆废墟能成为踏脚石吗？

1844 年 9 月 1 日，他坐在桌旁给玛丽 · 杜安写信。那是他写过的最长的一篇东西，二十一页纸的道歉与哀求，他下定决心，不会让哪怕一个谎言将其玷污。他年轻时爱过她，并希望两人能拥有未来。他在英国生活的这些年里，从来没有爱上别的女人。他不会为自己做过的那件残忍的事情寻找借口。他只是一时惊慌，屈服于自己的怯懦。如果她肯接纳他，他保证不会再伤害她。他在英国出事了——可怕的事情。他在英国做过可怕的事情。他之所以能忍受不得不面对的最恐怖的事情纯粹是因为他知道她曾爱过他。他每天都在思念她，已经快有十三个年头了。在他最黑暗的日子里，他一直记得自己曾经被爱过。

直到午夜他才停笔，将信件阅读了一遍。但他知道这么做是错的，彻头彻尾地错了。文字无法掩盖事情的真相。他抛弃了唯一想要得到的女人，只是因为他软弱无能。他把那封信撕成碎片，看着它化为灰烬。

下个星期的一天早上，穆尔维从自己的小屋里走过来打开学校大门时，管理委员会的主席在门廊里等候。他说有一件小事发生：他收到威廉·斯维尔斯的母亲寄来的信件，信中询问为什么她的儿子从来不给她回信。她的儿子还好吗？他是不是出事了？那头怪物的目光在这位寡妇充满焦虑的信纸上掠过，好不容易才保持沉默。最后他附和说那是因为母亲太担心他了。他眼里的泪水被理解为对母亲的孝悌。

"威廉，你就给她回封信吧，当个好儿子，好吗？毕竟，我们都只有一个母亲。"

"我一定会的，先生。谢谢您，先生。"

那天晚上，他收拾行囊，离开柯克斯托尔前往利物浦，走了四天才到。他在那里把从学校里偷来的书还有从曼彻斯特一间小酒馆外面偷来的那匹马给卖掉。

现在他四处漂泊的日子结束了。他会回到卡纳，回到玛丽·杜安和孩子的身边。他会向玛丽倾诉发生了什么事情，解释为什么那时候他不敢留下来。要是他当面向玛丽解释，或许会得到原谅。哪怕现在得不到原谅，总会有被原谅的一天。他会去打工，他愿意为玛丽与孩子做牛做马。现在他只想和孩子在一起。为了证明他不是禽兽，只是那时候他太害怕了。

他在威灵顿码头上了一艘蒸汽轮船，趁一位公爵睡着时偷了他的钱包；第二天早上，他来到了都柏林。一辆邮政马车正要出发去戈尔韦，他付钱给车夫，请他捎他一程。接着他从城里走到康尼马拉南边，天还没黑就到了卡纳村。

他一度以为觉得自己肯定是弄错了，肯定是来错了地方。他看着那间漆黑倒塌的小木屋、破碎的墙壁，屋顶长满了马先蒿，破碎的家具躺在地板上，似乎它们曾被当作刑具。

一堆堆发潮的灰烬、石板上的焦痕、一把铲子的手柄插在长满苔藓的窗户上。

从湖畔飘来的轻风出奇地暖和，还带来了灯芯草和夏季的淡淡芬芳。但现在他看见的情状令他感到身子发冷。小木屋的门被锯成两半，他知道这表示什么。是逼迁团伙干的。

附近一个人也没有。田地荒弃了。一个渔夫的小船在门柱边发腐，帆布已经烂掉，横肋开始泛白。

他离开那座被捣毁的小屋，准备到庄园去。他会问清楚到底发生了什么事情。大家都到哪儿去了？走在路上时，他察觉到自己心中惶恐不安。又是一间破屋。一间被焚毁的猪圈。沼泽地拉着铁丝网。一只山羊被打断的胫骨。一张被捣毁的生锈床架倒置在一条界渠里。一张脏兮兮的桌板被当作告示板，钉在一口垃圾箱上。

> 此地乃塔利的亨利·布雷克老爷之产业。
>
> 擅入者死，勿谓言之不预也。

小路那头出现了一个老头儿，牵着一匹毛发凌乱的小马。

“愿上帝保佑您。”穆尔维说的是爱尔兰语。

“愿圣母玛利亚保佑您。”老头儿应道。

“您是本地人吧，先生？如果您不介意我这么问的话。”

“约翰尼·德伯卡。我曾为上面的庄园干过活儿。”

“我在找玛丽·杜安这个人，她原本住在下面的湾边。”

“杜安家的人不在这儿住了，先生。这里没人住了。”

他心里一阵难过，或许她已经带着孩子移民了。但老头儿说不是，她仍住在戈尔韦。至少他是这么认为的，如果他们说的是同一个女人的话。

“玛丽·杜安。”穆尔维说，“她一家人住在卡纳村。”

“你是说玛丽·穆尔维，住在阿纳格利瓦附近。”

“你说什么？”

“嫁给牧师的玛丽·穆尔维，先生。十二年前的事情了，我想是的。”

“——牧师？”

“尼古拉斯·穆尔维，对，没错。以前曾当过牧师。他弟弟搞大了她的肚子，跑到美国去了。”

政府如何对待囚犯和移民，如何对付穷人和没有权势的人：
这就是政府暗地里希望对付我们所有人的方式。

出自一份未完成的关于监狱改革宣传册的笔记，
戴维·梅瑞狄斯，1840年

第二十二章　法律

航行的第十七天：在这一天，船长记录了穆尔维从招致报应的危险困境中获救的情形。

1847 年 11 月 24 日，星期三

海上航行还剩九天

经度：西经 47° 04.21′ 。

纬度：北纬 48° 52.13′ 。

实际格林尼治标准时间：凌晨 2 点 12 分（11 月 25 日）。

调整后的船上时间：晚上 11 点 04 分（11 月 24 日）。

风向与风速：东北偏北风（38° ），风力 5 级。

海面情况：波涛汹涌。

航行朝向：西南偏南（211° ）。

降水与描述：下午有一场非常大的冰雹。天气阴冷，狂风大作。不久前提到的恶臭似乎正在消失。

昨晚有两位统舱乘客死去：保德里格·弗利，罗斯康芒的农场帮工；尼·康比斯的布丽姬特·肖尔代斯，一个老迈的女仆，她曾在国王郡比尔的济贫院待过（精神失常）。他们的遗体被葬于大海。

此次航行的死亡总数目前是四十一人。有十七位乘客因为染上霍乱而被隔离。

我不得不讲述今天发生的一系列令人感到不安的事件，在统舱乘客中引起了强烈恐慌，造成了令人痛心的几乎可以说是灾难性的后果。

大约三点的时候，我正在自己的舱房里研究航海图和全神贯注地进行计算时，利森走进舱房。他说统舱里的一个年轻女人向他报告那帮普通乘客里发生了一场严重骚乱，如果我不赶紧和他到统舱去，或许会有命案发生。那不是无伤大雅的小打小闹，而是一场名副其实的全武行。他坚持我们得从保险箱里拿两件武器，因为乘客们群情激昂。然后我们动身出发。

我们走在主甲板上时，遇到亨利·迪兹牧师正在冥思，我请求他跟我们一起到下面去。因为虽然大部分统舱乘客是罗马天主教徒，但他们尊崇所有身着神职服装的人士，认同后者的意见。我觉得有牧师陪着我们会好办事一些。

我们拾梯而下，来到舱口（我、迪兹牧师与利森），可怕的一幕正在上演。那个不幸的瘸子威廉·斯维尔斯正蜷缩在厕所旁边的地板上。他的样子十分可怜。看到他身上的伤痕，不难推断他遭到了一场殴打，甚至可能是几场长时间的殴打。他的衣服被扯开，他吓得瑟瑟发抖；他满脸是血，肮脏污秽，难以形容。

起初乘客们不肯说这件事情到底是怎么发生的，就连那个可怜人自己也不肯说，坚持说他醉酒时摔了一跤，很快就会没事。你必须知道，爱尔兰的平民有一个奇怪的习俗：不会向权威部门告发同胞的缺点和罪行，哪怕他们是多么邪恶残忍。他们一直保持沉默，直到我威胁说伙食的配额会立刻减半、公司关于在船上喝酒的条例会比以往更加严厉地执行之后，事情的来龙去脉才渐渐开始明朗。

据悉，一个名叫弗利的乘客被偷了一碗印度面粉，他怀疑是这个瘸子干的。这就是他遭到惩罚的原因。我说这艘船在航行时受英国的法律管辖，按照英国法律，它是英国领土的一部分；按照仁慈的英国法律，一个人除非被证明有罪，否则他就是无辜的，无论他的身份是何等高贵或何等卑微。要是有人敢在我的船上惹事或私自执法，那他会将遭到监禁和上锁链，直到航行结束为止，让他好好去琢磨自己的哲学。这时候，善良的牧师开口说：折磨一个不幸的男人并不符合基督教的精神，那个男人的底细没有了解，而且他还是一个残疾人士，我们的救主不会原谅这一做法云云。

“我了解他。”这时候，从后面传来一句反驳。

人群为一个名叫谢穆斯·梅铎斯的男人让道，他性情残暴，尽干些偷鸡摸狗的勾当，还喜欢显摆自己。他酗酒无度，还会借醉闹事，长着一张像哈巴狗的脸。今天早上他才从囚室里被放出来，而这完全是因为迪兹牧师竭力为他求情，因为牧师和他有点交情，肯为他说项。

“你叫庇乌斯·穆尔维。”他说，“你曾经趁一个邻居倒霉运时，抢走他的土地。”

（在这帮雇农出身的爱尔兰人心目中，最卑鄙无耻的人莫过于在那种情形下趁火打劫夺人土地的家伙。他们宁肯土地因无人耕种而荒芜，也不愿它被一个并非土生土长的人料理。）

那个瘸子说：“你认错人了。我不叫穆尔维。”

说着这番话时，他开始一瘸一拐地退开，脸上浮现出惊慌失措的神情。

“我相信没有认错人。”梅铎斯说道，“因为我经常见到你拖着那条瘸腿。”

“不是。”瘸子说道。

“你的邻居被赶走——我的意思是被逼迁——是塔利的布雷克那个狗娘养的亲英派干的，我恨不得他被自己的屎噎死！”（你可以想象当时其他的关于一个名叫亨利·布雷克的地主的话有多难听，他遭到康尼马拉穷人们的忌恨。）他接着说道：“你不仅没有远离那个肮脏的狗娘养的地主，你还把邻居的土地租约抢了过来，便宜地弄到手。”

说到这里，人群里响起一阵辱骂和唾弃声。有一个人说：“要是我还有力气，看我不把他的脑袋砸烂。”另一个人说：“天底下还有比他更坏的人吗？”那是一个女人，她还叫人弄个套索来。（在这种情形下，有时候女人比男人说话更狠心，令我感到难过。）

“他叫威廉·斯维尔斯。”我说道。

“魔鬼有许多化名。”梅铎斯喊道，“他就是阿纳格利瓦的庇乌斯·穆尔维，化成灰我都认得他。他的巧取豪夺害死了一个男人。”

又有人开始喧哗。迪兹牧师再度试图调解，但现在就连他也遭到百般辱骂，连他的宗教信仰也被牵连。我不得不强调睿智虔诚的圣洁并非专为某一个教派所有，各个不同的教派其实应该亲密团结，共同向世界骄傲地展示真实信仰的旗帜。说到这里，连我自己也遭到辱骂。

到了这个时候，梅铎斯占尽了上风，享受作为权威人士的快感，决定甩出撒手锏（这种一无是处的人就只会吹牛和欺压良善）。

“我把最精彩的部分告诉他们好吗？”他问道。

那个瘸子没有应话。他太害怕了。

“求我别说出来啊。”梅铎斯的嘴角边挂着狞笑。

“求求你，别说出来。”瘸子哀求道。

"跪下来求我。"梅铎斯说道。

那个可怜的瘸子跪在船板上，开始默默地哭泣。

"叫我上帝，"梅铎斯说道，"你这个被干屁眼的孬货。"

"你是我的上帝。"瘸子涕泗横流地高喊。

"这还差不多，"那个卑鄙的恶棍梅铎斯说道，"我说什么你都得照做。"

"我会的，"瘸子说道，"求求你放过我。"

"给我把鞋子上的脏东西舔掉。"梅铎斯命令，他那个可怜的受害者真的开始舔鞋。见到这残忍而可耻的一幕，许多乘客嘲讽地哈哈大笑，但他们当中还有许多心地较为善良之人开口制止。

瘸子说："求求您，不要告发我，我求求您了。"

梅铎斯弯腰朝他脸上啐了一口。

"你害死的那个邻居是你亲哥哥。"他说道。

"你撒谎！"瘸子嚷道。

"尼古拉斯·穆尔维，他曾经是马姆克罗斯的牧师。我和他很熟。一个善良正派的人，愿基督赐予他的灵魂安宁。你的双手肯定沾着他的鲜血。你谋杀了他！你谋杀了自己的亲哥哥！"

"那根本没有发生过，"瘸子高喊道，然后说，"我看上去像一个有农田的人吗？"

"幸亏体面的邻居和戈尔韦的负债人那帮家伙把你逐出了偷来的土地，"梅铎斯坚称，"那绝对是真的。因为我以前和我那老头子在克利夫登卖甘蓝。因此，我在城里什么都听说了！抢人土地的强盗！杀人凶手！痛恨牧师的人！犹大！"

"那不是我。你认错人了，我发誓。"

我和利森掏出手枪这才避免了伤亡，当时就连我也为自己的性命感到担忧，最后我们设法带着那个可怜的瘸子离开了那里。

他现在被关在囚室里，因为他遭受到人身威胁。无论他以前做了什么错事——所有的男人与女人都曾经做过错事，至少在他们的内心和良知深处——我祈求上苍，让那个可怜人别再遭受他们的折磨，因为要是他们这么做的话，那他的性命就会葬送在这艘船上。

我相信我不得不说的内容就是这些。

今天我遇到了魔鬼的跟班，他的名字叫谢穆斯·梅铎斯。

要是我见到我的姑娘和另一个家伙说话，我会狠狠地瘟也似的*揍她的鼻子一拳，立刻给整件事情来个了断。姑娘们——现在（我）觉得真是奇怪——非常喜欢男人狠狠地揍她们。只要瘀青的部位还在疼，她就会一直想着那个揍她的小伙子……当那个姑娘被搞大了肚子，小伙子会把她送进济贫院，只是偶尔给她带点茶叶和糖过去。我经常听说男孩子们吹嘘糟蹋了哪个姑娘——似乎他们是世界上最了不起的贵族。

伦敦某街头贩子回答记者亨利·梅休的采访，
姓名不详

* “瘟也似的”，即“如同瘟疫一般”的俚俗简称，意思是像一场瘟疫般迅速而强大。——G. G. 迪克森

第二十三章　已婚男人

本章披露了此前从未刊登的最直白的关于金斯考特勋爵的秘密消遣的内容，他的一些习惯与隐藏的侧面：他在夜里出入某些绅士不宜光顾的场所。

“那些野心超出了能力的人注定会以失望告终，至少到他们长大之后会失望。那些没有野心的人也会被做出判决。一个没有进取心的男人是失败者……”

出自戴维·梅瑞狄斯写给《看客》的信（1840 年 7 月 7 日），就“伦敦的犯罪”这个主题发表意见

艾米莉和娜塔莎·梅瑞狄斯冒着激怒父亲的危险，前往伦敦参加弟弟的婚礼。对金斯考特勋爵缺席婚礼的解释是事有凑巧，维多利亚女王的加冕仪式在同一天早上进行，上议院的全体成员奉命必须参加婚礼。劳拉的父母表示理解。事实上，他们似乎为此感到自豪，她的父亲在讲话里还特意提起：“你们都知道的，伯爵大人身在别处未能前来。”

约翰·马克姆是最慷慨的岳父，他的贺礼是在切尔西这座时髦市镇的泰特街上一座联排别墅的五年半租约。他的独生爱女与丈夫一定得拥有最好的东西。虽然这对新婚夫妇一直在伦敦，并不需要

在切尔西拥有十八个房间和马车房，但马克姆先生坚称这并不重要。他们随时都可以搬进去住。

在两年的时间里，子爵与新娘到巴黎、罗马、希腊、佛罗伦萨做新婚旅行，甚至去了土耳其和埃及，每去一个地方都会收集各种小玩意儿和艺术品。威尼斯成了第二故乡。他们住在格瑞提皇宫酒店的一间套房中，度过了 1839 年的寒冬，那一年的 12 月，他们的大儿子在那里出世，伦敦的朋友们前来探望。他们去了阿玛菲和北边的湖区。金斯考特夫人有独到的品味和渊博的学识，而且目光如炬，善于找到好货色。她了解绘画、雕塑、书籍。每年家里会给她一万一千基尼作为开销。她购买了一大堆书籍。

他们游历了摩洛哥、丹吉尔和君士坦丁堡，然后又去了雅典，在比亚里茨避暑。没什么地方好去之后，他们回到伦敦，住进那间舒服的大宅。它立刻按照夫人的设计重新装修，用的是最新款的精美墙纸和镀金装饰。屋子里挂上绘画，摆放物品用于展览，她在菲耶索莱购买的一幅文艺复兴时期的壁画曾被装到卧室的天花板上，然后又拆下来装到书房。（壁画里那些目光邪恶的魔鬼和痛苦的罪人似乎令她丈夫做噩梦的情况更加严重。）不久一帮仆人被聘来照顾梅瑞狄斯一家，以及打理他们的财富。来自国家美术馆的专家们前来画素描，女王的画作保管员为收藏品写了一篇文章，劳拉开始主持她闻名遐迩的晚宴。

诗人、散文作家、小说家与评论家会在周三晚上成群结队地过来：总是饿着肚子，还老是迟到。他们站在自助餐桌旁，像在水洼旁边喝水的角马。钱，或缺钱，是他们最喜欢的聊天主题，而不是美学、艺术或神秘的湖泊。宾客的名单代表了伦敦文坛的精英群体。能收到梅瑞狄斯家的赴宴邀请表明你已经上道。《弗雷泽杂志》的

G. H. 路易斯[1]、托马斯·卡莱尔、记者梅休、丁尼生[2]、布希高勒[3]、出版商纽比，甚至为人所嫉妒的著名作家狄更斯先生也坐在一个角落里，神情带着病态的忧郁，在以为没人看着的时候他会咬手指甲。《笨拙周刊》里刊登了一幅漫画，画着两个有文人气质的绅士，包着头巾，穿着宽松便服，拿着沾血的笔朝对方猛戳。旁白揭露了劳拉的精心安排。“以上帝或真主阿拉之名！获邀参加金斯考特夫人的晚宴请帖只有一张。这足以让一位伊顿公学的校友做出阿富汗人的举动。”

劳拉买下了原画，把它镶好并装框。她把画挂在楼下宾客洗手间的镜子旁边，这个精心挑选的位置有几个好处。大部分拜访者在享用晚宴时至少会见到它一回，但他们会觉得她思想前卫，并没有把这件事情放在心上。要是她在乎的话，她会把画挂在大厅或客厅里，子爵的康尼马拉画作就挂在那里。子爵夫人了解风格的本质。

毋庸置疑，有一阵子，夫妇二人享受着宁静的幸福时光，每天都心满意足。他们的儿子是一个漂亮宝宝，粉嫩健康，引得警察在人行道上停下脚步，像年迈的修女那样对着婴儿车逗宝宝乐。但这个新组建的家庭从意大利搬回伦敦不久后，奇怪的事情开始发生在戴维·梅瑞狄斯身上。

令他心神不宁的忧愁，他孩提时所体验到的不安与焦虑，悄悄地潜入他的日子里。与劳拉·马克姆结婚曾将它们驱散，但之后的

1　乔治·亨利·路易斯（George Henry Lewes，1817—1878），英国哲学家、批评家，著有《西班牙戏剧》《歌德的生平》等作品。

2　阿尔弗雷德·丁尼生（Alfred Tennyson，1809—1892），英国桂冠诗人，著有《悼念集》《过沙洲》等作品。

3　迪翁·布希高勒（Dion Boucicault，1820—1890），爱尔兰裔美国剧作家及演员。

婚姻生活在某种程度上又令它们回来了。他开始感到不满，总是陷入忧郁。人们渐渐察觉到他日渐消瘦。自从少年时期就困扰着他的失眠变得更加严重。人们越是祝贺他过着令人羡慕的生活，不知为何，子爵就越是感到不满。

完全没有目标而导致的无聊是一部分原因。他并不适合过悠闲的绅士生活，这令他觉得自己一无是处，而且忘恩负义，而不知感恩令一无是处的感觉更加尖锐。他的日子里完全没有任何重要的事情。他会制订提升自我的计划用于打发时间：按照先后顺序通读普林尼的作品，学习古希腊语或找点消遣；或者为穷人做点好事。他探访医务所，加入慈善委员会，给报纸的编辑寄了许多封信。但那些委员会似乎从未做过任何实事，那些没完没了的重复信件也没有取得任何成效。制订计划耗费了他许多时间，却似乎没有时间去贯彻。他那几年的日志披露了无数个开始：在公园里的散步、没有读完的书籍、半途而废的项目、未能实施的构思。一种期盼着日子快点过去的生活。或许他在等候着开启自己的未来。

他有一个好妻子，温柔漂亮，性情乐观开朗，总是能令他心情振奋。她总会想办法让自己高兴，对有过梅瑞狄斯那样的童年经历的人来说，实在很迷人。他们的房子装潢优雅，他们的儿子快活健康。卡纳的戴维·金斯考特勋爵的生活就像铺在床上的一套制服那般挺括光鲜，但他总是觉得两人的婚姻是一场化装舞会。他们不像以前那么经常聊天了，就算在聊天，话题也总是他们的孩子。小男孩的父亲变得喜欢与人吵架，比以往更加言辞激烈。他发现自己正在变成一个他讨厌的男人：纠正仆人的语法，对服务员和家里的客人百般挑剔。他竟然开始气急败坏地维护他从未认可的观点。很快，没有哪一天晚上能让他过得完全顺心。

他们与几个老朋友绝交了。他的医生建议他戒酒，于是他一度戒了酒。

构成他们最核心的社交圈子的几对夫妇也刚刚为人父母，为养育儿女的事情而疯狂，就像劳拉为乔纳森而痴迷那般幸福地全心全意地照顾孩子，但梅瑞狄斯不是这样。在晚餐饭桌上，在歌剧院的包厢里，他会发现自己对着崭露头角滔滔不绝的天才、对着食欲旺盛的宾客、对着坚实的座凳发出冷笑，暗地里盼望自己置身于别处。他并没有优越感，恰恰相反，他觉得自己是一个失败者。身为人父却稀里糊涂，真是太了不起了；父爱的醇酒令他陶醉。检查你孩子的尿布，就像古罗马的预言家在诠释符瑞。他爱他的孩子，但他没办法全心全意地爱他。他总是羞愧地觉得身为人父是一块磨石。在他漂亮的房子里，女仆们的吵闹令他心烦意乱，打扰了他的计划。

他开始觉得劳拉和他自己是一出别人撰写的戏剧里的演员。对白客气谦恭，姿态拘谨做作。一个评论家会给出赞赏的意见。劳拉在念她的台词，他在念自己的台词，两个演员几乎不会去打断对方或念错对白。但它不像是一场真正的婚姻。相反，它变得就像生活在一个舞台布景里，不知道在聚光灯那边到底有没有观众。如果没有的话，那这场演出到底是为谁而表演呢？

文学之夜在继续举行，但梅瑞狄斯觉得那是一场煎熬，最后强硬地说他不希望再进行下去。劳拉的反对之强烈令他大吃一惊。他可以决定是否参加，但它们是绝不会停止的。他的要求是错误的，她并不是点缀他的生活的没有生命的私人财产。他们俩是夫妻，而不是主仆。

“难道身为男人却连在自己家里都不能顺心遂意吗？”

“这也是我的家。”

“它们是在浪费时间，而且在浪费钱。”

“时间是我的。钱也是我的。我爱怎么花就怎么花，管它浪不浪费。”

“你这话什么意思，劳拉？”

“你心知肚明。”

“我真的不明白。请向我解释。”

“等你自己有本事说这番话的时候，你想开讲座都行。与此同时，只要我高兴，干什么都行。”

有时候，一旦他们开始争吵，就会一直没完没了地吵下去。劳拉会说她不知道为什么梅瑞狄斯要结婚。两人都没有说出口，但心里都知道原因。那和劳拉·马克姆并没有什么关系。

每到晚上，在社交聚会的中途，或等到妻子回自己的卧室之后，他会溜出房子，顺着泰特街散步，走上几百码就到河边。他静静地独自站在泰晤士河的堤坝上——只有河水才能令他放松。那时候的伦敦在晚上依然静谧，当你似乎被城市的喧嚣包围时，偶然还能找到令人惬意的宁和。在漫长的夏夜里，浅滩上有水雉游弋而过，前往上游的里士满。河水和水雉会令他想起爱尔兰，他小时候待过的地方，或许是他唯一的故乡。

他总是站在那条浑浊平静的河边，发现自己在想念一位曾经认识的姑娘。河水的流淌声似乎唤醒了她的幽灵。他不知道那个姑娘会不会思念他。或许她没有。老天爷啊，凭什么她会这么做？干点别的什么不好。

两人在年轻时曾经漫步于金斯考特的草坪，穿过树林和沼泽，攀上嶙峋的卡舍尔山。他会带上由某位祖先绘制的地图，一张精致的“梅瑞狄斯家族产业”轮廓图。虽然它细节丰富绘制精美，但那个当过水手的绘图者存心把它当作一个玩笑。金斯考特庄园的土地被画成了水域，而它边上的海洋则被画成了干燥的土地。它在毛姆图克山上画了驾艇航线，横渡朗德斯通湾最安全的途径。她看着那张颠三倒四的完美地图哈哈大笑，说那个人真是一个疯子。她向梅瑞狄斯展示他所拥有但在地图上没有标明的财富。一棵紫杉树，据说它的果实可以治愈发烧。一块岩石，上面据说有圣徒行跪礼时留下的膝印。在图博康奈尔有一口朝圣者们经常拜访的水井。有几次，当玛丽指着某个他已经了解的景点讲解时，他会装出茫然无知的样子，因为他喜欢听玛丽解释。

她喜欢那张古怪的地图。到最后，梅瑞狄斯不得不把那张地图给了她。他喜欢听玛丽解释巨石和峭壁。两人走过那些早就熟悉了的海岸、平原和一直延绵到基尔克林海滨的麦田。残酷的流血事件伴随着地图而发生，还有诸位神明以及拱卫他们的圣徒。那些情节似乎与基尔克林的悬崖很遥远。他想象玛丽就在那里，远眺着伊尼什特拉文岛——在他的先祖那张地图上却标注为伊尼什特拉文湖——似乎它是一夜之间出现的。她似乎能从寻常的事物中找到美丽：荆豆丛散发出的椰子般的清香、蛤蜊的螺旋纹、伊尔拉岬的灯塔闪烁的灯光。她的笑声在巴利康尼利湾的浪涛声中掠过，就像一块扁石子打着水漂朝天际线跳去。对她来说，整个世界似乎是新鲜的，就像对一个小孩子那样。她不是孩子，也不是一个圣人。但他从未见过她故意做出残忍的举动。

现在她二十八岁了。她的样貌应该已经改变了。她的头发已经花白了，她的脸庞会布满皱纹，因为康尼马拉的女人很早衰：雨水与带着盐分的风令她们的皮肤变得粗糙。或许她会变得像她的母亲，年纪越大越美丽。皮肤黝黑，泰然自若，自信坚强，顽强守护着她残存的所有财产。他不知道她是否已经嫁人了，甚至不知道她是否还留在金斯考特。如果他生下来是个穷人，或许他已经娶了她。他曾经拥有的一切已经不再属于他，但那已经是轻饶了他，他知道这一点。他没有斗志去冲破他的牢笼。那时候他太年轻太胆小了，不敢采取行动。他摧毁了她的信任，只是为了顺从父命：他蹩脚的、失败的取悦父亲的愿望。出于对父爱的渴求，他抛弃了爱情。从某种程度上说，他把玛丽当作了诱饵。

当诱饵并不奏效，他的父亲没有吞铒，他就把劳拉·马克姆当作武器。他娶劳拉主要是因为没有人能阻止他这么做。他不是乖乖听命的小男生，他不受管束，他不惜付出任何代价去证明他是个男子汉。对梅瑞狄斯来说，婚姻原本是一场报复，却成了作茧自缚的行动，即使他似乎由此得到解放。婚姻一方面令他获得自由，另一方面也令他沦为奴隶：而因为那是他自作自受，情况变得更加糟糕。

医生开给他治疗失眠的鸦片酊几乎起不了作用，就算起作用，它令他所做的梦几乎和平时的噩梦没什么两样。铺天盖地的乳白色晶莹光亮令他觉得似乎在沥青里游泳。他的药剂师建议服用鸦片酊和鸦片锭剂，但他仍在做着可怕的、令人头晕目眩的梦，被他无法理解的映像折磨得疲惫不堪。最后，家庭医生教他如何注射：怎么用止血带令血管凸现，怎么扶稳针筒以正确的角度和压力推动柱塞精准地注射。医生说注射对治疗失眠效果更好，而且这比使用药物更安全。大家都知道注射鸦片是不会上瘾的。他说注射鸦片是绅士们的消遣，这种方法医生本人也经常使用。

1841 年 2 月，维多利亚女王庆祝首个结婚纪念日。一个小偷越狱了，狱卒被活生生打死。一个来自路易斯安那州的记者开始在伦敦的社交聚会上出现。一位来自戈尔韦的贵族刚刚成为一个宝宝的父亲，但两夫妻有好几个月没有交流了。虽然孩子早产了六个星期，但他还是很健康，可是，孕育了他的婚姻现在已经来到死亡的边缘。有一回，几个警官到他家里去，邻居报警说听见激烈的争吵声。在孩子受洗取名的当晚，日记里没有记录。我们知道日记作者选择记录什么内容能让我们对当时的情形有所了解，而或许没有被写进去的内容或许能告诉我们更多。

据梅瑞狄斯的日记本里记载，从 1841 年 2 月开始，他晚上会跑到伦敦东区游荡。他会离开那间豪宅，顺着河堤朝东边走，进入一个就连想象力也无法描绘的世界。有时候，当他走在吵闹声震耳欲聋的街道上，他会想起孩提时代听过的一首歌，玛丽·杜安的母亲经常唱给他听的一首民谣，讲述一个女孩穿上戎装，投军寻求真爱的故事。

到了这里，日记的内容变得晦涩起来，甚至杂乱无章，总是以离奇的、一丝不苟的代码去书写，糅合了康尼马拉的盖尔语和"镜像写作"。有好几个星期都是空白或填充了不实的细节，一定花了几个小时去构思。其他条目充斥着强烈的自我憎恨，那片区域的亢奋的炭笔素描将成为纠缠他的噩梦。* 那些日志页面弥漫的气氛的确很吓人，令人无法忘怀。那些潦草的图画阴魂不散，出自一个备受折磨之人的手笔。你会想起作者新婚时曾经在床的正上方他俯瞰的那幅《炼狱的惩罚》壁画。

---

* 在为本书新版进行修改时（1915 年），金斯考特勋爵的遗嘱执行者仍然坚称那些画作绝对不能刊登，日志里的内容只有经过挑选的一部分才能使用。（奇怪的是，他的一幅画作出现在 19 世纪 70 年代末在伦敦匿名出版的一本色情作品里。事实上，那并不是在他的怀特查佩尔素描作品当中的一幅，而是一幅安德烈亚·阿尔恰托的《寓言画集》（1531 年出版）中《美惠三女神》的摹本，那是金斯考特勋爵在意大利度蜜月时临摹的。）怀特查佩尔素描的绘画本由伦敦的大英图书馆古迹部门的淫秽作品"秘藏馆"上锁保管。——G. G. 迪克森

畸形秀、狂欢节、捕鼠犬、杜松子酒馆、当铺、“自杀酒馆”、投注站、信仰治疗师的摊位、福音教派的小隔间和培灵会的帐篷、灵媒师的角落、算命师的小摊，前途一片渺茫的人愿意倾尽囊中所有，换得一句安慰，说他们仍有希望。当地人相信命运是可以预测的，穷人们最孜孜以求的事物，痊愈、救赎、难以忘怀的体验你都可以拥有。解脱可以购买，或肯定可以赢取，只要你肯狠得下心买一张抽奖券的话。你不愿意进行的一场小小赌博或许就是会令你发家致富的奇迹。“谁知道呢？”那帮寄生虫说道。可能会是你。

东区的一切都明码标价，可以用钱买到。无聊、贫穷、饥渴、失望、欲望、孤独、迷茫，甚至死亡本身和死亡造成的定局。这是镜子里的世界，在那里，你爱的人永远不会死去，只是溜入看不见的房间里。她们在那里保证会继续对你温存，你要做的只是往看门人的手心里递钱。

门道和它的影子在承诺解脱，叫声就像重力吸引着他。在齐普赛和怀特查佩尔附近的小巷子里，有在他的俱乐部深夜里悄悄提及的春闺。他总是在幻想那些地下室和密室里的情形，女人在那里取悦男人或带给他们痛苦。有些男人喜欢痛苦，梅瑞狄斯知道这一点，他们喜欢被殴打、吐痰、鞭笞、羞辱。而其他人选择了施虐。在他的海军生涯里他曾遇到这种暴徒，曾因见义勇为而冒了上军事法庭的危险。* 对某些男人来说，暴力就是春药，他们觉得施虐令人兴奋。

* “在航行即将结束时发生了一桩不愉快的事件，一直留在我的记忆里。一个黑人船舱服务员，以前他是一个奴隶，遭到一位喝醉的海军准将的残忍虐待，当时一个年轻的爱尔兰海军上尉，卡纳的金斯考特子爵，碰巧在场。那位海军准将违反了每一条规定，脱光了那个小伙子的衣服。他们打了一架，子爵动手揍了他的上司。事后那位海军准将才了解到原来子爵曾是牛津大学的中量级拳击冠军。幸亏子爵的父亲介入，更加不愉快的事情才得以避免。”出自《四更钟的夜班：海上生涯》，作者海军上将亨利·霍林斯，二等勋爵。（哈德逊与赫尔出版社，伦敦，1863 年。）

堕落至斯实在是太可怕了：兽欲大发，灭绝人性。梅瑞狄斯为自己不是这样的怪物而充满感恩之情，他自己的疯狂渴求至少不是怪癖。

为了几个铜板，她们什么事情都肯干。他不会想让她们摸他。他太有绅士风度了，不会提出那种要求，而且和以往一样，他几乎无法忍受自己被别人触摸。他喜欢看她们脱衣服，有的场所能够满足这个渴求以及其他种种要求。他坐在阴影里，眼睛凑在窥视孔上，一遍又一遍地看着那一幕发生。一个正常男人的正常消遣。一个有审美眼光的男人。

在有些场所里，她们太年轻了，她们还只是孩子。他总是把孩子们打发走。然后老鸨会带来更多的雏妓，或带来打扮成孩童模样的老女人。那种地方他不会再去了。

但还有别的地方可以去。总是有别的地方可以去。他找到了一处更适合他的地方，不久之后，他就几乎每晚都去那里。老鸨说那里是男人——正常的、斯文的、有男子气概的男人们——的天堂。那里没有受惊吓的儿童，也没有老女人，没有鞭子，没有羞辱，只有漂亮的姑娘。新鲜、天然、以手采撷的兰花，那种你会在大师之作里见到的美女。老鸨说她那间华丽的会所和国家美术馆其实没什么分别。

当他在漆黑中窥视时，欲望会令他战栗，他的呼吸令隔在观看者与被观看者之间的玻璃罩上一层水雾。有时候他会一边看着那些跳脱衣舞的女人，一边给自己打针。像被蜜蜂蜇到的疼痛。肌肉轻微地抽搐，像遭到千针万刺的惩戒，但更加突然地，松弛感渗入他的骨髓，就像沙漠里的碎冰。

如果他的妻子问他晚上去哪儿了，他会说去俱乐部里打牌，但她现在基本上不会过问。日志里还有其他捏造的不在场证据，几乎都有详细的时间和地点，还总是配上完全虚构的对话。伯利恒疗养所之友的聚会。一个帮助“堕落女孩”的慈善机构委员会的会议。*一场从未发生的温彻斯特老生的聚餐晚宴。1843 年的早秋，劳拉说她想带着两个小男孩去苏塞克斯住几个星期。他没有表示反对，反对也没有用，因为劳拉已经收拾了行囊，预订好了马车。金斯考特子爵对一个朋友说他不知道劳拉还会不会回来，并补充说他不在乎了，或许这出自他的真心。

一天晚上，在包厢里跳脱衣舞的是一个爱尔兰姑娘，来自斯莱戈郡，长着一双黑色眼眸，有一头乌黑的秀发。当她平静地问是否还需要其他服务时，戴维·梅瑞狄斯发现自己在说他需要。她开了锁，拉上了屏风。“来吧，我的宝贝，”那个姑娘一边亲吻他一边低声说道，“进入我的身体，甜心，让我看看你有多爱我。”他们很快就完事了，甚至比那个姑娘询问他叫什么名字时他编谎话耗费的时间还短。完事后，那个姑娘从卧榻上站起身，立刻用角落里的一个铁盆洗了洗身子，一言不发地离开了小房间。他在天亮前回到泰特街，在切尔西桥上俯瞰河水，想过跳进泰晤士河里——对他的两个儿子的思念阻止了他。

朝阳染红了他孤独的卧室，他往二头肌里注射了大量鸦片酊，几乎熟睡了一整天。仆人们没有打扰她。现在他们识趣了。他梦见他变成刚刚结婚的父亲，而就在那天早上，他发现自己父亲的尸体吊在下洛克草坪那棵精灵树上。当他终于醒来时，他又打了一针，扎得很深很疼，针尖碰到了骨头。然后他起身穿衣，到俱乐部里用

* 虽然他从未担任任何团体的委员会成员，但他似乎为某一个团体定期捐款。那个团体由狄更斯与他的朋友（出身于银行世家的）安吉拉·伯迪特－库茨成立，“宗旨是拯救遭到背叛的不幸姑娘”。——G. G. 迪克森

餐，夜幕降临伦敦东区时回到齐普赛。（但他在日志里写道："那里是不夜天。相反，举起曾照耀怀特查佩尔的日光之石，照亮了夜空。"）他喜欢去的那间妓院被警察扫荡了，老鸨被逮捕并送进托西尔监狱。但是，还有别的妓院。总是有别的妓院。

他认识怀特查佩尔的每一条巷子和后街，就像一个囚犯熟悉牢房里的每块砖头。他的头脑里揣着一张地图，他走在那里，就像一个颠三倒四的寓言里的朝圣者，遭到诅咒，越走越不了解这个地方。在迷宫的某处，他需要的东西正在等候着他。那个爱尔兰姑娘。另一个姑娘。两个姑娘一起来。一个男人和一个姑娘。或许两个男人。他总是漫无目的地走进某间妓院，然后发现在那里待不下去。当他提出的要求可以得到满足时，他便立刻意兴索然，不得不离开那里。

他永远不知道自己到底在追求什么，偶尔日记里一句扎眼的话蕴含了线索，但或许连他自己也不清楚。在海军生涯里，他总是听人说一个被吊死的男人在临终时会勃起。那正是戴维·梅瑞狄斯现在的感觉。"哽咽，窒息，僵死发硬。"

他开始冒更多更大的风险。很快就连怀特查佩尔也无法满足他了。斯皮塔佛德。肖迪奇。麦尔安德路。他浪迹到斯特普尼，那里的娱乐场所更加阴森；往东进入莱姆豪斯，那里的孩子身上携带武器；向南来到河边，绕着萨德维尔和沃平[1]转悠，就连警察也不敢在晚上闯进那里。至少有一回他自称是来自爱尔兰的记者，还有些时候他自称是牛津大学的犯罪学教授、一艘双桅帆船的船主、拳手经纪人、一个寻找跑掉的未婚妻的男人。许多年后，码头上的人仍

1　斯皮塔佛德（Spitalfields）、肖迪奇（Shoreditch）、麦尔安德路（Mile End Road）、斯特普尼（Stepney）、莱姆豪斯（Limehouse）、萨德维尔（Shadwell）、沃平（Wapping）为伦敦东区近郊，多为贫民窟、少数族裔聚集地，是犯罪多发的灰色地带。

然记得他，那个被称为“说谎大王”的淫荡贵族。

一座隐藏在另一座城市的阴影中的城市。在涵洞和货仓里，男孩子们在斗狗。用买一张报纸的价钱就能搞到吸毒的女人。但女人已经不再令这个浪人感兴趣。“女人不能使我发生兴趣，不，男人也不能。”他写道，以疯癫为掩饰，仿照《哈姆雷特》里的台词。你在那里能买到从来自中国或阿富汗的船上直接卸下来的生鸦片，没有政府牌照的非法买卖，但就像在婚礼上撒米一样在码头上到处都是。只要半颗就能令星星爆炸，几颗就会令你觉得心脏快要爆裂。戴维·梅瑞狄斯咀嚼着鸦片，嚼得满口汁液，直到他的舌头长了水泡，他的牙龈和上颚出血了，他就像一个死亡天使，在伦敦上空的云层里翱翔。他喜欢上嘴里的血腥味。有时候他觉得自己没有心可以爆裂了。

在萨顿码头与卢卡斯街之间是绞刑场，那是一块遍布瓦砾、老鼠横行的荒地，那里的姑娘被饥饿和疾病折磨得半死。他总是尝试与她们聊天，给她们一点钱和吃的，但她们并不明白现在他只想要找人聊天。她们的模样出现在他疯癫的画作里；她们的脸庞就像挂在拳头上的裹尸布，被皮条客的棍棒和靴子揍得青一块紫一块。那里成了他最后的去处。每天晚上以绞刑场为终点。现在他不接近女人了，他在废墟里看着她们打架和拉客。他给那些被控制的女人画像，就像一把刀子划出鲜血。[1]

或许观察她们和置身于那里带给了他现在所需要的冒险的感觉。冒险就像毒品。这令他觉得自己还活着。

一天晚上，有一个警察在麦尔安德路上走到他身边，告诫他一位绅士不应该被人见到出现在那里。梅瑞狄斯装出被他口中所说的

1 此处“画”和“划”的原文都为“draw”。

无礼举动激怒的样子，但那位爱尔兰警官平静地坚持。他一直称呼这位贵族为“阁下”，表示出谁才是在这里有实权的人。“一位绅士甚至会发现自己遭到勒索，阁下。”

“我不喜欢你说话的口吻，警官。我只是出去散步，在回家的路上迷路了。我刚才与父亲在上议院吃饭。”

“那好吧，希望阁下不会迷路。下一次或许您可以跟我到警署去。我可以拿警司保存在文件柜里的地图给您看看。”

当那个警察走开时，气急败坏的他隐隐感到失望。他意识到在那令他眩晕的时刻，他并不希望低调掩饰，而是想被发现身份和遭到羞辱。被踢进阴沟里，遭到体面人唾弃。被别人认出他其实是一个贱民。

他回到自己的联排公寓，那天晚上酷热难当，某种情感令他浑身发颤，他觉得那一定是恐惧。我们了解到，第二天下午的大部分时间里他与一位神职人员单独聊天，但我们不知道在探讨什么。但无论是什么内容，似乎一切都没有改变。那天傍晚，他又在怀特查佩尔出现。

就是那天晚上，他察觉到自己被人跟踪。在斯皮塔佛德的基督教堂附近，他第一次注意到那个人：身材高大，形容枯槁，衣着不同寻常，穿着猎人的短夹克，一头蓬乱的赤色卷发。忽略掉他的肤色的话，他倒像是一个凤尾船船夫。他在抽一根雪茄，仰望着月亮。他的某个特征引起了梅瑞狄斯的注意。起初他不知道那到底是什么，但接着在极度清晰的一刹那，“就像鸦片在令他陷入沉睡或麻木之前的状态”，他想到是那个男人满不在乎的潇洒气度，令他就像一根凸出的手指那么引人注目。他是午夜东区唯一没有在买卖东西的男人。

他在大卫王巷又见到那个人，在拉特克里夫路的底端又见到他，站在一间卖酒小店的门口，阅读着一张对半折叠的报纸。沙哑的歌声从酒吧里传来：一首赞美怀特查佩尔的漂亮姑娘的歌曲。梅瑞狄斯观察了十五分钟。那个男人一直没有翻页。

两个女人朝子爵走来，试图挑逗他。一个掌灯人照亮了街角的石脑油灯泡。一扇窗户打开。一扇窗户关上。一辆马车轮声辚辚地驶过。当他再看去时，那个人已经走掉了。

或许只是妄想症发作：某种幻觉，就像他经过火柴厂去搭出租马车时身后的煤灰里传来的啪哒啪哒的脚步声。但三天后的早上，他好奇地张望楼梯下面的情形时，看见那个男人就在屋子外面。他似乎察觉到有人从客厅的窗户在注视自己，慢慢地抬头迎着目光。一张像狐狸般的脸庞。姜黄色的鬓须。他微笑着碰了碰帽子，若无其事地走开，姿态轻松悠闲，似乎整条泰特街和所有的住宅都是他的，刚刚完成了财产清点。

之后的几个星期，梅瑞狄斯害怕信件送达，里面肯定有勒索者的信函。晚上他会惊醒坐起，全身都在冒冷汗，诅咒自己的软弱，但最主要的是诅咒自己的愚蠢。劳拉会离开他。孩子们会被带走。他的耻辱将由劳拉和两个孩子承担。

在他三十岁生日的早上，他意识到自己被感染了。一位谨慎的顾问医生，在牛津大学同读一间学院的前校友，以麻利高效的方式把问题处理了。医生没有指责他，没有提问。或许他不需要提问。但他建议梅瑞狄斯以后小心。他这一次很走运，但或许下次就难说了。淋病可能会导致精神失常。梅毒可能会要人命。这种可怕的疾病可能会传染给妻子。虽然他们在泰特街分房睡的安排使得那种事情不可能发生，但他似乎下定了决心要与东区彻底告别。

12月到了。劳拉和孩子们从苏塞克斯回来了。那一年圣诞节，梅瑞狄斯家里一派祥和。他开始安分下来，鸦片酊也抽得少了。4月的时候，家里请了一个有争议的新医生，一位催眠与非正统疗法的先锋人士。他开的药方是抽大麻以舒缓病人的神经。这似乎起到作用了，至少暂时是。梅瑞狄斯从小就在大西洋里游泳，身体强壮，大清早在海德公园的九曲湖里泡澡。日志里开始出现了较为轻松的笔触：一个摆脱了漫长恐怖夜晚的男人。夏天他经常去帕丁顿附近泡土耳其桑拿，在那里“胖乎乎的男童拿树枝抽打他”。他去梅菲尔的俱乐部健身房锻炼，“像该死的拳击冠军那般猛扔健身球”。他与妻子的关系明显有了改善，但还是一直分房睡。日记里出现了六节诗和十九行诗，还有匠气十足的十四行诗，但写得还蛮好（或许重要的是一篇名为《补偿》的记录*），里面记载他“对伦敦东区的不幸者造成了伤害”，或许这令他做出了慎重的思考，并为在那个地区运作的教会团体和慈善机构捐了好几笔钱。1844年10月，他在页边写道：“过去几年来的痛苦事件似乎发生在别人身上，一个与我没什么干系的家伙。”

然后，一天早上吃早饭时，他害怕的事情终于发生了。他的抽奖礼品被送到了门口。

---

* 遗嘱执行者拒绝授权复制。——G. G. 迪克森

第二十四章　罪犯

在本章中，戴维·梅瑞狄斯经历了一系列严重挫折。

他对着那封搁在托盘上的信件看了一会儿。伦敦。切尔西。太特街[1]。金斯考特。泄露内容的不是拼写错误，而是信封上未署名的写得端端正正的落款。不是或许会被认出笔迹的铜版字体，那支带毒的笔写得格外夸张工整。

“出什么事了吗?”子爵夫人问道。

梅瑞狄斯知道她没有见过那封信。他原本可以把那封信塞进口袋里，稍后才去读它。但他并没有尝试隐瞒，也没有掩饰他的恐惧。他反而命令仆人立刻离开房间，然后一直等到妻子回到桌旁。我们只能猜测那一刻他在想些什么。我们了解他的行为，它们似乎很古怪。

他对劳拉·马克姆说他一直爱着她，以后也会一直爱她，只要她肯接受他。但这封信中的内容并不能带给他们快乐。它将会改变两人的关系，或许永远改变。他曾经疑心这件事情会发生。现在终于发生了。劳拉或许会认为她不得不离开，如果劳拉这么做，他会理解。如果劳拉决定要他搬走，那他会遵从意愿。但无论信里的内容是什么，他无法再隐瞒下去。他已经隐瞒了很久，是时候面对现

1　原文是泰特街（Tite Street）的错误拼写“Tiet Street”。下方书信的原文也有许多拼写和语法错误，而且缺少标点符号。译者对译文也做了相应处理。

实了。劳拉明白他在要求什么吗？她能忍受被如此要求吗？她说她能够忍受——或以为她能够忍受——并会一直陪伴在他身边，无论付出任何代价。

他打开信封，将他的指尖探进去。在第一页信纸上仍然可以看见一处暴露凶意的血迹。

1844年11月11日马特尔玛斯

戴维·梅瑞秋斯勋爵

杀人凶手的儿子

我们是基尔克林、卡纳和格林斯克等地区为你父亲服务的佃农，过去六个月来他把田租抬高了一倍甚至更多，实在令人气分。

任何拖欠田租一周的人都收到警告将被驱逐无论他或家庭的境况如何

他已经正在卖地

他的佃农我们已经有三分之一现在被命令向塔利的布雷克那个杓杂碎付田租他是世界上最卑鄙的杓东西他把许多人赶走了

已经有五百人流落街头许多人在这里饿肚子没有得到救济的希望

这里完全没有希望只会早早饿死

你父亲收到了警告但还是没有收手所以我在此警告你务必叫他将田租降回原先的水平并在这个绝望的时刻

帮助那些人如若不然他和你的家人将会体会到惹我和我的弟兄们不高兴的下场

我和我的弟兄们不会再忍受下去我们不是猪狗

你得让他住手不然后果自负

我们并不好斗我们希望能耕田干活但奉基督之名在迫不得已的情况下会进行斗争

要是他继续压榨我们那我们将不得不在光天化日之下开枪打死你的家人我们会这么做是因为我们或许会衣食无着性命不保

你或你的老婆或你的儿子不会有好下场因为我们自己的老婆孩子在挨饿受冻

我们已经快饿死了就像吊在一根绳子上。

写下这些内容我们并不高兴但我们可以向十字架上的耶苏基都立下血誓我们说到做到愿主保佑我们

戴维·梅瑞秋斯你的死期到了

如果你真想死的话

让你的父亲继续他的暴行

你可以放心他肯定会为之付出代价

从这封信你清楚我们知道你住在哪里

我们警告你——伦敦离康尼马拉并不远

有人在监视你随时会收拾你

我是

你的（不再）谦卑忠诚的仆人

负债爱尔兰守护者月光头领

愿耶苏让你那已过世的母亲安息但她会为今天梅瑞狄斯这个姓氏的腐烂而羞愧

那个一脸狐狸相的男人的微笑在他的脑海里掠过，还有他从街上走过的那一幕。

他轻轻拿着那封信，似乎信纸正在燃烧。

“你怎么知道的?”劳拉眼泪汪汪地问他。

她的丈夫平静地回答那是出于直觉。

❖

他立刻给父亲写信，但那封信被原封不动地退回来了。他又寄了一遍，但还是收到回信。劳拉说他应该赶紧去戈尔韦，不能再拖，但梅瑞狄斯觉得那可能会令事情变得更糟。几乎八年过去了，父子之间一直没有交流。伯爵甚至没有对两个孙子的诞生做出表示，不去理会梅瑞狄斯不时尝试和解的努力。你不能在不知会的情况下就贸贸然上门去。

“那就写信说你要回家，管他同不同意。”劳拉说。

但被逐出家门的儿子一直不敢写信。

他转而给德卢姆克利夫的理查德·波勒斯芬牧师写信，但没有透露佃户们寄给他的那张字条里的内容，只是询问关于庄园的情况。一个星期后，一封长信寄来了。信中感谢梅瑞狄斯寄去的慷慨捐赠，并保证牧师会善用这笔捐款去帮助当地的穷人。最近在金斯考特庄园发生的事情确实不是太如意。北翼被封了，屋顶坍塌了。去年11

月的风暴不仅给庄园造成破坏，还摧毁了海湾里的码头。渔民们没有地方将捕捞的鱼送到岸上。许多人沦为乞丐。有些人进了救济院。自从最后一批仆人向他父亲辞工后，庄园沦为一片废墟。只有马夫。一个名叫伯克的人，还留在庄园里，住在被焚毁的门房的废墟里。伯爵基本上很少走出房子。

2 月份的时候，佃户的租金被提高了三分之一，然后夏天开始时翻了一番。三千户家庭都见到了收租人，说从现在起租金必须立刻支付，不然他们将会在几个星期内被赶走。许多观察者觉得发生的那些事情根本无法解释。大家一直认为金斯考特勋爵以往对佃农们的作风还算公道。但现在一切都改变了，他的某些行为根本不可理喻。牧师曾经试图干预，但勋爵大人拒绝和他见面，甚至不肯回信。

确实，庄园里大约有三分之一的产业似乎已经卖给了塔利的布雷克老爷。这个地主立刻驱逐了七百户人家，因为他们没有付清拖欠的地租。情况变得非常严重。一帮自称是“爱尔兰守护者”或“否债者”的暴徒——后一个名称的意思是，你得听从他们的命令，否则你就麻烦了——已经开始骚扰康尼马拉的外围产业，杀死牲畜和焚毁庄稼。他们戴着头罩穿着斗篷在乡间横行。他们的标识是一个心形图案里写的一个“H”。如果一个人被他的邻居斥责为跟地主同流合污，这帮无法无天的暴徒很快就会上门找他麻烦。今年在康诺特有七个地主遭到袭击，他们迟早会遭到杀害。“旧时的尊卑秩序突然土崩瓦解，叫人胆战心惊，就像 11 月风暴过后的湾堤。”老话开始获得新的力量，因为现在或许可以苦涩而笃定地说康尼马拉离堕入万劫不复之地已经不远了。每个人都可以猜测到底结局会是怎样，但公然爆发革命一定是其中的可能性之一。“如果子爵大人能想到任何方法促使您的父亲改变近来的方针，那对他和大家都功德无量。”

艾米莉从托斯卡纳的旅行回来了。娜塔莎离开了剑桥，她原本在自学，希望取得入学资格和获得学位。1845 年复活节时，两人去了戈尔韦，并留在那里。艾米莉寄给伦敦的信件中流露出恐惧和疑惑。她写道：当地人的贫困令她震惊，似乎比她记忆中的情况更加糟糕。她一直在阅读报纸，知道欧洲出现了一种新的土豆怪疫，如果它传播到爱尔兰的话，可怕的事情将会发生。她的父亲拒绝讨论他干了些什么，谁都无权过问他如何经营自己的土地。他的健康在以令人恐惧的速度急剧恶化。他似乎没办法坐起身，做什么事情都得有人帮忙。克利夫登市场的一个女人朝娜塔莎的脚边啐了一口。一个小男孩嚷道："地主家的母狗。"有一天在田间散步时，她被三个戴着头罩穿着斗篷的人跟踪。

9 月份的时候，那种奇怪的枯萎病显然已经降临。康尼马拉的空气中弥漫着块茎腐烂的味道，一股呛人的甜腻腻的味道，就像廉价香水。穷苦人一无所有，许多人已经在挨饿。艾米莉小姐写信给他哥哥，央求他帮忙。他寄去了两百英镑。

然后他的父亲去世了，一切都改变了。他记得艾米莉在电报里写的那些话。"爸爸的痛苦几乎结束了。他问起了你，戴维。"

他和劳拉当晚前往都柏林。他的父亲在第二天晚上离世，死在曾被他赶走的继承人的怀抱里。他在枕头下留下了一张纸条，字体歪歪曲曲，几乎无法辨认。根据上面的日期，那是在一年多前写的，梅瑞狄斯不知道哪一种可能性更加恐怖：是他的父亲失去了时间的概念，还是说它真的是一年前写的，他知道自己即将神志不清。"原谅我，戴维。把我葬在你妈妈身边。尽力帮助佃户们，要一直帮助他们。"

他曾服役过的最后一艘战舰上飘扬的米字旗由爱尔兰总督亲手盖在骨灰盒上。顶上摆放着一对鹿皮手套，那是纳尔逊将军在哥本哈根送给死者的礼物。按照当地警长的建议，配备霰弹枪的“逼迁人”受雇护送棺材，以防负债人前来骚扰。一匹没有人骑的马走在队伍前头朝克利夫登而去。梅瑞狄斯觉得那一幕有点滑稽，在心里纳闷是谁坚持这么做的。

路上弥漫着浓烈的糖精味道，原本青翠的草坪现在成了乱糟糟的泥地。在石块零落的山坡上，一间小屋正在燃烧。田里散落着小小的布团。

几乎所有在当地居住的地主都在昏暗透风的小教堂里等候着。艾米莉娅·布雷克与她的丈夫莱恩斯特男爵、巴利纳欣奇的汤米·马丁、克利夫登的海辛斯·达西。祭坛旁边的灵柩台上盖着一面翡翠绿的旗帜，还有一部大大的金色竖琴。牧师解释这是已故伯爵的嘱咐，乃父的棺椁也遵循这一做法。金斯考特现在的佃户或以前的佃户没有人来。送葬队伍经过时，克利夫登街上许多人背转过身。有人见到一个被驱逐的佃农朝地上吐痰。还有一个人高喊：“我巴不得那个畜生烂掉。”但送葬人假装没有听到。

有人勇敢地唱起歌，甚至唱得挺和谐，但那十九个合唱人的音量不足以盖过管风琴。

求主耶稣操我舵，
人生风波安渡过。
前面是未识水道，
浮沙外加上暗礁。
南针海图主掌握，
求主耶稣操我舵。

总督将第一团土块丢进坟里。《最后一岗》这首曲子响起时，他行礼致敬，但没有致悼词也没有鸣礼炮，伯爵明确表示这两者他都不要。牧师朗读了《创世记》开篇的经文：世界的创造、动物的命名。海岸警卫队的赫尔普曼警监献上一个白百合的花圈。《送别祈祷》甫一结束，梅瑞狄斯就说他需要独处一阵子。每个人心里都明白。他们告诉梅瑞狄斯慢慢来不用着急。作为令死者失望的送葬人并不容易。

他走到那座黑石教堂的后面，解开袖口，挽起袖子。用他那条新学院的领带当作止血带。从大衣口袋里拿出他需要的东西。

针尖扎入了他的皮肤，一小阵灼痛感。一滴鲜亮的血珠从刺穿的部位出现，他用父亲那块绣着字母的手帕将血吸掉。他觉得全身麻木，一种陷于催眠状态的沉重感。他转身离开。

就在这时，他见到了她。

她站在生锈的大门旁边，怀里抱着一个宝宝。

她穿着一件黑色的紧身胸衣和墨绿色的裙子，脚上是一双长及足踝的绑带黑靴，他不记得见过她的脚上穿鞋或穿袜。

她那霜白的脖子系着一根缎带，枯瘦的手腕上绑着干枯的马蔺花环。她在哼唱着一支关于失恋的歌谣：平静地、冷冰冰地、带着阴森的凝滞。乌鸦从她身后的灌木丛中飞起，就像轻风吹起的焦纸碎片。她的眼神带着饱经挫折的意兴索然的神情，但除此之外，他看不出她有什么改变。她的容颜几乎没有改变，令他十分惊诧。只是瘦了一点，肤色略显苍白，仅此而已。但她的头发还是那么美丽、茂密、乌黑。

他试图微笑。她没有报以微笑。她解开胸衣，把那个孩子放到右胸，继续哼唱那首古老的歌谣。他知道这首歌。他听过许多遍。

据说如果你对着一个敌人唱这首歌，他就会死掉。

“玛丽？”

她猛地往后退开一步，但仍然没有停止哼唱。他看着那个在喝奶的小婴儿，此时玛丽的指尖正轻抚着它长着绒毛的头颅囟门附近的部位。那个孩子动了一下，倦怠地呕了一口奶。在旁边观望的梅瑞狄斯觉得双腿发软。他想要坐下来。他想要逃跑。他觉得嘴里很渴，有一股咸咸的味道。

“一切都还好吧，戴维？”

他察觉到妻子与约翰尼乔·伯克站在他身后。那个女人一言不发地转身离开门口，紧抱着宝宝穿过荨麻。他看着玛丽离开，穿过长着荆棘的泥泞沼泽，她的裙子下摆拂落了狗舌草的芽。

“勋爵阁下？您不舒服吗，老爷？”

他勉强笑了笑。“我怎么会不舒服呢？”

“您的脸色很苍白，老爷。我去叫萨菲尔德医生好吗？”

“不，不用了。我只是吓了一跳。过了这么久，又见到杜安小姐。”

他的妻子奇怪地看了他一眼。

“您不需要理会那个女人。她是个该死的怪女人。”

“她叫什么名字来着，约翰尼？——玛丽还是别的什么名字，是吧？”

“噢，那个不是玛丽，老爷。那是她妹妹。格蕾丝·吉福德。”

梅瑞狄斯转身慢慢地对着他。“难道你是说，她是小格蕾丝？”

“现在她结婚了，老爷。住在斯克里布那边。”

灵车被驾走时，那几匹插着黑翎的马正在嘶鸣，下了密布车辙的山丘，朝正遭受饥荒的克利夫登镇而去。

“她的父母呢？我希望两人都好。”

“她的母亲已经去世一年了。父亲去世六个月了。愿他们安息。”

“噢，天哪。我不知道。那真是令人非常伤心的消息。”

“是的，老爷。杜安老太太，愿主保佑她——她生前很喜欢你，老爷。她经常提起你，是的。”

“我也很喜欢她。她是一个非常自然通达的人。”他讨厌自己言不由衷。他想对伯克说的是，玛格丽特·杜安对他来说就像母亲一样，但他似乎不应该说出口。

“她叫什么名字来着——玛丽——我想现在她结婚了吧。”

“哎，老爷，不止十年前的事情了。住在拉辛达夫附近。我相信现在也有了她自己的宝宝。我想是个闺女。”

“她还和我们保持联系，是吗？”

“几个星期前我想我在戈尔韦市场见过她。”伯克不屑一顾地挥了挥手，看着那片石原。“但她如今不怎么到这边来，老爷。有好多年没有来了。现在她在那边有了自己的小家庭。”

“我想能不能去给杜安夫妇上坟，聊表敬意。你觉得我们能安排一下吗？”

“我知道老爷您没有多少时间了。您得尽快赶回伦敦。”

“只是花一个小时而已。我想坟就在卡纳那里，是吧？在罗马天主教的小教堂？”

“我想您不了解情况，老爷。您离开有一阵子了。”

“出什么事了，约翰尼？你什么意思？”

伯克的语气非常平静，似乎为一桩罪行感到羞愧。“没有人知道他们葬在哪里，老爷。他们死在戈尔韦的济贫院里。”

第二十五章　欠账

在本章里，戴维·梅瑞狄斯走进自己的王国。

落地座钟的坚固面板，灰尘与旧皮革的味道，令人想起温彻斯特公学校长的书房。

他会为渔民们建一个新的码头和停泊处，或许还会为小自耕农的孩子们建一所模范学校。找一个靠谱的庄园管理者帮助佃户们，找某个当地人，伶俐正派的年轻人。或许送他去苏格兰的农业学院，教导他们关于土壤与卫生的知识。为他们带去现代思想的好处，鼓励他们拓宽思想，改变他们过时的习俗与不明智的做法。譬如说，他们太依赖“土豆”或“马铃薯”，显然这种作物非常容易受枯萎病影响并暴发疫情——那种情形现在可以中止了。梅瑞狄斯会阻止这种事情发生。金斯考特将会是爱尔兰乃至整个英国管理最得当的庄园。

沉重的房门打开了，结束了他的独自沉思。律师庄严地走进贴着深色镶板的房间，就像一个刽子手走进死刑犯的囚室。他坐在书桌旁边，一言不发，揭开牛皮纸卷上的蜡封印章。

“这份是托马斯·戴维·奥利弗·梅瑞狄斯的遗嘱，皇家海军，授爵级司令勋章，女王陛下的白色军旗舰队海军上将，尊贵的金斯考特勋爵、朗德斯通子爵、卡舍尔与卡纳的第八任伯爵。”

“天哪，那么多人全都死了？”梅瑞狄斯的孀居姨妈暗自发笑，公证员不满地瞥了她一眼。

它的内容一开始是几项小的遗赠。五十基尼捐献给一个为勤勉的海员设立的基金会，六十基尼用于在威灵顿公学创立一份海军助学金，为了“帮助出身于劳动阶层愿意为祖国服役但家境无法令他施展抱负的男生”。每年两百英镑捐给克利夫登新建的济贫院，“只能用于帮助妇女与儿童，我亲爱的儿子戴维将担任首席受托人与我全部遗产的唯一执行人”。

按照遗嘱所说，他那些稀罕与绝种的动物标本将馈赠给“某个有名望的动物研究学术机构，向穷苦的年轻人开放；他毕生分门别类编成目录的成果可以与世人分享，播下独自学习的快乐种子”。遗嘱还强调这些收藏品须完整展览，为其总价值投保，并为了悼念勋爵的亡妻而取名为“维瑞蒂·金斯考特纪念收藏品”。梅瑞狄斯的大姐艾米莉得到了父亲的藏书、古图册与地图。他的二姐娜塔莎得到了几幅画作、父亲的航海仪器与埃拉德三角钢琴。伯爵还为两个女儿各设立了一小笔信托基金，“到她们结婚时自然终止”。二十英镑将赠予卡纳村的玛格丽特·杜安太太，“感谢她照顾我的几个孩子”。金斯考特勋爵两匹最好的马留给了帮他打理马厩的名叫约翰·约瑟夫·伯克的当地佃农，“作为对一位真诚而忠实的朋友的谢意”。

听到上面那句话，艾米莉开始静静地哭泣。“可怜的爸爸。”梅瑞狄斯立刻走到她身边，握着她的手。那似乎只令她更加难过。“戴维，他不在了，我们可怎么办哪？”

“我可以继续吗，勋爵大人？”律师干巴巴地问道。

梅瑞狄斯点了点头。他伸出一只手搂着姐姐。

“位于女王陛下的戈尔韦郡金斯考特庄园范围内的私家宅邸、附属建筑、渔场、乳制品厂和其他用途的土地，将悉数转归伦敦的法律人寿保险公司所有，上述的地产已经全额抵押给了这间公司。”

座钟坚定的嘀嗒声似乎充斥着整个房间。在下面的街道，一辆马车缓缓驶过。他能听见那匹辕马的蹄声，还有一个小贩孤独的叫卖声。他的姨妈和两个姐姐甚至没有看他一眼。她们知道这一刻太难堪了，不宜直视对方。她们或低着头或看着自己的手，律师的声音继续阴沉沉地一一阐述。像拉丁文般抑扬顿挫并且像古法语般诗意盎然的英国律法条文。如刀锋般精准的用语，宣判了梅瑞狄斯继承不到任何遗产。

宣读遗嘱完毕之后，律师表达了他的同情。他悄悄叫梅瑞狄斯留下一会儿，有几件事情一定得进行讨论。女士们刚刚体验到如此真切的悲伤，在这个时候不必为这种琐碎小事而烦恼。

他从一个抽屉里拿出一个有如家庭用《圣经》大小的档案袋，里面装着来自银行和保险公司的信件，内容是关于金斯考特庄园的抵押。十五年前他的父亲已经将产业抵押，用于筹集资金投放在德兰士瓦省的一个矾矿。但他做出了糟糕的决策，那个公司倒闭了。他原本以为卖掉庄园的所得至少可以抵付本金。最近爱尔兰的土地价格在暴跌。但还是等到得去操心它的时候再操心吧。一天的难处一天当就够了。[1]现在要有别的事情要去操心。

在粮食短缺的1822年、1826年和1831年，勋爵大人曾花费大量金钱购入粮食用于救济用途。显然，是已故的维瑞蒂夫人建议这么做的，他以极其高昂的价格雇用了一艘双桅帆船，从南卡罗来纳运一批玉米面粉到戈尔韦。这么做是否明智或许轮不到律师做出裁决。当然，由于发生了那些不愉快的事情，庄园预计的田租收入无

1 此句出自《新约·马太福音》。

法兑现。事实上，由于数十年来没有得到精心照料，这里的土地已经严重退化。

已故伯爵的银行账户已经超支了数年之久。有几笔借款没有清偿，其中几笔金额巨大，而且拖欠已久，是用来作几次大手笔的投资，但要么未能实现，要么落得惨淡收场。他在犹豫这么说是否合适，但已故伯爵事实上已经彻底破产了，只剩下一个虚名。他欠下了葡萄酒商人、马贩、书商和珍奇动物标本贩子巨额款项。十四年前他还从塔利一个名叫布雷克的人那儿借了一大笔钱，利息虽然不高，但仍然相当可观。对方正在追讨这笔钱，并威胁会提出诉讼。那个地主希望拓展他的土地，但由于收不回放出去的钱而未能实现。至少从表面证据来看，这是一宗未履行责任的案件。作为唯一的执行人，梅瑞狄斯负有个体责任。走法律程序代价会很高昂，而且会闹得很不愉快。

律师自己也被拖欠了几笔小小的款项，已经拖欠了三十年，从未偿付。或许现在是将事情做个了结的好时机。他怪不好意思地将盖了私章的羊皮纸从书桌上推过去，似乎交出一幅他为之感到羞愧的春宫图。

那笔钱足可让戴维·梅瑞狄斯在斯隆广场买一座房子。“我想你肯收支票，是吧？”

“噢，我想没有——”律师欲言又止，“我的意思是——”他停了一下，然后继续说道：“等您有时间再去处理这件事情也可以，勋爵阁下。眼下您得去思考其他事情。”

梅瑞狄斯拿出支票簿，开了一张三万五千基尼的支票，心里知道他的银行账户里只剩不到两百英镑。律师接过支票，没有看一眼就放进公文包里。

“我想勋爵大人一定对事态的发展感到有点吃惊。”

“哪方面呢？”

“我指的关于爱尔兰的土地情况等问题。勋爵阁下想必已有所了解。”

“当然，家父在几年前曾解释过情况。我们有过一番详谈。我很明白他的处境。”

“我不知道阁下您与将军的关系如此密切。我想那一定令您现在心里感到宽慰。”

“是的。”

“在他临终时您当然陪在身边，是吧？”

“当然。”

律师得体地点了点头，垂下眼睛。“请恕我冒昧直言，勋爵阁下——您的父亲是一位了不起的人。他原本应该更加幸福，但可惜天意弄人。我等有缘与他相交的人实在是太有福气了。假如我们了解这一点的话。”

“确实如此。”

“是的，是的。那时辰，我们不知道[1]，勋爵阁下。”

“说得没错。”

“但是——当然，您将获得最重要的东西。任凭世事变迁也无法贬损的财富。”

“那是什么呢？”

律师紧盯着他，似乎这个问题很滑稽。“当然是他的爵号，大人。还会是什么？”

1　见《新约·马太福音》第二十四章第三十六节或第二十五章第十三节等处。

第九任伯爵在上议院的初次演讲是提议修改《济贫法修正案》（1834年），按照规定，承担重体力劳动是被济贫院接纳的条件。翌日上午，《泰晤士报》报道了那次演讲，标题是：《上议院需重新强调恪守礼节》。劳拉把它剪了下来，收在了剪贴簿里。

> 我要向尊贵议员的温暖言语表示感谢，但我要坦白承认，今晚站在这座上议院里，我感到羞愧。这个地方曾通过一则文明世界的议会最不光彩的动议。这个令人不齿的制度在折磨凄凉的寡妇，拒绝向有需要的老人伸出援助之手，将弃婴关押在孤儿监狱里，令遭到背叛和抛弃的穷人沦为奴隶。

距离他站立的地方西北方向三百英里之外，一个女人正经过一块前往查佩利佐德的里程碑。她饥肠辘辘，这个无所事事的流浪女人，这个得为济贫院干活的劳动力。她的双脚在流血，她的双腿虚弱无力。不久前她在田里生了孩子，但孩子未能活下来，纳税人不用去承担这个负累。她朝东边都柏林的方向而去，走得很慢，在她身边，利菲河正流向大海。海边一定有船可以载她去利物浦。格拉斯哥或利物浦。其实都无所谓。现在要紧的是让她那双伤痕累累的脚撑住，无论如何都得继续走下去，穿过查佩利佐德这座城镇。她的名字不会在那个清朗夜晚的上议院里或第二天的《泰晤士报》里被提及。

她来到一座悬崖的边上，见到远处的海洋，在海对岸，那些以她这种人为话题进行辩论的人正在对一件趣事评头品足。这个新人正怀着旺盛的热情在发言，他的激情和愤慨而清晰的逻辑实在是太古怪了。明明议会厅和楼座几乎都空荡荡的。《议事录》记录了一次温和的干预。

> 议长，请允许我怀着敬意建议尊贵的勋爵阁下，虽然有几位尊贵议员或许听力有点问题，虽然您的爱尔兰口音非常悦耳动听，但把嗓门抬高到像唱歌剧的程度实在是没有必要。（上议院里传出笑声和“说得好，说得好”的叫嚷声。）*

许多人说，他并不是在发表演讲。他似乎在房间里朝某人大吼大叫，某个他等候了许久想要予以抨击的仇敌。当你查阅记录，见到曾经支持原先法案的议员中有卡纳的托马斯·戴维·金斯考特，朗德斯通子爵，这位新任伯爵的父亲，更是令人感到奇怪。

❖

公司的董事长同意做出妥协。四万基尼必须立刻支付，剩下的三十万基尼在年底偿还。那是他们能够提供的最佳条款，还是看在金斯考特勋爵的面子上。没有人想让一个同胞贵族破产，拍卖他继承的土地实在是不可想象。作为温彻斯特公学老生，我们现在必须团结一致。

文学之夜停办了。雕塑卖掉了，接着是画作，最后是全部藏书。那幅文艺复兴时期的壁画被一个约克郡的谷物商人买下了，他正在谢菲尔德的郊区兴建一座哥特风格的宅邸。筹集到的钱总额还不到

---

* 《议事录》（1846 年），第 234 卷，第 21 栏。

一万九千基尼。公司说这不够还债。

劳拉卖掉了她从母亲那儿继承的首饰，每一件首饰都事先制作了赝品。她不敢让她的父亲知道她的行动或是什么情况促使她这么做。要是被他知道的话，他会气得大发雷霆。在苏富比拍卖会上筹得了六千基尼，考虑到那些首饰的本身价值，这笔金额令他们感到失望。公司的银行人士说这笔钱仍不够还债。分期还债的要求是四万基尼，否则土地将被卖掉。

泰特街那座房子的租金是每年八千基尼。要是他们搬出那里，让孩子们退学，他们可以筹集到四万基尼。他们打算让孩子们以为这是一次大冒险，劳拉的父亲也被蒙在鼓里。全家人会搬到戈尔韦住一阵子。那里空气纯净，原野开阔，有祖传的产业。

1846 年 8 月，他们来到金斯考特庄园，见到下洛克草坪上帐篷林立，被布雷克老爷赶走的佃户在这里宿营。在五英里外就能看见他们的炊烟。据说那里正爆发伤寒。当梅瑞狄斯与金斯考特庄园的人在一起时，许多人拒绝和他说话，甚至不肯瞧他一眼，但有几个女人气冲冲地对他说他的家族实在是丢人现眼。

晚上他能见到男人们在阴影里气愤地交谈。树下聚集了大约五十到一百来号人。他让警方出面告诫他们，他绝不允许有人惹是生非。在如今的艰难世道下，他不会把人赶走，但他们必须守规矩。任何人被发现携带枪支武器将会被逮捕和驱逐。他让约翰尼乔·伯克在窗户上钉了木板。

这座房子漏水严重，因为潮湿而发腐。他们聘请仆人的广告一直没有收到回音。他们搬到庄园后面的仆人房间里，在那里听不见晚上人们的叫嚷声。他们见到饱经摧残的面孔朝窗户里张望。那是饿着肚子的孩童们的面孔。他的两个儿子不敢离开自己的房间。没有一个携带武器的保镖陪伴或配备一把手枪时，劳拉不敢出家门。梅瑞狄斯早上不敢拉开窗帘，前晚又来了十几个佃农。到了9月份，草坪上挤满了失地的佃农，他们的聚居地延伸到了远处的农田。

警察过来找他，坚称必须清场。现在宿营地已经达到了一座小城镇的规模，对卫生健康与人身安全构成了巨大的威胁。三千人在私人土地上宿营，他们全都是“负债人”的同情者。他让警察离开，别再回来了。他不能将忍饥挨饿的家庭赶到马路上。

他向伦敦多次致信，坚持要求提供更多援助。“由政府提供救济性工作”的那一套说辞必须停止。人们需要食物，他们太虚弱了，不能被要求干活去换取食物。确实，今年的庄稼没有完全绝收；但收成实在是太少了，而且缺乏营养，是用去年的枯萎病留下的烂籽种出来的。许多人甚至连耕种的地方都没有。数以万计的人正被赶走。

到了10月份，那帮住在帐篷里的人有第一批死掉了。头一天死了四个，第二天死了九个。到了11月，每星期有八十人死掉。他叫伯克将两个小男孩的房间窗户涂上黑漆。

他们在温菲尔德家族都柏林的别墅度过圣诞。新年前夜，两个小男孩央求不要被带回戈尔韦。温菲尔德一家人准备到瑞士度假数月，当他们提议带上两个孩子时，他们的父母同意了。劳拉也受到邀请，但勇敢地拒绝了。此刻她得留在丈夫身边。

在元旦之夜，他们回到金斯考特，发现一队荷枪实弹的警察将房子围住。有人向他们告密，说负债人会来侵扰。圣诞节那个星期有接近两百个佃农死去。警官允许梅瑞狄斯夫妇进庄园的条件是他们必须同意让五十名警察进驻房子。

1847年1月6日，梅瑞狄斯独自回到都柏林。劳拉疑似得了肺炎，没办法承受旅途劳顿。她哀求梅瑞狄斯不要离开，路上会有危险。现在有地主与收租人在去都柏林的路上遭遇袭击的传闻。但他没有选择。根本没有选择。圣诞节期间他们不在家里时有一份文件送过来，那是一则将他们从金斯考特庄园驱逐的通知。

公司派来的那个人的态度令他感到震惊。他原本以为会见到董事长，珀斯郡的费尔布鲁克勋爵，第九任阿盖尔公爵。但都柏林办公室的经理表示歉意，勋爵大人因为上议院开会延迟而耽搁了。他派债务催收办公室的威廉姆斯先生代表自己：那是一个秃顶的小个子伦敦人，满身大汗，看他的样子，要是一条狗吠叫吵到他，他非把狗踢死不可。

“需要的东西您带来了吗？”

“请你再说一遍？”

“您带钱来还债了吗，阁下？”

“现在没有。我想我们或许可以达成妥协。费尔布鲁克勋爵和我之前已经讨论过这件事情。”

威廉姆斯漫不经心地点了点头，在他的账本里写了一些内容。

“我想三年会是合理的时间。”梅瑞狄斯说道。

威廉姆斯没有回答。他用一块手帕擦了擦嘴。

“五年最好，但我认为三年就可以看到成效。我的计划在我交给你的文件里，你会找到成本核算等内容。我可以向你保证一切都安排妥当。挺一挺就能渡过难关。”

威廉姆斯又点了点头，没有抬头离开记事本去看他。他一边写一边捋着油腻腻的八字胡。最后，他在末页戳上印章，断然合上账簿，发出砰的一声，激起一股灰尘。

“由于您未能偿还抵押贷款，该产业将被尽快卖掉。仍在土地上的佃户们都会被赶走。”

“恐怕这根本没得商量。”

“就是这样，勋爵阁下，无论您愿不愿意。佃农不支付地租，土地就没有收入。而且他们继续赖着不走会令地价下跌。”

“赖着不走？”

“换作是您会怎么说，勋爵大人？”

“他们当中有些家族已经在那片土地上生活了五百年。比我的家族来到康尼马拉还要早得多。”

“那和公司没有任何关系。”

“我很了解公司，谢谢你。董事长与我的家族是世交。”

“费尔布鲁克勋爵很了解情况，金斯考特勋爵。我可以向您保证，他直接授权我采取行动。那片土地必须清场，事情得有个了断。”

“你要我怎么清场？难道让我把挨饿的人赶到马路上？”

“我们知道有专业人士能做那种事情。”

“你是说出钱雇打手吗？逼迁人？”

“随您怎么叫都行。他们是法律的执行者。”

“梅瑞狄斯家族的土地从来没有执达吏踏足过。我的家族在戈尔韦住了两百年，从未发生过这种事情。”

“那不是梅瑞狄斯家族的土地，勋爵大人。它属于公司。您允诺会还债，但款项并没有支付。您没有履行责任，勋爵大人。根本没有。我本以为事关您的名誉，您一定会履行，但显然您说的话并不能作数。”

“先生，你真是胆大包天，竟敢以这种态度对我。我不会由得一个飘飘然的放高利贷者这么对我说话。”

“您似乎只喜欢听顺耳的话，勋爵阁下。您现在是寄居在并不属于您的地方。”

“那我也是老赖咯，是吗？”

“您已经赖了很久，阁下。至少他们还付了点东西住在那里。”

“我是绝不会交出地契的。”

“我可以向您保证，所有权已经归我们所有。只要法院颁布命令，其他任何文件都能获得。公司的律师已经在着手处理。”

“难道就不能为那些家庭做出一点补偿吗？”

威廉姆斯阴沉沉地笑着说：“您是在开玩笑吧，阁下？”

“我不明白。你什么意思？”

“两百年来从佃农的劳作中获利的又不是公司，那凭什么现在公司得做出补偿？”

“他们一无所有。这你肯定是知道的。”

“您可以将他们赶走并做出您认为合适的补偿。或我们将他们赶走，不做任何补偿。由您来决定。你的最后期限是 6 月 1 日。逼迁将从那天开始。之后土地将被尽快卖掉。”

“我只要求一点喘息时间。两年，不会再久了。”

“那个时机已经过去了。再见，金斯考特勋爵。”

“那一年也行。请你答应。你可以宽限一年。”

威廉姆斯用滴着墨水的钢笔指着门口。“再见，勋爵大人。我还有几场预约。今晚七点我还得乘船回伦敦。”

当他离开办公室的时候已是黄昏。雨雪交加，噼里啪啦地降于丢满垃圾的街道上。一个看上去像是女仆的姑娘正在一间商店的门道里与一个士兵接吻。三个小男生在看热闹和起哄大笑。他走了一会儿，经过人群和乞丐，走在学院绿地上议会大楼优美的柱廊下。接着他朝河边的萨克维尔街走去。利菲河显得漆黑肮脏。一艘高桅横帆船被系在南边的码头，三根没有系帆的桅杆之间架着蜘蛛网般的索具。码头工人们正在卸下木桶，堆放在潮湿的灰石板地上。

海关大楼的穹顶上电闪雷鸣。他冒着令人感到刺痛的灰蒙蒙的冰雹继续走。一张报纸被吹到他的胸膛上。他自言自语不知道要去哪儿，但有一件事情他确切知道。或许是唯一的事情。

现在他迎着风往前走，拖着燕尾服跨过湿滑的桥梁。坚毅的纳尔逊雕像从基座上俯瞰着他，就像一座复活节岛的花岗岩偶像。基座周围的小贩们正在收拾摊位。一群海鸥扑腾着飞下来，啄食残余的食物，三三两两地叽叽喳喳地飞起。很快他就来到虔诚之地，然后是小马丁巷。这里的露台更加阴暗，住在里面的人更加寒酸。没有窗户的房屋就像骷髅在审视着他。弥漫着湿润的煤炭和还没洗的衣物的味道。当他穿过通往戴尔蒙区的巷子时，一群满脸污垢的小叫花子围着火盆，几间教堂传来晚祷的钟声。

隆隆的雷声。跳皮筋的尖细念叨声。一个有军人气质的老人正扛着一块标语牌，步履蹒跚地走在街上，标语写着“忏悔”两个大字；但字迹在雨中开始变得模糊。一个江湖游医靠在一口脏兮兮的金属桶上，吆喝吹嘘他的药剂有多么神奇的功效。两个水手从一个姑娘的粉红色阳伞下匆匆走过。那些女人正在准备晚上出来工作。

有的坐在窗台上喝茶，有的站在狭小阴暗的房子门道里，朝过路人柔声叫唤。

“老公，你好呀。”

“晚上好呀，冤家。”

“亲爱的，你需要的我都有，美妙又新鲜哦。”

他迈着那双漏水的靴子穿过麦克林伯格街，来到连接库松街与蒂龙街的小巷中；那条巷子窄得你伸手可以碰到两边墙壁。一个流浪汉瘫倒在臭气熏天的门道里，醉醺醺地哼唱着一首歌舞厅的曲子。他来到一座房子前面，停下脚步，抬头见到阁楼的窗户亮着一盏红灯，就像一座天主教教堂里神龛前的灯光。他摘下结婚戒指，把它放进口袋里，敲响上了门闩的门板。

门上的开口往后打开。一双死气沉沉的眼睛注视着他。然后开口关上，门打开了。

看门人戴着一顶黑色的粗麻风帽，一袭黑色长大衣下是厚呢短大衣。他的臂弯里夹着一根短棍，手把上镶着一圈链子。

"五。"他低声说道，摊开戴着手套的掌心。梅瑞狄斯递上两个价值半克朗[1]的钱币。在他身后，门砰地关上并上了锁。

他被引着走下一条非常陡峭的楼梯，经过一扇门，从门后传来钢琴弹奏的《奥兰莫尔的小伙子们》。前面是另一扇微微打开的门，三个穿着紧身胸衣的憔悴苍白的姑娘正坐在士兵的膝盖上。

老鸨是一个都柏林女人，衣着华丽，满脸横肉，她说话带着利柏蒂斯这座内镇的古时口音。她拿着一根象牙烟嘴，抽着一根土耳其香烟；在她的胸脯上吊着一条漂亮的项链，链坠是几个闪闪发亮的金币。她以职业性的热情问候客人。喝杯茶好吗？还是美美地来一杯托迪宾治酒？她说起话来就像一个悠闲的酒馆老板。

"一听您说话就知道您不是都柏林人，老爷。听您说话这么好听，您是英国人吧？是来经商还是游玩啊？哎哟，欢迎您大驾光临，一千个欢迎。您别见外呀，老爷，咱可是一见如故。大冷天的，我想您是要来点消遣吧？暂且不去理会今天的忧愁与苦恼。伤心事且留待明天，您说呢？"

1　半克朗合2先令6便士。

梅瑞狄斯点了点头，在寒风中瑟瑟发抖。她轻声一笑，似乎被他的不自在逗乐了。

“何不及时行乐，您说呢？人死万事休，可不是吗？好好乐一乐没啥不好。我们会好好伺候您的。您瞧瞧我们办不办得到。”

他把钱递过去时手颤得很厉害。那个戴面具的男人又出现了，朝刚才梅瑞狄斯没有察觉的一条走廊示意。他登上台阶，顺着破败的楼层，走进一个漆黑的房间，立刻脱掉衣服。当他躺在肮脏的席褥上时，他意识到自己正在哭泣，但他擦干了眼泪。他不想哭。空气中弥漫着汗臭味、腐臭味和猫味，还透着一股甜腻的香水味。他听到外面的街道上传来的刺耳笑声、拉车马匹走在鹅卵石路上的疲惫马蹄声。

似乎过了很久，那扇黑门才打开。一个姑娘静静地走进来，似乎很累。她一只手拿着一根蜡烛，另一只手拿着破烂的毛巾。她的胸衣松垮垮的，露出了胸脯。死气沉沉的空洞的脸上诡异地搽了胭脂。

“晚上好，先生。”她打了声招呼，然后就不吭声了。

烛焰闪烁不定。

那是玛丽·杜安。

没有言语能够形容饥肠辘辘的孩子奇怪的外表。我从未见过如此湛蓝、清澈、明亮的眼睛，直勾勾地看向空无。我几乎以为是上帝的天使被派来为这些奄奄一息的、温顺的小家伙们开启天眼，让他们见到美丽的来生。

埃利胡·布里特,《斯基伯林三日探访札记》,
伦敦，1847 年

第二十六章　航行报告

航行第十九天：

在这一天，船长收到一则令人极为担忧的消息。

1847 年 11 月 26 日，星期五

海上航行还剩七天

经度：西经 48° 07.31′ 。

纬度：北纬 47° 04.02′ 。

实际格林尼治标准时间：凌晨 2 点 31 分（11 月 27 日）。

调整后的船上时间：晚上 11 点 19 分（11 月 26 日）。

风向与风速：东风（92°），风力 6 级。

海面情况：波涛如山。

航行朝向：向西进发（267°）。

降雨与描述：记录风速最高达 51 节[1]。后桅的纵帆被扯松了。朝东部的纽芬兰大浅滩翻腾而去。

那个瘸子被关进了囚室。过去三十六小时里，他几乎一直在睡觉。曼甘医生已经清理了他脸上的伤口、小的撕裂和肿胀。没有骨

1　51 节为 10 级风力，即风速达 94.452 千米 / 时。

折。他的名字似乎就是刚才所说的穆尔维，把他叫成斯维尔斯是我自己的错（那是他那本《圣经》上的名字，而《圣经》是他从朋友那儿拿来的）。利森认为他是个极不可靠之人，但没有一个人坏到所有的优点都被生活消磨殆尽的地步。

昨晚有七个统舱乘客死掉，他们的遗体被葬于深海里。他们分别是约翰·巴雷特、乔治·弗格蒂、格蕾丝·穆林斯、丹尼斯·汉拉恩、爱丽丝·克洛赫赛、詹姆斯·巴金纳和帕特里克·约瑟夫·康纳斯。愿上帝保佑他们。

刚刚天亮我们就见到双桅帆船“晨露”号驶出新奥尔良，前往斯莱戈，因此发出下缆绳的信号。那边发来收到信号的指示。

我们在西经 47° 01.10′ 与北纬 47° 54.21′ 这个坐标下锚，准备来一场会船派对。我与邮政专员卫斯理和几个水手（还有几个比较强壮的乘客和一个小男孩）乘小艇移交和收下几包邮件，并将伊丽莎·希利托付给那艘船，她才七岁，父母双双死在船上，而且在美国没有亲戚照顾她。

我喝了咖啡和一点白兰地，准备与什里夫波特的安东尼·庞塔尔巴船长在他的船舱里密谈。他有极为令人担忧的消息要告诉我。

他先是问我们是不是要去魁北克，我说不是，他说那真是太好了。我们讨论了过去这个夏天发生的可怕事件*，他船上的人还在谈论这件事情。但当他说这场灾难还没有结束，每个星期仍在夺走数百人的性命时，我感到十分震惊。我本以为那场可怕的灾难已经结

* 洛克伍德船长所指的是 1847 年夏天在格罗塞岛发生的惨剧，当时圣劳伦斯河的隔离站充斥着大批身患疾病的饥饿移民，其中许多人来自爱尔兰。有数千人死去，魁北克和蒙特利尔遭受了毁灭性的发烧传染。在“海洋之星”号航行期间，圣劳伦斯禁止所有船只驶入，当局开始控制住这场危机，但显然，根据上文所述，在乘客里仍流传着关于之前发生过的事情的可怕传闻。——G. G. 迪克森。

束了，但是，呜呼哀哉，并没有结束。事实上，据说接下来的情况将会更加糟糕。

庞塔尔巴船长告诉我，他的大副在新奥尔良遇到一个刚从魁北克来的男人，后者声称加拿大圣劳伦斯河的干流有相当长一部分以及两岸一带长达数十英里的广袤面积完全被冻住了。这个男人是俄国皮草商人，了解当地不幸的人如今正在遭受的苦难。虽说他的英语讲得不是很好，但他所说的大致内容实在是骇人听闻。

据说有四十艘或更多的船只正在等候进入加拿大，在河上排了长达几英里的长龙，船上有超过一万五千个移民，几乎所有人都来自爱尔兰，许多人得了霍乱和伤寒，根本无从救治，甚至没办法被隔离开来。据说有的船只上，没有一个男人、女人或孩子，无论是乘客还是水手，身上没有病痛。据说在两艘船只上，所有人都死掉了——船上的每一个人。可以预见到，一场可怕灾难将会发生，造成巨大的人身伤亡。

除了这个令人心情沉重的消息之外，还有传闻说纽约与波士顿当局或许会将所有来自爱尔兰的船只遣返，那里的港口现在挤满了未能前往加拿大的船只，纽约当局十分害怕疫情传染。

我央求他不要让我的乘客知道这件事，但我害怕或许已经太晚了，因为回去时在小艇上我见到有几个乘客神情惶恐垂头丧气。我命令水手长暂停划桨，对所有人说我们背负着庄严的责任，不能在我们的同伴里传播恐慌，旅行者最好的朋友是平静的心情。每个人都同意保密，就连那个受到过度惊吓的小男孩也同意了。但我们一回到“海洋之星”号上分开后，我留意到许多人聚集在前甲板上，似乎非常担忧。他们立刻开始高声祈祷，在那番热烈的祈祷中，他们赋予了圣母许许多多奇怪的名字。

多年的经验告诉我，这是他们最害怕时的表现。

我在自己的船舱里躺下，想要休息一会儿，但陷入了深沉而且极度不安的睡眠。我梦到自己从骇人的高处看着这艘船，它的躯体在向上苍的圣母高呼求救。

第二十七章

1847 年 11 月 27 日，星期六

第二十天

西经 50° 10.07′，北纬 43° 07.01′

噢
大地未
播种。为我等祈。
泉水已封闭。为我等祈。
亚当之解脱救赎。为我等祈。
夏娃之拥趸。为我等祈。恩典之水渠。
为我等祈。赞美诗之新娘。为我等祈。天降甘霖
如细雨。为我等祈。东方之门。为我等祈。耶西之根
开花。为我等祈。未挖而能成井。为我等祈。与神结亲。
为我等祈。在荆棘内之百合。为我等祈。永远盛放之玫瑰。
为我等祈。花园环绕。为我等祈。道成肉身。为我等祈。
上帝之所。为我等祈。圣若瑟妻。为我等祈。未耕之田。
为我等祈。象牙之塔。为我等祈。上帝之座。为我等祈。
无玷之母。为我等祈。披日光为衣。为我等祈。救赎之座。
为我等祈。超六翼天使。为我等祈。神圣之宝库。为我等祈。
超越伊甸园之绿洲。为我等祈。纯净之镜。为我等祈。
固若金汤之大教堂。为我等祈。无瑕之鸽。为我等祈。
奉献之器。为我等祈。童贞之躯体。为我等祈。至洁之
处女。为我等祈。如夏娃未经世事。为我等祈。
战胜毒蛇之诱。为我等祈。被放逐者之希望。
为我等祈。大卫之堡垒。为我等祈。非洲之
示巴女王。为我等祈。如姐妹般之母亲。
为我等祈。无垢圣母。海洋之星。
为我等祈。为我等祈。吾之
重罪。为我等祈。

第二十八章　告发

在本章里，读者们将看到由作者聘请的帮手发现的
一份文件（他们将知道那意味着什么）。

女王陛下的巡回审判
物证，编号：7B/A/111*

1847 年 4 月

戈尔韦

致否债者的头领，

我叫玛丽·杜 ×[1]，我出身于一个好家庭。我嫁给了阿纳格克劳玛的尼 ×××·穆 ××，这段婚姻维持了将近十三年又五个月，直到他在 1845 年圣诞节前夜投海自

* 航行结束五年后，由 G. G. 迪克森聘用的侦探在都柏林找到的誊抄文件。原件已经遗失。在 1849 年 6 月 6 日的戈尔韦巡回审判中曾作为指控长工詹姆斯·奥尼尔一案的呈堂证据。詹姆斯·奥尼尔是北罗斯玛克的基尔布里克人（遭到驱逐），化名为“月光头领”或“黑头领”，是一个有煽动色彩的团体的领袖，该团体曾用“爱尔兰人”“爱尔兰守护者”“负债人”或“否债者”等名字。他被指控破坏财物、人身侵犯、袭警、蓄意谋杀、煽动或教唆他人谋杀和身为一个遭查禁组织的成员等罪名。警察搜查被告在哈耶斯岛的藏身之地时找到了这份文件。（1849 年 8 月 9 日，他在戈尔韦兵营被处以绞刑，他的两个儿子其后因身为“爱尔兰共和国兄弟会”或“芬尼会”成员被终生流放植物学湾。）名字被法庭书记官隐去。——原注

1　原信中的姓名仅保留首字母，其他字母以＊代替，因此在译文中以 × 代表被隐去的部分。

尽，夺走了自己和我们刚出生的小女儿爱××·玛×·穆××的性命。

我将这封信交给一个人，我知道他了解这封信应该给谁看。愿上帝让你们收到这封信，因为它一定得被送达。

不久之后我就会前往美国，不会再回家乡，因此我希望讲述下面的内容，并希望你和你的手下采取行动。我知道在这个伪善基督徒的郡里，人们看不起我，往我身上泼脏水，诋毁我的名声。我将离开，因此我不会在乎别人说什么，但这里所说的全都是真话，没有半句虚言。

十九岁时，我相信了一个名叫庞××·穆××的人的承诺。他是阿纳格克劳玛的人，是曾当过牧师的尼×××·穆××唯一的亲弟弟。之前我从未有过别的男人。庞××·穆××搞大了我的肚子，然后自己一走了之，让我伤透了心。他背叛了我。因为这桩丑事，我被父亲赶出家门，有一阵子不得不流落街头，然后我和我妹妹与妹夫一起住在斯克里布。而那个毁了我一生的乡巴佬却在逍遥快活。

他的哥哥尼×××是一个牧师，他得知我的遭遇后，过来看望我，对我说他为此感到非常抱歉，并为他弟弟对我的下作无耻的行径和虚情假意感到羞愧。他说如果我愿意接受他，那他愿意放弃当牧师，和我结婚，养育我的孩子。起初我说我不会结婚，但他坚持要娶我，他不希望一个由穆××家的男丁缔造的孩子成为野种，也不希望那个孩子的母亲蒙受耻辱。我说他要是这么做就错了，那并不是上帝的意旨。但他不听劝，一定要放弃当牧师，他真的这么做了，陪在我身边。1832年7月9日，我们在卡×（我的家乡）的教堂里成为合法夫妻，我搬到塔利，在他的家族土地上生活。

我的孩子在生下来一个月后就夭折了（愿逝者安息），但我们已经结婚，法律或宗教都无法将这段关系解除。

尼×××·穆××是一个诚实严肃的男人，但我们有好几年没有过夫妻生活。一部分原因是我丈夫的健康状况一直不太好，身子很虚弱；另一部分原因是我们之间并没有感情，有时候为了这件事，家里闹得很不愉快，但有时候还好。最后，我去找费根神父和我妹妹商量，他们说我对丈夫并不公平，拒绝了他作为丈夫的正当权利，而且他将没有子嗣继承土地。于是，我们开始过夫妻生活。1843年，我发现自己怀孕了，我们的孩子在1844年1月出世。那时候我们非常恩爱。我的丈夫一直渴望成为父亲，他堪称最温柔的慈父。他给我送花，帮我梳头。他给我买的丝带足可以环绕整个世界，令我深深感动。他照顾孩子不亚于女人，为了孩子，再怎么操劳都不嫌累。有人骂他是疯子或傻瓜，对他一点儿都不公道。他根本不是那种人，只是到最后，他被另一个人的残忍手段逼疯了。

1844年9月，他的弟弟庇××·穆××不知从哪儿回来了，开始折磨我们。虽然他抛弃了我，根本没有权利占有我，但现在他妒火中烧。他做的第一件事情是回到我们的土地，说按照法律和传统，有一半面积得归他，看想把他打发掉，不然他会告诉郡里的人，说我们夺走了他的家族土地，以此抹黑我们。他给布雷克老爷写了一封信，说他有权继承土地，而且愿意缴纳比我们更高的田租。他在田边搭了一座小屋，赖着不走。每次我走出房子，他就站在那里，不怀好意地看着我，还恶狠狠地看着他的亲哥哥和那个无辜的孩子。晚上我在脱衣服时，他会走上前从窗口朝房子里面张望，他的脸就紧贴在窗户上。有一次，当我与丈夫行房时，我见到他在监视我们，不幸的氛围又回到了房子里。我相信他宰了我们家一头奶牛。他践踏我们的土豆田，摧毁土豆苗。他拆毁了我丈夫建的一间棚屋，以及我丈夫为了将他那一半土地与我们那一半隔开所筑的一堵墙。我们得不到安宁。当他的哥哥——我的丈夫——去田里干活时，他会来找我，轻声说他仍然爱我，渴望和我在一起。他还是同一个满嘴花言巧语的骗子和虚伪的欺诈者，油嘴滑舌，却有一颗黑心。要是他愿意，他甚至能把天上的雨给骗下来打湿他的身子。

有一次，就那么一次，当我丈夫不在家里时，而且当时我们的关系不大好，我心志脆弱，失身于他，庞××·穆××，令我悔恨终生。那是我的耻辱。他先让我喝威士忌。他说要是我愿意，他会陪我一起抚养孩子，而且他不会再骚扰我的丈夫。虽然那是我自己犯下的错误与罪孽，但他利用了我们之间年轻时的旧情。之后他拿这件事折磨我，说他随时都可以搞我。他毁了我的生活，那个人渣犹大绝不会有好下场。

他一直说他会把那件事情告诉我丈夫。他对我说不三不四的话。他所说的某些事情我实在是说不出口。他会等到我丈夫在家，然后比画男人与女人有时候会做的那种事情的动作，还冲着我猥琐地笑。有一次他把我放在荆豆丛上晾干的衣服拿走，等我丈夫从小路上回来时，把它们从口袋里掏出来。他在镇里闲逛，对镇上的人说我的孩子不是我和丈夫的合法子女，而是一个苟合而生的杂种，一个英国佬的野种。我以生命发誓，他的话全都是谎言。为了这件事我丈夫和他打了一架。我丈夫差点把他送进坟墓，只是出于对弟弟的怜悯才没有下狠手。

去年夏天，枯萎病影响了庄稼收成时，他不肯帮助我们。他过得好好的，因为在他出外回来之后，有钱过着富足*的生活，我想他是个偷鸡摸狗的窃贼，总之他从来不缺钱或好东西，或许他私底下是地主或某座城堡堡主的走狗。我觉得狡猾或奸诈不足以形容那头狐狸，他是欺诈的老祖宗，听某些人说，他暗中从事逼迁或执行法院命令。他的食物吃不完，而我的宝宝却在挨饿。他对一些人说他是“负债人”的一员，对其他人说他和地主与治安官们有交情。他什么谎话都说得出。只要能够搞到钱，对着锅底的洞起誓这种事情他都干得出来。1845年10月，由于拖欠田租，我们被布雷克老爷驱逐，一个逼迁人带着十五个手下从戈尔韦过来，把我们赶走。他们当着我和孩子的面打我丈夫，而他的弟弟就在一旁看热闹。他们拿鞭子抽他，在折磨他的过程中，那个逼迁人一直在说：“现在你知道了吧，穆××。现在你知道了

* 爱尔兰语“go leór”，该词是英文单词“galore”（丰足）的起源。——G. G. 迪克森

吧，你这头臭烘烘的肮脏的猪猡。这将是一次让你终生难忘的教训。对不对？回答我，你这头猪猡。”他们逼他说“是的，没错”，说他是一头猪，要是他不肯说，他们就不放过他。自从那一次的遭遇之后，他似乎完全变了。他们根本不是人，而是巫婆的贱种。那天，他们摧毁了尼 × × ×。

由于枯萎病的影响，而且由于庇 × × · 穆 × × 宰了我们的奶牛，我们交不起田租。布雷克不允许我们拖欠，而是把我们赶到马路上，接手我们土地的人正是庇 × × · 穆 × ×，我们被赶走时，他朝我们哈哈大笑，几乎笑掉了下巴。我们去了南边的罗莎维尔，住在我丈夫在林子里挖的一口土坑里，我、丈夫和灰头土脸的孩子，而庇 × × · 穆 × × 抢走了我们合法拥有的土地，好不威风。现在他仍在那里，就像英国国王般逍遥快活。

在他哥哥的葬礼上，人们朝他吐口水和扔石头，从他身边避开，但他们当中没有一个出手帮我。

丈夫和孩子死后，我的境况非常艰难。我进了济贫院，直到最后，我再也受不了那里。我一路去了都柏林，在路上失去了另一个孩子。我不得不在街上乞讨了将近一年，在那个地方干没有哪个女人会去干的事情。现在我是一个保姆，正准备去美国。我当保姆的那家人是 × × × × 勋爵夫妇。我再也不会回戈尔韦，我会活到一百岁。在戈尔韦根本不可能当一个体面女人。

关于人们对庇 × × · 穆 × × 所说的一切都是真的。我要告发他，他是一个土地抢夺者、诱奸者和无赖。他一直在折磨自己的哥哥，我唯一的孩子躺在坟墓里，我希望你和你的手下会去收拾他。我知道你们以前这么对付过别人。[*]你们会知道他是谁，因为他走起路来一副瘸蛋样[†]，他只有一只脚，另一只脚是木头义肢，上面写了“M”这个字母。（或许是“杀人犯”的意思[1]）。无论他有任何下场，那都是他活该。如今这个世道，像他这种卑劣痞子可以为所欲为，而人民却遭到这种下场。我不知道爱尔兰的男人怎么能够容忍这种情况发生。

如果我在这封信里有一句谎言，那我肚子里的孩子今天就下地狱。他只有一只脚，和一副铁石心肠。

就连康尼马拉的狗都知道我所说的话句句属实。

我会以每一种方式诅咒他这头最黑心卑鄙的穿鞋行走的狗东西，他走过的戈尔韦每一处地方都会腐烂。

但愿上帝令他羞愧哀号而死。

玛丽·穆 ××（娘家姓杜 ×）

---

* 都柏林堡皇家检察官办公室在这段话加了下划线和草签。

† 爱尔兰词语“Camath”：或许是当地方言的某个词语的错误拼写；又或是“cam”，爱尔兰语的“坏蛋”和“gyamyath”，爱尔兰流浪汉使用的雪尔塔语“瘸子”二者的结合。——G. G. 迪克森

1 英文中，“杀人犯”的单词是“murderer”。

不要可耻地等到饥荒将你们统统消灭——如果你们一定得死，那就死得光彩一些，让你们的死为你的国家做点好事，让你的名字戴上爱国者的光环。去吧，在这座岛屿上的两百万棵树中挑一棵，然后在那里上吊。

约翰·米切尔，《致爱尔兰的冗余人口》，1847 年

第二十九章　失去的陌生人

航行的第二十二天的情况处理：在这一天，船长记录了一个恐怖的发现（还有对那些不得不背井离乡之人的沉痛反思，以及其他塑造了爱尔兰人品质的事情）。

1847 年 11 月 29 日，星期一

海上航行还剩四天

经度：西经 54° 02.11′ 。

纬度：北纬 44° 10.12′ 。

实际格林尼治标准时间：凌晨 3 点 28 分（11 月 30 日）。

调整后的船上时间：深夜 11 点 52 分（11 月 29 日）。

风向与风速：西南偏南风，风力 7 级（昨晚风力达到 9 级）。

海面情况：仍然风高浪急。

航行朝向：西北（315° ）。

降水与描述：今天大部分时间下着暴雨。北边升起雾墙。

“在基列岂没有乳香呢?”

《旧约 · 耶利米书》第八章第二十二节

昨晚有四个统舱乘客死去。今天上午他们被实施海葬，愿他们

安息。他们的名字是：欧文·汉纳芬、艾琳·保尔格、帕特里克·约翰·纳什与莎拉·伯兰德。四人全都来自爱尔兰科克郡。

今天有一个可怕的发现。

船首斜桁桅杆在昨晚的风暴中折断了，它的缆索缠住了吃水线的铁链。水手长阿伯内西带着几个水手系了绳子顺着船身爬下去，这时他看见一大窝硕鼠，麇集在从头等舱区域连过来的排水沟里，那儿有一个直径约为四英尺的孔洞。

他想找出最近船上散发恶臭的源头，于是带着几个水手前去调查。很快，他们便看到惨绝人寰的一幕。

一个年轻人与一个姑娘的腐烂残骸并排倒卧在排水道里，仍然彼此相拥。曼甘医生被叫去宣布死讯。那个小伙子大约十七岁；那个姑娘大约十五岁，已有几个月的身孕。

我承认，甚至到了我写下这番内容时，我的眼里仍涌出苦涩的泪水。

乘客名单上没有人失踪，因此，可以肯定，这两个惊慌的可怜人自从我们离开科克郡之后就一直被困在里面，天可怜见，甚至自从离开利物浦就开始。他们一定是顺着铁链爬下去，钻进涵洞里，以为可以躲在那里，直到我们抵达纽约。正如利森指出，我们在科弗湾接纳了太多乘客，令我们的船身吃水情况比平时深得多。

有几个孩子在甲板上玩耍，我命人把他们送到下面去。

我们把尸体抬出来，尽最大的能力为他们举行了一场基督徒的葬礼。但他们身上没有什么东西，我们甚至不知道他们叫什么名字。许多人悲痛莫名，就连那些已经在海上见过许多恐怖情状的人也是。我自己也崩溃了，在念诵祷文时得让人扶稳。亨利·迪兹牧师也给我帮忙，并念了一段简短的祈祷。“这两个上帝的孩子，无论他们是爱尔兰人或是英国人，都是某位母亲的孩子，都是另一方的挚爱，愿他们在救世主的怀抱里找到平安的家园。”然后，我和大伙儿们唱了一段赞美诗。但今天实在是唱不出来。

我想起我那亲爱的妻子和我们挚爱的孩子。我盼望此刻他们就在我身边。我觉得婚后生活的每一次小吵小闹其实都是它的一部分内容，就像茫茫海洋上的波浪。而最痛苦的莫过于当我想起我那宝贝孙子，我多么希望能将他抱在怀里，哪怕只有一小会儿。

即使经过了这么多年，对我来说，离开我幸福的家，四海漂泊，都是一件非常痛苦的事情。那么，船上那些人，他们今生再也见不到只能留在家乡的至亲，将会忍受着何其巨大的痛苦？那个男人再也不能在家乡与兄弟一起在晚上平静地散步和回想白天时发生的事情；又或是那个姑娘，她只能向可敬的父母道别，因为她知道他们孱弱的身子无法承受如此艰辛的旅程。那对幸福的年轻夫妇，他们只能劳燕分飞。还有那个父亲，他不得不与妻儿道别，孤身一人前往美国，因为他们的财产只能承担一个人的船费。他们将孤身在陌生的国度闯荡，他们赌上了一切。

而这些人，在上帝的庇佑下，是他们民族中最幸运的人。他们在爱尔兰的穷人中还不算最穷，后者才几乎可以称得上是一穷二白。那位诗人曾说：“最穷的乞丐也会有几件多余的废品。”[1] 但在受尽折磨的康诺特郡的乡村，情况并非如此。在那个地方的西部，许多人几乎可以用一穷二白去形容。少数人勉强拼凑，想办法渡海前往利物浦或伦敦。到了那里，他们被无良的“移民中介”蛊惑，这帮人就像水蛭和窃贼，以他们为目标，到最后把他们身上的衣服统统扒

1　此句出自莎士比亚的《李尔王》。

光；把一个男人的谋生工具坑走，他原本可以靠着工具以体面自然的方式养家糊口。在深夜里，他们被忽悠上了一艘船，被许以种种不实的承诺，以为在新世界可以发家致富。

他们的航行情况极其恶劣，相比之下，在“海洋之星”号上必须忍受的匮乏状况简直就像天堂。有时候，那些船只离开大不列颠后，甚至不是前往美国，而是某个充满敌意与冷漠的国家或地区。

令人痛心的是，所有这一切都是不应受的。因为，就像每天都会有夜幕降临一样，如果这个世界能发生翻天覆地的改变，如果爱尔兰是一片更加富饶的土地，而其他如今富饶的国家遭受灾害——我可以肯定那一天终会到来——爱尔兰人民会以温柔与善良欢迎担惊受怕的陌生人，正是其温柔与善良，令他们的品格显得如此高贵。

我再也写不下去了。没有别的什么可写了。

生而为人并见到今天的情况，我觉得很难过。

如果说，有哪个阶层值得受到政府的保护和援助，就是那些不得不背井离乡只为寻求三餐温饱的人。

查尔斯·狄更斯，《美国札记》

第三十章　囚犯

航行的第二十三个晚上（那是 11 月的最后一夜）：
当夜，穆尔维最不愿见到的人去探访他。

西经 57° 01′，北纬 42° 54′
晚上 9 点

那个杀人凶手从一个充斥着字典的梦中被上层甲板的报时钟声吵醒了，他几乎可以品尝到冰冷的敲铁声的味道。在滴水的半明半暗中，他迷迷糊糊地坐起身。罐子里的石子。像子弹的石子。看着狰狞的铁栅。

从窗框中可以见到一轮满月，在它周围有一圈圣洁的光晕。再往外望去是几颗星星，但数量太少了，没办法说出它们的具体名称。他观察了一会儿。或许是仙后座。但看不见整片天空，他认不出星星的名字。他猛打了一个喷嚏。他感到腹部疼痛。一切都取决于你能看见多少东西。

突然间，一阵狂风呼啸而过，令松动的木头和一扇门噼啪作响。接着，同样突然地，它平静下来。它改变了想法。穆尔维觉得似乎另一场风暴即将出现。他希望自己弄错了。他无法承受另一场风暴。

从他身后某处，透过船身，传来小提琴和喇叭含糊微弱的乐声。那首曲子有几个名字，是来自利特里姆的里尔舞曲，但他不记得任何一个名字，虽然他听过不下一百遍。他试着站立或至少坐起身，但一股剧烈的疼痛在他的腿上蔓延开去。

他嘴里的味道现在令他感到恶心。像含着铜，带着苦涩：那是血腥味。统舱里的那场殴打折断了他的牙齿，每次他睡觉时，它们就会扎进舌头里。他不敢睡觉，实在是太疼了。他不再做噩梦，只有肉体上的痛苦。自从尼古拉斯死后他就再也没有做过噩梦或被梦魇侵扰。可是，折断的牙齿在折磨着舌头与牙龈。

他爬到那座阴暗狭小的囚室的角落里，从拴着铁链的杯子里喝了一口油腻腻的水。一个陶碗盛放的糊状流食从舱口被推了进来。伙食就像石头一样冷冰冰的，但他吃过更糟糕的伙食。一团土豆和捣烂的猪内脏和干硬的面包，这东西被水手们称为“海员便当”。可他很快就把东西吃光，还把盘子舔得干干净净。这比统舱里吃到的伙食好一些。

他对着渗水的墙壁上的涂鸦看了一会儿。有英语单词也有爱尔兰语单词：名字、污言秽语。更奇怪的是那些篆刻得像徽章的象形文字。狮子和猴子。或许还有一头长颈鹿。一幅图画，看上去像是一幅森林的地图。某一门他不知其名的语言的文字。

≈ א # ψ ℑ Ψ Ξ Φ

镣铐和铁箍被嵌在舱壁里。在甲板上立起一座铁铸的格子框架权当是厕所。在下方三十英尺，顺着铅管而下，是漆黑一片响起回声的翻腾的海洋。你可以看着它，但不能看太久。上升，下沉，就像一口沸腾的大锅。那徜徉肆恣的景象会令你胡思乱想。昨天晚上他想过尝试从那个洞口爬下去逃跑，考虑过如何拧开格框螺栓的种种方式。屏住你的呼吸，然后跳进水里，感受到龙骨刮到脊背的痛楚。但即使在想着这些，他也知道自己只是在打发时间。那种日子早就过去了。他没有那股劲儿了。

> 哈利法克斯有一个鲁莽的上尉，住在乡下地方，
> 勾引了一个女仆，一天早上她用袜带上吊命丧。

他听见从下面的橡木走廊里传来那个诺森布里亚看守的歌声。

> 他的良知在折磨他，他每天没有胃口，
> 他思念贝利小姐，喝下了松节油。

那个利索的小个子诺森布里亚看守的绰号很奇怪，唱起歌时就像鸟儿啁啾。他看守的囚犯对此很感兴趣，于是他解释了几遍。贝雕：一个海员们的用语，指从海难中找到用象牙或贝壳做的小玩意儿。如果你想和他聊天，他会陪你聊。但更重要的是，他肯让你一个人静静地待着。

穆尔维走到门口，高喊着要见贝雕。当贝雕出现在舱口时，穆尔维对他说自己快渴死了。看守一言不发地走开，过了一会儿，拿着一杯苹果酒回来。穆尔维几口就喝光了，但还是觉得口渴。他爬回床铺处，蜷缩着躺倒下来。

海难。骸骨与浮木。现在天更黑了：风时而呼啸时而停止，就像弹药所剩无几的战场上的交火。一切都是墨蓝色的，模糊不清。他试图在刺骨的寒意中蜷起身子，尽量不去想事情。像今天这样的夜晚，有一张毛毯盖可真舒服。

没有人能杀死他，他自己不用去杀人了，这种想法就像另一条没这么单薄的毛毯。船身在摇晃，海水在拍打，他不用将匕首扎入哪一个正在大口喘息的受害者的身体里。不用折断肋骨，不用扭断软骨。不用见到刀子抽出来之后瘫倒的身躯。

之前的十二个黎明他原本可以轻而易举地得手。当穆尔维潜入船舱里时，那个目标人物正在睡觉。他的眼睛逐渐适应了污浊冰冷的漆黑，他能辨认得出刺杀对象正躺卧着。醉醺醺的熟睡者在低沉不安地咕哝着。一个在自己的思绪深处寻寻觅觅的男人的呜咽声。穆尔维悄悄走上前，就像一个爱人爬上床铺，挨得那么近，他能闻到目标人物的喘息里带着威士忌的味道。启明星很快就会升起，但这个做梦的人见不到了。一切都归于平静。就连海洋也似乎平静下来。这个杀人凶手觉得就连瞳孔的扩大也会太吵，暴露他的行踪。

他想起了行凶目标的儿子的低语，那个几乎分辨不清身影的睡得迷迷糊糊的小男孩，在大西洋的黑夜里半睡半醒，发现一个影子从敞开的舷窗爬进来。那个孩子动了一下。穆尔维什么也没说。“格兰特利？”小男孩嘟囔着说，“我们到美国了吗？”穆尔维没有动。船身轻轻地倾斜了一下。“睡吧。”他轻声说道，“我只是值夜班的乘务员。”小男孩的呼吸变得更加困倦，朝着长枕打了个呵欠。“你爸爸睡哪间房？”那个梦中人低声问道。小男孩含糊地指了一下，翻身又进入梦乡。

他的父亲睡得死死的，双臂交叠摆在胸前，似乎已经躺在棺材里或披上了厚帆裹尸布。一具尸体，戴维·梅瑞狄斯。一个杀手正低头看着他。纽盖特的恶魔从往昔岁月中复活了——在东边第一缕苍白的曙光中出现。

刀在手中，作势要砍下去。但他的手在发颤，他没办法让自己动手。不是关乎道德的问题，而是出于本能的厌恶。杀人只是关乎角度和推进，刀刃从一个坐标移动到另一个坐标，他杀过人，不是为了别的，只是为了生存，现在他发现根本不可能再干出这种事情。他不知道为什么，只知道他没办法动手。从他被命令执行这个任务的那一刻起，他就已经知道了，早在那之前就知道了：或许始于利兹。他杀了两个人。他没办法再杀人了。你可以说这是懦弱，他不在乎别人怎么说他。在这间牢房里，他是绝对安全的。他唯一的紧迫问题是被释放的威胁。

他打了一会儿盹，但睡得不沉，睡得不踏实。沉闷的音乐开始变得响亮，变得尖利，透过乐声，他能听见跳舞的人含糊的拍掌声。《我的爱人在美国》？那首曲子的名字。纽约的码头。它们会是什么样子？像利物浦、都柏林或贝尔法斯特的码头吗？Dock，这个词语既有**码头**的意思，也表示**被告席，一个犯人站立的地方**。要杀他的那帮人会在等候吗？虚张声势的吹嘘。Bluff，**这个词既有吹嘘的意思，又有山峰、陡岸、峭壁的意思。扑克牌里的术语：外强中干的诈唬。或许源于中世纪的荷兰语：咋呼**[1]**；吹唬**[2]。他的哥哥现在和他一起坐在朦胧的黑暗中。纽盖特监狱的典狱长。一个他不认识的姑娘。他的父亲坐在壁炉边。狄更斯。摩洛克。德里克莱尔的迈克尔·费根。那个声音从他身边响起，但他不知道来自何处。它又响起了，一把炽热通红的刀刃，残忍地捅进冰封的科里布河；发出轻微的嗞嗞声。**老朋友来了，穆尔维。**

他睁开眼睛，迎来洞穴般的漆黑。他抬头看着铁栅。一个影子正在移动。

1　原文是“blaffen”。

2　原文是“boast”。

“是谁在那儿？”他喊道。

没有回答。

“有人在那儿吗？”

铁栅旁边的木板传来轻微的脚步声。他觉得他听到了一个大个子男人的沉重喘息声。当他坐在甲板上时，靴子发出了声响。

“到窗边来。”那个声音急促地低声说道，“老朋友来了，他只是想帮你。”

“你是谁？”

“我是亨利·迪兹牧师。快点。我没多少时间耗在这里。”

穆尔维掀开发出恶臭的毛毯站起身，谨慎地走上前。风在咋呼，就像在疯狂地吹嘘，然后像刚才一样停住了，似乎被某个残暴的事物扼杀了。现在他更清晰地分辨出那个呼吸声。

“听我说，庞乌斯老伙计。再走近点。不要惊慌。毕竟我是侍奉上帝的人。”

那儿传来了轻笑声，就像一个告密者在看着别人挨鞭笞。

“你到底是谁，快说，不然我不会再走哪怕一英寸。”

那个声音回到他耳边，带着深切的痛苦。

“我是你哥哥，尼古拉斯·穆尔维。今晚我好痛苦！庞乌斯，他们在拷问我的灵魂！他们把我架在炉子上鞭打！”

“你到底是谁？”

没有回答。他又走上前一步。伸长了脖子。踏上长凳。一个拳头从铁栅外伸出来，揪住他的头发。穆尔维猛地往后退，摔倒在潮湿的地板上。从窗口传来悲切的笑声。那是一个迷恋折磨的男人充满遗憾的古怪笑声。

“那一次把你整得够呛，死样。不过，那一天很快就会到来。

不久之后你就会见到你那哽咽的哥哥。”

这一次，那只手更加缓慢地从铁栅间穿过，将一团湿湿软软的东西丢在黏糊糊的甲板上。

“这是你的心脏，死样。我帮你把它挖出来了。”

那个囚犯小心翼翼地用脚踩它，它渗出液体。那是一团湿滑的黄褐色海藻。

“你看得懂吗，小样?”

穆尔维一言不发。

“那就对了，死样。我们就快上岸了。再过三天，我们就会到达美妙的纽约。”

“你是谁?”

“他被下达了任务，小的们，但他没有完成任务。穆拉，他以为他让自己被关押起来就能逃避任务。”

“你到底是谁?”

“已经告诉过你，会有人在船上看着你。真的有人在看着你。”一声干咳。一根火柴的打火声。“嗯,或许我得让自己也被关押起来。我们俩在一起，将会有一场盛大庆祝。我会让你见识几招，让你永世难忘。”

“你怎么知道我的事情?”

“难道你不记得我了吗，小样？好好想想。”

“我根本不认识你。”

没有人应话。只有他吭哧吭哧的笑声。统舱里传来雨点般的掌声。

“说出你的名字，像个男子汉。”

“那你就可以告发我了。”

“我不是无耻鼠辈或告密者。”

“你两样都是，而且更糟。你这个胆小的绞刑犯。但那根本不要紧，因为像我这样的人多的是。他们都知道你的样子，他们见过了。”

“以耶稣基督之名，把你的脸露出来。”

“可那是没用的。你上次见到我的脸时，它戴着一张好看的面具。”

“面具?”

“哎,死样。我是你在阿纳格利瓦的最后一夜为你送别的人之一。那一次，我和我的同志们揍得你惨叫连连，就像一头堕入陷阱的骡子。但是，等我们完事后，你会叫得更加凄惨。”

“骗子,”穆尔维喊道，“这实在是太荒唐了。去死吧。”

脚步的拖地声。在微风吹拂的黑暗中传来一声动静。一张脸庞在月光照亮的栅栏后面出现，那个囚犯认出了那恶毒的目光。

“你死定了，死样。你时刻都被监视。要是那个卑鄙小人梅瑞狄斯离开这艘船，纽约会有五百个人轮流拿棍子揍你。你会对着我和别人尖叫求饶，可那只会让我们更慢悠悠地折磨你。”

透过生锈的铁栅，谢穆斯·梅铎斯露出狞笑。

“我会收拾你，穆尔维。只要一有机会。”

盖尔人的生理特征——脸的下半部分向前突出，最突出的部位是上颚，下巴略微回缩（爱尔兰人通常没有下巴），前额后缩，大嘴巴，厚嘴唇，鼻子与嘴巴之间距离很长。鼻梁很短，总是塌陷下去，鼻尖上翘，鼻孔裂开，颧骨尤为突出，眼窝大体下陷，眉弓凸起，头骨狭窄，后脑勺很长，耳朵能张开到非常惊人的程度，听力非常敏锐。尤其引人注目的是突出大张的嘴巴和一口龅牙（即黑色人种的凸颌），高耸的颧骨和扁塌的鼻子，等等。

《比较人类学》，作者：丹尼尔·麦金托什，
发表于《人类学评论》，1866年1月

第三十一章　贵客

航行第二十四天（12 月 1 日，星期三），读者将了解到几份当时的文件中的内容，以及几位与当天极为重要的事件有关联的乘客们的真实回忆。还有作者本人记述的一次令人不安的生日庆祝（当时的场面令他终生难忘）。

洛克伍德船长的船舱

上午 9 点 38 分

登记簿里的一则紧急记事

1847 年 12 月 1 日

不到五分钟前我刚刚完成了一次会谈，与会者有金斯考特勋爵、大副利森、囚犯庇乌斯·穆尔维和我。会谈发生的情形如下：

两个小时前，今天凌晨，我收到通知，得去囚室一趟。那个囚犯穆尔维整晚处于极度沮丧不安的状态。他说他迫切需要和我与金斯考特勋爵沟通，谈论一桩非常严重的事件。他当时不肯透露具体内容，只是说他有令人极为担忧的情报，关乎船上的金斯考特勋爵及其家人的安全。

我下令将他押到我的船舱里。到了那里他仍拒绝再透露哪怕一个字，除非金斯考特勋爵亲自来见他。显然我不愿意安排这次见面，但他说要是他见不到勋爵本人并亲口告诉他，那他什么都不会说（事实上，他将被关回囚室，连同他的情报一并被带走）。

我想出一个借口，以免引起恐慌，派人到金斯考特勋爵的船舱传话，请他与我共进早餐。勋爵进来时，穆尔维变得焦躁不安。他跪在地上，开始叫嚷，亲吻着金斯考特勋爵的手和衣服，呼喊着他亡母的名字，似乎她是一位圣徒。这番热情的倾诉令勋爵大人面带尴尬，请他起身说话。我向金斯考特勋爵解释说他就是我之前提到过的人，声称有一个重要的消息要向梅瑞狄斯家族透露。

穆尔维告诉我们昨晚大约午夜时分，透过囚室的栅栏，他见到统舱的两个男人从甲板上经过。他们在囚室旁边停下脚步，开始低声交谈。

其中一个人向另一个人透露他隶属于戈尔韦一个名叫“否债者”的秘密革命团体。他透露自己被安排到船上，目的是杀死金斯考特勋爵和他的妻儿，作为遭到驱逐和梅瑞狄斯家族在那个不幸之地的所作所为的报复。

金斯考特勋爵非常惊诧，但接着说他确实曾经收到来自同一个暴徒团体发出的威胁纸条。而且他说他有理由相信他父亲的坟墓遭到了那帮野蛮人的亵渎，爱尔兰警方忠告过他在没有武装保镖陪同的情况下不要在自己的庄园里走动。他最关心的是身在船上的妻儿必须得到保护。我向他保证我会下令从这一刻起安排私人保镖。他央求我在安排保护时不要让他的妻儿知情，因为他不想让他们担心。我说他们最好在剩余的航行时间里一直待在自己的船舱。他说他会想办法。

穆尔维认不出其中一个同伙，但另一个把残忍的谋杀挂在嘴边的同伙是来自克利夫登的谢穆斯·梅铎斯。

我立刻派遣利森带几个人到统舱逮捕他。他的行李被彻底搜查，找到了一份革命宣传材料，是一首宣泄对地主的仇恨的民谣歌词，有几个人曾听到他在深夜喝醉时吟唱过。他被关进囚室，直到我们抵达纽约为止，然后他将被移交给当局关押。

金斯考特勋爵诚恳地向穆尔维致谢，说他欠了穆尔维一个人情。他说他明白这么做一定是艰难的抉择，因为他很清楚告密者被爱尔兰平民视为贱民。他想给穆尔维一笔钱嘉奖他的勇气，但穆尔维坚决不肯要。穆尔维说他只是履行身为一个基督徒的责任,要是他不这么做,晚上他会睡不着觉。穆尔维又提到了金斯考特勋爵的亡母，他说自己的父母曾受过夫人的恩惠，仍一直在为她的安息祈祷，而且每年都会去克利夫登扫墓（奇怪的是，我以为穆尔维的母亲已经亡故了）。时至今日，已故的伯爵夫人的肖像画仍挂在他们那间简陋的小屋里，画前总是点着一根蜡烛以示虔诚。他的一个妹妹被取名为维瑞蒂，表示对金斯考特勋爵亡母的纪念与尊崇。他绝不能任由维瑞蒂夫人的儿子被像谢穆斯·梅铎斯那样的混账东西杀害。想到两个小男孩遭到伤害或有更加糟糕的情况发生，他实在是无法忍受和面对。

听到这里，金斯考特勋爵显得十分不安。穆尔维央求他不要难过，他应该相信绝大部分戈尔韦人和他穆尔维有同样的观感，果园里总会有一个烂苹果，败坏了其他苹果的好名声。他说是贫穷和信仰淡漠导致了如此严重的局面，在那片荒芜的田野里只有暴力在令人伤悲地滋长，而在此之前卑微的仆人和庇护他们的主子和睦相处。金斯考特勋爵再次向他致谢，恢复了些许平静。

这时金斯考特勋爵想：梅铎斯被关在囚室里，而且穆尔维在统舱里待不下去，他在船上没有安身之处了。穆尔维回答："我想情况确实如此。我原先没有想到这一点。但一切尽在救世主的手里，愿他的意旨总能实现。他会庇佑我，我知道。"然后，他补充说："要是我因为今天所做的事情遭到杀害，至少我死的时候良心是清白的。

我知道，今晚我将在天堂里见到您的母亲。”

我说我或许可以安排他和水手们睡在一起，但金斯考特勋爵坚决不肯这么做。他说一个人并不是每天都能有幸获救，他希望至少聊表谢意。勋爵大人、穆尔维和我都同意在剩余的航行时间里他将住在头等舱，住在金斯考特勋爵的头等舱隔壁的小房间里，那里原本用于存放床单等物品。我们说好这个安排会被保密。

金斯考特勋爵说他需要一点时间和妻子商量这件事情（似乎伯爵夫人才是一家之主）。

❖

金斯考特伯爵夫人的船舱

约上午 10 点

“你不是说真的吧？”劳拉·梅瑞狄斯说道。

“我知道很烦。但洛克伍德坚持认为那个可怜的家伙已经一脚踏入了鬼门关。”

“没错，戴维。”

“‘没错’是什么意思？”

“他可能得了霍乱或伤寒：任何一种肮脏的传染病。而你却提议让他在我们孩子旁边睡觉？”

“并不是在他们旁边，看在上帝的分上。”

“在隔壁船舱，而且就在我的船舱对面。多方便啊，要是他想找三个桥牌搭子的话。”

“难道你就不明白，我们对这些人负有责任吗？”

“我和‘这些人’没有任何干系，戴维。他们已经惹得我够心烦了。”

“我只是想帮助一个不幸的可怜人。不管你答不答应，劳拉。”

“那就去啊，总之我不答应！”她大声吼道，“反正你干任何事情都是这样。”

她走到舷窗边，出神地望着外面，似乎她渴望见到五百英里外的陆地。

“劳拉——我们探讨时不用抬高嗓门说话。”

“噢，是的。我忘记了。我们绝对不可以抬高嗓门，不是吗？绝对不能对任何事情怀有一丝人类的情感。必须永远没有血性，没有生机，就像你父亲那些该死的骸骨的其中一具。”

“我希望你不要将这几个房间变成言语低俗的营房，劳拉。我们得为孩子着想。你知道，我们吵架会令他们心里难过。”

“别以为你有资格教训我怎么带孩子。戴维，我警告你。”

“我没有想过要教训你。但你知道我是对的。”

她扭着头说话，似乎梅瑞狄斯不值得她费神去面对。“你知道是什么事情令他们心里难过吗？他们难过的时候会去找你吗？他们的父亲关心的不是他的妻子与家人，而是素不相识的陌生人。”

“这不公平。”

“不公平吗？你知道今天是你大儿子生日吗？要是你记得的话，不妨对他说声生日快乐。”

“对不起。你说的对。我一时给忘了。”

“你应该向被你那毫不体贴的态度伤害的人道歉。当然，得等你拯救了世界之后再说。”

“成千上万的人在死去，劳拉。我们不能坐视不理。”

她没有应话。

"劳拉，"梅瑞狄斯说道，走上去抚摸她的头发。她似乎察觉到这个动作，躲开了。

"我们帮点忙并不麻烦，劳拉。你一定会同意的。只要再过三天我们就到纽约了。"

劳拉平静地开口了，似乎她觉得说话痛苦。"他们永远不会爱你，戴维。为什么你就不明白呢？已经发生太多事情了。"

梅瑞狄斯干笑了一声。"尽说些奇怪的话。"

劳拉转身说道："是吗？"

"我只想得到你们的爱。你和两个孩子的爱。对我来说，那意味着一切。"

"你一定以为我是个瞎子，是吧？"

一道波浪泼上舷窗，然后顺着玻璃往下流。透过墙壁，他们听见两个孩子在叫嚷。有人在敲门——清洁乘务员打了声招呼。

"你同意我帮助那个人吗，劳拉？"

"去呀，跑着去，戴维。像你平时那样。"

囚室

上午10点41分

我……约翰·洛斯利……海员执勤官，在此声明今天……上午10点41分……囚犯庞乌斯·穆尔维……在我看守下获释，他的财物已经如数归还，他已签字确认，即……《圣经》一本、一便士硬币六枚、一法寻硬币一枚。

❖

庞乌斯·穆尔维的船舱

约上午11点

（出自皇家邮政专员乔治·卫斯理致G. 格兰特利·迪克森的书信片段，1852年2月11日）

12月1日星期三上午……一个乘务员到我的船舱，说他们需要收回被单间或杂物房，我在里面存放了两个行李箱……据说一个来自统舱的病人被安排住进那里。听到这个消息，我承认我有点不高兴，但那个乘务员说他奉命行事，其他一概不知情………我有几份得处理的文件存放在其中一个行李箱里，但我不记得哪一个。我那笨头笨脑的仆人布里格斯那天早上晕船了，像一座间歇喷泉般呕吐不止，因此我说我会自己去拿……

那天上午，头等舱有门卫把守，每扇门前都站着一个人。那个乘务员不知道为什么会这样，但我并没有对此多想什么。我认为从离开女王镇的那一刻起就得安排人手保护我们，之前没有做出这个安排实在是太过分了，因为大部分同行乘客的道德有问题……

当我走进那个小房间时——面积大约八英尺长六英尺宽，四面全是架子，没有舷窗——金斯考特勋爵和他的大儿子乔纳森·梅瑞狄斯正在帮一个人用垫子与毯子在地板上搭一张简易床铺。那个人身高大约五英尺四英寸，非常瘦弱，长着一双忧郁的蓝眼睛。他衣着褴褛，形容枯槁，显然是那种宁可游手好闲也不肯工作的懒虫。他身上带着那股惯有的难闻味道。你本以为他的残疾会是最为明显的特征——他有一只“义脚”，走起路来瘸得很厉害——但最令人难忘的特征是他的眼睛。被他盯着看就像被一只在雨夜里被赶走的丧家之犬盯上。

我不能说我在他的脸上见到凶残或有犯罪倾向的迹象。根本不是，他看上去很无辜，甚至到了轻度痴呆的程度。他就像一个高加索人种的黑鬼，如果真有这么一种可怕的人不人鬼不鬼的怪物存在的话。他看上去不像是恶人，却像一个笨小孩。

事情已经过去一段时间了，我不记得是否说过话，如果有的话，内容根本无关紧要。但我记得当我在找箱子的间隙抬头望去，我察觉到船舱里有一股拘束的沉默。金斯考特勋爵和那个男人——该死的，我根本无法表达那种感觉——两人置身于那个小小的空间里，似乎不大自在。可他们就像白痴怪胎般彼此相对傻笑。那种感觉很难解释。就像一个初次参加舞会的小姐不得不与一个丑陋的男爵共舞，否则妈妈会责骂她，全家人都会遭殃。虽然什么都没说，但气氛中弥漫着强烈的不安，事实上，双方都察觉到了。

我继续找东西，找到了我需要的那几份文件。那个小家伙开始摆弄架子上的床单，他的父亲吩咐他得乖乖的。场面平静而友好，没什么异常。就在这时候，那个姑娘进来了。

她在门道里定住了，就像一具圣母玛利亚石膏像般纹丝不动。我这辈子从未见过哪个女人站得那么僵硬，之前没见过，之后也没见过。你知道，她们就像麻风病人般坐立不安。但这个女人的身姿就像哨兵般笔挺。她的行为确实古怪，和她所属的那个阶级和民族一样邋遢懒散，没有丝毫优雅或幽默感，如果你随口问候她一句，她会盯着你看，眼神就像魔鬼的刀子。但至少我觉得蛮新奇古怪的。见到那个瘸子似乎把她吓坏了。至于那个瘸子，他看上去同样惊诧莫名。

她抱着两个枕头，我想是有人命令她拿过来的。但她只是站在门道里，没有把枕头放下。她的脸色并没有变得苍白，她也没有露出任何表情。她只是奇怪地久久地一动不动。

然后，梅瑞狄斯开始介绍他们认识，似乎一场奇怪的家庭聚会即将开始。“噢，穆尔维。我想你还没见过我两个孩子的保姆。杜安小姐。”

“是你啊，玛丽。”那个爱尔兰佬平静地说道。

金斯考特看上去有点疑惑。“你们彼此认识吗？”

又隔了许久，没有人开口说话。

“我想你们曾经在船上见过面，是吧？”

瘸子毕恭毕敬地说道：“阁下，杜安小姐和我在小时候时就认识了。我们两户人家曾经是世交。我是说在戈尔韦的时候。”

“我明白了。嗯，那真是太好了。你说是吧，玛丽？”

那个女仆一声不吭。

“我让你俩单独待一会儿叙旧好吗？”她那不幸的主

人问道。

她把枕头放在一个架子上，默不作声地离开了。梅瑞狄斯不满地咂了咂嘴，似乎对她的这一做法感到困惑和不满。

“该死的女人，是吧?”

“是的，阁下。”

“她的丈夫不久前亡故。因此她有点失态。你一定得原谅她。”

他以那难听而滑稽的口音回答：“我明白，阁下。谢谢您，阁下。愿上帝与圣母赐福予您，阁下。”他们戕害了女王陛下的英语，一如他们戕害了其他的一切。

这就是我想告诉你的所有内容。我把行李箱锁好，然后离开了。

现在那个姑娘站在走廊的尽头背对着我。守卫们看着她，但她似乎并不在意。我没有多想什么，回到我的船舱里……

你原本会以为遇到杀人凶手和受害者会留下更深刻的印象，但说老实话，并没有。我更担心的是，把我的行李箱留在那个人眼皮底下，他或许会把箱子撬开，以为里面藏着一瓶酒、一把手枪或一串玫瑰经念珠。

头等舱的主走廊

约下午1点

出自一份在1847年12月20日向纽约警署的丹尼尔·奥多德警官与詹姆斯·布里格斯警监宣誓的文件。谋杀案发生两个星期后：约翰·韦恩赖特，一个在头等舱上执行保镖任务的牙买加水手回忆在特等客舱或起居室里发生的气愤争吵，他起初以为是金斯考特勋爵与勋爵夫人在争吵。“他们总是在斗气和争吵，”他解释说，“但船长命令不许别人去打扰他们。”

女人：“给我滚出去，你这个下流的畜生。”

男人：“我求求你。就五分钟。”

女人：“要是我知道你在这艘船上，我早就下船了。出去！”

男人：“没有任何理由能让我得到原谅。我为自己做过的事情感到万分羞愧。”

女人：“那你就一直羞愧下去吧！永远羞愧下去！你听见我说什么了吗？你这个狗娘遗弃的东西。哪怕你在地狱里永远遭受烈火焚身，那也算便宜了你。”

男人：“我爱过你。那时候我发疯了。”

女人：“那我无辜的孩子呢？活该像一只狗那样被淹死吗？”

男人（难过）：“对她做出这种事情的人并不是我啊，玛丽。”

女人：“就是你干的，你心里也知道。那就好像是你用那双杀过人的手把她按进水里，剥夺了她的生命一样。”

男人：“玛丽，原谅我，看在慈爱的耶稣的分上。”

女人（嘶声尖叫）：“那你亲哥哥的孩子呢？那个身上有你家族血脉的孩子呢？你到底是怎样的恶魔？一个害人精还有什么理由苟活？”

男人：“玛丽，我从未想到他会做出那种事情。我以性命发誓，我真的没想到。我怎么会知道呢？”

女人：“当你见到我们像尘埃般流落街头时，你心里清楚得很。”

男人：“我不知道事情会变成这样。我不知道他们会揍他一顿。要是他们来的当天我在那儿的话，我会阻止他们，我发誓。”

女人：“是会加入他们，一起殴打他吧。”

男人：“玛丽，我不会那么做。我会阻止那件事，我对耶稣发誓。之后因为这件事情，有人向否债者告发了我，玛丽。”

女人：“那真是你的报应。我恨不得他们杀了你。我会开怀大笑。”

（那个男人“放声号啕大哭”。）

男人：“你看看！看看他们对我做了些什么。你觉得高兴吗？你看清楚了吗？难道我就活该受这样的折磨吗，玛丽？你会拿着刀子干出这种事情吗？”

（那个女人没有开口。）

男人：“玛丽，为了找你，我走遍了康尼马拉每一寸土地。你、尼古拉斯和那个孩子。我走遍了从斯皮德尔到韦思特波特的每一片田野，把脚上的皮都磨破了。”

女人（嘶吼）：“你这个黑心肮脏的贱人骗子。我诅咒我让你接近我的那一天。你这个狗娘养的杂种，根本算不上是男人。”

男人：“你不应该说这种话，玛丽。”

女人：“他临死前在诅咒你。我希望你知道。一个牧师的诅咒就落在你头上，永远不会解除。”

男人：“玛丽，别说了。”

女人：“每当你看着水面，你就会看见他的灵魂被烈火焚烧。你这辈子甭想再安心睡一晚好觉。你不得好死。你听见了吗？你去死吧！”

他听到一阵扭打声。那个女人现在放声尖叫。

这时候，那个水手用力敲门。没有人应话。接着是一阵激烈的争吵，但水手听不懂那门语言。房间里有东西被打烂了。现在水手不顾命令，把门打开，害怕那场争吵会以致命冲突而告终。

那个统舱乘客穆尔维与梅瑞狄斯家的女仆玛丽·杜安小姐在房间里。穆尔维的衬衣敞开着，他痛哭流涕。

水手问杜安小姐是否一切安好。她没有回答，但离开了特等客舱，显然心情十分沮丧。

水手叫穆尔维先生离开那里，回自己的船舱。当他转过身时，那个水手惊恐地看到在穆尔维的胸口和上腹部位有一个大大的心形伤疤，里面刻着字母“H”。那道伤疤严重化脓，而且他的皮肤因为长了坏疽而发黑。“从门口我就闻到那股恶臭。”

穆尔维离开了房间，没有再说什么。

❖

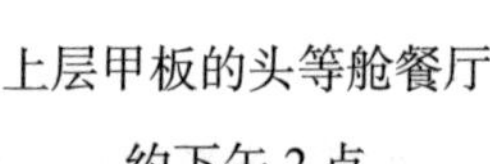

上层甲板的头等舱餐厅

约下午 2 点

“在干吗？”

“正在吃午饭。但或许已经结束了。”

“洛克伍德船长吩咐，我和孩子们从现在起得留在船舱里，不能出门。为什么呢？”

“那你得去问洛克伍德。这艘船可不归我管。”

“格兰特利说——”

“我根本不在乎你那宝贝格兰特利或其他人说些什么。你听见了吗，劳拉？你和你那宝贝格兰特利淹死了我也不会在乎。事实上，那可就方便多了。”

劳拉在桌旁坐下。“戴维——那是真的吗？”

“什么是真的？”

“我们有危险，是吗？”

梅瑞狄斯翻了一页报纸。“该死的，别闹了。”

“那门锁呢？门闩呢？宵禁呢？保镖呢？刚才我离开时，走廊里有七个武装护卫把守着。现在头等舱里要私底下聊一会儿天似乎根本不可能。”

“真是太不方便了，劳拉，你被剥夺了隐私权。”

“我说的不是我自己，而是你的两个孩子。他们被生下来可不是为了蹲监狱。”她停了停，然后补充了一句：“这对玛丽也不公平。”

“玛丽会听从命令，而且不会抱怨。”

两个乘务员过来收拾餐具。一道脏污的浪花溅到甲板上。

“我本以为在这种情况下你会多顾念那个姑娘一些。”

“我真的不知道你到底在说什么。”

“其实你心知肚明。我也是。”

“之前我告诉过你，她是家族的老朋友。”

“你对得起自己的良心就行，戴维。我不指望也不需要解释。当轮到我被审判时，我也不指望被伪善对待。”

梅瑞狄斯看着她。她则凝望着大海。

“我们在这艘船上会有危险，是吗，戴维？我有权利知道。”

“那只是该死的无稽之谈罢了。一个谣言，如此而已。”

她平静地点了点头。“孩子们也是目标吗？”

梅瑞狄斯什么也没说。

“你怎么知道的?”

“如果你真想知道，是穆尔维警告了我们。就是那个你不肯稍抬贵手帮帮忙的男人。但谢天谢地，不是每个人都像你，是一个只会尖声叫嚷的势利女人，否则我们可能都已经在床上被开枪打死了。”

这时迪兹牧师走上前问候梅瑞狄斯夫妇。他有一份生日礼物要送给乔纳森，把它给了伯爵夫人。那是一本约翰·牛顿的[1]《奥尔尼赞美诗》。他或许察觉到两夫妻正在吵架，他没有留下来，而是在另一张桌子旁边坐下，比平时他坐的位置要远一些。金斯考特勋爵继续读报纸。当他再抬头看去时，他的妻子正在默默哭泣。

“劳拉。”

她的眼里噙满泪水，顺着脸颊簌簌流下。

“我很抱歉。”梅瑞狄斯说道，“原谅我，劳拉。我的话太难听，实在是太残忍了。”

她发出令人心伤的痛苦啜泣，脸庞扭作一团。那是多年来两人头一回柔情脉脉地抚摸对方。在哭泣声中，两人十指交缠。她艰难地吞咽着，张大着嘴巴环顾着甲板，她的脸上浮现出难以言状的茫然神情。

“不会有事的，劳拉。没事的。我答应你。”

她又点了点头，亲吻他的手指关节，然后站起身快步顺着甲板走开了。

1　约翰·牛顿（John Newton，1725—1807），英国圣公会牧师，曾撰写多首基督教赞美诗，包括《奇异恩典》《万般荣耀难尽述》等作品。

❖

庇乌斯·穆尔维的船舱

约下午 4 点

（乔纳森·梅瑞狄斯多年后的回忆。事情发生时他才八岁。）

“一切都还好吧?”

他们走进那个小船舱时，穆尔维跳了起来。一块面包和一小块奶酪掉在平纹细布的床单褶皱间。

“是的，阁下。谢谢您，阁下。”

那个可怜人看上去吓呆了，似乎他即将遭到逮捕。

“好伙计，好伙计。我是说，你穿的那件衬衣蛮好的。”

“刚才伯爵夫人带过来的，阁下。我本不想要的。”

“别傻了。它穿在你身上比穿在我身上好看多了。”

“您真是好心，阁下。谢谢您，阁下。见到伯爵夫人，实在是我的荣幸，先生。她真是太好心了，阁下，确实如此。”

“我见到她还帮你稍稍打扮了一下，是吧?”

“谢谢您，阁下，是的，阁下。”

“好。听我说，穆尔维，船长和我有事想告诉你。”

“阁下?”

他推了儿子一把。小男孩走上前，不情不愿地拖腔拖调地念诵已奉命熟记于心的那番话。“穆尔维先生，我希望能邀请您今晚参加我的生日茶会，如果您之前没有其他安排或紧急事务需要处理的话。”

“然后呢?”金斯考特勋爵说道。

“如果我和弟弟今天剩下的时间乖乖听话，那我们就能吃到蛋糕。”

“然后呢？”

接着他愁眉苦脸地说：“可如果我们调皮，就没有蛋糕吃了。”

梅瑞狄斯会意地朝他的施舍对象眨了眨眼睛。“你怎么说，穆尔维？听上去好像很好玩，是吧？”

“我——我没有像样的衣服穿，阁下。就只有我站在这儿穿的衣服。”

“噢，伯爵夫人可以叫玛丽看看我的衣物。一定有几件旧衣服我们可以让你穿上。”

“我宁肯不要，阁下，如果您不介意的话。我只会碍事。”

“胡说八道。要是你不来，我们会生气噢。是吧，小乔？”

“我们会吗？”

“会的，我们一定会的。”他的父亲说道。

“我们也会邀请迪克森先生吗？”

“我想他会很忙，老伙计。”

“不，他不忙，爸爸。我已经问过他了。他说他很乐意参加。我想之后他会讲一则故事给我们听。他讲故事可好听了，爸爸。差不多有你那么好。”

乔纳森·梅瑞狄斯的父亲看上去并不高兴。“难道你不想只和亲友相聚吗，老船长？别以为我们会邀请一大帮外人。”

“我也不想，”他的儿子回答，“可你和妈妈说我们必须邀请穆尔维先生。”

金斯考特勋爵叹息一声，说他认为可以这么做。

这时穆尔维脸色苍白，显得非常忧虑，试探着说：“阁下，我真的觉得我会碍事。您真是好人，但您太客气了。”

“胡扯。那是伯爵夫人和我自己的命令。我觉得这对孩子们来说是一件好事，如果你明白我的意思。”

“阁下?”

“和不同阶层的人相处。我们不能让他们以为每个人都是该死的装腔作势的贵族，是吧?”

“阁下。”

“之前你客气地提及我的母亲，每年她生日时总会举行一场盛大宴会,邀请佃户和工人。没有架子,不用摆谱。每个人都踊跃参加，平等相待。没有这种该死而荒唐的主仆之分。你知道的，全体戈尔韦人都团聚在一起。我们希望保持这个传统。”

“阁下。”

“七点左右过来吧，好吗?好伙计，好伙计。噢，还有这个。”

他递给穆尔维一把利可割喉的剃刀。

“那是伯爵夫人的主意。”金斯考特勋爵说道，“你会知道它是多么锋利好使。”

❖

梅瑞狄斯一家进餐的特等客舱

晚上 7 点

穆尔维蹒跚着走进来，神情慌张，浑身大汗，穿着一件对他来说大了好几码的晚礼服。他的头发抹了不知什么油脂，贴在头皮上，他的皮肤闪闪发亮，就像尸体上结了一层冰。

因为他是一个快活的小伙子，
因为他是一个快活的小伙子，
因为他是一个快活的小伙子，
没有人能否定。

在桌子的一边坐着罗伯特·梅瑞狄斯和她的母亲，八岁的乔纳森子爵坐在中间，戴着用报纸剪成的手工粗糙的王冠。他的母亲和弟弟也戴着纸做的帽子。在穆尔维看不见的另一边，背对着门口，坐着玛丽·杜安和格兰特利·迪克森，也都戴着纸帽，神情尴尬。在桌子上首，靠近舷窗的位置，坐着卡纳的金斯考特勋爵。他扬手打了个招呼。他没有戴帽子。

“费尔特，”他喊道。那是爱尔兰语的“欢迎”一词。

“孩子们?”劳拉·梅瑞狄斯立刻站起身说道，“这位是我们的贵客：穆尔维先生。”

“晚上好，穆尔维先生。”乔纳森咧嘴笑着说，举着一根闪闪发亮的甜点汤勺热情地向他问好。

“那到底是谁呀?”罗伯特·梅瑞狄斯厌嫌地问道。

“穆尔维先生是朋友，过来和我们共进晚餐。”

“蒙夫人邀请，实在是我的荣幸。”这位不速之客怯生生地说道。

“您肯接受邀请，是我们的荣幸，穆尔维先生。您请坐，好吗?我们给您留了座位。”

他一瘸一拐地走到桌旁仅剩的空位，在格兰特利·迪克森与玛丽·杜安之间。在他身前的两个小男孩和他们的母亲在静静地笑。他盯着整整齐齐的亮闪闪的银质餐具、摆得方方正正的水晶杯和一沓沓精美的盘子。四个乘务员立刻端着盛在支架上的佳肴走进来。

两个小男孩发出欢呼和狼嚎声。

“姜饼!”其中一个叫嚷着。

“蛋糕!”另一个叫嚷着。

“你忘了什么东西吧，穆尔维?”金斯考特勋爵抬起右手，打了个响指。伯爵夫人从桌上拿起一顶报纸做的帽子，煞有介事地戴在客人的头上。

她怪不好意思地轻声笑着说:“您不会介意吧?”

“他当然不会介意，你这个多嘴的婆娘。我从未遇到过一个不喜欢派对的戈尔韦人。”

乘务员们仍在将食物摆到送餐桌之上。一碗碗的土豆和热气腾腾的萝卜。水蒸气凝结的水珠令盘子闪烁着光亮。一壶壶的柠檬汁、乳酒冻和蛋奶冻。

“你的脸怎么了?”

“我刮胡子的时候割伤了，少爷。”

“你差点把你的死人头给割掉了。”

“乔纳森。”他的母亲说。

又有几辆手推车盛着一盘盘的食物被推进来。玛丽·杜安从桌旁站起身，帮乘务员们把东西拿下来。乔纳森·梅瑞狄斯冲穆尔维微笑着。

“我爷爷曾与纳尔逊勋爵并肩作战。他杀了许多法国佬。您杀过法国佬吗，穆尔维先生?”

“没有，少爷。”

“德国佬呢?”

“没有，少爷。”

“要是你不闭嘴，他马上会把你杀掉。”金斯考特勋爵说道，“喝酒吗，穆尔维?”

“我不喝酒，先生，谢谢您。”

“来嘛，就喝一小杯。干红葡萄酒还是夏布利白葡萄酒?”

“我不懂酒，先生。”

“噢，你一定有喜欢喝的酒。来吧，说嘛。”

劳拉·梅瑞狄斯察觉到他的尴尬，说道：“您知道吗，穆尔维先生，我也没有特别喜欢喝的酒。我总是觉得考虑这些事情完全是在浪费时间。您觉得呢?”

“夫人。”

“或许您陪我喝杯雪利酒吧。那是我喜欢喝的酒。”

“谢谢您，夫人。那好吧，我陪您喝。谢谢您。”

“我没见到这儿有该死的雪利酒。”金斯考特勋爵说道。

“在那儿呢，戴维。就在你的手边。”

“啊，在这儿呢。可怜的瞎子。今晚像个白痴般瞎忙一气。”

金斯考特勋爵给他倒了酒，端到桌上。

“等我长大了，我要杀几个法国佬。或许还要杀几个德国佬。发射炮弹砸到他们又丑又肥的脸上。”

“乔纳森，够了。”他的母亲说道。

“嗯，好的。”

“你知道维多利亚女王的丈夫就是德国人吗，老伙计?”他的父亲说道。

“你骗人。”

“真的没骗你。真的是像香肠那般的德国人。”

“或许今晚由你来做饭前感恩祈祷吧，乔纳森。”

“我想让穆尔维先生来做。他的声音很好听。”

“真是好主意。”金斯考特勋爵说道，“你不介意吧，穆尔维？当然，以你自己的方式。”

他以非常平静的语调念了一段祈祷,不带哪怕一丝情感。“天主，求您降福我们，和我们所食用的食物，及一切恩惠，因我们的主。”

“阿门。”

金斯考特夫人与玛丽·杜安开始端上沙拉。过生日的小男孩正在咕嘟咕嘟地喝他那杯柠檬汁。

“您是卫斯理宗信徒吗，穆尔维先生？”

“不是，少爷。”

“那是循道宗信徒吗？”

“不是，少爷。”

“您不是该死的犹太人吧？”

“穆尔维先生是罗马天主教徒，乔纳森。”金斯考特勋爵说道，“至少我这么认为。对吗，穆尔维？”

“是的。阁下。”

“噢，是的。”乔纳森·梅瑞狄斯说道，“他当然就是。”

“我一直认为天主教是非常友善的宗教。”劳拉·梅瑞狄斯轻声说道，“很有庄严的戏剧感。我们有几位密友就是罗马天主教徒。”

“是的，夫人。”

“迪克森先生是犹太教信徒。”金斯考特勋爵平静地说道，“那也是非常友善的宗教。”

乔纳森·梅瑞狄斯一脸惊奇：“是吗，格兰特利？”

“对，我的母亲是犹太人。”[1]

“我以为犹太人蓄大胡子。”乔纳森的嘴里塞满了吃的却还在说话，“报纸上的他们总是蓄着大胡子。”

“或许在报纸上见到的内容你不应该尽信。”

桌上的几个大人礼貌地笑着。金斯考特勋爵说道：“在这件事情上，我们的意见是一致的。”

“犹太人信奉什么呢，格兰特利？”

“他们信奉许多我们自己也信奉的事情。”金斯考特勋爵说道，“我们应该彼此平等相待。不在一个家伙倒下时再踩上一脚。他们都非常友善和富有人情味。”

“温彻斯特公学里有的老师可不是这么说的。”

“嗯，那帮愚蠢的糟老头子真是太可怜了。”

小男孩安静下来，看着自己的盘子。大家在不安的沉默中吃着饭，只有叉子在瓷盘上的刮擦声偶尔打破寂静。似乎每个人都在等候着由某人引出一个话题，但几分钟过去了，没有人开口。

水晶吊灯、散发光泽的餐具、柚木柱子令特等客舱颇有巴黎餐厅的气派。只是舷窗外面一根铁链叮叮当当的声响打破了这个幻觉。

“噢，迪克森，”金斯考特勋爵一边用叉子插着食物一边说，“当我读到你刊登在《纽约论坛报》上的那篇文章时就想说了。你提到我的名字那篇。你对我那封傻乎乎的旧信的回应。前几天我们经过那艘破船时有人把那一期拿给我看了。”

“写那篇文章时我可能头脑有点发热。”

1　根据犹太人的律法《哈拉卡》的定义，犹太人包括皈依犹太教的人与由犹太女子所生的人。

“事实上，我倒觉得它蛮有道理。请允许我发表意见，你说的很对。我们拥有的东西太多了。这似乎并不公平。你把我自己心中所想的事情都概括出来了。”

迪克森凝视着他，以为会见到惯常的冷笑。但他并没有在冷笑。他的脸色疲惫苍白。

“嗯，”伯爵摇摇头，掰断一根面包。他的目光环顾房间，然后露出奇怪迷离的表情，似乎突然间对自己怎么会来到这个地方感到困惑。“如果你问我的话，全世界最好的人，莫过于爱尔兰人，我是认真的。我总是觉得那里就是我的故乡，在那里变得一团糟之前。”他露出忧郁的微笑，“这个世界一直都不公平，不是吗？”

“我想这正是我们造成的。”

“确实如此，确实。说得很对。”他又吃了一口食物，咀嚼了很久。“我本以为——你知道的——我能插手管理金斯考特庄园的话，或许情况不至于如此糟糕，我的意思是或许会比以前干得更好些。至少做了一番尝试。”他倒了一杯水，但过了一会儿还没喝。“不管怎样，现在要去实现是不成了。真是遗憾。”

“爸爸，”乔纳森·梅瑞狄斯说道，“‘不成’是粗俗的话。”

“或许我们应该聊一聊不那么沉闷的话题。”金斯考特夫人意味深长地说道。

“抱歉。我又成了一个该死的讨厌鬼。”他转身对儿子说，“爸爸这么讨厌，该打六下板子。你要怎么惩罚我呢？”

小男孩举起杯子：“再给国王斟满柠檬水吧！”

他的父亲宽容地哈哈大笑，走到送餐桌旁边，拿起一个水壶开始倒饮料。发生在戴维·梅瑞狄斯身上的疼痛如此剧烈，好一会儿他才意识过来。

“戴维？”他的妻子问道，“你怎么了？”

迪克森立刻站起身，来到趔趄的梅瑞狄斯身边。一个盘子从送餐桌被碰掉，上面的食物洒在地毯上。他的脸上挂着豆大的汗珠。他的身子在发颤，小口地喘着气。

“你没事吧，梅瑞狄斯？你脸色苍白。”

“我很好，真的。没事。该死的胃灼热。”

迪克森和伯爵夫人扶他站起来。他又在发抖，双手撑着桌子。

“爸爸？”

“我们叫医生来好吗，戴维？”

“该死的，不用那么麻烦。只是消化不良导致的胃痉挛，或别的什么而已。”

“乔纳森宝贝，你去下面曼甘医生的船舱，看他在不在那里，好吗？”

“劳拉，我真的没事。我们继续吃晚饭吧，别闹出洋相。真的。”

他痛苦地坐回去，喝了一大口冰水。他朝伯爵夫人做了一个安抚的手势，用一张皱巴巴的纸巾擦拭额头。

“该死的船上伙食，”他轻声笑着说，“喂一个死人吃屎。”

听见他在骂街，两个儿子松了一口气，高兴地嗤嗤傻笑。

“戴维，求你了。”

“抱歉。你们两个，刚才那句话不能记住噢。”

“我再给你拿点绿色蔬菜好吗，乔纳森？”格兰特利·迪克森问道。

“不用了，谢谢你。我只吃布丁。”

“你不可以这样，宝贝。”劳拉·梅瑞狄斯皱着眉头说道。

那个孩子接过满满一勺子萎蔫的蔬菜，拿着刀子捅来捅去，皱起了鼻子。

“对不肯吃绿色蔬菜的任性绅士，明天的功课得加倍。”金斯考特勋爵说道，“然后逼他们走跳板下海喂鲨鱼——”

“我讨厌功课。它比女孩子还讨厌。”

“你这辈子听说过这种话吗，穆尔维？一个不喜欢功课的男孩子。”

“没有，阁下。”

“一个不上进的男孩子会有什么下场呢？”

“我不知道，阁下。”

“你他妈知道的，你只是太客气了，不肯说出来罢了。你觉得他这辈子其实不会有出息，是吗？”

“阁下。”

“一点都没错。他可能会沦为烟囱清洁工，是吧？”

“阁下。”

“不然他还能干什么，你说呢？一个不肯做功课的懒虫。”

除了玛丽·杜安之外，现在每个人都在看着他。“或许会是叫卖小贩，先生。”

想到那一幕，金斯考特勋爵纵声大笑。“你这个懒骨头小无赖，听见了吗？要是你不小心，以后就会沦为叫卖小贩。好甜的苹果，小姐们，女士们！一便士有十二个喂！”

那个小男孩满面怒容，从他的父亲身边猛地挣开。

“今天的功课是天文学，”金斯考特勋爵拨弄着儿子的头发，“但我想做不完，是吧？太妃糖和蜜糖倒是吃得完。但至少我们尝试过展现决心，对吧？”

那个小男孩用叉子把一个鸡蛋剁成不整齐的四瓣。他的脸涨得通红，就像父亲喝的红酒。

“小乔，”他的母亲温和地说道，“爸爸只是在逗你玩。”

他闷闷不乐地点点头，但仍然一言不发。梅瑞狄斯看着妻子。她盯着梅瑞狄斯，但眼神难以捉摸。伯爵几次想要说话，但最后没有开口。

“到了纽约你有地方去吗，穆尔维先生？”格兰特利·迪克森问道。

“没有，阁下。”

“我想你有家人在那里吧？”

“没有，阁下。”

“那朋友呢？”

“没有，阁下。”

穆尔维继续低头吃东西。他吃起东西就像一个知道挨饿是什么滋味的男人，对这个男人来说，吃饭成了可遇不可求的事情。他有节奏地、决绝果断地、严肃专注地吃着，似乎上苍的沙漏里的沙子正在缓缓流出，当最后一粒沙子消失时，盘子就会被撤走。不是在狼吞虎咽——那么做太没有效率了：吃得太匆忙的话，你可能会遗漏细小的碎屑。他的双手就像打鼓的玩偶公仔一般上下起落，从盘子移到嘴巴，再从嘴巴移到盘子，双手落下时吞咽食物，这样一来，在叉子再抬起来塞满嘴巴的那一刹那，嘴巴里会是空的。他迅速地机械般地咀嚼着——味道并不重要。已经有好多年他食而不知其味了。他的双手有时候在颤抖着，他的神情充满决绝。写下这一幕很困难，阅读这一幕似乎很滑稽，但见证这一幕更加难受，一点儿也不好玩。就连那两个快活的小男孩也注意到那一幕，不再嘻嘻哈哈了。我自己的感觉是：我们以后再也无法哈哈大笑。哪怕这间房着火，或这艘船撞上冰山，死神在桌旁坐下，他也会继续坚决地吃下去。

“或许……”劳拉·梅瑞狄斯说道，声音渐弱。她之前从未目睹一个挨饿的男人吃饭。“或许您可以在我们那儿住一阵子，那将会是我们的荣幸。你觉得这个主意怎么样，戴维？”

她在竭力不哭出来。

金斯考特勋爵看着妻子，脸上露出困惑而感激的表情。“真是好主意。我怎么就没想到呢？”

穆尔维停止进餐，目光盯着地板。有一种奇怪的感觉似乎令他周围的空气染上了一层颜色。“我不能这么做，阁下。”

“我们真的希望你留下来。直到你能够自立为止。”

伯爵夫人碰了碰他消瘦的手腕。“我们真的很乐意。您帮了我们一个大忙。”

这位客人的眼里闪烁着泪花，但他将眼泪挤掉。他的头耷得更低，不让别人看见他的脸。他伸手去拿杯子，喝了一口浑浊的水。

“是什么忙呢？”乔纳森·梅瑞狄斯问道。

“穆尔维先生在一件小事上帮过我，就是这样。”他的父亲回答。

“但究竟是什么事呢？”

“管好你自己的事，不然事情就会来烦你，宝贝。”

“请您原谅我，夫人。”玛丽·杜安突然说道，“但我可以离席吗？”

伯爵夫人看着她。“你又不舒服吗？”

“是的，夫人。”

“你看上去不像不舒服。你真的不舒服吗？”

“夫人。”

“看在上帝的分上，那究竟是怎么回事？之前我提醒过你三次了，这是特别场合。”

“看在上帝的分上，”梅瑞狄斯叹气道，“如果她说不舒服，那她就是不舒服，劳拉。难道她的脑袋得掉下来在桌上到处滚吗?”

罗伯特·梅瑞狄斯想着那一幕，扑哧一声笑了。他的父亲斜睨着他，扮出一张鬼脸。

“有时候你妈妈是一头傻乎乎的老母驴，不是吗?”

“我只是想说搅和了乔纳森的生日派对似乎挺遗憾的，”伯爵夫人说道，“但如果玛丽想走，那她当然可以走。”

“你就不能多待一会儿吗，玛丽?”乔纳森沮丧地问道，“我真的很希望你留下来。”

过了好一会儿，她继续吃起东西。

“我给你倒杯水好吗，杜安小姐?”格兰特利·迪克森说道。

她点头表示感谢。迪克森给她的杯子斟了水。那道沙拉菜吃完了，用餐的众人没有再说什么。

盘子被撤走了，一个盛着三只鸡的大盘被摆在桌子上。金斯考特勋爵拿起一把切肉刀，把它递给穆尔维。

他解释说：“一个小传统，我们总是邀请贵客切肉。”

“戴维，看在上帝的分上，咱们就别搞得那么正式了。”

“噢，你给我闭嘴不行吗，婆娘。那可是重头节目。下士穆尔维，务必加倍专注，执行你的任务，否则你将会被处以鞭刑。”

穆尔维拿起那把刀子，摇摇晃晃地站起来，开始切肉。伯爵夫人和迪克森把盘子递给他。他以令人惊讶的利落手法切着肉，似乎经常这么做。每当有人说“谢谢”时，他会微微点头，但没有开口说话。

盘子都装满后，他们又开始吃东西。一碟碟的蔬菜和酱料迅速传递。酒杯又被倒满。又开了几瓶酒。只有玛丽·杜安的沉默在与营造欢乐气氛的尝试作对——她与杀手穆尔维的沉默。两人的沉默就像一个没有被提出来的问题悬在桌子上方。

“这真是太好了,不是吗?”过了一会儿,金斯考特勋爵说道,“大家一起打牙祭。我们应该多安排这种活动。”

两个小男孩发出低沉含糊的声响。大人们没有人做出回应。

“那个诗人是怎么说的,迪克森?尽欢什么的?”

“酒肴即使稀少,只要主人好客,也一样可以尽欢。”

“确实如此。多么真实。那是《奥赛罗》里的话,乔纳森。”

“事实上,”迪克森温和地说道,“是出自《错误的喜剧》。”

“当然,我可真蠢。安提福勒斯说的,是吧?来自以弗所的那个家伙。”

“其实是鲍尔萨泽,第三场第一幕。”

“真见鬼,”梅瑞狄斯对着儿子感叹道,“今晚你的白痴老爸出尽了洋相,感谢上帝,有迪克森先生和我们在一起。”

迪克森小心翼翼地赔笑。“我读书时也老出洋相,就是这样。”

“噢,我会说你肯定很棒。”金斯考特勋爵微笑着说。

船颠簸了一下。水晶吊灯叮当作响。伯爵用手撕开一只鸡翅膀,开始吃起来。

“抱歉,穆尔维先生?”一个胆怯微弱的声音在提问,自从晚宴开始后,他几乎连一个字都没说。

客人望着餐桌对面的罗伯特·梅瑞狄斯。一个瘦骨伶仃的小男孩,简直是他父亲的翻版。

“有一天早上走进我的城堡的那个人是您吗?”

穆尔维摇了摇头。“不是我,少爷,我没去过。”

“一天早上您进了我的城堡。脸上带着滑稽的黑面具，手里还拿着一把长长的刀子——”

“波比，够了，”梅瑞狄斯叹气一声打断了他，“请原谅我们，穆尔维，我们的想象力有点丰富。”

“他只是在开玩笑而已，阁下，没事的。”

“我没有在开玩笑，”小男孩苦着脸怯生生地说道，“那个人就是你，穆尔维先生，难道不是吗？”

“波比，我告诉过你闹够了。现在给我闭嘴，好好吃你的晚饭。”

“我想我们都有点累了，戴维。”伯爵夫人温和地说道，“你知道的，当我们累了就会胡思乱想。”

“我们都是人，人都会累，但这不是粗鲁的理由。”

“我不是故意要粗鲁，爸爸。我真的觉得那个人就是他。”

“行了，”他的母亲说道，“我们都会认错人。”她转身对那位贵客说道：“我知道穆尔维先生一定会体谅的。”

罗伯特现在盯着他看。穆尔维勉强笑着说：“我是大人，不可能钻得过那么小的窗户呀，少爷。”

“但他走路的样子很奇怪，就像你走路时一样。他是个瘸子。他——”

接着是扇耳光的声响。小男孩的脑袋歪向一边。船猛地晃了一下。没有人开口说话。

“马上向我们的客人道歉。”

“阁下，您不需要这么做。”穆尔维在求情。

“绝对有必要。马上道歉，你听见了。”

“我很抱——抱歉，穆尔维先生。”

“现在向你哥哥道歉，你搞砸了他的生日。”

“戴维，看在上帝的分上——”

“我在管教儿子的时候,你竟敢打断我,劳拉。你听见了吗,婆娘?我得用自己的血写下来吗？**你非得一有机会就发泄你对我的不尊重和轻蔑吗?**”

劳拉没有应话。他转身对小男孩说：“我在等你开口，罗伯特。”

“我很抱歉，小乔。”

“用他的全名，你这个不知所谓的笨蛋。”

“我很抱歉，乔——乔纳森。”

“你接受他的道歉吗，乔纳森?”

“是的，阁下。”

“握手吧。”

两人奉命握手。罗伯特静静地哭起来。

“现在到床上去。**你害得我倒胃口。**”

小男孩从座位上溜下来，摇摇摆摆地走出船舱。过了一会儿，玛丽·杜安起身跟着离开了。

梅瑞狄斯往自己的杯子里倒了酒，长长地喝了一口，然后继续吃东西，似乎什么事情也没有发生过。他的脸上浮现出死寂迷茫的神情。他以外科医生般的专注将肉切开。

“我希望亲自向你表示歉意，穆尔维。来自我与我妻子的道歉。我妻子觉得小孩子无论做什么都得予以包容。无疑，她自己就是这样长大的。”

“勋爵大人——”

“别说了。我并不介意开玩笑。但没有礼貌绝对不可容忍。我们不是在猪圈里。”

迪克森纹丝不动地坐着。乔纳森·梅瑞狄斯脸色苍白。伯爵夫人走到一张送餐桌旁边，开始把脏盘子堆起来。约翰·康克罗之船在呻吟，渐渐驶近美国。

“现在，”伯爵微笑着问，“有谁想吃蛋糕吗？”

第三十二章

选自

《瘟疫》

一本被放弃的小说的节选片段

作者：G. 格兰特利 · 迪克森

以下摘录的细节内容出自威廉 · 曼甘医生的札记（与本章所记录的事件发生于同一时间），以及 1851 年在他去世前进行的深度访问。

西经 62° 08′，北纬 44° 13.11′

晚上 11 点 15 分

“我没有打扰到你吧，芒顿？”托马斯 · 戴维森勋爵说道。

一脸倦容的医生从门道里走了回来，吃惊地眯着眼睛想看个究竟。

“是昆士格罗夫勋爵呀。不打扰。请进，阁下，请进。”

在局促但整洁的船舱里坐着医生的妹妹，身着日本和服。一张扑克桌上摆着一个茶壶和几个瓷杯，旁边有一个棋盘和棋子，也是日式的。她起身迎接勋爵，关切地皱着眉头。

“晚上好，达灵顿夫人。请原谅我在这个不合宜的时间冒昧打扰。”

“请别放在心上。一切都还好吧？”她那头松开的头发湿漉漉的。“不是某个孩子出什么事了吧？”

“两个孩子都像恩底弥翁那样睡得可香了。我们今晚早些时候举行了一场小小的生日庆祝。”

扑克桌上方的椽子间那盏灯的灯焰烧得很低，因此，房间的四个角落被阴影遮蔽了。一面黑镜挂在被硬塞进凹处里的桌子上方，镜中是一幅狩猎图的倒影。

“我们能请您喝杯茶吗？还是来点比较烈的饮品？我有一瓶挺不错的马德拉红酒，摆放在某处。”

“不用了，谢谢你，芒顿。事实上，我想咨询你的专业意见，如果可以的话。”

医生微微点头。“那是我的荣幸，昆士格罗夫勋爵。总体上精神不振是吗……”

“嗯，那个嘛——是的。另外还有一件小事情。”

“没问题，没问题。事实上，我和达灵顿太太刚刚还在说，您近来似乎脸色略显苍白。”

“可能身子有点虚弱。”

“嗯，您希望让达灵顿太太暂时离开我们一会儿吗？”

“不，不，不用了。我不是那个意思。”他其实就是这么想的，但他不想令达灵顿太太不高兴。医生似乎明白他的意思。

他转身对妹妹说：“亲爱的玛丽恩——你去处理我刚才提到的那桩小事吧。”

她微笑着说：“我正要过去，亲爱的。”

她离开船舱时，芒顿平静而温和地笑着说：“我们男人有时候不懂得如何照顾好自己，总会闹出点小状况。在这方面比不上女主人。可是，你知道的，我们真的必须学会照顾自己。”

“确实如此。”昆士格罗夫勋爵说道。他已经觉得来这里是一个错误。他讨厌医生那为了讨人喜欢的饶舌多嘴的作风，而且他过于亲昵友好，还爱对事情背后的原因妄下判断。

“您可否告诉我多一点内容呢？噢，请原谅我礼数不周，您快请坐，勋爵大人，请坐。”他朝那张卷顶小桌旁边的扶手椅示意，然后自己坐在旁边的小凳子上。

“说出来怪难为情的。我觉得有点尴尬。”

医生打开抽屉，拿出笔记本。“南边还是北边？为了说话方便。”

“南边。”

医生如同外交家般点了点头，然后蘸了蘸钢笔。

“是消化不大好吗？那方面的问题吗？”

“不是。”

医生舔了舔手指去翻页，又点了点头，然后开始写字。“那就是南偏西南了。我的尼布甲尼撒[1]勋爵。”

“抱歉？”

“我指的是下水道的问题。”

“我想你确实可以这么说。是的。”

“精力不济吗？”

“不，不是。”

“发炎？疼痛？”

“都有一点。”

---

1 《圣经》中有巴比伦国王尼布甲尼撒心情烦闷而无法安睡的描写。

“嗯。最近排水畅通吗?”

“不畅通。会特别疼。”

医生又点了点头，似乎并不觉得惊讶。一时间，屋里只听见笔尖在纸上发出的刮擦声。“排放得干净吗?”

那番话对病人来说不啻于当面一记耳光。他脸红耳赤，几乎在火辣辣地疼。

“偶尔吧。”他说道。

“啊，我知道了。”医生在笔记本里似乎写了许久。然后他抿着苍白的嘴唇，疲惫地叹了口气。“当然，从卫生的角度说，船上的情况并不大理想。即使是头等舱这里。我必须承认，我自己对这个问题也很头疼。我和达灵顿太太都这么认为。啊，昆士格罗夫勋爵，或许我们可以通过简单的清洁避免这个困境。达灵顿太太为穷人做了许多工作。”

戴维森一时间不知道说什么好。他不知道自己是否应该为船上的卫生政策或自己的卫生习惯辩护，还是应该对达灵顿太太为穷人做的不知什么工作大加赞美。不过,这时候医生正在一个小皮包里翻寻。

“您喜欢喝酒吗，勋爵大人?”

“或许有时候喝太多了。”

医生笑了。“在这方面绝对不止您一个。”

“确实如此。”

“但我们都得留意饮酒的量。它对泌尿系统或肝脏不好。您知道的，会导致毒素堆积。会导致腰部疼痛，还会影响私密部位一带。还会引发夜里盗汗。”

“我明白。”

“您当然会定时洗澡吧，勋爵大人?”他从包里拿出一个听诊器和几样小小的金属器械。

“每周两次，是的。”

“嗯，好嘛。对您来说是好事。”他继续在笔记本上写东西，高声朗读最后那几个字，就像一个满心喜悦的老师即将完成一份学业报告。“每周，洗澡，两次。”他以夸张的动作重重地画了一道下划线，然后用力点了一个句号，似乎想用笔尖扎死一只小虫。

“我想应该增加到隔天洗一回。如果可以的话，每天都洗。”

“好的。”

“要的就是这种精神。现在请到这边来，让我们看看那片老战场，好吗？”

医生点亮一盏蒂利灯，把灯芯拉长，火焰变得明亮金黄。客厅里挂着潮湿的衣服和床单：椅子上，沙发上，一扇折叠起来的更衣屏风上。

戴维森解开裤子与内裤，脱到大腿上，解开他衬衣最下方的三粒纽扣。医生从一堆折叠好的衣物里找出一个状似枕套的东西，麻利地将它套在椅背上。

“请您靠在上面，好吗？”

戴维森听从医生的嘱咐。芒顿跪着开始为他做检查。

“那儿有点敏感？”

“是的。”

“还有那儿，是吧？”

戴维森缩开了。

医生咋舌表示深切同情。“再乖乖地等一小会儿。我相信，敌人已经暴露在我们眼前了。”

一件钢制器械凉冰冰的，被它一碰，戴维森打起冷战。过了一会儿就没感觉了，只有那盏灯的热力令他的皮肤感到刺痛，医生的指尖在探索阴囊和会阴。然后他的腰部和下身感觉一阵刺痛，大腿哆嗦起来。

“嗯。和我想的一样。”芒顿站起身，眉头紧皱。“小小的寄生虫问题。轻度感染，没什么了。会引起疼痛的惹人心烦的顽疾，但轻易就能将它打发。在密闭的环境里总是会见到它，监狱、兵营，类似的地方。”他停下来抽了一下鼻子。“还有济贫院。”

“你可以告诉我到底是怎么惹上的吗?”

医生盯着戴维森的眼睛看了一会儿。

“或许您自己清楚是怎么回事，勋爵大人。”

昆士格罗夫勋爵感到燥热。他耸了耸肩膀。“不清楚。”

医生点了点头。他走到洗手盆那儿，开始仔细地清洗手掌和手腕。“衣物或毛巾没有洗干净，或许是马桶的座位。大腿或内裤的摩擦或许会导致情况恶化。但好好洗一个热水澡会让您感觉舒服些。别用肥皂，光用很热的水洗就好。热到您能承受的地步。让您夫人吩咐那个漂亮的女仆去厨房里多拿些大蒜，往那里涂抹一下。”他露出亲切的微笑，“您的体味可能闻起来会像法国人，但不会持续太久。”

船上轻微地晃向一边，然后慢慢回稳，令天花板上的灯在铰链上摇摆。影子在密不透风的房间里起舞。

“噢，或许最好两到四周不要做剧烈运动。房事之类的。”

“我明白。”

芒顿压低了声音，以怪异而沮丧的语气说道：“这有可能会传染到女士们身上。当然，如果女士们染上了，情况会更加棘手。您知道的，没有排水管道。”

“确实如此。”

戴维森拉起裤子，开始系上衬衣纽扣。地板发出轻微的嘎吱声，似乎木头本身也在承受着痛苦。现在他察觉到医生似乎在盯着他看。他又露出微笑，但眼神里没有笑意。

“那个漂亮的小家伙是怎么回事？在您的腹部上。”

“噢，那个啊。”他低头打量着，“只是某种丘疹罢了。”

“让人怪难受的家伙，是吧？”

“不，不，我本来把它给忘了。我时不时就会长这种东西。”

“既然您到这儿来了，那我们不妨顺便看看它吧。您能把衬衣再解开点吗？”

“我可以向你保证，那真的没什么。”

“不管怎样。既然您都来了，还是谨慎处理为好。”

他的语气很坚定，无法反驳。昆士格罗夫勋爵解开衬衣，脊背靠着椅背站立着。医生拉着凳子坐在他身前。

“老天爷啊，”他嘟囔着，“这里太暗了。”

“我能帮上什么忙吗？”

“您可否把灯拿着，像个棒小伙子，您不介意吧？”

戴维森拿起那盏灯，举在腰际，灯油的辛辣味道直钻鼻孔。医生现在用指尖轻轻地拉直那个结痂的小水疱的外皮。他挨得非常近，病人察觉得到喷在肚脐上的热气，戴维想到当医生就是有这个特权，可以与病人亲密接触。医生吩咐他要扶稳，他听话照做。芒顿伸手从破旧的旅行包里拿出一个放大镜和一捆纱布。

他检查了几分钟，期间一言不发。当他开口时，语气很平静。“您还有别的水疱吗？疹子呢？没有了吗？”

“几年前可能得过。我想是遗传性的。”

医生抬头看着他，脸上带着疑惑的表情。

“皮肤癣，”戴维森说道，“先父也有这个病。当然，他长年在海上。总是归结于水果供应不足。”

“您的手掌或脚底板长过水疱吗？”

“听你这么一提，确实长过。但那是很多年前的事情了。”

“多少年呢？”

“我想得有五六年了吧。它们自行消失了。”

“你有过喉咙疼痛吗？时不时眩晕什么的？”

“偶尔会。”

“视力正常吗？”

戴维森突然笑了。“他们告诉我得戴眼镜。我那位好妻子总是这么说。恐怕这是另一件我总是忽略的小事。”

芒顿笑了。“愿上帝保佑他们，女士们总是不肯放过我们，不是吗？”

“确实如此。”

“但我们还是同样喜欢她们，烦人的饶舌泼妇。”

医生站起身，又走去水盆那边洗手，然后用一块新的纱布仔细地擦干净。完成之后，他用一对钳子夹着破布拿到灯焰上，把它烧得干干净净。他的这一谨慎举动令戴维森感到不安。至于这么小心吗？

“有一种治水疱的药膏。”戴维森说道，“先父偶尔会用。我想它的名字叫菱锌矿。粉红色的。”

“对，没错。锌和氧化铁。”

“就是那个。真该死，要是我没忘记把它带在身边就好了，我怎么这么笨哪。或许你那个百宝囊里会有一些。”

医生转身严肃地看着他。“昆士格罗夫勋爵，我得让我妹妹帮忙，做几则简短记录和进行一个小测试。几乎可以肯定没有问题，但我希望予以确认。现在我可以向您保证，您别觉得不好意思。她是一个非常谨慎的人，而且训练有素。”

戴维森察觉到一滴汗珠从大腿上滑落。“好吧。”

芒顿立刻离开房间。

昆士格罗夫勋爵听见有人在甲板上跑过。他走到墙边那面深色玻璃镜子前面。在红木镜框的右上方插着一张新闻剪报。内容是即将开始的纽约歌剧季的详细介绍，《威尔第先生的杰作在美国首演》。他轻轻地撩起衬衣的下摆，一个轻微凸起的六便士大小的痦子。他用指尖轻抚着它，然后用拇指压它。它有砂纸般的质感，但不疼。

外面甲板上传来热烈的欢呼声。他走到舷窗处，朝漆黑的外面张望。在远处可以见到一道微弱的红光，那是哈利法克斯的灯塔。新斯科舍省的海岸。

医生和他妹妹现在进来了。芒顿的神情严肃而尴尬。“我得请您脱光衣服，然后过来。”

“可是，为什么呢?”

“根本不用担心。”达灵顿太太温和地说道，“您准备好后请跟着进来。一切都很好。”

戴维森看得出他们进去的那个地方是一个小卧室。他立刻脱光衣服，跟着他们走了进去，带上他的衣服和鞋子。房间里很冷，隐约带着松脂的味道。脚下的木板感觉黏糊糊的。医生将毯子从床上拉下来，将一盏灯挂在横梁的钩子上。“请您躺下别动。我们很快就好。”

芒顿站在床铺的一边，他妹妹站在另一边。两人开始仔细地对他进行检查，每一寸肌肤都要查看。他的胸膛和阴部。他的腋窝和大腿。他的耳后。他的肚脐和头皮。他的舌下。他的牙龈周围。他们用一件器械撑开他的鼻孔，然后点亮一根蜡烛，细细检查他的鼻腔。有时候医生会念叨一个词语，他妹妹会写进记事本里。在外面甲板上，大伙儿们正在高唱一支水手号子。医生竖起一根手指打着旋儿，示意戴维森翻身俯卧。

“就是这样，勋爵大人。现在，请尽量全身放松。”

他察觉到他们的手在探索他的背部、他僵硬的肩膀、他的腿脚、他的脚趾之间、他的臀部之间。现在他想象着从上方俯瞰，见到自己的身体：那两个低声说话的检查者垂下的头颅，张开的双手，就像在嬉戏的鸟儿。

狭小的船舱里现在响起像祈祷的喃喃声，昆士格罗夫勋爵不明白的词语：肺结核、荨麻疹、脱屑、发热。低语声有一种令人平静的催眠效果，而他非常疲倦，开始陷入沉睡。船的起伏载着他往下沉，驶向他的母亲。然后，他敏锐地察觉到自己躯干的沉重，那张床铺承受着他疲倦的身子。海洋变得平静了些。他的疼痛平息了。这时他意识到没有人在触摸他。他睁开眼睛，医生已经走了。

达灵顿太太温和地说道：“您现在可以穿衣服了，昆士格罗夫勋爵。谢谢您。”

戴维森从床上起身，遵从吩咐穿上衣服。突然间，他觉得精力无以为继，彻底累垮了。他迫切想离开医生的船舱，到甲板上散步，呼吸带着海腥味的凛冽空气。去眺望那片金光闪闪的陆地。

他走进起居室，只穿着衬衣，轻声问道：“我应该给你多少诊金呢，芒顿？”

但医生似乎没有在听病人说话。他走到桌子旁边，上面摆着一个地球仪,心不在焉地转动着它。水手们在歌唱,地球仪在呼呼作响。医生的指尖按住了它，停在非洲上面。

“威利?”他妹妹说道，“勋爵大人在和你说话呢。”

芒顿转过身。他脸色苍白。

“昆士格罗夫勋爵,”他平静地说道，“您得了梅毒。”

迈克尔，我非常健康。我这辈子的生活从未像现在这般美妙。洛基山脉的空气令我心旷神怡。我拥有令生活过得舒服惬意的一切。但夜里躺在床上时，我的心仍然穿过这片大陆，跨越大西洋，来到克拉特洛的群山。我永远无法忘记故乡，每一个身在异国的爱尔兰人永远无法忘记哺育他的土地。但是，呜呼！我与故乡相隔万水千山。

出自怀俄明州的莫里斯·H. 伍尔夫中士寄给他在利默里克郡的弟弟的信件

第三十三章　边境

发生于航行第二十五天 12 月 2 日星期四凌晨的几段对话。

（这些内容从未刊登在先前的版本中。）

靠近船头的右舷

约凌晨 1 点 15 分

“你在观星啊，穆尔维先生。”

“阁下，是您呀。晚上好，阁下。愿上帝保佑您。”

“在上面见到什么有趣的东西了吗？”

“什么也没有，阁下。只是在想家。”

“我可以和你待一会儿吗？”

“那是我的荣幸，阁下。”

迪克森走近了些，站在杀手身边。两人靠在船舷的栏杆上，就像廉价酒馆里的一对酒客。

“阿纳格利瓦，是吧？”

“我们管它叫阿纳格克劳巴。或者老一辈的人这么叫。”

“是个小地方吧？”

“小得寒碜，阁下。在伦维尔北边附近。你走着走着就经过了，根本不知道自己到过那儿。”

“我到过康尼马拉，但没有去过北边那里。他们告诉我那儿的风景很漂亮。”

“啊，是的——现在不是那么漂亮了，阁下。那里曾经很漂亮。”

“饥荒之前吗？”

“早在那之前，阁下。在我出生之前。”他拉起领子抵御呼啸的狂风。“反正老人家们是这么说的。但哪怕您细察所有的故事，您也不会知道真相。或许有一半的内容是出于怀旧感伤。”

“抽烟吗？”

“您真是好心，阁下，但您自己没剩下几根了，我怎能夺人所好。”

迪克森开始觉得这个同伴有点奇怪。他正在装出比刚才更浓厚的爱尔兰腔，就像一个在音乐厅演幽默剧的演员那么说话。

“我的船舱里还有。你用不着和我客气。”

“您真是太好了，阁下。那我就恭敬不如从命吧。”

那个幽灵接受了从迪克森的银匣里拿出来的一根方头雪茄烟，低头接火。他碰着迪克森弯成杯状的双手时，动作出奇地轻柔，火柴发出的光芒令他的脸庞像小丑般滑稽。他吸得太急了，烟呛进了眼睛里，他开始断断续续地咳嗽。似乎他从来没抽过烟，只是因为对方敬烟才接受了这根雪茄烟。他凑得那么近，看上去似乎更加瘦弱。有时候他的呼吸变为激烈的喘息。他散发着寒意和旧鞋的味道。

这两个男人并肩站在栏杆旁边，一言不发。迪克森在想着失去劳拉·马克姆之后的生活，当道别来临时要说些什么。那天早些时候劳拉把自己的决定告诉了他：两人之间无论发生过什么，都已经结束了。他们将在纽约分手，从此不再见面。他的信件，连同几件小玩意儿，都被退回来了。不行，做朋友是不可能的。假装还可以做朋友就算不是卑鄙之举，也是不够光明正大的行径。迪克森不想尝试说服她。她主意已定，不会改变。梅瑞狄斯已经明确表示不会离婚，绝对不会。对他来说，那是不可想象的事情。床已经铺好了，现在她不得不躺到床上。她最终还是会躺到床上，因为她已经躺了这么些年了。有时候你不得不活在一个谎言里。不管怎么说，那个男人始终是她丈夫。

现在他的另一个思绪是星辰的诡异：平平无奇的事物到了深夜就变得神秘莫测。有些人从它们当中看出造物主的存在证据，一股原动力，引导这个世界穿过光怪陆离的虚无，一直在引导，直到最后，就连那个虚无也会被它摧毁。而其他人从星辰的排列中并没有看到任何证明：那只是天体的聚合，当然，它们确实很漂亮，但没办法从中找出任何模式或目的，因此，“天命安排”这个词并不成立。那些星星并不是被某股力量安排的，而是偶然形成的，是从被称为地球的孤独行星上像瞠目结舌的猴子般直勾勾地仰头张望的人赋予了它们意义。这是格兰特利相信的事情：猴子的后裔看着上帝丢弃的东西，决定把它们叫作星星。是人类而不是全能的上帝在为宇宙制定秩序。只有人类才会看着一个偶然事件，并说那是以他自己为中心的创世。

如果这群猴子能够造出在这个星球上纵横七海的轮船，就像他此刻站在上面的这艘已经行遍各个海域的轮船，他猜想会不会有一天他们将学会飞行，他猜想那将会发生。那或许是不可避免的。他们呆呆地望着舷窗外面，惊奇地挠着自己的脑袋，朝彼此发出猩猩的嘟囔以示祝贺。所有这一切都会被视为值得庆贺的事情。

格蕾丝·图森，那个年迈的约鲁巴人，在他祖父的庄园把他抚养大，总是对他讲述她所体会到的生命中最重大的秘密：我们所有的考验都是不安分引起的，拒绝接受存在有局限这个事实。她是迪克森在路易斯安那州认识的最温柔的人，在那个地方，人们固执起来就像无情的太阳，但在这场争论上，她自己也非常固执。迪克森的祖父是一个犹太人，痛恨奴隶制，在这个问题上经常与她争论。他知道邻人们在恶毒地低声诅咒，他跨越了边境许多回，到过密西西比州、得克萨斯州东部、阿肯色州南部。他会在那里买下最潦倒无助的奴隶，把他们带回路易斯安那州。他会去巡视农田，看着庄稼在日头下成长，计算今年可以救多少人。一块长势好的田可以养活十个奴隶，长势不好的或许两个。他那五万英亩的土地上，每次珍贵的丰收庄稼都被卖掉换钱，用于拯救更多被偷运的奴隶。

他对孙子说：密西西比州是黑人的地狱，如果说路易斯安那州远远算不上是天堂，至少它不是地狱。那是拜《拿破仑法典》所赐。[1]。他买下了格蕾丝·图森和她那个受尽折磨的瞎弟弟，目的是让他们重拾自由的观念。他总是与格蕾丝讨论“自由意志”这个概念。他会说生而为人不应该接受任何约束，你的生命由你的良知划定界限。但格蕾丝·图森并不认同。有财富垫脚，当然可以唱高调。她对买下她的主子说，要是她这辈子一直留在故乡的话，甚至连她自己也或许会说出这番话，因为她的家族曾经是那里的王室。

那些争辩的内容很奇怪。迪克森听不明白。童年时，有一天晚上，他在走廊里停下脚步，透过爷爷书房半开的门，无意间听到里面正在进行激烈争吵。“你认为上帝有肤色吗？你真的这么认为吗，格蕾丝？耶稣基督或许是黑人，格蕾丝！他的肤色会是烟草色，格蕾丝！”而她怀着愤恨回答，要是老头子真的这么想，那他就是路易斯安那州历史上最可怜的傻瓜：因为和所有大人物一样，基督的

1　路易斯安那州曾是法国殖民地，直至1803年拿破仑将法属路易斯安那地区售予美国。

肤色就像百合那般洁白。

夏天的早上她总是带迪克森去散步，走在通往牧场的种着丝兰和榉树的车道上，经过上草坪旁边刷了白灰的棚屋，然后穿过热气蒸腾的烟草田。温暖的空气弥漫着吸饱了水的烟叶的甜美芬芳，回荡着蟋蟀的鸣叫。她的弟弟名叫让·图森——不过农场里的男孩子们都叫他“帅哥约翰”——有时候会拄着手杖跟在他们身后。平时他不大理会同伴，而在早上，更是懒得理睬他们。

虽然他上了年纪，但体格强壮，长着一双大手，太阳穴青筋暴起，皮肤就像远古的黄金。他总是会用那把两美元买来的破烂吉他弹奏一首曲子，他把吉他扛在修长颀直的背上，就像故事书里扛着盾牌的风尘仆仆的骑士，但迪克森从未听过他唱歌或说话。有一天，他问爷爷为什么会这样。迪克森当时十二岁，爷爷对他说，让·图森在六岁时被他的主人割掉了舌头以示惩罚，一个密西西比州的爱尔兰裔畜生，那人应该在地狱里永远忍受煎熬。让·图森并不是帅哥约翰的真名，格蕾丝·图森也不是她的真名，当他们被从非洲偷运来时，就连他们的名字也被偷走了。就在迪克森童年的那一刻，一切都改变了。比他父母去世时的感触更深，当时警察过来对他说他家里出事了，一场可怕的事故：他家被烧了，父母已经死去，现在他不得不离开纽黑文，到南边的伊凡杰林和爷爷一起住。那件事情一直印在他的脑海里，就像一颗永远没办法被取出来的子弹。

“事情就由得它们去吧，”格蕾丝·图森总是对迪克森说，“不要加入任何团体。什么都不要过问。当你将这个世界抛在身后时，它仍将存在。那些树仍会是树，那些田仍会是田。”后来，在他求学时，在智者帕斯卡尔[1]的名作《思想录》里读到了类似的思想。“人类的所有困境都是由一件事情引起的：他没办法安于待在房间里。”迪克森并不是要去否定这番话。但怀着这样的思想会做出什么事情呢？你能看着舌头被割掉，人被当成牲畜般打上烙印上面是买下他们的衣冠禽兽的名字，然后说那些和你没有丝毫干系吗？他身上穿的衣服，他脚上穿的精美靴子，人皆平等的哲学——所有这一切都是靠蓄奴的收益买来的，由他从事奴隶贸易的祖先们所创立的信托基金支付。“现在是干净钱了。”他的爷爷会说。但在一个肮脏的世界里，没有钱是干净的。

即使到了现在，他仍欠着肮脏钱的债。当记者只有微薄的薪水，还一直在拖欠。他在伦敦的生活花费高昂，而且没有回报，要不是有他爷爷的资助，根本不可能维持下去。他原本指望那条“独家新闻”能够令他获得自由，那个别人无法讲述的故事，但经过漫长的六年，它还是没有被写出来。有的只是进一步的依赖。盖着路易斯安那州邮戳的鼓鼓囊囊的挂号信封。那一沓沓油腻腻的钞票不是他自己挣来的。他爷爷的心里总是饱含同情，怜惜这个年轻的文人过着艰苦的生活。**你有才华，格兰特利。你不能埋没你的才华。无论发生什么事情，你一定得坚持创作。永远不要泄气。做你必须做的事情。这不是只要目标高尚便可罔顾手段，而是去缔造新的手段和新的目标。**字里行间流露着可鄙的狡辩开脱。那是罪大恶极的、自欺欺人的妥协。现在有一个办法能将其摆脱。

其他种种想法就像毒液般煎熬着他的思想，他不知道现在是不

1　布莱兹·帕斯卡尔（Blaise Pascal，1623—1662），法国思想家、科学家，著有《思想录》《几何的精神》等作品。

是提起它们的好时机。有时候什么都不说反而更加有利，他像是同伴一样静静地站在这里，和另一个同类在一起，在内心询问自己对方是否在想事情，在想些什么，应该把他归为哪一类观星思想者。但其实格兰特利·迪克森已经知道答案。所有的杀人凶手都没有信仰，无论他们属于什么教派。

“你知道吗——你似乎非常面善，穆尔维先生。”

穆尔维惊诧地仰起头，就像一只听到有闯入者的看门狗，然后微微点了点头，将翻领上的灰烬掸走。“您应该见过我在这艘船上行走，阁下。深夜里我会在船上溜达，在心里琢磨事情。”

“没错。但你知道，真是奇了怪了——我第一次注意到你的时候，是我们离开利物浦的当晚，我想那时候我就觉得你很面善。我还在日记里把你记下来。”

“我不明白您怎么会那么想，阁下。我想我们之前素未谋面。”

“确实有点奇怪，不是吗？”

“他们说每个人都有一个分身，阁下。或许真有其事。”他轻声笑了笑，似乎这个想法令他觉得有趣。“或许我的分身在美国那边，阁下。您的故乡，阁下。到了那里我或许会亲眼见到他，如果上帝允许的话。和他握握手。您认为呢？”

“噢，他不在美国。我想他在伦敦。”

“伦敦？阁下，您是说真的吗？那里不是人间天堂吗？”他长长地吸了一口受潮的烟，就像一个即将被带到断头台的男人想在上去之前把烟抽完。“可是话又说回来，当你想到”——更长地吸了一口烟，更深地吐出一口气——“世上之事无奇不有，比你所能梦想到的多出更多。[1]莎士比亚曾如是说。”

“你去过那里吗？”

“那里是哪里呢，阁下？”

“伦敦。怀特查佩尔。东区附近。”

一片烟叶黏在他的舌头上。他花了好一会儿才将烟叶嘬松。“不，阁下，没去过，很抱歉地说一句。现在我想以后都没有机会了。我离开家乡之后，最远到过贝尔法斯特。”

“你肯定吗？”

他哈哈大笑起来，笑声意外地显得轻松，目光迷离地凝视着黑暗。“我会说，如果一个人到过伦敦，那他肯定会记住，阁下。我相信那是一个堂皇壮丽的地方，我听说是这样。”他转头直视着迪克森的眼睛。“他们说那里到处都是机会，阁下。真是那样吗？他们说一个家儿伙儿[2]可以享受到各种乐子。”

“对一个从未去过伦敦的人来说，确实如此。但我老是觉得听你的口音，你似乎到过那里。”

“请您多包涵，阁下，但我不明白您的意思。”

“你知道，譬如说——你说‘家儿伙儿’时的发音对一个爱尔兰人来说很奇怪，难道你不觉得吗？你应该听到的是‘家伙’或‘家伙儿’。”

“原来是我说不出尊贵的阁下想要听到的口音呀。”

“而且今晚的宴席上，你用了一个词语，不由得引起我的关注。我想那个词语是‘叫卖小贩’。那是伦敦人对街头小贩的称呼，不

1　此句是模仿自莎士比亚的《哈姆雷特》，原句是：“天地之大，赫瑞修，比你所能梦想到的多出更多。”

2　原文是“feller”。下文的“家伙”原文是“fellow”，“家伙儿”原文是“fella”。

是吗？”

“我不记得自己这辈子曾经说过那个词语，阁下。或许是您听错了。或误会了我的口音。”

“啊，可你真的说过，穆尔维先生。让我帮助你回忆起来。你不介意吧？”

“就算我介意，我也不会说出口冒犯阁下您。”

迪克森拿出笔记本，平静地念了几行。“**今晚我们与来自康尼马拉的穆尔维共进晚餐，我觉得他说话的方式非常有趣，带着明显是在伦敦学到的市井俚语，其中有‘叫卖’和‘叫卖小贩’，还用‘老友’表示朋友。**”

“您一定很辛苦，阁下，什么东西都记下来。”

“我想你可以说那是我的职业习惯。我发现要是不把它们写下来的话就会忘掉。”

“那也是光荣的职业，阁下，笔杆子的职业。他们说笔诛胜于剑伐。”

“他们确实这么说过。但我不知道是真是假。”

“不管怎样，您被赐予了天大的福分，阁下。我希望自己能有那个福分。那是许多人想要的福分，却只赐予了少数的幸运儿。”

“那个福分是什么呢？”

“您将事情以英语写下的天赋，阁下。那是诗人与我们的主自身在经文中所使用的语言。”

“我想你会发现我们所谈论的主其实说的是阿拉姆语[1]。”

1　中东地区最古老的语言之一，《圣经》有部分内容以阿拉姆语写成，据历史考证，耶稣基督说的是加利利地区的阿拉姆语。

“对您来说或许是，阁下。对我来说，他说的是英语。”

“或许他还操一口伦敦土腔呢。说起话来像那帮叫卖小贩。”

那个幽灵突然哈哈大笑，然后摇了摇头。“我一定是听到某个水手说过这个词，阁下。救命啊，我不知道该怎么向阁下解释。”

“噢，你用不着别人救命，穆尔维先生。至少还没到那个时候。”

他非常疲倦地叹息一声，困惑地皱了皱眉头。“我得劳烦阁下向我解释刚才那番话。您有时候说话像在猜谜。”

“当我初到伦敦时，报纸在报道一桩案子，让我很感兴趣。我也不知道为什么。那桩案子是关于纽盖特监狱一个小毛贼杀害了狱卒然后越狱逃走。你或许记得这桩案子。那个人名叫‘赫尔’，外号是‘纽盖特的恶魔’。”

“我想我从未听说过你提到的这桩案子。”

“对，你应该没听说过。当时你在贝尔法斯特嘛。”

“没错，阁下，我是在那儿。拉甘河畔的那座美妙的城镇。”

“你不记得听说过那桩案件，但记得没听说案件时自己在哪儿。”

穆尔维冷冰冰地看着他。“我在贝尔法斯特待了很久。”

“我在伦敦也待了很久。”

“那您更加幸运，阁下。现在，我得向您道声晚安。”

“当时我在伦敦为一间报社撰稿。《晨报》，一份自由派的报纸。嗯，我接手了对这位出名的赫尔先生做进一步了解的任务。我去了监狱，调阅了记录。与牢房里的几个老囚犯们交谈过。然后我去东区转悠了几个星期。与一个名叫麦克奈特的健谈的绅士交谈过。他是一个苏格兰酒鬼。嗯，他说他曾经在兰贝斯一带和一个名叫墨菲或玛尔维的爱尔兰人干过骗钱的勾当。他应该是来自康尼马拉，阿纳格利瓦附近一带。奇怪的是，他用的是赫尔这个名字。”

“您一定觉得很惊讶，阁下。”

“是的。他在纽盖特被关押了七年——这个墨菲或玛尔维。我提过了吗？”

“我不得不说那个地方确实有很多爱尔兰人，阁下。可怜的爱尔兰人在英国的日子真是太艰难了。”

“但不是很多人与那个恶魔在同一天被关进监狱。1837 年 8 月 19 日。相同的罪名，甚至长着同一张脸。”

迪克森翻开他的记事本，拿出一张折了角的剪报。那张报纸破洞泛黄，就像一团被折叠压皱了太多遍的旧蕾丝。他小心翼翼地打开它，以防被风吹走。一道黑边。二十号字。杀人凶手弗雷德里克·赫尔黑漆漆的、魔鬼般狰狞的面孔在怒目而视。

“正如你所说，”格兰特利·迪克森说道，“每个人都有分身。”

穆尔维缓缓地眨着眼睛，但看不出他有慌张的迹象。他的双手从未离开在栏杆上的支撑点。那两只手又白又小，就像一个姑娘的手。很难想象它们曾干出那种事情。“你想怎么样？”他极为平静地低声问道。

“那将取决于你自己想怎么样。”

“你不会想听见此刻我想做的事情。那会令你做噩梦，永远都无法忘怀。”

“或许我们应该通知船长，有杀人凶手在他的船上。”

“那就赶紧去找他吧。如果你运气好的话。”

“你以为我不会告发你吗？”

“我想像你这种贱人什么事情都做得出来。我们可以找船长说的事情多着呢。还有其他人，如果你想他们知道的话。”

“请你原谅，穆尔维先生，我不明白你什么意思。”

他轻声嘲讽地笑着说："小子，如果一艘船沉了的话，所有的船只都可能会沉。我希望你的伯爵夫人在翻船的时候会游泳。"

"通奸罪不至于死，穆尔维先生。可杀人会是死罪。"

"那就把他抓起来啊，如果你有胆量的话。你知道我就在这里。"他在狞笑，眼神里闪烁着仇恨的光芒。"去啊，小子。在你遭到报应之前。"

"我不想伤害你。"

"去死吧，你这个狗娘养的家伙。临走时舔干净我的屁股。你连给我舔鞋底都不配。"

"我了解那个狱卒。我知道他让你吃了不少苦头。"

"而你觉得你正在做的事情不一样。"

"我没有武器。"

"只有你的笔。"

"它造成的伤害可比不上用石头把脸砸得稀巴烂。但你可以在审判时和法官争辩这个问题，如果你希望这么做的话。"

穆尔维朝脚边啐了一口。迪克森走开了。他的身后传来严厉的声音，如同刀刃般冰冷："我刚才已经问过你。你想怎么样？"

他缓缓地走回猎物身旁。

"我是一个记者，穆尔维先生。我想要的是独家报道。"

杀手没有吭声。他的双手插进了口袋里。

"你在伦敦的生活，为什么你会做出那种事情，你到底是怎么逃脱的，你去过哪些地方，除了你的名字，其他所有的一切。否则我现在就去找船长。"

"那就是如今的价格。一条人命就值一篇故事吗？"

"如果你非得这么说的话。"

“我们到了纽约之后呢？”

“我最后一次见到你是在贝尔法斯特，十八个月之前。人们在那时候埋葬了你。而就在你死前一周，你接受了我的采访。”

船长出现在上层甲板，正和厨子在散步。他们抬头看着风帆时，似乎在哈哈大笑。他转身透过朦胧的薄雾高兴地行礼致意。现在他在招手，示意他们过来。

“由你决定，穆尔维先生。反正我都有故事可写。”

“不是贝尔法斯特，”他喃喃说道，将大衣拉得更紧一些，“我被埋在戈尔韦。在我哥哥的坟边。”

船尾附近的左舷

凌晨 3 点 15 分

“我到底是什么样的人？”

“一个病人，梅瑞狄斯阁下。就是这样。”

“你想说的是一个邪恶的人。禽兽不如。”

医生以职业性的温和态度碰了碰金斯考特勋爵的胳膊。“在显微镜下您是看不到邪恶的。您见到的那个事物名字叫梅毒。那不是瘟疫，也不是惩罚。它在做我们自己每天都在做的事情。”

“那是什么呢？”

“为了活下去而必须做的一切。”

旗帜在响亮地招展，然后缠绕着桅杆。在旁边，两个统舱里的年迈女人拿着念珠正对着克芬岛灯塔的隐约光亮在祈福祷告：

万福光耀海星，至尊天主圣母，

且又卒世童真，福哉天堂宝门。

“我还有指望吗？”

“我们把梅毒划分为四个不同的阶段。现在您已经到第三阶段的尾声了。我们称之为：潜伏期的末期。”

梅瑞狄斯将雪茄屁股扔过栏杆。“也就是说？”

“现在那东西已经进入您的器官组织里。还有淋巴结。或许会影响视觉。导致葡萄膜炎、血管炎、视神经盘水肿。”

“你可以直截了当地告诉我。不需要兜圈子。”

医生叹了口气，看着自己的双手，似乎他讨厌它们。“几乎可以肯定，您将会失明。事情会很快发生。它正在发生。”

“继续说。”

“病毒侵入后会迅速滋生和繁衍。您全身的皮肤会长出梅毒瘤的水痘——杨梅疮——您的骨头和生殖器官也会。我们认为病毒会感染最外层的动脉血管壁。将它基本吃掉。”

“你说将它吃掉？”

“那是比喻的说法。”

“然后呢？”

“金斯考特勋爵——您心情不好。这种事情当然令人难过。我真的——”

“我想知道，曼甘。我做好准备了。”

“那好吧，神经系统或心血管系统会遭到攻击。前者将会引起严重的人格改变。甚至或许会导致 GPI。”

“那是什么情况？”

“麻痹性痴呆。”

他童年时的一个回忆就像幽灵般闪现。戈尔韦市的一个疯婆子，尖叫着，撕扯着自己的衣服，向过路人展露自己的身体。他的保姆，玛丽·杜安的母亲，试着挡住他，不让他看见那一幕，匆忙拖着他离开那条泥泞的街道。恐惧令他感到眩晕。他的双手被紧紧抓住。

“没得治吗？”

“我们只能用水银缓解症状，但效果非常微弱。在到达纽约之前，我们当然希望您的情况不要恶化。接下来的四十八小时，您一定得好好休息。”

“到了纽约做什么呢？”

“有一个私家医院，专治您这种情况的病人。我们一下船我就会进行安排，让您尽快住院。”

“我相信那种地方叫痘房。”

“无论它们叫什么都好，那儿的护士们都很善良和蔼。某些文献在推测——请注意，只是推测——碘化钾这个新药或许能带来希望。但这条路进展缓慢，目前尚无定论。”

“也就是说，没有别的手段了，是吗？”

“如果是初期或第二期，我们或许可以尝试治疗。当然，我们还会尝试。但机会并不高。”

“你觉得我还能活多久？最糟糕的情况？”

“或许六个月。或许一年。”

尽解犯人之梏，开启瞽者复明，

削去我诸凶恶，祈加我众圣宠。

一道波浪将黄色的飞沫溅上栏杆。稠密的泡沫冲击着栏杆。他马上用袖背擦干眼睛。

“我希望向你的勇气致谢，曼甘。那不是容易的事情。像这样的情况。”

“我感到非常抱歉，阁下。我希望能为您带来更大的希望。”

“不，不。我只希望和你握手。行刑人执行自己的职责并不是犯罪。”

“我可否问一问，您以前出过这种性质的状况吗，阁下？”

金斯考特勋爵没有吭声。医生平静地说道：“我年事已高，梅瑞狄斯阁下。我不会轻易感到震惊。”

“在我年轻时，我得过淋——淋病。”那个词语就像一块飘浮的石头悬在空中。

医生点了点头，望着栏杆外的远方，似乎他在努力辨认在漆黑中移动的事物。“我想你光顾过某些场所，是吧？”

“一两次吧。许多年前的事情了。”

“嗯。当然，当然。”

“有一次是在牛津大学。和几个朋友晚上出去消遣。还有一次是在海军里。第三次是在伦敦。”

“我们以前总是以为淋病和梅毒是同一类疾病。怎么说呢，有亲缘关系。现在我们知道它们并没有关联。几年前里科德教授发现了它们的区别。我相信是在 1837 年。一个非常了不起的法国人。”

“我妻子怎么办？”

“如果您同意的话，我可以告诉她。或许可以让德灵顿太太去处理。可是，由您本人说当然会更好。”

“她不可以知道，曼甘。暂时不行。”

“梅瑞狄斯阁下，她很可能自己已经染上这种病了。她——”

“我们并不亲密。”他平静地打断了医生。“已经有好几年了。”

一轮阴影斑驳的月亮从一大团云朵后面溜出来。

“没有事情发生？”

他摇了摇头。“我们的婚姻完全没有肉体的欢愉。我想要保护她，自从我被感染之后。”

医生叹气道：“但是，潜伏期可能是一个月，也可能是十年。有时候甚至更久。她的情况真的很危险。您曾有过亲密接触的其他女人也一样。真有这么一个女人吗，梅瑞狄斯阁下？我请求您说出事实。”

医生将他的沉默当作继续提问的许可。

“在这艘船上有一个年轻女人，每次您一提起她目光就会游离不定。德灵顿太太和我早就留意到了。我还留意到这个年轻女人似乎从来不和您说话。一个女仆以这种态度对待主人并不常见。”

“这有什么不妥吗？”

“你们交媾过吗？请老实回答我。”

“没有。”

“那身体接触呢？”

“有一段时间我总是半夜里去她的房间。”

“到了那儿之后发生了什么事情？我必须知道全部实情。”

“如果你真的必须知道的话——她允许我在她准备上床睡觉的时候看她。”

“脱衣服吗？”

“在她准备上床睡觉的时候还能做别的事情吗？”

“您触摸过她的身体吗，梅瑞狄斯阁下？她触摸过您的身体吗？”

他看着质问者的脸庞，但上面没有情感。突然间，他想起了罗马天主教徒的忏悔。在那个棺材般的小厢房里，他们不就这样遭到质问吗？他总觉得那是一个奇怪的想法，将你的失败和欲望、你身心最隐秘的渴求，说给另一个男人听。现在他明白那是一种解脱，但没有丝毫虔敬。恰恰相反。

“我触摸过她几次。不是你所说的那种方式。”

“不是亲密意义上的接触？”

“我触摸过她的身体。她没有触摸过我。”

“你没有和那个姑娘有过亲密接触吗？”

“我已经回答过你了。”

“从来没有？真的吗？您对我说真话好吗？”

他又哭了。非常平静，非常恐惧。医生递给他一块手帕，但他摇摇头，让自己平静下来。

“我是以朋友的身份在和您说话，梅瑞狄斯阁下，不是您的法官。”

“我们年轻时经常一起去郊区散步。我是说在戈尔韦家乡的时候。我想有一两回我们的行为不是很明智。”

“您是说，你们交媾过？”

“没有。”

“那您是什么意思？亲热狎戏什么的？”

“看在上帝的分上，曼甘。难道你年轻时没有谈过恋爱吗？”

卓哉无损童贞，诸德超出众人，
使我脱免诸恶，效尔贞洁慈仁。

“您还爱她吗？”

“我有非常深厚的感情。我一直保留着那份感情。但我的身份令我不能让这份感情继续下去。”

“我想您一定知道，我说的不是那个。我说的是肉欲之爱。”

“你暗示的那种事情已经有十五年未曾发生了。”

“最近还有吗？就只是爱抚之类的举动吗？”

“是的。”

“抚摸？”

“如果你硬要说有的话。”

“插入呢？”

“没有。”

“没有在她的陪伴下做出自慰或类似的举动？没有射精？”

“曼甘，你就别再说了，行吗？你到底把我想成什么人了？”

医生的语气很温和，但冷若冰霜。“我想您是一个拥有权力的人。所有的男人在女人面前都是如此。”

赐我一生洁净，稳行天堂道路。

“没有会对她造成危险的事情发生。”

“您绝对不可以再那样对她了。您明白吗？”

“没有机会再发生那种事情了，我可以向你保证。”

“我可以问怎么做到吗？我一定要您做出保证。否则我的责任就是让那个姑娘立刻从您的船舱里搬走。”

“曼甘。我求求你……”

“我必须尽自己的责任，就是这样。您必须让我相信那个姑娘不会遭到您的伤害，不然我会去找船长，让他立刻给她安排新的船舱。”

“求求你别那么做。我求你还不行吗，曼甘。”

“那就说呀，梅瑞狄斯阁下，看在上帝的分上。”

他点了点头。缓缓地转身。眺望着大海。那漆黑之处一定是波浪。“不久前我得悉一件事情。一件难以启齿的羞耻之事。之前我从未对别人提起过。”

“那现在您一定得说。”

“我相信我们的对话会被保密。”

“当然。”

他突然垂着头，似乎就要作呕。风吹拂着他的头发，撕扯着他的衣服。

“梅瑞狄斯阁下，我求求您，您有什么事情想告诉我，全都说出来吧。”

吾之重罪，吾之重罪。

“我不是我的家族第一个遭受先前我提到的那种状况的人。我父母的婚姻由于父亲一度不忠而闹得很不愉快。他们分居了几年，当时我还是一个小孩子。”

“那和这件事情有什么关系？”

“我父亲与我们庄园里的一个佃农女人有染。我将戈尔韦的房子锁上的当晚了解到全部内情。我找到了一些私人文件。那段关系中的人诞生了一个孩子。是个女儿。”

“然后呢？”

“她被当成那个女人的家族成员。我相信她的丈夫永远不知道真相，我已故的母亲也不知道。我相信是这样。”

“梅瑞狄斯阁下——我感到抱歉。我不知道您在说什么。”

“不。我自己不久前也不知道。但那个母亲就是我的保姆。一位名叫玛格利特·杜安的女士。”

称颂归于圣父，光荣归于圣子，
圣父圣子圣神，三位一体同尊。

第三十四章　医生

关于航行倒数第二天更多的内容：出自威廉·詹姆斯·曼甘医生（爱尔兰皇家外科医学院医学博士）的病例记录节选，内容一字不差。

1847 年 12 月 2 日，星期四

今天早上和下午，在德灵顿太太的协助下，为许多统舱乘客（六十七人）进行诊疗。许多人报告出现了淋巴结核、感冒、腹泻、发烧、咳嗽、严重反胃、消化不良和胃痉挛、头上和身上长虱子、坏血病、佝偻、冻疮、眼耳鼻喉或胸部感染以及一些其他小的病痛。

有一个患了严重痢疾结肠炎的病人。我之前见过他，开了碳酸氢钾，现在上腹部深层疼痛。开了松脂加柠檬酸铵及少量吗啡。痊愈的机会非常渺茫。他肯定会死掉。

有一个男人的阴茎背长了红肿的痈子，用刀子将其切除。一个二十五岁的女人即将分娩，还是双胞胎。丈夫极其虚弱，他一直将自己的伙食全分给妻子吃。我对他说他的妻子需要有一位父亲照顾她的孩子，而不是区区几盎司饼干。他会试着弄点牛奶喝。我对他说要是他弄不到的话，那我自己在明天吃早餐时会带些给他。一个男人（大约二十岁），面部严重麻痹。他不会说英语。一个孩子（三岁），怀疑胫骨断掉了，长了坏疽。一个非常忧郁的小女孩（十四岁）

对德灵顿太太说她害怕自己就快死掉了。她其实开始来月经了，但对此毫无了解，她的母亲在两年前去世了。许多人（大约二十五个，其中有几个是婴儿）情况危殆，必须赶紧送进医院。痢疾广泛传播，还有肠绞痛。喉咙发炎。牙龈肿胀变软。我见到的每个人都有营养不良的症状，体重严重下降，有几个到了垂危的地步。只有饼干和水的伙食根本不够营养，而且干净毛毯的供应非常有限。没有安全干净的地方贮存或烹煮他们随身携带的食物，没有安全干净的地方去维持个人清洁和必须完成的事务。完全没有隐私可言，显然，这令妇女们尤其感到尴尬。统舱里很阴暗，而且空气污浊。有几个不幸的男人沉溺于酒精。没有像样的设施可以洗衣服。

之后我到头等舱作“例行巡诊”，我坚持要金斯考特勋爵同意让尊贵的罗伯特和乔纳森接受检查（罗伯特六岁零十个月，乔纳森八岁）。牙齿、眼睛、喉咙都正常，头发干净。乔纳森之前就读于汉普郡的温彻斯特公学，经常找那里的护士治疗“难忍的皮肤瘙痒”（为他开了药膏），在玩橄榄球时曾一度摔断了锁骨。两个人的脖子、脸和上身都有几处小的皮肤炎症，干燥，呈红色或棕灰色，略有鳞屑或变厚。有几处渗出脓液。罗伯特上背有一大块皮肤发炎，情况令人担心。发出酸臭味，起了鳞屑，但没有症状令我担心可能得了遗传性梅毒。父母有一方感染的孩子生下来时总是没有症状，之后会得严重鼻炎（和其他疾病），但我的大致判断是两人都没有被感染。

当我们抵达纽约时，我希望他俩由一位性病专家进行更全面的检查（我推荐了美慈医院的弗雷迪·梅特卡夫医生，他总是守口如瓶），但现在我的诊断是没有感染，只是一般的过敏脂溢性湿疹。德灵顿太太也表示同意。

罗伯特是个小胖墩，应该吃多点粗粮和鱼肝油。乔纳森抱怨右大腿上面的粉状皮疹痒得难受。显然是由夜尿症引起的，而湿疹令情况更加严重。他似乎不好意思公开讨论这些事情，直到我告诉他，在都柏林彼得街的解剖学院的威廉·曼甘医生直到十二岁时仍为同样的事情感到十分烦恼。他叫我解释医患关系的保密伦理和希波克拉底誓言[1]，我照做了，他似乎觉得很有趣。机灵乖巧的小男孩。我说医生不能透露病人的情况，就像将军不能透露作战计划或中国魔术师不能泄露秘密。他想知道要是医生坏了规矩的话，其他医生会不会揍他。我回答说他们会像擂鼓般狠狠地打他一顿，用火烤他，然后围在一起站着朝他撒尿，高唱哈利路亚（德灵顿太太当时不在船舱里）。

我在一间没人的特等客舱里为他们的女仆杜安小姐做检查，因为她的船舱实在太小了，比一个橱柜大不了多少。她三十五岁，是一个寡妇，举止颇为得体，身材消瘦，略微有点惊慌，明显比一般的女子更聪慧。英语非常流利，带有奇特的乔叟作品的味道。警觉性很高。现在我了解到真相，看出她的身材很像某个人。

她这辈子只看过一次医生，那是十一个月之前，当时她到金斯考特勋爵与夫人的家里工作。她说自从她丈夫（和孩子）溺死之后，她的境况很糟糕。1846 年 1 月被关进了戈尔韦的济贫院，在里面她发现自己有了两个月的身孕。她从济贫院里逃出来，走了一百八十英里到都柏林，路上不幸流产了。她在那儿的一间女子寄宿旅馆住了一段时间，然后到女子修道院里当洗衣女工（她不记得那间女子

1　希波克拉底誓言（Hippocratic Oath），由古希腊医学家希波克拉底倡导的医生职业道德誓言。

修道院或寄宿旅馆的名字，也不记得它们的地址）。她说今年 1 月金斯考特勋爵发现她在都柏林流落街头，于是坚持要带她一起回戈尔韦。金斯考特夫人担心她的健康，叫了克利夫登的斯科菲尔德医生或萨菲尔德医生给她检查。他的诊断是严重营养不良。她被当作可怜施舍的对象，在家里干女仆加保姆的活儿。4 月的时候跟着金斯考特一家去了都柏林。

我开始检查时，她似乎有点担心，因此我试着和她说话，想让她放轻松一些。我们抵达纽约后她就会离开梅瑞狄斯一家。“没有什么原因，医生。”她只是不想再从事家政服务。直到不久之前，她从未当过女仆；她觉得那不是她想要的生活。她或许会去俄亥俄州的克利夫兰。她在那里没有亲戚，也没有认识的人。但她听说许多康尼马拉人在那里定居，这个情况我原先倒是不知道。要不然她会去魁北克或新布伦瑞克。她的妹夫有一个姑妈曾经住在布雷顿角，但现在她可能已经去世或搬走了。我说北边的爱斯基摩地区一定非常寒冷，她只是笑了笑。她笑的样子真的很美，不是那种傻兮兮的矫揉造作的模样。事实上，她并不漂亮，却美得很真很有内涵。但她只是短暂地笑了笑，我没办法再令她展露笑颜。她有一点钱，是从薪水里省下来的。她想当一个女裁缝，或者当一个店员，但无论什么机会都不会放过，除了家政服务之外。我打趣说如果她从事家政服务的话，或许会遇到一个英俊的男仆或管家，最后共结连理。她的回答是她不准备再婚。她说出这番话时语气并不苦涩，只是在陈述一个事实。我壮胆说：对美国的追求者们来说，实在是一个难过的损失。“或许是吧，先生，或许不是。”

她的左腕可能得了早期关节炎或肌腱炎。内翻的脚指甲需要注意。左前臂内侧有一处熨斗造成的面积虽小但严重的烫伤。胸部有感染迹象，在严寒的冬天，譬如这个冬天，会导致呼吸困难。她称之为“气闷”，是从她已故的父亲那儿遗传的。“他既是农夫也是渔民，先生。”

她的小腹、上背、臀部、大腿和其他部位有几道已经愈合但仍清晰可见的伤疤，但她并没有对此多做解释，只是说和她照顾的两个孩子闹着玩弄伤的。她说她偶尔会轻微地出疹子，可她又说是被两个小男孩传染的。她用蜂巢的萃取物（！）熬制的药膏自己治疗疹子，那是许多年前她的母亲教的土方。我告诉她我最近读过一篇学术文章，上面就推荐用蜜蜂提炼的物质治疗。她没有应话。

目前没有皮疹。没有水痘或皮下肿胀，她也不记得有过那些症状。没有流脓或疼痛。我给她看了几幅症状示意图，但她说她没有那些症状。我把那本书收好时，她问我是不是在寻找梅毒的症状。我对她的问题（还有她知道的事情）感到惊讶，但我承认确实如此。她说她从未出现过那些症状。如果有的话她会知道。

她完全没有妇科疾病，只是在来月事（她管那叫“倒霉事”）排卵时会有轻度抑郁，先前二十岁时（1832 年）曾经因为怀孕得过乳腺炎，由当地一个女人用草药和药膏治疗（诞下一个夭折的男婴）。她的左腿肚有静脉曲张。有几个后槽牙情况很糟糕。两边下颚有严重的牙龈炎。腐蚀严重，还有臼齿溃疡，一定会引发剧痛，但她没有抱怨。大体上我没有检查出可以确诊为梅毒的明显症状，但我对她解释造成伤疤的原因时支支吾吾或闪烁其词的态度感到担忧。那些不是嬉戏玩耍造成的擦伤或瘀伤，而是严重的皮肤磨伤、红肿和条状痕迹。她说那些是在一年前至十八个月前之间那段时间里造成的，那时候她还没有当上保姆。她主动说她的主人和夫人都从未鞭打过她。（我没有问过她那个问题，也没有提到鞭子这个词，但显然是鞭子导致了这些创伤。）我怀疑这个不幸的姑娘或许曾经沦落风尘操皮肉买卖。她非常了解受孕和避孕的知识，事实上，比一般的女人更了解妇科方面的情况。

我准备离开时，她的一番话彻底征服了我的心。“谢谢您，医生。您很温柔。您真是一个好人。”

我能想到的回答就是：毕竟我的职责就是做个好医生。她奇怪地摇了摇头。“您的妻子很幸运，医生。温柔是一种天赋。”

我说我的妻子几年前已经去世了，而且说实话，我并不认为她是个幸运的女人，她嫁给了一个傻乎乎的医生，得照顾太多的病人。但她并没有笑，甚至没有露出微笑。“那时您幸福吗，医生？”她问我。我说是的，非常幸福。

“您有孩子吗，医生？您与您的妻子。愿上帝令她安息。”我回答说我们有孩子：两个女儿和一个儿子，现在都结婚了，有了他们自己的小孩。她询问他们的名字，我告诉了她，她点了点头。

“我会为您的家人祈祷，医生。谢谢您。您肯关心我，真是好人。我永远不会忘记您今天对我展现的慈悲。”

我一时间不知道说什么好。然后我说此次见面令我深感荣幸，这是我的肺腑之言。我祝她万事顺利。我把名片给了她，上面有都柏林的地址，说要是她需要朋友帮忙，她可以找我。我们握手道别，她回去继续工作。但我注意到她把卡片留在桌子上。我意识到刚才与一个非常了不起的女性在一起。

我最后检查的人是金斯考特伯爵夫人劳拉。她三十一岁，身体非常健康，尤其是就一位有了身孕的夫人而言。

就像她的大儿子一样，我们说好信息绝不泄漏，在沟通时她的态度或许更为专注紧张些。

第三十五章　发出警告的灯塔

航行最后一天发生的一件稀罕事。

1847 年 12 月 3 日，星期五

海上航行的最后一个晚上

经度：西经 72° 03.09′。

纬度：北纬 40° 37.19′。

实际格林尼治标准时间：凌晨 2 点 47 分（12 月 4 日）。

调整后的船上时间：深夜 10 点 17 分（12 月 3 日）。

风向与风速：东北风 42°，风力 7 级。

海面情况：波涛汹涌。

航行朝向：西南方向 226°。

降水与描述：气温下降。全天都在吹强劲东风。船速大大加快。

今天凌晨 3 点 58 分见到南塔克特岛的引导灯光。值班船员报告见到纽波特打出警告的灯号，中午在右舷可以用望远镜见到罗德岛。

我们这艘无畏的老妇人今晚的情况非常糟糕，一直在嘎吱作响，疲倦艰辛地驶过一阵肆虐的狂风，但关于那个容后再述。

今天下午两点后，整艘船上上下下都听见一声雷鸣般的巨响，隔了一会儿又传来一声，后者令甲板在剧烈震动，桅杆就像风中的树木在摇晃。我离开操舵室到甲板上视察，方圆数百码的海水被黏稠冒泡的鲜血染成了诡异的红色。我立刻意识到我们撞上了一头鲸鱼，鉴于冲击力之大和血量之多，那是一头庞然大物。

过了一会儿，我的怀疑得到了证实，因为在右舷七十码外，那个巨大肿胀的身躯从殷红的海水中浮现，仍在激烈地扭动挣扎，喷出海水，发出可怕的叫声，就像人类在嘶吼，那头可怜的巨兽。它是一头成年雄剃刀鲸，学名是长须鲸，体长超过八十英尺，尾巴足有一艘游艇那么大，身体覆盖着一丛丛茂密的海草和小小的贝类，高贵的头颅因为与船身的撞击而被撕裂开。它痛苦地喷出足有十五英尺高的海水。有几个乘客来到甲板上，吓得魂飞魄散。其他人问我能不能安排水手用网把它从海水里打捞上来，这样一来就可以把它剁碎吃掉，但我说那是不可能的。我试着把他们打发走，但土邦主来到他们中间，告诉他们继续观察海面，如果他们想见到终生难忘的奇观。很快，鲨鱼们上来猎食，那只可怜的生物现在虚弱得几乎快死掉了，周围的海水似乎在沸腾。想到在这次航行中海洋的首要用途，我衷心希望这个身份尊贵的白痴能在发表自己的意见时更慎重一点。

我、利森和几个轮机员匆忙来到船舱下面，见到右舷处有一条长约三英尺的裂缝，船只正在迅速进水，很快就淹到了我们的腹部。我们立刻组织一帮人去抽水和修补裂缝，但大伙儿们干得很辛苦，因为船上的水泵都生锈了，有几台还坏掉了，而且仓库里麇集了许多只大老鼠。

船身修复后，我们清点货物。十三个皇家邮政的包裹彻底损坏无法挽救，我请邮政专员乔治·卫斯理撰写报告（一个最狂妄愚蠢的人，态度之傲慢令人抓狂）。两大桶猪肉在下面的仓库里腐烂了，长满了蛆虫，因此我下令将它们从甲板上扔掉。它们从仓库里被抬上去，但水手们去取吊绳时，把两个木桶留在甲板上十分钟，结果它们不知道被谁打破了，里面的猪肉被偷个精光。

我们今天的历险还没有结束，因为今天下午晚些时候，统舱里起了一场小火，很快就烧着了头顶的横梁，大有蔓延到主甲板的势头。七个乘客和两个水手在扑火时受伤，但伤势并不严重。曼甘医生为他们做了治疗，在烫伤部位涂了鸦片膏。损坏的情况很严重，尤其是头顶和左舷的舱壁，但还是可以修复的。

利森大副在检查船只后，向我报告了另一件更令人担心的事情：有几个统舱乘客一直在破坏内里覆面的木板和拆掉统舱区域的床铺与甲板，拿它们当木柴烧火取暖。在船尾附近有一个区域，几乎所有的内部壁板都被掏空，外面的甲板也被掏出了几个大洞，如今船舱洞开，风霜雨雪交加而来。

听到这则报告，我吩咐利森再到统舱一趟，把所有的乘客都召集到后甲板上，我以最严厉的语气向他们重申关于消防、蜡烛和在甲板下禁用明火的规定。此外我还强调破坏船只的任何一部分都是严重的罪行，违反者会被判刑入狱。我们在海上航行的时间虽然只剩短短一天，但关于这方面的规定仍会严格执行，因为一艘船只要驶出港口半里格[1]远，就有可能沉船。

迪克森先生站在金斯考特夫人身边，虽然我多番要求他留在头等舱里，但他最近老是去探访统舱里的乘客，想从他们那里套料。他还几番闹事，当着所有人的面大声质问我是不是他们活该在寒冷

1 里格（league），航海距离单位，1 里格合 3 英里。

潮湿的环境里过夜，激起了乘客们本已十分不满的情绪。

“换作是你，置身于他们的处境，你他妈的会怎么做?”他高声喝问。

我说骂娘对改善他们的处境无济于事，高声辱骂也不能让他们保持暖和干爽，而且我绝对不会去毁坏保住我自己性命的船只，因为只有疯人国里的国王才会干出这种事情。

他骂骂咧咧地到上面去，没过多久又回来了，从他的船舱里拿来一张毛毯，还从金斯考特夫人的船舱里拿了一张，坚持要我把它们拿给统舱乘客盖。这个我照做了，但我觉得很好笑。我不得不说，他从一位已婚女士的床铺上拿走毛毯，居然可以如此轻松自若，没有丝毫歉意。

我们的美国朋友们在许多方面取得了令人值得钦佩的成就，但在礼仪方面总是严重欠缺。

晚上十一点五十三分。南蚝湾附近的长滩最东端，灯塔的火光在燃烧。暴风雨即将来临。

第三十六章　抛锚停泊

我们抵达纽约，在那里等候我们的是始料未及的困难，

接下来的几天里发生了几桩糟糕透顶的事件。

1847年12月4日，星期六

我们驶出科弗湾的第二十七天

经度：西经74° 02′。

纬度：北纬40° 42′。

实际格林尼治标准时间：凌晨4点12分（12月5日）。

调整后的船上时间：午夜11点17分（12月4日）。

美国国家天文台时间：午夜11点12分（12月4日）。

风向与风速：东风88°，风力2级。

降水与描述：极度严寒，冷风刺骨。

在纽约港口抛锚停泊。

今天凌晨四点三刻我们经过了牙买加湾和康尼岛，抵达下纽约湾的苏格兰轻型船只停泊处，进入纽约港的南边航道。我们在那里打旗号要求引水员出来。迪兹牧师主持了一个简短的感恩仪式，为平安抵达致谢。同时我们等候着舵手和码头管事人前来。我航海这么多年，从未比今天早上感到更幸福，或对全能的上帝更加感恩涕

零。金斯考特勋爵在祈祷时加入了我们，这可是一件稀罕事儿。他说他最近老是睡不着。

两个多小时过去了，没有信号传回来，但我认为没什么大不了的，因为过去几年来这个港口一直非常忙碌。我回到自己的船舱，开始收拾我的行李。到了十一点，引水员还是没有来，这时我开始感到有点担心。我回到上层甲板上，和大家一起等候。

终于，就在午前，几艘拖船在远处出现了，乘客们在高声庆祝。许多人互相拥抱，开始高唱赞美诗和国歌。但他们的欢乐很快就被需要继续耐心等待的结局冲淡了。在带路的领航船上，有一位这座城市的检疫隔离部门的官员，受命向我出示一份根据海关法案而下达的不得登岸的命令，我们只能进港并等候接下来的指示。他拒绝提供更多的信息，我必须遵守命令，让船上人员保持平静。我没有对水手们或乘客们透露口风，只告诉了利森一个人。我们两人都知道听到这个消息没有人会高兴。

引航的船长让－皮埃尔·德拉克罗瓦上船掌舵，他是路易斯安那州的阿卡迪亚人。他似乎不怎么会说英语，因此我找来迪克森先生，他懂一些法语。但德拉克罗瓦对港口发生的事情绝口不提，只说他是奉命行事。

我们把绳索固定在拖船上，开始通过窄湾进入港口时，许多乘客欢天喜地。在海上航行近一个月之后，与陆地如此接近总是令人感到幸福。事实上，在清冷的阳光下，那片陆地看上去如此青翠美丽。史丹顿岛和新泽西在西边，布鲁克林的农田和小城镇在东边。有时候水手们说土地有一股味道，今天似乎确实如此，那是一股清香扑鼻的植被和草料气息。你可以透过正在消散的雾霭见到红钩镇，我们经过时，在呈现黑色轮廓的山坡上，有几个养牛人举起帽子朝我们挥舞致意，令所有的乘客欢欣鼓舞。

直到我们被引水员带进巴特米尔克海峡之后，我才知道出大事了，在我走这条航线的十四年里，从未发生过这种事情。我有一种非常沉重的不祥预感。从那里我们被拖着绕了岛屿一圈，进入港口，遇到了令人极为担心的情况。

我这辈子从未目睹那一类情景。照我估计，目前港口里大约有一百艘船只在抛锚等候，全都被拒绝在码头泊船。我们被引水员的拖船带到一个离南街码头大约四分之一英里远的位置，在从德利驶出的"凯尔布莱克"号和从斯莱戈驶出的"阿兰莫尔玫瑰"号之间，从都柏林驶出的"白帽章"号在我们船尾。我们被命令在该处抛锚，等候后续通知。等到我们抛锚停泊，提交了书面报告给海关水上稽查员时，又有两艘船只来到我们后面，从贝尔法斯特驶出的"凯摩尔"号与从阿拉巴马州的莫比尔驶出前往利物浦的"吉尔斯·卡文迪什爵士"号，但后者开到宾夕法尼亚州北边时，由于束帆索没了，主桅杆的船帆被撕裂了。

我思考了当前我们所面临的情况。如果我说我的船上有许多病人，而情况的确属实，或许会令乘客们获准进入口岸的机会变得更加渺茫。我不知道该如何是好。我给港口送去消息，说我方船上的补给与食水已经所剩无几，而船上的乘客与水手共计有三百多人；但港口办公室发来一则通知，指示我继续等候。他们可以提供淡水，如果有需要的话，会派一个医生来，但任何将船只驶入码头的尝试都会被视为非法行动，并遭到严肃处理：船只会被扣押，有必要的话甚至会将船只烧掉，船上的每个船员与乘客都会被逮捕入狱。我请求公司派遣一位代表和我商量，但在我写这篇记录时，还没有人出现。

两点的时候威廉·曼甘医生来找我，他说他对船上的情况很担心。

有几个乘客的病情极其严重，一定得赶紧送进医院里。我解释了情况，说我根本无能为力。他问船上的货物里有一批水银是不是真的。我说是的，他问他能否要一点用于制药。我当然答应了。（“统舱里的某个风流浪子必须服一剂药。”这位善良的医生走后，利森对我开玩笑说：“一夕错行淫，终生服水银。”但我觉得这句话根本不好笑。我见过死于那种恶疾的人，不希望哪怕是最糟糕的敌人会有这种死法。）

情况虽算不上危急，却变得越来越令人不安。许多乘客将被褥扔进了海里，以为检疫隔离部门的长官会检查上面有没有虱子，因此今晚没有东西御寒。他们不知道在这个纬度，虽然白天很冷，可夜晚的严寒是会要人命的。我们与“费里敦”号和“快船”号挨得很近，乘客们可以和那两艘船上的乘客们互相喊话。现在各种各样的谣言满天飞：所有爱尔兰人会被海关拒绝入境；所有欧洲移民必须有一千美金才会被放行；男人将会被迫与妻儿和亲人隔离，还可能被遣返。

我吩咐利森将所有的乘客都召集起来，告诉他们根本不需要担心，但我的讲话并没有得到热烈回应。许多人在起哄和怒骂。我下令将剩下的供头等舱乘客们享用的红酒、麦芽啤酒与烈酒分给统舱乘客们喝。或许这么做很傻，但现在已经太迟了。

希望明天会有新的消息，因为许多人已经到了极度焦虑的地步。

第一天，12 月 5 日，安息日。*

我们驶出科弗湾的第二十八天

* “第一天”：贵格会对星期天的定义。——G. G. 迪克森

经度：西经 74° 02′ 。

纬度：北纬 40° 42′ 。

实际格林尼治标准时间：晚上 11 点 14 分。

美国国家天文台时间：晚上 6 点 14 分。

降水与描述：全天极度低温，今晚降至摄氏零下 16.71° 。甲板与梯子上结了厚冰，非常危险。梯绳和索具被冻硬了。桅杆、三角帆和横桅索上挂着冰凌，对乘客们构成了威胁。我已经命令用木杆将它们敲掉。昨晚狂风大作，许多乘客出现胃痛。

船只仍然停泊在纽约港的低潮处。天空一整天都是铅黑色的。我估计同样情况的船只现在有一百七十四艘，每个小时都在增加。港口里的海水淤积了各种渣滓和秽物。污浊的水里有好几百条大黑鳗。昨晚统舱里一个孩子用钓线和鱼钩把她以为是紫色大气球的东西捞起来，其实那是僧帽水母，她被严重蜇伤，可能会死掉。

中午我送去一则紧急请求，希望能与港口办公室的某位人员会面，但至今还是没有收到回复。大约一个小时前，我让利森给码头管理处打旗号，希望他们同意我们至少让妇女与儿童上岸，她们当中有许多人如今的情况实在是太可怜了，但还是没有收到任何回应。

昨晚有两个统舱乘客死去，女王郡北波塔林顿的李村的约翰·詹姆斯·麦克格雷格与科克郡卡赫拉格的迈克尔·达纳赫。我已经下令将遗体安置在仓库里，因为在港口里严禁举行葬礼。（不管怎样，那些信奉天主教的乘客认为在安息日举行葬礼是不圣洁的。）一个水手，曼彻斯特的威廉·冈恩，发烧很严重，应该活不过这个星期。

今天上午水手约翰·格林斯利来找我，说他受同伴所托（事实上是被推举出来）。他说水手们对近来的事态感到非常担心，不愿意再忍受下去。

昨晚在统舱里发生了好几场争吵，有几场非常凶暴。八个男性乘客被关进了囚室，其中两个被戴上手铐或脚镣。他表示有传闻说，要是我们不能获准立刻上岸的话，统舱乘客们准备哗变将这艘船凿沉或放火烧掉。

听到那番话，我按捺不住脾气，说我自己会头一个点火：我投身航海是为了当一个海员，而不是一个光荣的送葬人，如果他不立刻返回自己的岗位，那我会用靴子的尖端捅进他那民主平等的屁眼里。

食物的储备所剩无几。淡水几乎喝光了。我们都快被冻僵了。

❖

12 月 6 日，星期一

驶出科弗湾的第二十九天

经度：西经 74° 02′ 。

纬度：北纬 40° 42′ 。

实际格林尼治标准时间：凌晨零点 21 分（12 月 7 日）。

当地时间：晚上 7 点 21 分（12 月 6 日）。

降水与描述：极度严寒，结了严霜。下午 2 点气温降至摄氏零下 17.58 度。空气中弥漫着烟雾和煤灰。

我们的同志威廉・冈恩今天早上离开人世，令人非常伤心，因为他是一个实诚的好人，年纪才十九岁，来自曼彻斯特市，和谁都能成为好朋友。

现在正在下大雪。港口堵到了总督岛。到处都说港口已经被海军封锁，所有的船只都被从康尼岛和洛克威海滩那边驶来的护卫舰拦截和登船。我们面前有一大群穷人聚集在码头上，期盼着收到船上的至亲爱人的消息。许多警察与士兵正把他们赶回去。

在金斯考特勋爵的建议下，我下令统舱的乘客们、水手们和头等舱的乘客们将平等分享船上的补给。邮政专员卫斯理对此表示强烈不满，他说他以后绝不会再搭乘银星船运公司的航班。我说我对他的决定深表遗憾（其实我并不这么觉得），但我不能为了让他能安于旧状而由得统舱乘客们活活饿死。

格兰特利·迪克森先生开始用小船为《纽约论坛报》送去他撰写的关于船上情形的报道和文章。至于这么做能否起到帮助，我不会表态。（这个男人满口仁义道德，我们简直可以发誓说，当他刮胡子的时候，他会以为在镜子里见到了一位大天使。）

好几帮报纸记者划着小艇撑着小船而来，还有几群看热闹的普通人。虽然他们被严禁登上任何船只，不能进入船只二十码的范围之内，但他们朝乘客们喊话，向他们提问——这么做只会传播恐慌和不安。我知道有一个记者被逮捕了，因为他试图诱导一个乘客跳下从韦克斯福德驶出的“加里恩山坡”号，就为了让自己能写一篇有娱乐价值的文章。

纽约的爱尔兰人群体也划船前来了解预计抵达的亲友们的情况，各种各样的船只都有，从小圆舟到平底船，有几艘并不比漂浮的浴缸大多少。有时候他们会带几篮食物或几包衣物，虽然我们不应该接受这些东西，但管理部门总是睁一只眼闭一只眼。看着那一幕实在令人非常难过，人们呼喊着他们挚爱之人的家乡与名字——“斯莱戈的玛丽·加尔文，她在船上和你们在一起吗？”“恩尼斯的迈克尔·哈里甘在船上吗？我是他哥哥。”等等——有时候他们听到的消息是自己的亲人已经去世并葬于大海。迪兹牧师见到一个可怜的男人在快活地呼喊着父亲的名字以示欢迎，还说身为人子的他已经在布鲁克林准备了一个幸福的家，在那里他再也不用受冻馁之苦。可他听到的消息却是：他的亲人根本没有上船，一个月前死在德利的码头。还有一个男人带着他尚在襁褓中的女儿划船过来，想让她见见爷爷奶奶。他自豪地高举着那个小娃娃，却得悉他的父母已经在海上死去的可怕消息。听到那些名字被哭喊着，尤其是在晚上，声音从黑暗中传来，那种感觉令人不寒而栗。

今天早上我自己在甲板上被一帮划船而来的可怜的爱尔兰人纠缠。他们自己看上去穷苦饥饿。他们仰头大喊，询问阿纳格利瓦的庇乌斯·穆尔维这个乘客是否在船上，我说他在。然后他们问梅瑞狄斯勋爵是否也在船上。我高兴地回答是的。他们想知道梅瑞狄斯勋爵是否安然无恙？我说他身体好得很，虽然旅途劳顿，但那是可以理解的，我在一刻钟之前刚刚见过他。

听到这番话，他们悄悄地讨论了一小会儿。他们请我下次见到穆尔维时告诉他：他们正在等候迎接他。他们热烈盼望穆尔维没有把他们忘记。我可以告诉他“爱尔兰的小伙子们”向他致以亲切慰问吗？他们会在码头区观望等候。他们说他们准备让他度过永生难忘的美妙时光。他们正准备宰杀一头肥美的牛犊迎接这位来到美国的浪子。他们说等穆尔维走过海关大门，就会见到在等候的他们。

我很肯定那个可怜的男人会非常感激，因为在经过漫长艰辛的航行后，见到许许多多友善的面孔，那种感觉总是很惬意。

第三十七章　杀人凶手

你只能猜测在1847年12月7日星期二，在“海洋之星”号上度过的最后一天，折磨着庇乌斯·穆尔维的想法到底是什么，

一大早就有人见到他在和乔纳森·梅瑞狄斯与罗伯特·梅瑞狄斯在上层甲板的船尾玩掷便士游戏，然后教他们一首无厘头民谣的歌词。他们反过来教他某个奇怪游戏的神秘规则，后来我才知道那是温彻斯特公学橄榄球。有人看见他站在甲板上，将一个用破布包成的球高举过头顶，高声喊道：“冲锋！”——显然那是游戏规则的一个重要组成部分。

大约十点他去了厨房，问侍酒师是否可以安排一些活儿给他干，以此换取一瓶红酒。他解释说他希望为金斯考特勋爵与夫人送上一份小小的礼物，这对夫妇对他实在太好了。船上的华人厨子让他劈开结了冰的接水桶，然后给了他半瓶勃艮第红酒作为酬劳。他带着那瓶酒与一张致谢卡去见金斯考特夫人。勋爵夫人觉得他的举止实在是太奇怪了：一会儿满脸笑容，一会儿魂不附体。“他似乎在绕着圈子说话，”后来她说，“似乎承受着沉重的负担，希望能将其摆脱。”他一直在说乔纳森与罗伯特是“好孩子”，说金斯考特夫人的丈夫是个“体面人”，说故乡的惨剧造成人们之间产生隔阂实在是令人感到悲伤。其实这并没有必要，尤其是在如此艰难的时刻。我们以前都做过不应该做的事情，但是，“以眼还眼只会令所有人都变成瞎子”。她越是表示赞同，他就越说得起劲。他似乎在努力说服自己去做某件事情。

我们知道那天早上他曾与船长进行过一番有趣的对话，他想知道能否报名在船上打工，返回利物浦。洛克伍德觉得这个问题很有趣。他在海上航行多年，从未遇到过一个乘客提出这种要求，因为它是在距美国真的仅一石之隔的情形下提出来的，令他觉得奇怪到荒唐，但他认为那是移民总会有的紧张反应，加上穆尔维在船上的悲惨遭遇。他说这艘船不会马上回利物浦，而是得开到纽约的旱坞做一番大修，然后或许会在那里停留至圣诞节过后。他还告诉穆尔维关于昨天早上发生的一件趣事，当时有一帮友善的爱尔兰人划船来到“海洋之星”号旁边，询问他是否安好。这个消息原本是为了令他安心，但他看上去根本不安心。更有甚者，听说他脸色苍白，片刻之后感到身体不适：他说是因为吃坏肚子了。

那天早上某个时候，我去囚室向被关押的谢穆斯·梅铎斯做访问，却发现他不在那里。在潮湿寒冷的囚室里他严重发烧，已经由船长监管，船长警告说要是他敢惹麻烦的话会一枪崩了他。他被锁在大副利森的船舱里，拒绝让我采访他。他说他对报纸没有好感，对那些为报纸写文章的人更是如此。而且他还装作不怎么会说英语，虽然我知道其实他说得很流利，如果他愿意说的话。事实上，正当我离开船舱时，我清清楚楚地听见他在问看守人能不能让他到甲板上放风。

然后我在统舱里待了大概一个小时，为曼甘医生诊疗乘客略尽绵力。许多人又累又怕，央求医生动用其影响力帮他们下船。在回去的路上，我看见穆尔维在头等舱里。当我在走廊里遇到他时，他显得很紧张，我们擦肩而过时，他什么也没说。因为他总是一副紧张兮兮的样子，我并没有多想什么。

他在自己船舱里找到的东西，一定令他更加神经紧张。

我们知道那件东西一定是在上午稍晚些时候或下午被放进去的，因为一个乘务员在十点左右曾进去拿存放的毛毯，后来他向警察做口供时说那间船舱“完全是空的，我指的是里面并没有什么不寻常的东西”。还是这个乘务员在下午四点之前进了船舱，看到那张搁在床上的没有打开的字条。他以为那是私人的东西，因此没有打开看个究竟。

穆尔维的名字首字母——M——端端正正地写在信封上，出自一个想要保持匿名身份的人冰冷谨慎的手笔。构成字条内容的冷冰冰的字母是从一页纸上剪的。对许多人来说，内容似乎根本无法理解。但它似乎把庇乌斯·穆尔维吓得魂飞魄散。

搞定他。

赶紧动手。

否债者。

它彻底否定了折中的可能。戴维·梅瑞狄斯或庇乌斯·穆尔维，他们当中只有一人可以踏足曼哈顿。

至于那个目标人物，或许可以比较确切地还原他在当天的上午和下午做了些什么。

就在黎明之前，七点一刻，梅瑞狄斯叫来一个乘务员，说他感觉不舒服。他要求让曼甘医生赶紧来看他，但等到医生赶来时，梅瑞狄斯似乎好些了。他只是抱怨头疼，那是宿醉和严寒引起的。他让医生回自己的船舱，说他想睡一会儿。

大约八点半的时候，他又叫来乘务员，点了一份清淡的早餐送到他的船舱里。当乘务员端着咖啡和稀粥回来时，金斯考特勋爵叫他搀扶他去洗澡。他的精神状态似乎不错，虽然平静无语。

洗完澡后，他叫那个乘务员，一个名叫斐迪南·佩雷拉的巴西人，帮他刮胡子和穿衣服。他解释说最近他的视力不大好，不想割伤自己的脸。他吩咐乘务员把剃刀留下来，说他每天习惯刮两次胡子，一次是在早上，另一次是在用餐之前。那个乘务员后来作供词时说他对这件事态度“非常坚决”。

金斯考特勋爵一直待在自己的房间里，直到大约十一点半，他的妻子与儿子乔纳森经过船舱时都看见了他。他正在一个存放文件的小随身行李箱里翻寻。他和往常一样与两人打了招呼。

直到大约下午一点之前没有人见过他，然后他和土邦主在酒厅旁边的小餐厅里吃午饭，叫了几份饭后点心。他们玩了几手金拉米牌，赌了几先令，稀罕的是，金斯考特勋爵居然赢钱了。然后他们探讨了扑克、桌球与其他绅士消遣的各种规则。船上的邮政专员乔治·卫斯理在航行结束几年后，回忆说梅瑞狄斯曾尝试向他解释一个名叫“杜胡拉”的文字游戏，那是他和两个姐姐在童年时设计的，他还陪同伴喝了一小杯波特酒。谈话结束时，梅瑞狄斯点了一瓶波特酒，然后回自己的船舱，说他想要读会儿书。

在回去的路上，大约下午两点三刻，有人见到他在头等舱外面的甲板上和他的两个儿子在玩橄榄球。根据一个名叫约翰·格林斯利的英国水手这位目击证人所说，他似乎“非常开心”。

他的小儿子罗伯特午餐时吃太多了，感觉不大舒服，因此金斯考特勋爵陪他回自己的船舱。父子俩做了一番对话，内容是房间的邋遢，罗伯特被父亲训斥了一通，因为里面乱糟糟的，而且空气污浊，难怪这个小男孩会感到身体不适。梅瑞狄斯勋爵还告诫罗伯特不能利用庇乌斯·穆尔维的友善，让那个可怜的人陪他整个早上玩橄榄球，因为甲板上结冰了，那么做很危险。可怜的穆尔维有严重残疾，对一个境况如此悲惨的人要示以善意。金斯考特勋爵走到舷窗，拉起窗帘，然后将它打开。这时候，罗伯特·梅瑞狄斯开口说话了，那番话将会引发严重的后果。

"你记得那天晚上您生我的气吗，爸爸？为了穆尔维先生？"

"我不是故意要生气，老伙计。但我们不能老是异想天开，就是这样。"

"为什么他说他不可能钻得过窗户呢？"

"你在说什么呢？"

"吃晚饭的时候。他说一个大人不可能钻得过那么小的窗户。"

"然后呢？"

罗伯特·梅瑞狄斯对父亲说："我从来没有对穆尔维先生说过关于窗户的事情。他是怎么知道的？"

"知道什么，鲍勃斯？"

"嗯——我见到的那个人是从窗户进来的。"

金斯考特勋爵有几分钟没有吭声。许多年之后，他的儿子回忆说那是他记忆中与父亲在一起时持续最久的绝对沉默。他的父亲似乎"完全神不守舍",他说,"就像一个处于入定状态或被催眠的人"。他坐在床铺上，盯着地板。他似乎完全没有意识到还有别人在房间里。最后，小男孩走到父亲身边，碰了碰他的胳膊。金斯考特勋爵抬头看着自己的儿子，露出微笑，"似乎在那一刻刚刚醒来"。他捋了捋头发，告诉儿子无须为任何事情担心。现在一切都会好起来的。

"你认为穆尔维先生是在闹着玩吗？"

"是的，鲍勃斯。我想就是这样。在闹着玩。"

罗伯特·梅瑞狄斯回到甲板上，留下他的父亲独自在船舱里。我们不知道伯爵之前在想些什么。但现在他肯定是在思索一个无可避免的惊人事实：庞乌斯·穆尔维曾经带刀进过儿子的房间。他上船的目的是要杀人。

之后的情形变得扑朔迷离。曼甘医生回忆那天下午他去见金斯考特勋爵两回，注射了非常大剂量的水银，并用鸦片酊帮助勋爵入睡。显然，他在忍受剧痛，几乎没办法行动。但后来几个统舱乘客作证说他们见到勋爵之后曾走进他们的船舱。还有其他人坚持说他们见到勋爵独自走在船尾附近，眺望着下曼哈顿岛的天际线，当时那里是一排廉租公寓和几座简陋的房子。当天有一片贫民窟起了大火，从"海洋之星"号的左舷可以清楚地看到火焰与浓烟。一个年迈的妇人，来自利默里克市附近的寡妇，发誓说她看见金斯考特勋爵坐在他的画架旁边，正在描绘贫民窟着火的情景。当时下着大雪，他没有穿上大衣，但她没有走近他，以为他"非常专注入神"。

当天晚上"海洋之星"号的气氛非常紧张危险。储备的食物几乎吃光了，融雪现在成了唯一的饮用水来源。到了现在，统舱里的每个乘客都深信再过几天这艘船将被遣返回爱尔兰。头等舱里也有许多人相信这个说法。还有一则广为传播的谣言，说有一些乘客打算跳船游过四百码的海面直奔港口。大部分人为了买船票已倾家荡产。许多人见到自己心爱的人正在码头等候。他们已经来到这里，而且付出了如此高昂的代价，他们绝对不想回去。

水手们也惴惴不安。其实他们并不想当狱卒，也不想当照顾患病乘客的护士。因为他们根本没有受过任何训练。事实上，有传闻说一部分水手准备逃跑，因为他们害怕船上日渐恶化的条件会令他们感染发烧，而且他们不愿意接受命令看押挨饿的乘客，他们觉得没有理由继续让他们困在这里。一个水手对我说，如果乘客们试图逃跑，他不会去阻止他们，而是会祝他们好运。还有一个苏格兰水手说要是他被命令朝乘客开火，他会违抗命令，还会把枪支扔到海里。我问如果命令是用枪指着他下达的，那他会怎么做。（有传闻说纽约警方或许会下达这道命令。）“哪个狗娘养的敢拿枪指着我，看我不毙了他。”他回答说，“不管是扬基佬还是英国佬，统统得挨枪子儿。”

七点的时候，我在餐厅里见到梅瑞狄斯。和往常一样，他衣冠楚楚，而且看上去很健康。那天晚上严寒降临船上，餐厅里几乎每个人都穿着大衣，但梅瑞狄斯却恪守进餐的规矩，没有穿。我们没有多做交流，但我记得他所说的内容思路非常清晰。和往常一样，他讽刺了我几句，但这并不是什么稀罕事。

那天晚上我在船长的桌上用餐，同座的有邮政专员、大管轮、土邦主、迪兹牧师、玛丽恩·德灵顿太太，曼甘医生彻底累坏了，现在自己也得了胃炎，身体非常不适，托他能干的妹妹捎话致歉。梅瑞狄斯夫妇单独坐一张双人桌。他们交谈不多，但没有争吵。金斯考特勋爵似乎吃了一顿挺舒心的晚餐，虽然即使在头等舱里，现在我们也只能委屈地吃干鳕鱼和饼干，梅瑞狄斯离开餐厅时还是向我们道了晚安。当时我们正在谈论文学，他发表了一些意见，内容并不重要。我记得他离开时还和我握了手——以前他根本不会这么做，或许除了我初次和他见面之外，那是六年前在伦敦的事情了。“继续好好写，老伙计。”他说道，“秘诀不在于题材，而在于如何编排。”

他回到船舱里，画了几幅画：相当精细的贵族宅邸和一个康尼马拉山丘上的农家少年的素描，观画人觉得轮廓和他有几分相似。其他人惊讶地说那个少年很像他的儿子，尤其是乔纳森。那天晚上凭着记忆作画一定很困难。但那幅画的笔触很平和。那个少年显然是穷人，但他并不是垂死之人。没有人在死去。他的父母或许就在家里。如果那是为他家服务的一户佃农的写照——许多人说确实如此——那一定是凭着遥远的记忆画出来的。

大约十点一刻的时候，他要了一杯热牛奶，但值勤的乘务员告诉他船上没有牛奶了。于是他要了一杯热水或温苹果酒替代。他还问乘务员能否向船长借一本《圣经》，或许可以向医生借。那个乘务员去了洛克伍德的船舱，但船长不在，而且他的书架上没有《圣经》。于是，他去了迪兹牧师的船舱，拿到了需要的东西，带回给金斯考特勋爵，被赏赐了不菲的小费。勋爵吩咐他不需要留在门口站岗。梅瑞狄斯显然是在开玩笑，说要是有人站岗的话会让他无法安睡（“就像有另一个人在厕所里，就尿不出来一样”），在他的海军生涯中，这两件事都令他困扰。那个乘务员说为了安全起见，他会坚守岗位。金斯考特勋爵拿起剃刀，展开刀刃。“来吧，麦克达夫[1]，”他微笑着说道，“这艘船上没有哪一个是梅瑞狄斯的对手。”

甲板上一个值勤的水手见到他在十点半的时候打开舷窗。那天晚上太冷了，水手觉得这么做很奇怪。灯光很昏暗，但没有熄灭。他把鞋子摆在船舱门外让人把它们擦干净。他脱下晚礼服，小心地挂在衣柜里。然后他穿上那身被蛀坏的旧衣服，那一定是他从爱尔兰带来的：一条农夫的帆布裤子和一件粗法兰绒“布拉特”，即康尼马拉的农夫穿的罩衣。

1　此句出自莎士比亚的《麦克白》。

他阅读了《马可福音》第十二章中的下列句子，并划了线：

1. 耶稣就用比喻对他们说："有人栽了一个葡萄园，周围圈上篱笆，挖了一个压酒池，盖了一座楼，租给园户，就往外国去了。2. 到了时候，打发一个仆人到园户那里，要从园户收葡萄园的果子。3. 园户拿住他，打了他，叫他空手回去。4. 再打发一个仆人到他们那里，他们打伤他的头，并且凌辱他。5. 又打发一个仆人去。他们就杀了他。后又打发好些仆人去。有被他们打的，有被他们杀的。6. 园主还有一位，是他的爱子，末后又打发他去，意思说：'他们必尊敬我的儿子。' 7. 不料，那些园户彼此说：'这是承受产业的。来吧，我们杀他，产业就归我们了。'"

❖

当晚十一点前，几个执勤的水手被大约二十个从统舱里冲出来的乘客制服，巴利纳欣奇的谢穆斯·梅铎斯是他们的带头大哥，半个小时前他从大副的船舱里破门而出。梅铎斯冲到结冰的上层甲板上时，"怒气冲冲，浑身浴血"，还高喊"今晚要为了自由而战"。他们砸开两艘救生艇的锁链，将它们扔到冰冷的海面上，然后跳进海里。一个男人在海水里开始游泳。其他人纷纷爬上两艘小艇中较小的那艘，开始努力朝岸边划。没有人有过划艇的经验，很快就陷入恐慌。不一会儿船桨就丢了，人们看见那帮绝望的逃犯以手当桨拼命划艇。

片刻之后，庞乌斯·穆尔维出现在甲板上，神色焦虑，央求获许和第二群人一起走。他被众人推开，还被他们暴打了一顿。就在这时，规模更大的一帮人，大约有五十来个，从船上各处出现。玛丽·杜安在他们当中。

这时有几个乘客跳下船。许多人面临艰难的抉择，海水一定冷得令人手脚僵硬，而且许多人不会游泳。留在甲板上的乘客就谁应该上第二艘小艇这个问题展开了争论。为数不多的女人与儿童先上了小艇，接着是那些女人的丈夫、未婚夫或男性亲属。玛丽·杜安是出现在现场的最后一个女人，最后两个位置的其中之一留给了她。她先是犹豫了一下，但立刻说她会上艇。她旁边的位置留给了一个名叫丹尼尔·西蒙·格雷迪的戈尔韦老头儿。他性情和蔼，很受统舱乘客们的尊敬。

穆尔维走上前，说他有优先权，因为他是玛丽·杜安的家人。

玛丽·杜安回答："你去死吧。"

接着，穆尔维哀求道："玛丽，求求你可怜可怜我吧。不要剥夺我唯一的机会，看在上帝的分上。"

他开始啜泣，伸手去拉玛丽的手。他似乎很肯定自己的生命受到威胁。他不停地说他不能随同大部分乘客通过海关下船，他有强烈的理由相信要是他这么做，他会被杀死。而且他不能被遣送回爱尔兰，因为相同的命运在那里等候着他，更何况他无法承受得住那趟航行。

玛丽说那是他活该，再悲惨的命运也得受着。

"难道我受的折磨还不够惨吗，玛丽？难道我流的血还不够多吗？现在够了吗？"

那个戈尔韦老头儿问玛丽到底穆尔维的话是不是真的。穆尔维真的是她的亲人吗？她必须说真话。拒绝承认自己的家人是一件非常糟糕的事情，有太多的爱尔兰人干出这种事情。如今许多人骨肉相残。他不是在责备任何人，只是发生在爱尔兰人身上的事情实在太残酷了。看着那种事情发生令你心碎。邻人相残，家族互斗。一个人掉转头对付自己的亲兄弟是最卑劣的罪行。但人是软弱的，他们总是担惊受怕。一个女人做出这种事情是永远不可以被原谅的。

“亲爱的，你姓杜安吗？”老头儿问她。

她说是的。

“卡纳那边的杜安吗？”

她点了点头。

“那个姓氏对你来说是一笔财富。你属于一个伟大的民族。”

她没有回答，老头儿又问了她一遍她是否会让自己的亲人留下来受苦，或许还会丧命。杜安家的人真的会做出这种事情吗？老头儿说此情此景之下他不能占据那个位置，这么做不会得到祝福，而且是会遭天谴的。他来这里是为了享天伦之乐，他在波士顿的孩子给他寄了路费。他们没有多少钱，但他们倾尽家产安排他过来。他们自己经常忍饥挨饿，就是为了把他救出来。他们并没有必要这么做，只是出于人道怜悯。“只有它令我们在此生的生活能够勉强忍受。”他不能妨害别人一家团聚，玷污了儿女们的名声。要是他这么做，他在天堂里的妻子会为他的名誉哭泣。

“上船吧。”玛丽·杜安对那个戈尔韦老头说道。

开始下起雨夹雪。老头儿把手搭在玛丽的肩膀上。据某些人说，他以爱尔兰语说道：“我一无所有，在这个世界上什么都没有了。只有我的名字。”

穆尔维又走上前，央求给他一个机会。玛丽再次斥责他根本不配得到机会。现在她朝穆尔维吐口水和撕扯他的衣服。他似乎对施加在他身上的拳打脚踢不理不睬。据某些人说，他不知因为害怕还是疼痛而在颤抖，但他没有抬手护住自己。

“你不感到困惑吗，玛丽？连一丝困惑都没有吗？你是说尼古拉斯想要这样吗？那能弥补过失吗？它能让时光倒流吗？如果你希望的话，那我会去死。反正我已经是个死人了。”

我想我知道换作是我的话会给出的答案。我相信我甚至知道我会用什么字眼，每一句诅咒、每一句斥骂、每一句谴责，我听过的邪恶咒语，统统都会倾泻在庇乌斯·穆尔维身上。我见到我的匕首插进他这个叛徒的心脏里，我将会感受到那令人眩晕的、令人无比兴奋的、炽热的仇恨。或许我只消说："我不认识你。"我从未见过你。你不是我的家人。

但那并不是玛丽·杜安的回答。

自从那天晚上的事件之后，已经过去几乎七十年了，在那漫长的七十年里，没有哪一天——我没有夸大其词——我未曾在脑海里寻求接下来所发生的事情的解释。我和每个目睹那一幕情景的人交谈过：每个男人、每个女人、每个孩童和每个水手。我与哲学家、心理医生、牧师、神父、母亲、妻子进行了探讨。在那些年里的许多夜晚，我梦见了那幕情景；甚至到了现在，有时候我仍会看见它。我相信在我弥留之际，我将会再见到它，那个我没有亲眼看到，只是从报告中得知的事件。庇乌斯·穆尔维跪地哀求救他一命。玛丽·杜安俯视着他，啜泣着，战栗着，那天晚上在“海洋之星”号上痛哭流涕，或许只有一个孩子遇害的母亲才会哭得这么伤心。没有人知道爱丽丝－玛丽·杜安长什么样，她那崩溃的父亲扼杀了她悲惨的生命。她的母亲一边哭一边喊着她的名字。许多目击者说“就像一场祈祷”。

听到这个名字，有些人开始祈祷，其他人开始同情地啜泣。还有一些人曾失去自己的孩子，开始哭喊孩子的名字，似乎提起他们的名字——说出他们曾经拥有名字这个行为——就是在念诵在一个不再理会挨饿和垂死之人的世界里唯一能起到作用的祈祷。他们曾经是真切的人。他们曾经存在过。他们曾经被抱在怀里。他们出生过，生活过，然后死去。我见到自己置身于甲板上，置身于报复的呐喊声中，似乎是我自己的妻子被逼到绝望的境地，是我自己孤苦无助的孩子被如此残忍地摧毁。

那是原谅吗？轻信吗？权力吗？迷茫吗？所有这一切阴暗的事物或更加阴暗的事物的总和？或许就连穆尔维也不知道答案。或许玛丽·杜安自己也不知道。

我不知道那是什么，但或许那就是慈悲——我们只能猜测是什么原因促使玛丽·杜安将其展示。我们或许永远都不会知道她从哪里找到了慈悲之心。但她确实那么做了。她确实找到了。当报复的机会从天而降，就像处斩的大刀摆在她面前时，她却转过身，没有拿起它。

恰恰相反，玛丽·杜安仍在哭泣，被别人搀扶着站起来，但她证实阿纳格利瓦的庞乌斯·穆尔维是她亡夫的弟弟，方圆三千英里内唯一的亲人。

有人问她是否想留在船上，或许她和穆尔维会被遣返回爱尔兰。她犹豫了一会儿，然后说不要，她不想回爱尔兰。

他们一起登上第二艘救生艇，占了最后两个位置，最后被看见的情形是朝码头的方向漂去。

第三十八章　发现

驶出科弗湾的第三十一天

经度：西经 74° 02′。

纬度：北纬 40° 42′。

实际格林尼治标准时间：凌晨 0 点 58 分（12 月 9 日）。

当地时间：晚上 7 点 58 分（12 月 8 日）。

降水与描述：纽约港。潮水退去。

✝

在吾主纪元 1847 年 12 月 8 日这一天，我怀着悲痛的心情记录下这则消息：我们的朋友戴维 · 梅瑞狄斯，第九任卡纳的金斯考特伯爵惨遭杀害。金斯考特伯爵夫人今天凌晨在头等舱里发现了他的遗体。曼甘医生立刻赶来，但宣告死亡时间大约是昨晚十一点。死因是上背被深深地扎了七刀，脑后也被捅了一刀。但更加恐怖的是，他的喉咙被割了重重的一刀，脑袋几乎与身体彻底分离。

现场没有找到凶器，搜寻仍在继续。勋爵大人一定猝不及防，因为他的手上和胳膊上没有因为抵御留下的伤口，也没有人听见他的船舱里传出叫喊。

头等舱被彻底搜查，在主甲板下层的垃圾箱里找到一张被撕成碎片的奇怪纸条，似乎是一封勒索信。它被保存起来，将会交给纽约警方。

身为船长，我要为船上的安全承担全部责任。因此我提交了辞呈，等在纽约靠岸装卸完毕之后，我将辞去船长的职务，并从此不在银星船运公司任职。

我派遣一艘小船到码头管理处，解释这场可怕的事件，并要求在这种情况下必须获准上岸。但当局断然拒绝了。一大帮警官与移民官前来取证，向许多统舱乘客与其他人问话。他们证实来自戈尔韦郡巴利纳欣奇的谢穆斯·梅铎斯，昨晚从船上逃窜的人员之一，曾威胁要狠狠收拾金斯考特勋爵与其他爱尔兰的地主，因此，他被视为头号嫌疑犯，至少是那伙儿恶人的带头大哥。不只穆尔维先生一人认为他是个危险人物。许多乘客都相信他是戈尔韦负债人的成员之一，而且他总是自称其中一员；有好几回他还吹嘘他肯定金斯考特勋爵绝不会活着下船。

头等舱的乘客们获准在几天后上岸，但统舱乘客们只能等到所有人都被盘问搜查完毕和确认疾病情况之后才行。

我向纽约警局的丹尼尔·奥多德警监解释在船上的仓库里有几具尸体，不可避免地会造成严重后果，而且我很担心船上人员的健康。我建议或许他们可以提供大量老鼠药，但他们对我说这是不可能的，至少目前不可以，不过他们会安排处理尸体。

快到中午的时候，两艘驳船驶来，甲板下的尸体被抬到驳船上，其中包括金斯考特勋爵的遗体。我们没有国旗盖在他的遗体上，因此，我们降下主桅杆的联邦三角旗拿来用。听说有一小伙儿乘客在欢庆旗帜降下，令金斯考特夫人与她两个儿子非常伤心。我要求他们对死者表示最起码的尊重，他们就不笑了。他们说他们不是在嘲笑死者，只是在嘲笑旗帜。

我说金斯考特勋爵曾为了祖国在旗帜下服役，其中一人说服役过的爱尔兰人多的是，却没有盖上旗帜安葬的待遇，死在“海洋之星”号上的其他人也没有。他说那些人既没有旗帜也没有哀悼。他登上“海洋之星”号的当天，在他的家乡班特里，九百具饿死的饥民尸体被丢进了坟坑里。没有十字架，没有墓碑，没有棺材，没有旗帜。我回答说我明白他对这件事情的感受，我确实明白，但现在不是进行这番讨论的时候，因为寡妇丧夫与孤儿丧父的悲痛同样也是真切的。我们握手言和，当金斯考特勋爵的遗体被抬下驳船时，他脱帽致敬，虽然别人都背转过身。

那艘驳船很小，没有多少空间留给送葬人。位置留给了金斯考特夫人、两个孩子、家族的朋友迪克森先生、迪兹牧师与我自己，因为我是船长。失去了亲人的统舱乘客们非常难过，但引水员说他实在是载不了那么多人。迪克森先生说他愿意放弃自己的位置，但两个小男孩似乎非常难过，央求他留下来。引水员想要开船离开，但船上丧失亲友的人的哭声感动了他。他是苏格兰人，心地善良，你看得出他很同情这些人。最后，他说他可以再载上一个送葬人作为其他人的代表，但必须立刻推出人选。他们抽签决定代表，罗斯康芒的已婚女士罗丝·英格利斯被抽中了，她的丈夫也在死者之列。

我们被拖着走了几英里，穿过格德尼船道，在西德尼灯塔西边走了一小段，经过韦拉扎诺海峡驶入下纽约湾。我们奉命在那里等候涨潮。午后十二点五十三分，引水员对我们发出信号。英格利斯太太问我们能否推迟几分钟。这位可怜的女士现在非常伤心，但努力保持语气的平静。她说纽约下午一点是家乡晚上六点。整个爱尔兰将会鸣钟祈祷。引水员同意了，我们可以等候几分钟。

英格利斯太太是一位罗马天主教徒，开始平静地以拉丁语念诵《玫瑰经》，那个引水员的助手，来自那不勒斯的意大利人，也陪她一起祈祷。我们剩下几个站在一起默默祈祷了一会儿，最后补充了一句“阿门”。那两个小男孩努力想要坚强，但在如此可怕的情形下，他们怎么能做到呢？金斯考特夫人开始啜泣。我注意到英格利斯太太拉着她的手也哭了。

下午一点的时候，在引水员的指引信号下，我们将戴维·梅瑞狄斯的遗体送入深海，此外还有那九个爱尔兰男人、女人与孩子以及我们的好同志曼彻斯特的威廉·冈恩的遗体。迪兹牧师征得英格利斯太太的同意，平静地朗读《公祷书》里的内容：我们为死者祈求复活，并来世的生命（当大海归还在它怀中的死者），通过我们的主耶稣基督，他要按着那能叫万有归服自己的大能，将我们这卑贱的身体改变形状，和他荣耀的身体相似。

愿全能的上帝令他安息。他留下妻子劳拉与两个年纪尚小的儿子罗伯特与第十任伯爵乔纳森。他们将在纽约的奥尔巴尼暂住，寄居在格兰特利·迪克森先生的一位已婚姐姐家里。

下面是我们离世的其他同伴的名字，愿他们的灵魂在今天得到救世主的恩典：

农民迈克尔·英格利斯、农民彼得·乔伊斯、一个农民尚在襁褓中的儿子詹姆斯·哈洛兰、女裁缝罗丝·弗拉赫蒂、铁匠学徒约翰·奥利、小自耕农爱德华·邓恩、流浪工人迈克尔·奥马利、已婚女士温尼弗莱德·科斯特洛和一个戈尔韦老头儿丹尼尔·西蒙·格雷迪，今天早上死在统舱里。他原本准备去波士顿与孩子们团聚。这次航行的死亡总数达到了九十五人。

昨晚弃船而逃的那些人的完整名单还没有被整理出来，但他们当中包括了谢穆斯·梅铎斯、格蕾丝·科根、弗朗西斯·惠伦、芬坦·莫恩兰斯、托马斯·博兰德、帕特里克·巴尔夫、威廉·汉农、约瑟芬·洛利斯、布丽姬特·杜伊格南、玛丽·法雷尔、奥纳·拉尔金和其他二十五到五十个人——还有那个不幸的瘸子庇乌斯·穆尔维与梅瑞狄斯家的保姆玛丽·杜安。

港口被残骸碎片严重堵塞，那两艘救生艇昨晚都不见了，黎明时分大部分尸体在格雷夫森德湾被找到，但还有些尸体一定仍静静地躺在港口滩涂上。或许有一些尸体漂回了公海里。我已经向纽约警局提交了详细报告，但找到幸存者的希望十分渺茫，这一带的洋流十分湍急无情。

至于我自己，我再也不会出海航行。许多年来，我对这种生活非常不满，一直在苦苦思索做什么替代这份工作，这么多年来，我只了解两件事情：我是一个罪孽深重的人，但耶稣将会拯救我们。现在，借着他那往往骇人的恩典，我了解多一些了。

我回到故乡多佛之后，余生将致力于帮助受苦的穷人，无论在爱尔兰、英格兰或别的什么地方。我不知道那会是什么事情，但我一定得做点什么。这个国家的穷人不能再被无视。

因为我对英国正在发生的事情感到恐惧。我害怕我们将会自食其果，而且还是有毒的果实。

第三十九章

选自

《爱尔兰古代歌谣选集》

（1904 年，波士顿）

芝加哥警局弗朗西斯·奥尼尔警监作序。

以下内容的作者不详。

❖ 第三百零七首 ❖

《磨刀石》或《为康尼马拉复仇》

（以《斯基伯林》的调子唱出）

这又是爱尔兰的古老歌谣中一颗熠熠发光的宝石。与构成这本选集的其他大部分诗歌一样，下面这首诗歌最初是在一艘船上写的，它从那片青翠美丽却充满悲伤的土地起航，远渡重洋来到美国这个自由之邦，而自由，呜呼，只是一个遐想。卡文郡巴利詹姆斯达夫一个名叫约翰·肯尼迪的男人在他二十岁生日那天——1847 年 12 月 3 日——听到这首歌谣，那是距今将近六十年前的事情了。那艘棺材之船的名字叫“海洋之星”号。

每个真心的爱尔兰人一听到“黑色 1847 年”都会低头，那个邪恶年代中最糟糕的年份，我们有两百万同胞成为饥荒的受害者，古老的仇敌害怕爱尔兰的利刃，用懦夫的武器将其谋杀。爱尔兰每个体面的妇女与姑娘将会聚集在天堂的门口，得到圣母的祝福。噢，那个至暗的纪元。见到爱尔兰的天主教子女在自己的美丽土地上像奴隶般大批死去，就像被信奉异教的法老统治的希伯来人般遭到驱逐，撒旦一定心花怒放。

几位编辑与芝加哥爱尔兰音乐俱乐部的几位睿智长者就这首歌谣的年代和由来进行了一场友好的争辩。但在任何有理性的人看来，这首歌谣很显然源起于古代浴血抵抗的时期，当时牧师与人们并肩而立，对抗异族的杀戮与劫掠。那不是第一回，也不是最后一回！如果编辑们对同胞们的奋战精神有所了解的话。仇恨可以成为神圣而洁净的事物。祈求天主，但愿不久，受到侵犯的爱尔兰母亲的苍白面容在畅饮复仇的美酒之后将恢复往昔的盛世美颜。

人们曾听见一个爱国的六岁小男孩在那艘载着烈士的船上唱起这首优美的挽歌。愿圣母玛利亚保佑他！这首歌很舒缓，而且没有伴奏，怀着谨慎的尊重以配合歌词的庄严，因此不适合许多人合唱或传唱。

来吧，所有的戈尔韦男儿，倾听我的歌曲，
歌唱撒克逊人的暴行，与爱尔兰的冤屈；
他们制造不幸，将我们的骨头捣破，
为了让他高高在上，他将我们踩在脚下，对我们苦苦折磨。

儿郎们，他们的赋税和恐怖行径，令我们奄奄一息，
他们在畅饮我们的鲜血，抢走我们的口粮；
象征黑色毁灭的虚伪君主，不顾我们的呻吟，
我们还要袖手旁观多久，由得他们盗掠我们的家园？

就是这帮人，把我们问吊，毒害了伊奥根·奥尼尔[1]，
派出他们用金钱雇佣的胆小鬼，在我们的祖国偷盗。
他们的鲜血已经凝固，他们的心脏已经萎靡！
他们抢走了最好的东西，只留下发黑发苦的庄稼。

儿郎们，这是萨斯菲尔德的土地，勇敢的伍尔夫·托恩的故乡？
噢，忠于爱尔兰故土的英雄们，他们在这里播下种子。
他们曾经发誓，要捍卫爱尔兰的自由，而今他们安在乎？
以鲜血与硝烟，他们曾冲击撒克逊人的桎梏。

然后，来吧，真正的康诺特本地人，无论你们身在何方，
美妙的新庄稼，自由之花，正在茁壮成长。
我们将呵护它直至开花结果，他们将再也无法折磨我们，
因为我们将把他们砍倒，我们将巍然耸立，用石头将他们砸烂。
库丘林[2]、梅芙女王[3]，那些坚强的勇者，昔日的圣者，
他们曾与信奉异教的阿尔比恩作战，在战斗的怒吼中不曾畏缩。
抗争，死去，圣帕特里克与古代塔拉[4]的君王们高高在上，
从南方到北方，到处都在怒吼：
"为康尼马拉报仇！"

1　伊奥根·奥尼尔（Eoghan O'Neill，1585—1649），爱尔兰军人，阿尔斯特的奥尼尔王朝后人，是阿尔斯特的爱尔兰联邦军事领导人，传闻被叛徒投毒害死。

2　库丘林（Cuchulainn），爱尔兰传说中半人半神的英雄，神勇无敌，但因违背自己立下的禁忌而失去神力，被敌人杀死。

3　梅芙女王（Maeve），爱尔兰传说中统治康诺特地区的任性而骁勇的女王。

4　塔拉（Tara），据考古发现，自新石器时代至公元 11 世纪，塔拉是爱尔兰诸王即位加冕的圣地。

尾声　受尽折磨的男人

“历史以第一人称发生，却以第三人称书写。正是这一点，令历史沦为一门完全没有用途的艺术。”

出自戴维·梅瑞狄斯就读牛津大学新学院时所写的一篇文章，1831年米迦勒节，题目是《为什么历史是有用的?》

下面分别是几个人的故事，读者会知道还有许多其他故事。由城里的神父们委托的一次调查得出的数字是，在惨绝人寰的那一年，从5月到9月之间，有101546名卑贱穷苦的移民涌进纽约的拥挤港口。其中，有40820名是爱尔兰人。没有人知道到底有多少人在见到他们口中所说的“应许之地”之前就丧失性命。有人说数字或许高达三分之二。

许多年过去了，但有些事情并没有改变。我们仍在彼此安慰说我们是幸运的生还者，其实我们之所以还活着几乎与运气没有关系，而是与地理、肤色与国际汇率有关。或许这个新世纪将会见到一种新的分配方式，或许我们仍将由得比较倒霉的人饿死这种事情继续发生，继续称之为事故，而不是合乎逻辑的必然结果。

1847年，马克思的《哲学的贫困》、威尔第的《麦克白》、布尔的[1]《演绎推理微积分》、艾米莉·勃朗特的《呼啸山庄》、夏洛特·勃朗特的《简·爱》、拉尔夫·爱默生的《诗集》、恩格斯的《共产主义原理》之年。那一年在不知何处，有二十五万人饿死，在饥饿国度里的无名氏。

我们这帮“海洋之星”号头等舱的乘客在12月11日星期六晚上，即戴维·梅瑞狄斯被害四天后，乘渡轮来到曼哈顿。为了向我们所遭受的不便表示歉意，银星船运公司给我们免单，还在一座优雅的酒店里为我们安排了香槟晚宴接风洗尘。我这辈子活了九十六岁，那是我唯一一回听到一位循道宗的牧师骂娘。迪兹牧师痛斥了公司经理一番，那些话一定会令后者久久难忘。就像许多性情安静的人一样，他非常勇敢，多塞特郡莱姆里吉斯的亨利·哈德逊·迪兹。第二天清早，他回到“海洋之星”号上，他是除了船长之外最后一个下船的人。

统舱里的乘客们不得不留在船上长达几乎七个星期之久，被一帮又一帮的警察与移民局的官员盘问。他们已经支付了船票的费用，却没有得到任何补偿。我相信他们也没能喝上香槟。

1月份时，清理拥堵港口的计划开始启动，因为到了这时港口已经成了一座漂浮的流感营地，但那些移民还是未能获准进入曼哈顿。长岛与史坦顿岛上的农舍和棚屋被租来当作隔离站或清关中心，但对疾病传染的恐惧令周边地区十分担心，许多房屋遭到当地人的冲击并被焚毁。港口的沃兹岛有一大片土地被市政府租下来，作为拘留移民的安全地点，在此期间，他们的申请被处理，他们的疾病有人救治。但不久之后它就成为一座永久性的设施，这座被海风肆

1　乔治·布尔（George Boole，1815—1864），英国数学家。

虐的玄武岩建筑，大西洋的浪涛就像锤子般在无情地敲打它。在五个月里，他们申请了 10308 件“基本衣物”，这或许可以让你了解住在里面的人有多穷。而那些可怜巴巴地渴求来的衣物立刻供应上了，这当然体现了纽约人更为真切的内心冲动。

到了“海洋之星”号的幸存者们终于获准进入曼哈顿的时候，岛上的每一间医院、避难所和救济院都人满为患。反移民的情绪高涨，而且正在蔓延。数千个新移民被当局掏钱送出城打发去西部。无疑，他们当中有些人参加了在南北内战中为北军效力的规模达八万人之多的爱尔兰人兵团。有些人则拿起武器加入了为南方邦联的事业奋战的规模达两万人的爱尔兰人队伍，为热爱自由的白人将黑人当作商品的合法权利而战。

有些爱尔兰人因此升官发财，其他人流落到贫民窟，遭到别人的畏惧和鄙夷。玛丽·杜安或许足够坚强，能够忍受这种生存状况，但穆尔维或许没办法挺过来，我是这么认为的。他遭到的鄙视已经太多了。他罪行累累，但他蒙受了更多的不白冤屈，遭受鄙视是令他毁灭的因素之一。戴维·梅瑞狄斯的结局完全是另一回事，但他也承受了本不应由他承担的仇恨。

1847 年是历史小说的一个重要年份。在那一年发生的故事里，人民在挨饿，妻子被囚禁在阁楼里，主子与女仆成亲。对那三个遭受不幸的人的故乡来说，那是一个邪恶的时代。在那个时代所做的事情——以及没有做的事情——导致了超过一百万人死去，那些人缓慢地痛苦地死去，没有被记载下来，对他们的主子来说，他们的死根本算不了什么。

时至今日，发生过的那些事情是他们仍在死去的原因之一。因为死者并不是死在那个苦难深重的国度，那个满怀手足相残之恨的心碎的岛屿；几个世纪以来，它既被强大的邻岛无情欺压，又被本土的权力阶层镇压。两座岛屿上的穷人成批成批地死去，而主持惩罚的耶和华听着肉麻的赞美诗。旗帜在飘扬，布道坛回荡着声响。在伊普尔，在都柏林，在加里波利，在贝尔法斯特。喇叭在奏鸣，穷人在死去。但是，死者们在行走，永远都在行走；不是幽灵，而是被强征入伍的士兵，被征召投身一场并不是他们挑起的战役；他们的苦难成为比喻，他们的存在被改变了，他们的尸骨被熬成宣传材料的稠浆。他们甚至没有名字。他们只是“死难者”。你可以令他们去表达任何你希望他们表达的含义。

有时候，斗争是不容置疑的，但用什么武器去抗争则有待商榷。与谁进行斗争，为了什么而战，因为一个部落的穷人在浴血的战场上屠杀另一个部落的穷人，而富人则在有利可图的时候兴高采烈地将双方活埋。这本书不是在为从前的失地者撰写回忆录。但那是另一个故事。或许是一个仍有待书写的故事，结局更有兄弟友爱的情怀，没有那么恐怖。

作为金斯考特勋爵遇害的那艘船上唯一的职业记者，全世界都抢着要我的文章。事实上，到处都想要，除了《纽约论坛报》，我的编辑解雇了我，因为我有“平等主义倾向”。我收到邀请，要我写书，撰写文章，举行巡回演讲。而且，在1851年《纽约时报》创刊时，我接受了“资深专栏作家”这个职位，这个头衔是瞎掰乱造的，大体上的意思是“支取高薪的夜猫子”。我再也不需要依赖由祖先们的罪孽换取的带血的金钱。那件事情还摘掉了他妻子是与人有染的淫妇这个骂名，她一直对这个标签耿耿于怀。他的死解救了我，虽然这听起来很残忍，但不承认这一点，便不是绝对的诚实。或许我写下发生的事情是错误的，或许我别无选择，只能这么做。任何从事报业的人当然都会这么做，至少我尝试过秉笔直言。

我为《本特利氏杂志》撰写的关于纽盖特的恶魔的系列内容被重印在我的作品集《一个美国人在海外》里，由我已故的朋友考特利·纽比在 1849 年出版，一同出版的还有我对“海洋之星”号及其乘客的记述，以及在康尼马拉旅行时的札记。我坚持将三则短篇故事也加进去，但没有书评家对它们进行评论，无论是褒是贬。不知为何，礼貌的沉默似乎包围着它们。在后来的版本里，它们被不声不响地删掉了。纽比从未解释为什么它们不见了，我也没问。那种感觉就像一个梦游者醒来时发现自己在葬礼上，在有人指出他是不速之客前得赶紧悄悄溜走。那三篇平庸的短篇故事被遗忘了，那是它们应有的下场，它们是我唯一出版的虚构写作。

为了那本书的书名，我和纽比吵了好几场架。我想把它起名为《关于爱尔兰饥荒的反思录》，而纽比强烈建议改为《魔鬼的告解》。《一个美国人在海外》是妥协的产物，我们都觉得这个名字很怯懦。在第二版的封面，除了书名之外，还有一行小字：“骇人听闻的真相揭露。”到了第四版时，那行小字的字体变大了。到了第十版的时候，它盖过了书名。到第二十版的时候，真正的书名得用放大镜才能看清。*

当然，该书中描写纽盖特的恶魔的那一部分最多人阅读和评论。不仅如此，它似乎还激起了公众的想象力。这本书的面世为那头恶

* 撰写那些引人瞩目的“摘要”介绍每一章节内容的人并不是作者，而是纽比先生。那种种令人毛骨悚然的表述如“震撼细节”“邪恶罪行”“隐藏秘密”等等在出版时令作者非常气愤，如今它们似乎无伤大雅（但当然并非如此）。在本书里，它们得以保留，没有做出修改，作为对一个行事有欠妥当的朋友的缅怀。——G. G. 迪克森

魔引来了新的读者。关于他生平所作所为的故事——几乎全是凭空虚构的——出现在每一类英文出版物上，从半便士杂志到色情读物，从《笨拙周刊》《战斧》到《天主教先驱报》。装扮成那个恶魔成了参加上流社会化装舞会的时尚，甚至装扮成被他杀害的死者——实在是不可思议。一度曾有两个关于其生平的不同版本的故事在伦敦剧院里上演。很快，那头恶魔将蒙受最终极的耻辱，最为恐怖的事物：一出音乐剧。

现在那只怪物进入了政治范畴的表述。爱尔兰的国会议员查尔斯·帕内尔先生勇敢地率领他的穷苦同胞争取到一些自由权利，有一回在下议院里被形容为“比纽盖特的恶魔好不了多少”。总是有人说议员丹尼尔·奥康纳，权利解放的早期倡导者，不是将他在爱尔兰乡间组织的群众集会称为集会或聚会，而是“恶魔的集结”。如今这个名字成为当权者的酒吧和沙龙里经常讨论的话题。英语刊物里的怪诞漫画对爱尔兰穷人的描绘开始转变。之前他们总是被描绘为愚笨的醉鬼，现在，他们更经常被画成杀人凶手。状似猿猴，穷凶极恶，兽性大发，野性难驯。我们如何去描绘敌人反映了我们对他们的恐惧。每次我见到一幅讽刺画，我就见到了纽盖特的恶魔，他的恐怖名声是我煞费周章促成的。

在这整个事件中，我不得不扪心自问这么做是否有意义：乔装打扮进入这个谎言的国度。利用纽盖特的恶魔这个骇人听闻的故事去讲述一个更加重要更加震撼的故事。许多年来，我一直在说服自己这么做在道德上是可以接受的，只要目的是高尚的，使点手段其实算不了什么。当然，现在我不是那么肯定了。在我们年轻时，这些事情显得如此简单。但它们并不简单。它们从来都不简单。

他们告诉我那本书引起了一部分读者群体去关注大饥荒时期爱

尔兰所承受的苦难；但即便如此，它对终止那些苦难并没有起到多少帮助。那绝不是爱尔兰最后一场饥荒，在那本名为《大英帝国》的一便士恐怖小说的复杂剧情里更是起不到什么作用。有时候读者和他们的家人会捐赠些许金钱。几法寻或六便士，极偶尔会有一先令。大体上，我们收到的钱来自女性或穷人。不过奇怪的是（或许并不奇怪），有时候我们会收到英国在役士兵的捐款，尤其是那些驻守印度的士兵。我和纽比创立了一个小基金会进行管理，遭到恶意诋毁（也深受嫉妒）的狄更斯先生曾一度担任基金会的主席，干得很出色。起初基金会有高尚的宗旨，要将那笔钱用于教导康尼马拉的儿童学会读书识字。但狄更斯断然说死掉的孩子不会读书。我和他爆发了激烈争吵，我觉得他真是一个庸俗之人，我们从此不再交谈，真是令人难过。蒙受损失的人是我，而犯错的人也是我。无论从政治意义上、道德意义上或其他任何方面进行考量，他的争辩意见都是正确的。那些钱应该花在食物上，而不是花在诗歌上。我本应该记得他自己在童年时曾体验过饿肚子的恐怖，而我自己根本未曾挨过饿。或许可以说，如果它挽救了一条生命，那这本书总算没有完全浪费大家的时间。

英国的刑罚制度进行了小规模但并非完全没有意义的改革，这本书的成功起到了一定程度的间接促进意义。囚犯们从事屈辱的工作少了一些。家庭探访的次数增加了。在维多利亚时期监狱里通行的“单独囚禁”的做法开始遭到质疑，但得到许多年之后它才被终止。无疑，这种事情迟早都会发生，我为它们感到高兴，并向真正的功臣致敬，但如果说利他主义是我唯一的动机，那是在撒谎。或许它甚至不是主要的动机。我从事报业工作。我需要故事。

戴维·梅瑞狄斯以前总是嘲笑我，其实他是对的。我认为或许我希望被人推崇。我们渴望得到崇拜的需求实在是太可怕了。了解到它会随着年岁渐长而消退，那种感觉真好。

❖

谢穆斯・梅铎斯因被怀疑是杀害梅瑞狄斯的凶手而遭到逮捕，但被一致裁定无罪。我自己也被传召上庭作为辩方的次要证人，证实在头等舱区域找到的那张夺命字条并不是被告所写。我知道那是事实，并解释了我是如何知道的。那时候谢穆斯・梅铎斯根本不识字也不会写字，在我尝试访问他的那天早上，他怀着古怪的自豪告诉了我。

法官没有让我指出谁会是凶杀案的嫌疑犯，我也没有主动开口。我答应了庇乌斯・穆尔维不会泄露他的身份，身为有荣誉感的记者，我希望遵守诺言。我回答了每一个问题，没有说谎，我还因证词简洁经济而得到法官的赞扬。

在纽约的爱尔兰人区进行的审判成为轰动事件，令被告成为许多人心目中的英雄。他曾尝试成为职业拳击手，但没有成功，后来当上了警察，然后开始政治生涯，先是给大佬"蜜糖"麦奎尔当打手，接着担任筹款人与选举干事的职务，最后自己成为候选人。"为工人请命的左撇子拳手吉米・梅铎斯"*，他在东布朗克斯选区当选了十一次，在1882年竞选市长时以微弱劣势惜败，他总是将这个结果归咎于他的手下算术能力太差，而不是基于选民们的意愿。他认为民主的兴衰浮沉只是小小的不便。在计算选票时，他得到的选

---

* 在政治生涯早期，他将自己的姓氏里最后一个字母"e"去掉，说"它令我显得太像英国佬了"。见J. 梅铎斯，《为了公义，撑住十五回合：我的生平故事》(1892年，纽约)。——G. G. 迪克森

票总是相当于整个选区的登记选民的数目，还有两回甚至超过了后者，引发了丑闻。（“一个人应该尽可能地行使自己的权利嘛，”他总是隐晦地说，“这难道不是美国的宗旨吗？”）

两年后，他因为舞弊而被传讯，有人发现他答应为一个目不识丁的选民搞定工作，安排参加纽约邮差入职书面考试（由于检方的主要证人离奇地从窗户掉下去，摔断了颌骨，审判被迫中止）。第二年梅铎斯重新当选，原本已经巨大的优势扩大了三分之一。“我的选票他们不用一张一张数，小伙子们，他们称重。”他对记者们说。他安详地去世，享年一百零一岁，亡故地点是一座新摄政时期风格的华厦，靠他这辈子作为民意代表的工资，天知道是怎么买下来的。

在他临终时，据说他在考虑新泽西州奥兰治镇的爱迪生电影公司的邀约。该公司的一位高管埃德温·S. 波特想要拍摄一部虚构的短篇电影，内容是基于梅铎斯的生平与众多冒险经历。电影临时起名为《爱尔兰狂野浪子》，但在去世的前几个月谈判搁浅了（显然，这个浪子坚持要本色出演）。

一大帮穷人参加了他的葬礼，许多人一直视他为偶像。虽然他们当中有些人承认他的手段肮脏，但他们会争辩说手段干净只会令他们在贫民窟里继续沉沦，而这番话确实很有说服力。谢穆斯·梅铎斯可不是昆斯伯里侯爵。[1]（但另一个浮夸张扬的爱尔兰人的崇拜者们知道昆斯伯里侯爵并不是什么善茬。）

十五位牧师联袂主持追思弥撒，当中有他五个儿子中的两个和

1 约翰·索尔托·道格拉斯（John Sholto Douglas，1844—1900），第九任昆斯伯里侯爵，以其名字确立的拳击规则是现代拳击运动的规则前身。昆斯伯里侯爵对儿子阿尔弗雷德与爱尔兰作家奥斯卡·王尔德的情侣关系大为愤怒，斥责王尔德为“鸡奸者”，遭王尔德起诉诽谤罪，但侯爵随即反诉王尔德鸡奸罪，王尔德被判有罪，入狱两年。

另外几个亲戚。一个风笛手演奏了一首康尼马拉的古悼曲，送葬队伍在码头邻区福尔顿街短暂停留，左撇子拳手梅铎斯就是在这里第一次踏上美国的土地。主持葬礼的波士顿大主教奥康纳表示："吉米是一个纯粹的民主党人。当他想了解人民的需要时，他要做的就是审视他那伟大内心的深处。"

在审判梅瑞狄斯被杀一案时，关于遇害人的一些事情曝光了，令其家人痛苦万分。据悉，经常被人看见在伦敦东区尾随梅瑞狄斯的那个古怪男子其实并不是爱尔兰的革命者，而是劳拉·马克姆的父亲聘用的英国私家侦探，劳拉的父亲一直对女婿夸张的开销感到纳闷。他不知道金斯考特庄园已经几乎破产，梅瑞狄斯已经被他的父亲断绝了经济支持。马克姆先生怀疑他包养情妇。在法庭上，梅瑞狄斯经常流连青楼妓院的真相被揭露，这件事令劳拉·马克姆和她的两个儿子很尴尬。不可避免地，关于他病情的细节也都被公之于众，各大报刊对此做了绘声绘色的报道，使用了惯常那种道德引申与解释，就好像这些引申或解释在现在还很有必要似的。没有一份报纸说他遭受的是一种疾病，不是诅咒、复仇或惩罚，而是一种病菌。民众将疾病与超自然联系在一起的信念是如此强烈（而饥荒也一样，或许并非出于偶然），在撰写这篇故事时，我不想把他的病写进去，或对其病史稍加变更，或将它改成另一种疾病。但那是错的，是对这种闹剧的默默认可。他的确有那种病，并因此被视为一个罪人，虽然其实他并没有受到审判定罪。已过世的梅瑞狄斯受到那位怀着狂热虔诚的法官的强烈谴责，后者是一位纽约政坛冉冉升起的新星，知道如何迎合我那些更为圣洁的同胞对抨击恶棍的渴求。要是他能证明梅瑞狄斯的罪行是谋杀了自己，那他会这么做，并将他的尸体吊在教堂外面。

至于那张逼迫穆尔维动手杀人的纸条，读者们想必已经猜到了是谁写的，但我直到审判开始前不久才想到。可是，我一见到纸条，我就知道那是谁写的。不是玛丽·杜安，不是谢穆斯·梅铎斯，也不是哪一位在船上受尽折磨的贫贱穷人。

正如以前戴维·梅瑞狄斯经常说的，一切都取决于材料如何编排。

搞定他。赶紧动手。否债者。

一位研究杜胡拉的专家会察觉到背后的回文构词法。

《呼啸山庄》，作者：埃利斯·贝尔[1]

字母“M”被颠倒过来，成了“W”。

拼贴那张夺命字条的人正是受害者自己，那是他自裁的绝命书。他的素材是我给他的那本小说，一个将他所拥有的东西偷走的男人馈赠的礼物。那本书在他的一个行李箱里被找到，明显看得出撕掉书名页留下的痕迹。至于为什么他选择这么做，我们只能去揣度。有人说是懦夫所为，但我认为那是在侮辱他。有人指出这隐然有古罗马的遗风：贵族死在自己的剑下。我认为他那么爱自己的孩子，是不会这样自作主张的。

我自己的看法是：戴维·梅瑞狄斯是一个非常英勇的男人，他

1　这两句的英文原文分别是“GET HIM. RIGHT SUNE. Els Be lybill. H.”以及“WUTHWEING HEIGHTS by Ellis Bell.”。

知道自己的生命即将走到尽头，希望他的家人可以不用去承受一个贱民之死带来的耻辱。或许他还有可以理解的想法，因为从他的书桌里找到的文件中有皇家海军救济基金的介绍，该基金致力于资助已故军官（无论在役或退役）的儿子接受私校教育（只能是他们的儿子，不能是女儿）。和那个极其讲究体面的时代所有类似的章程一样，如果死于自杀或梅毒，那安排就会作废。但被杀则不会造成影响。谋杀不会坏事。他被杀害将会为他的孩子们留下一点保障。

他的收益反正都会被债主们拿走，他的整座庄园几乎都被债务吞噬，剩下的支付了律师费、税款与遗产税。在他遇刺之后，人们才发现伦敦已经启动了破产程序，但在他律师的再三恳求下短暂中止（他们指出，作为一个破产人士，他必须辞去在上议院的位置。正如有些人所说，实在是太不幸了）。金斯考特庄园的土地被塔利克罗斯的亨利・埃德加・布雷克老爷买下了，他把土地分成小块，以极高的田租将最后几户佃农逼走，将农民与自耕农们换成了绵羊。绵羊比会惹事的人更加有利可图，不会不识趣地关心不被逼死的权利。他挣了大笔的财富，他的儿孙们正在享用。其中一人活跃于爱尔兰政坛。

1850 年去探访康尼马拉时，我又遇到了洛克伍德船长。那时候他与妻子住在塔利克罗斯附近的莱特弗拉克村，和已经在那里的贵格会其他成员一起与爱尔兰的饥民共患难。他的妻子有个表姐，名叫玛丽・惠勒，她与丈夫布拉德福德的詹姆斯・埃利斯在 1849 年搬到了戈尔韦的北边，希望帮助当地人。他们与康尼马拉原本没有任何关系，可他们见到了彼此之间的联系，而那些原本应该见到联系的人却不肯去正视。他们建造房屋，修筑道路，挖水沟，还建起了一所学校，为工人支付公道的薪水，尊重他们。洛克伍德与当地的渔民一起工作，缝补渔网和修理船只。他真是一个好心人，多佛的约西亚·洛克伍德，被称为英雄时，他会一笑置之。但他是我认识的最了不起的人之一。他和英国贵格会的兄弟姐妹们——他总是用他喜欢的词语“教友们”称呼他们——拯救了数百条甚至可能上千条生命。

在那次探访的最后一夜，他给我做了一件礼物。当然，我本不好意思收下，但他的温和之后隐藏着坚持。或许他看得出我只是在假装不好意思。我们曾经经常辩论宗教方面的问题——他知道我不是信徒，而我知道他是一个热烈的信徒——在我最后一次见他时用的还是那种语言，仍然像之前一样在构建关系。“你是犹太人。是圣书的民族。这是我写的书，”他平静地说，“发生过的事情全都写下来了。”他以我毕生难忘的表情补充了一句：“不要让人们遗忘我们曾对彼此做过的事情。”

他似乎知道我自己做过什么事情。

我觉得他的记录里或许隐含了船上发生在我们身上的事情的线索，一件当时尚不明朗的事情。我认为它或许是那影响了我余生轨迹的三十天航行的恐怖的纪念品。或许——何不现在就把它说出来呢，反正人活到老时必须坦白他所有的耻辱——我认为它或许将构成故事的骨架。我一直想写但一直写不出来的那部小说。

我接受了那本书，现在还保留着它，那本记录人间苦难的令人毛骨悚然的记事本。它的书页因为岁月的流逝而枯萎泛黄，它的牛皮封面被海水泡得泛白。读者们已经看过约西亚·图克·洛克伍德的文字，在我最后见到他当晚的十四个月之后，他在英国的多佛死于饥馑热。那些文字的优势在于它是在同一时间书写的，而我的回忆录，虽然对我来说仍然似乎很清晰，但因为时隔久远，一定会遭到质疑。那是完全合乎情理的。我努力不做歪曲，但无疑，我没办法一直都能做到。

我希望我在写作时能做到客观，但情况当然并非如此，而且或许根本不可能做到。我在那里。我是当事人。我认识其中一部分人。我爱上其中一个人。我鄙视另一个人。我用词谨慎：我确实鄙视他。以爱情的名义去鄙视一个人是多么轻松的事情。至于其他人，我根本漠不关心，而这种冷漠也是故事的一部分。当然，我选择了船长的见闻作为讲述故事的框架。换一位作家会有不同的选择。一切都取决于材料如何编排。

从找到的文件，从发现的档案，从调查、回忆与访问了解到的内容，从对同船乘客的询问，从多次回访地图上称为“英伦群岛”的那几座岩礁时提出的问题，其他事情渐渐浮出水面，或许可以列入事实一栏里。为了照顾好奇的读者，让我将它们记录下来。

曾经有一个戈尔韦人，名叫庇乌斯·穆尔维，另一个人名叫托马斯·戴维·梅瑞狄斯。两人乘船去美国寻找新的开始。前者被指控谋杀了后者，因为后者要为其父辈祖先的罪行承担责任。在别的世界里，他们或许不会成为敌人。在别的时候，或许还能成为朋友。他们之间有许多共同之处，连他们自己都没有想到。他们一个从小是天主教徒，另一个是新教徒。一个是土生土长的爱尔兰人，另一个是英国人。但这些并不是他们之间最大的不同。一个生于富贵之家，另一个出身于穷苦人家。

曾经有一个漂亮的女人，名叫玛丽·杜安，她来自康尼马拉的卡纳村，弟弟是丹尼尔·杜安，渔民出身，有时候是小自耕农；姐姐是玛格丽特·尼，给人当保姆，生了七个孩子。她曾经爱上一个男孩子，却不知道他是自己的哥哥。在得知她是自己的妹妹之前，那个男孩子也爱着她，或许曾经爱过她，如果他懂得如何去爱的话。

他与那个曾经深爱着她的姑娘最后分开了，或许和所有人一样，不是因为两人之间的隔阂，而是因为两人之间的共同之处而分开——不是由他们造成的纷繁错杂的事实。有时候，它在爱尔兰被称为“土地的幽灵”。

有人会说梅瑞狄斯缺乏爱的能力，这全都是他自己的错；有人会认为他是受害者。至于我自己，我不敢对别人的罪行妄下判断，我自己已是罪孽深重之人，足以令我反思无暇。你可以说他是被他父亲毁掉的孩子。你可以骂他是贱人，最下贱之人。他原本会是一个好人，要是他知道怎么做的话。我相信玛丽·杜安在他身上见到奇迹出现的可能性，那时候他们还年轻，以为权力并不重要，那时候财富还没有将他们分开，阶级还没有成为他们的隔阂，而正是这些东西令玛丽·杜安遭受他的虐待成为可能。他们并不是罗密欧与朱莉叶。他们分属主仆。他这辈子有许多选择，而她没得选择。他的选择和他的所作所为已成定局。每个人都是他所做出的选择的总和，这就是真相。或许，每一个选择都有其另一面。

玛丽·杜安的直系亲人，她的父亲、母亲、三个姐妹、大哥和小弟都在故乡死于饥荒。唯一幸存的弟弟在 1867 年 12 月试图逃脱伦敦的克勒肯维尔监狱时死于爆炸。他因为加入争取结束英国人对爱尔兰统治的革命团体而被捕入狱。在死去时，他正在等候审判，因为他参与杀死了一个曼彻斯特的警察。

我不知道玛丽·杜安在美国的结局。她曾在下曼哈顿工作过一段时间，被捕两次，蹲过一阵子监狱，然后似乎人间蒸发了。我知道在 1849 年的冬天她曾在芝加哥乞讨，在 1854 年曾被明尼阿波利斯的胸科医院设立的流浪人士收容所接纳，在里面住了两天。我们去到那里时，她已经悄悄地走掉了。寻访她的广告一直没有回音。

悬赏的奖金一直没有人领取。几十年来，私家侦探在美国全境找到了数千个与她国籍相同、长相相似而生活境况各不相同的妇女们。新奥尔良、伊利诺伊、明尼苏达、科罗拉多、威斯康星、马萨诸塞、马里兰、缅因。在安大略北部一间与世隔绝的修道院里的修女、公厕的清洁女工、妓院的女仆、孤儿院的厨子、拓荒者的妻子、火车上的拖地女工、一位参议员的祖母。我不知道哪一个是来自卡纳村的玛丽·杜安，我只能说，我永远都不会知道。

只有一回，我收到一则报纸寻人广告的回信，可能由她亲自执笔撰写了一则第三人称的叙述（但显然是个人的自传），讲述一个女人的生平：她被一个贵族的儿子抛弃之后，于“饥饿的40年代”在没有怜悯之心的都柏林当“午夜女郎”的经历。信上没有签名，拼写尽是错漏，没有回邮地址或可以追溯的线索，但字里行间透露出康尼马拉南边的说话方式。信件是在1871年圣诞节前夜从新罕布什尔州的都柏林镇的邮局寄出的。可是，当地部门搜索了那座小镇，并没有找到她，对新罕布什尔全州，然后遍及整个新英格兰地区的搜寻也没有结果。

许多人会觉得如果不知道结局的话，那这个故事就是不完整的。无疑，他们是对的。我也这么认为。回过头去看那些书籍，它们似乎对她的情况只字未提，似乎她只是别人——那些更加肆意妄为的人——的生命里的一系列脚注。因此，多年来我一直在努力找她，如果现在找到了她，我会感到失落。但我找不到她了。或许我永远都找不到她。我希望能在当下这番讲述里多说些内容，不只是在陈述那些伤害过她的男人的经历时才提及关于她生平为数不多的事迹。但我实在是做不到。我虚构了一些内容，但我无法虚构玛丽·杜安，至少没办法在我已虚构的内容上再加点什么。她所承受的苦难远非笔墨所能形容。

这些年来，有几次我觉得看见了她。在加利福尼亚州的圣地亚哥火车站月台上；在匹兹堡市区，睡在一条门道里；在北卡罗来纳州的伊登顿一间医院里的护士。但我总是认错人。她们并不是玛丽·杜安。我只能猜想她不想被人找到，就像成千上万来到美国的爱尔兰人一样，她改名换姓，开始了新的人生。但我不知道真相是什么。或许那只是我的一厢情愿。

最后一次我以为自己见到她是去年 11 月在纽约时代广场：一个在黑色雨伞的丛林中缓缓行进的幽灵。各间剧院的观众正涌上街道。从大西洋刮来一阵强劲的冬雨。许多人正聚集在一起欢送前往欧洲投身战争的医疗志愿者队伍。在人群的边上，我想我见到了她，独自一人，冒着珍珠般的雨点站在街灯下。她托着一个盘子在卖东西——我想是鲜花。但那天晚上我见到的是一个瘦小年轻的姑娘，而玛丽·杜安已经是个老妇人，如果她还活着的话。我只信奉理性，这个信仰告诉我眼前这个姑娘不可能是玛丽·杜安。但是，如果她的幽灵真的在百老汇灯火璀璨的街道上行走，那它绝不会孤单——演员们会这么说。据说，幽灵会被剧院吸引，就像它们被战争吸引一样。

讲述她的恋人庇乌斯·穆尔维的命运就比较容易了。他死于 1848 年 12 月 6 日那个惨淡的雪夜，在登陆纽约差不多一年之后，他在布鲁克林靠近沃特街与哈德逊大道的一条巷子的街角被砍得七零八落，当地是醋山爱尔兰人聚居的破破烂烂的棚屋区。在对面的破墙上用白石灰刚刷了一句话：**被缚上锁链的爱尔兰永远不会有和平。**

在他的大衣口袋里，他们找到了一本皮封面的《圣经》、一个五分钱的硬币和一把泥土。在他的无名指上有廉价的铜垫圈，但我们永远不知道他在美国与谁结婚，如果他真的结了婚。他用过一系列化名，其中有科斯特洛、布雷克、杜安和尼，但附近许多人知道他的真实身份。据说没人肯接近他，他总是遭到殴打，在周边的公园里睡长凳，向过路人乞讨吃剩的食物。晚上，人们总是可以看见他来到码头区，盯着驶进港口的船只。他染上酗酒的恶习，瘦得像具干尸。他在死前被折磨过，几乎不成人形。据检查其遗体的市政验尸官报告，他的心脏被割了出来，丢弃在阴沟里，或许当时他还活着。据几位来自康尼马拉更为迷信的纽约人讲述，这场谋杀发生在圣尼古拉[1]的纪念日，肯定不是出于巧合，而是另有深意。

没有人因为这桩罪案被指控，没有人确切记得死难者被葬在哪里。很难相信他曾经存在于这个世上。要不是我遇见过他和认识他，我也会表示怀疑，这个曾在纽盖特监狱里将仇敌打死和在利兹外围的森林里将朋友杀害的恶魔。如果是他杀害了戴维·梅瑞狄斯的话，那他或许已经成了英雄，或许会成为一首英雄颂歌里的主角。恰恰相反，他被遗忘了：一个不起眼的尴尬角色。一个不敢为了事业动手杀人的懦夫。

在醋山西边几英里有一片土地，二十二年前被市政府强制买下，包括一块名为“叛徒之坪”的荒地，当地的乞丐或妓女总是被丢进那儿浅浅的坟坑里。有人说阿纳格利瓦的庇乌斯·穆尔维就被葬在那里，迈克尔与伊丽莎白的小儿子，尼古拉斯的弟弟，一生没有子嗣。那里的坟墓没有墓碑，杂草盖过了碎石。现在那里，连同许多被埋葬的羞耻，是曼哈顿桥在布鲁克林的桥墩所在。

1　圣尼古拉节是盛行于欧洲的节日，据说圣徒尼古拉在这一天赏善惩恶，替天行道。

其他曾在“海洋之星”号上的乘客都有自己的秘密。1866年我在南达科他见到一位同行的乘客。总编辑派遣我去那里撰写关于中西部移民的系列文章。我向人问话，找到了一个巡回演出的戏班子，那里据说有许多杂工是爱尔兰人。我跟来自康尼马拉与康诺特其他地区的牛仔们做了几次有趣的采访。但是，就在我准备离开的时候，一件奇妙的事情发生了。我的注意力被场上远处角落的一个摔跤台吸引过去，只要付不算过分的半美元，勇敢的人就可以和“有史以来最伟大的征服者”，一个名叫“孟买巴姆–巴姆”的绞杀术帝王过过招。他以前的管家（其实是他的哥哥）在扮演场边助手和吆喝加油这个重要角色。

见到一个老朋友似乎让他们很开心，当晚我们喝了很多杯南达科他的私酿威士忌。他们叫乔治·克拉克与托马斯·克拉克，两人在利物浦出世，母亲是一个戈尔韦的洗衣女工，父亲是一个葡萄牙水手，他们继承了父亲的深色皮肤（除此之外就没有哪儿像了）。19世纪40年代他们装扮得有模有样，纵横于大西洋沿岸地区，小打小闹地实施劫掠和设牌局骗钱，直到有一天在波士顿他们被一个大块头的爱尔兰警察识破，一通教训让他们只得灰溜溜地躲进贫民窟。我们一起缅怀在“海洋之星”号上的日子，显然，比起别的航行，那次航行获利不多。（要不是头等舱的土邦主和他的仆人，恐怕我们都成了他们下手的目标。而且他们认为那是心灵上的服务。他们说：“佛教的教义是劝人舍弃物质财富。”）他们真诚地向我道歉，我也真诚地接受了歉意。他们载我去车站，和我道别，各种不舍各种挽留，恳求我一定要保持联系。

直到上了回纽约的火车我才发现我的手表不见了。

我并不感到吝惜。他们坚持付了酒钱。但十一年后，在1877年，我收到一个从得克萨斯州名叫苔丝狄蒙娜这个忧郁名字的狂野小镇寄来的信封，里面放着我的手表，现在上面刻着一句难忘的话：**来自印第安地区最亲切的问候。**

当然，还有一个女人名叫劳拉·梅瑞狄斯，在她丈夫去世一年后，我和她结婚了，再没有比她更善良的女人。我们的婚姻并不幸福，但现在我不会去想起那些时候。十八个月后我们提出离婚，但一直没有分居。我的文件柜里仍然放着最终文件，上面没有必要的签名。五十四年来我们一直保持着伙伴与同志情谊,感情逐年深厚。爱情来得迟，但它终究来了。我们花了那么久的时间才知道它的含义。

后来，如果有朋友问及我们的亲密背后的秘密时，她会说她准备在离婚协议上签名，但她要等到孩子们去世后再签。

1868 年，在一场车祸中她双目失明，而且余生只能坐在轮椅上。但这并未能阻止她去做自己想做的事情。到了美国后，她毕生为了帮助穷人而奋斗，是争取女权与黑人解放这两个事业的英勇斗士。她参与了一系列重大事件，但我认为她最足以感到自豪的成就是在 1872 年的总统选举（支持尤利西斯·S. 格兰特）中因为争取投票权而成为被囚禁的女性之一。当法官问她作为伯爵遗孀与一个奴隶的女儿被关在同一间囚室作何感想时，她回答说那是她最深切的荣幸。只要她见到有偏见与固执，她就会与其抗争，当她亲眼看到时会义愤填膺；而别人，包括我自己，从来不会有这种反应。她在 1903 年八十七岁生日时去世，正值她帮助创立的美国制衣女工联盟这个组织召开首次会议。我这辈子最大的幸运就是认识了她，而爱上她是我经历过的唯一真正美好的事情。

我们生了一个漂亮的孩子，是一个早产儿，只活到接受洗礼就夭折了，我们用与她的身世有关的两位勇敢女性为她起名：维瑞蒂·玛丽·梅瑞狄斯·迪克森。之后我们很快得知我们再也不能生育孩子，心里非常难受。而且我们不能领养或收养孩子，当时“有色人种”不配享有这些权利。虽然我的肤色与威尔逊总统的肤色是一样的，但我灵魂的肤色在法律意义上却不一样。我的父亲有四分之一乔克托血统，害得我们好苦。当文件从儿童部被送回来时，不宜领养原因一栏上盖了章，里面是“黑人身份”四个大字。

她两个英俊的儿子为我的生活带来了欢乐。现在他们从来不提起爱尔兰。他们会说自己是在美国出生的。

罗伯特结过三次婚，乔纳森终生未婚。很久之前他就坦承自己喜欢和男人在一起，如果真是这样，他的生活方式似乎为他带来了幸福，或许这是促成他成为我所认识的最斯文的男人的原因之一。他们改用了我的姓氏，那两个老伙计，是在他们二十来岁时自己做出的决定，这个选择出乎我的意料，而且我根本配不上这份荣誉。人们甚至说他们长得像我，从某个角度看确实有点像。当我们坐在咖啡厅外面时，总是被当成这个吵吵闹闹的世界上沉默寡言的三兄弟。(“沙得拉、米煞和亚伯尼歌。”[1]那个服务员会这么说，以为我们听不见他在说什么。)他们带给我如此多的欢乐，实在难以用言语去形容。

在冬天，当青柠树的叶子落光时，在我坐下来写东西的地方，可以从窗户望见他们母亲的墓碑。我们那夭折的漂亮女儿也在那里长眠。大部分日子里我会去墓前凭吊，现在有时候每天都去。我喜

1　沙得拉、米煞和亚伯尼歌(Shadrach, Meshach and Abed-nego)是《旧约·但以理书》中提到的被尼布甲尼撒王俘虏的三个犹太人，虽然遭到尼布甲尼撒王的酷刑处置，但对耶和华的信心使他们化险为夷。

欢听着电车辚辚驶过，拖船鸣响汽笛，从河那头漂来——提醒我这座喧闹的城市其实是一个古老的岛屿，在钢筋水泥下露在地表外的史前岩层。每天早上，奇怪的鸟儿在墓地花园里啼鸣。那位老牧师曾多次告诉过我它们叫什么名字，但最近我怎么都想不起来了。或许这并不重要。反正它们在唱歌就是了。

春天下午经常有夫妇去那里散步，还有办公室的职员或大学生。有时候我见到一个孩子用网在教堂后面旁边的荨麻丛间捕捉美得出奇的蝴蝶，拿到十二街的擦鞋摊那里，放在水果罐里摆卖。这个机灵的黑白混血儿小男孩踮着脚尖在墓碑之间走动，哼着以南方福音歌谣为调子的口哨，自得其乐地低声轻笑。不用多久，鸟儿就会在我头上歌唱。我的医生对我说我已经时日无多。我喜欢幻想那个小男孩在我头上吹口哨，等他长大成人后，他的儿子们在吹。但我知道这一幕并不会发生。那时候我什么也听不见了。我无所冀求，也无所畏惧。

上述的事件全都发生过。它们属于事实的范畴。

至于其他细节、重点、叙述手法与结构、或许从未发生过的事件，或与描述的情形其实有很大出入的事件——那些属于想象的范畴。对此作为作者的我无法辩解，虽然有人会坚持想要讨个说法。

或许他们是对的，按照他们自己的逻辑。以真人真事为素材，将其杂糅，变为别的事物，是一件不应该冷漠或轻慢对待的任务。至于这么做是否值得或合乎道德，且留待读者们自己去评判。讲述过去一定会面临这些问题：在不去了解是谁在讲述，不知道针对的听众是谁和基于什么目的的情形下，故事是否能够被理解。

至于杀害戴维·梅瑞狄斯的凶手，作者的回答是：在他的书房墙壁上挂着一幅魔鬼的肖像画，是七十五年前的剪报，那时候他还年轻，相信只要目的高尚便可不择手段。爱与自由是如此可怕的词语。以它们为名义，多少残忍之事得以实施。他是一个非常瘦弱的男人，一个理性的男人：此二者的结合能令他做出坏得无法以言语表述的事情。他相信失去了他所渴求的事物，他活不下去；而他所渴求的事物被另一个人占据了。那正是他在夜里哭泣的原因。如今他仍在哭泣，却是出于不同的原因。至于如果在没有战利品的情形下他会不会做出那桩逾越底线的可怕事情，他并不知道。他把那份畸形的情感称为“爱情”，但当中一部分是仇恨，还有虚荣与恐惧：人类正是出于这些原因而去杀害别人。没有得到那份战利品，他的生命将变得不可想象。有人称之为爱国主义，有人称之为爱情。但杀人就是杀人，无论如何进行诠释。

现在他是孑然一身的老人。人们在街上见到他时都很客气。他们知道他曾经写过一些东西，但他们不知道那些到底是什么。很久很久以前，他曾为作品收集资料，他曾与历任总统和达官显贵见面。但那个时候终归过去了，当它结束时，他感到很高兴。他每天早上去妻子的墓前凭吊。到了晚上他坐在窗旁写东西。一个杀人凶手的画像从墙上俯视着他。有时候那幅画令他想起庇乌斯・穆尔维，有时候想起托马斯・戴维・梅瑞狄斯，但大部分时候，他会想起自己认识的其他坏得出奇的人，他们活了一大把年纪，安享天年。

在“海洋之星”号上许多人都有他们的秘密、他们的羞愧。但没有几个能长久地隐瞒。

那个杀人凶手的目光暗示了许多事情，但有一件事情是主要的，有时候他会将其遗忘。印在纸上的图像都蕴含着作者的灵魂。在画框之外，在边界之外，往往就是绘画对象站立的地方。当然，那是一个变动的、难以捉摸的存在，却又是可以感知的、披着伪装的实体。他就在那里，那个杀手，在他描绘的图画里。但他们也蕴含着未曾被讲述的历史，每一个曾经恨过的男人身上都流淌着无数父辈祖辈的鲜血。每一个女人。每一个男人。

一直追溯到该隐[1]。

G. 格兰特利 · 迪克森

纽约市

1916 年复活节星期六

1　该隐（Cain），亚当与夏娃的大儿子，杀害了弟弟亚伯，是《圣经》记载中第一个杀人凶手。

图书在版编目（CIP）数据

海洋之星 /（爱尔兰）约瑟夫·奥康纳著；陈超译
. -- 北京：北京联合出版公司，2020.5
ISBN 978-7-5596-4081-9

Ⅰ. ①海… Ⅱ. ①约… ②陈… Ⅲ. ①长篇小说－爱尔兰－现代 Ⅳ. ①I562.45

中国版本图书馆 CIP 数据核字（2020）第 037624 号

海洋之星

作　　者：[爱尔兰] 约瑟夫·奥康纳
译　　者：陈　超
策 划 人：方雨辰
监　　制：赵　磊　沈　宇
特约编辑：黄诚政
责任编辑：李　红　徐　樟
装帧设计：董茹嘉

北京联合出版公司出版
（北京市西城区德外大街 83 号楼 9 层　　100088）
北京联合天畅文化传播公司发行
山东临沂新华印刷物流集团有限责任公司印刷　　新华书店经销
字数 372 千字　880 毫米 × 1230 毫米　1/32　15.5 印张
2020 年 5 月第 1 版　2020 年 5 月第 1 次印刷
ISBN 978-7-5596-4081-9
定价：68.00 元

STAR OF THE SEA
by Joseph O'Connor